ハヤカワ文庫 NV
〈NV1410〉

眠る狼

グレン・エリック・ハミルトン
山中朝晶訳

早川書房
7966

PAST CRIMES
by
Glen Erik Hamilton

Translated by
Tomoaki Yamanaka
First published 2017 in Japan by
HAYAKAWA PUBLISHING, INC.
This book is published in Japan by
arrangement with
THE AARON M. PRIEST LITERARY AGENCY, INC.
through TUTTLE-MORI AGENCY, INC., TOKYO.

エイミー・レオーネ

出発駅にして終着駅であり、すべての停車駅であるきみへ

眠る狼

登場人物

バン・ショウ……………………………陸軍レンジャー部隊の軍曹
ドノ（ドノバン）………………………バンの祖父
デイビー・トーラン……………………バンの友人
ジュリエット……………………………デイビーの妻
マイケル（マイク）……………………デイビーの弟
エブリン…………………………………デイビーとマイクの母
アルビー・ボイラン……………………ドノの共同経営者
ルース……………………………………アルビーの姪
アディ・プロクター……………………ドノの隣人
ホリス・ブラント………………………ドノの仲間。密輸業者
ジミー・コーコラン……………………同。電子機器の天才
ウィラード………………………………同。運転手
エフライム・ガンツ……………………弁護士
オンディーン・ロング…………………故買屋
ゲリン……………………………………シアトル市警の刑事
カネリス…………………………………同
ボブ・アンサー…………………………バンの上官。大尉

1

俺は負傷を免れた片手に私物をすべて抱え、アメリカン航空九六〇一便でシアトル・タコマ国際空港、通称シータック空港に降り立った。パスポート、旅行証明書、現金とキャッシュカード、陸軍のワッペンや身分証はみな、ひとまとめにして大きなペーパークリップで留めている。あとは携帯電話と、ドイツのラントシュトゥールの陸軍病院で理学療法士からもらった赤いゴムボール。

そして、折りたたんだ一枚の黄色いメモ用紙。祖父からの手紙だ。

アイリッシュ・ゲール語で書かれている。合衆国に移住して四十年経つので、祖父の英語は流暢だ。だが、内密な会話をしたいときには少年時代に北アイルランドのアントリム州で覚えた言語を使った。もっとも、大半の会話が内密を要する。

祖父は太い筆記体で、こう書いていた。

8

家に帰ってきてほしい《タラウィリャマス》、できることなら《フェイジャラット》。——ドノ

時刻は午前四時半。レンタカー会社のカウンターで待っている客は誰もいない。俺は最初のカウンターの前に近づいた。女の係員が一人、無表情にコンピュータの画面を見下ろしている。

「馬力のある車がほしい。小型車じゃないやつだ」

「お客様は当社のプラチナクラブのメンバーですか？」女は画面から目を上げなかった。

俺はメンバーではなかった。軍の身分証、運転免許証、クレジットカードを見せる。係員は目を上げ、カードの写真と実物を見比べようとして、初めてこちらを見た。

係員はぎょっとした。その目は俺の左頬と下顎に刻まれた太く白い傷跡に吸いよせられ、ついで左眉を分断する細い線を認めた。

顔の傷は八年以上前、最初の海外任務のときに受けたものだ。人々のこうした反応には慣れていた。顔の傷など、どうということはない。手足をなくしたわけでも、失明したわけでもないのだ。とはいえ、人が真っ先に気づくのは顔の傷だ。

レンタカー会社の係員は礼儀をわきまえていた。すぐに元どおりの歓迎の表情に戻る。

「こちらの書類に……ご記入をお願いします、ミスター・ショウ」彼女はカウンター越しに申込用紙を渡し、そばにペンを置いてから目をそらした。

家に帰ってきてほしい、いい、いい、いい、できることなら。

この十年間、俺にとって家とは、陸軍によって送りこまれた土地だった。フォートルイス、フォートベニング、バグダード、アフガニスタンの十数カ所にのぼる前線基地。任務の合間に立ち寄った場所。だが、ロイ・ストリートの祖父の家は、俺の家ではなかった。断じて。

ドノの手紙が『家に帰ってきてほしい』で終わっていれば、俺はゴミ箱に投げこみ、いまいましい赤いゴムボールを握るリハビリに戻っていただろう。左手はかなり回復してきた。数週間前に榴散弾の破片を受け、筋肉や腱や前腕に受けた傷を治療するため、複雑な外科手術を二回受けたのだ。腕を動かすといまだに二回に一回は痛むが、一カ月も内勤にまわされた俺は退屈で気が狂いそうになり、早く部隊の任務に戻してくれないかとうずうずしていた。そこへ届いたドノからの手紙は、休暇を申し出る恰好の口実になった。

とはいえ、『できることなら』という言葉がなかったら、俺は内心でくそくらえと言っていただろう。祖父にとって、その言葉は『お願いだ』という意味に等しかった。このひと言で、手紙は命令ではなく懇願になったのだ。

『できることなら』という言葉に、俺はかすかな不安を覚えた。あの頑迷固陋《ころう》な祖父から出た言葉とは思えなかった。

ラントシュトゥールで旅行関係の手配を受け持つ大尉によれば、あと二時間で出発するフランクフルト発ニューヨーク行きの便に空席があるということだった。俺はろくに荷造りもしないで病院を出た。

レンタカーの係員は記入をすませた書類を受け取り、必要事項をコンピュータに入力した。

「車をお使いになるのはどれぐらいですか、ミスター・ショウ?」

「十日間だ」俺は言った。「その前に返すかもしれない」

彼女は契約書類を渡し、連絡バス乗り場に案内した。それに乗り、会社のガレージでレンタカーを受け取るのだ。俺は反射的に書類を戦闘服の胸ポケットへ入れようとしたところで、私服を着ているのを思い出した。ジーンズもTシャツも灰色のウールの上着も、飛行機に乗る前にフランクフルトの空港で買ったものだ。褐色のコンバットブーツだけは支給品だった。軍服を着ていこうかとも思ったのだが、何度もクリーニングに出したのですりきれていた。俺は軍服から、マジックテープで留められたレンジャーや第三大隊などの記章を引きはがし、上着とズボンは処分した。

比較的新しい黒いチャージャーを選び、エンジン音を轟かせて立体交差に入ると、州間《インター》高速道路《ステート》五号線を北上し、シアトル市内に向かった。

十年の歳月が流れ、変わったのは一部の高速道路の看板だけではなかった。いまは鉄道が走っている。高速道路に並行するライトレールだ。市内の南端に差しかかると、フットボール競技場が見えてきた。巨大なジュークボックスのような外観が色鮮やかにライトアップされ、黒っぽい摩天楼を背景に浮かび上がっている。かつてインターステート五号線を走ってここを通りすぎたとき、競技場は完成したばかりだった。そのときの俺は新天地を求め、この道を南下してフォートルイス基地に向かっていた。

高速道路を降りるころ、地面と空からは暗闇がしだいに薄れてきた。徐々に白む東の空を見ながら、キャピトルヒルを走り抜ける。

ドノは夜明け前に起き出し、俺を待っているかもしれない。だが、祖父のスケジュールはいつも予測不能だ。気分によっては酒場で夜を明かし、考え事に耽っていることもある。たいがいは自分の店〈モーゲン〉で呑んでいるが、ときどき店を変えることもある。店主が祖父にボトルを持たせて放っておき、出るときには鍵をかけてくれと頼むぐらい、顔なじみの店もあった。

最初に見つけた空きスペースにチャージャーを駐めた。家から半ブロックほど離れた場所だ。ロイ・ストリートは、この一帯の丘陵を東西に伸びるほかの通りと同様、急勾配だった。車を降りる直前、俺はステアリングをまわし、縁石をタイヤの楔《くさび》にして駐車した。習慣の産物だ。

この界隈を見るのは十年ぶりだ。都心部とちがい、このあたりはあまり変わっていない。二階建ての家並みが、狭い区画にひしめき合うようにぎっしりと建ちならんでいる。大半の車はここ二、三年以内の型で、縁石に駐めっぱなしにしているものは一台もなさそうだ。

まだ寒く、草が伸びた芝生の夜露は霜に変わり、坂道を歩く俺の唇や顎にも水滴がついた。濡れ落ち葉で歩道が滑る。

街区の前で立ち止まり、少年時代を過ごした家を眺めた。家の周囲の街灯の光はいつも弱く、その光は決してドノの家に侵入することがなかった。屋内の明かりはついていない。暗がりのなかで、古い家は隣家よりも一階分は高く、のしかかるようにぬっとそびえ、敷地の幅も広く見えた。大きな黒っぽい塊のような家は、寒さをものともせず跳ねかえすかのようだ。

この家の基礎部分が造られたのは優に百年以上も前で、この広大な丘陵地の東側とそれよりも狭い斜面がほとんど牧草地だったころだ。それからの歳月はこの家には苛酷だった。祖父がここへ来てこの家を所有したとき――購入したという表現は必ずしもふさわしくない――屋根も壁もたわみ、骨組みがむき出しになっていた。ドノは何年もかけて壊れた箇所を削っては、修復した。その結果、かつて豪壮だった屋敷はつぎはぎ細工のような部屋の寄せ集めになり、建築査察官や歴史協会の人間が見たら顔をしかめたことだろう。しかし、祖父がそうした人間の立ち入りを許すことは決してなかったのだから、そんな心配は不要だった。この家はドノとまだ若かった娘、すなわち俺の母にとって、非の打ちどころがなかった。少なくとも俺が生まれる直前に、彼女が出ていくまでは。

幅の広い石段をポーチへ上がった。家を包みこむようなポーチには玄関の扉があり、通りからはレースのカーテンが降りた窓しか見えなかった。十年ぶりに戻った家で、俺はオークの扉をたたこうとした。そうすれば、ドノバン・ショウが出てくるだろう。俺も祖父にちなんだ名前をつけられた。

ポーチの明かりは消えていた。

扉が大きく開いている。

肌が粟立った。家のなかは真っ暗で、静まり返っている。紺色の外壁に囲まれた戸口が、

ない。

　扉がこじ開けられた形跡はない。並みの強盗では、目の前にあるような強力な安全錠と受《う》け座《ざ》をこじ開けるのは不可能だ。さらに祖父は、特別仕様の警報装置も設置しているにちがいない。

　とはいえ、俺ならこじ開けられる。俺はかつて、祖父の弟子だったのだ。

　家の奥深くから、物音が聞こえてくる。古い冷蔵庫の電気が切り替わるようなかすかな音だ。あるいは足音かもしれない。

「ドノ？」俺は呼びかけた。

　返事はない。

　俺は家のなかに忍びこんだ。開け放たれた扉以外、不審な形跡はない。

　いやな静けさだ。罰当たりな不吉さだ、と祖父なら言うかもしれない。

　三歩進んだところで、居間が見えてきた。広いピクチャーウインドウ越しに見える空が、うっすらとした薔薇色に染まっていた。

　空の明かりだけで、横たわる身体がはっきり見えた。

　男がうつ伏せになって倒れ、俺に足を向けている。長身で手足がひょろ長く、こげ茶色のズボンに厚手の青いシャンブレー織りのシャツを身につけていた。髪は黒というより灰色に近く、最後に見たときとはちがっている。

　ドノ。

俺が駆け寄り、ひざまずいたところで、家の裏手から荒々しい音が響いた。台所の裏口を慌てて開ける音だ。裏のポーチを駆けていく足音。

しかし、犯人を追うことはできなかった。ドノの頭から鮮血が噴き出している。大量の血が。

2

全身が総毛立った。シアトルを出る前、最後にドノを見たとき、俺は十八歳で、まさしくこの家の台所にいた。そのときも祖父は床に横たわっていた。憤怒で顔をどす黒くしながら。俺は祖父の心臓に銃を向けていた。

だが、そのときにドノと俺が流した血は、ほんのしたたる程度だ。いまのようにおびただしい血ではなかった。

外を駆ける足音が遠ざかっていく。

ドノの身体にはまだぬくもりがある。俺はかがみこみ、耳を胸に近づけた。呼吸が一回、二回。蜘蛛の巣のように軽い。

「ドノ！」祖父の顔に向かって叫ぶ。「バンだ」反応はない。顔はぴくりとも動かず、まぶたは閉じたままだ。

頭の下の床に血だまりが広がっていく。俺の膝も血に濡れて滑った。それから、焦げた髪と火薬のにおいがした。銃で撃たれたのだ。

俺は上着とTシャツを脱いでTシャツを引き裂き、丸めて、祖父の左耳の下で血を噴き出している穴に押しつけた。髪がべっとり濡れている。もう片方の手で、頸動脈の鼓動を確かめる。まだ脈はあった。かろうじて。

「ドノ！」もう一度叫んだ。「がんばれ！」もう片方の手で、頸動脈の鼓動を確かめる。ま

目を覚ませ、頑固祖父《じい》さん。頼むから起きてくれ。

片手をドノの頭に置き、もう片方の手を自分の上着に伸ばした。丸めたTシャツの綿の生地に血が染みとおっている。手探りしてポケットのボタンを外し、電話に触れたとき、外のポーチの床がきしむ音が聞こえた。

さっき逃げた犯人が、とどめを刺しに戻ってきたのか？　銃は持っていなかった。ドノも俺も簡単にやられるだろう。

外からは幾人ものくぐもったすばやい足音が聞こえ、扉へと近づいてきた。そして静まった。

警官隊だ。そうにちがいない。ふたたび静かな足音が響き、彼らが配置に就いた。

「ここだ！」俺は大声で言った。「居間にいる！　一人撃たれた！」

「警察です！　なかにいるのは誰ですか？」男性の声が叫んだ。

「俺と祖父だ」俺は言った。「一分前、誰かが裏口から逃げて行った」

「家から出てきてください、いますぐ」

「とんでもない、祖父が大量出血しているんだ。俺が血を押さえているところだ」

長い十秒が経過したあと、扉の際に数人の人影が現われた。一列縦隊だ。

「ここだ」俺はふたたび言った。

「両手を上げてください」いちばん前の警官が言った。散弾銃をこっちに向けている。

俺は血まみれの片手を上げた。「俺はいったん離れよう。だが、すぐに代わってくれ。頭蓋骨骨折の可能性がある」

「離れてください」警官は言った。俺はもう片方の手を上げ、立ち上がった。両手の掌から、血が前腕を伝い落ちてむき出しの肩まで流れる。「背中を向けて」警官が言った。俺は彼に背を向け、ジーンズに拳銃を挿していないことを示した。

「では、ゆっくり扉のほうに下がってください」彼は言った。

俺は後ろに下がった。一人の警官が俺をよけて走り、ドノのそばにかがんだ。俺が散弾銃をかまえた男に向かってゆっくり近づくあいだ、その相棒も俺に銃を向けた。

彼らは俺をポーチに連れ出し、そのあいだも俺から一定の距離を保った。列の二番目の警官は大柄で、六フィート三インチはあるだろう。顔にも腹回りにも贅肉がたっぷりついていた。警官は俺の身体を後ろ向きにさせ、俺の鼻は紺色の外壁から三インチまで近づいた。散弾銃の男は戸口を固め、入口と廊下を見張っている。

大柄の警官が肩の無線機に手を伸ばした。「屋内に入った。男性一名に銃を向けて拘束中。負傷者一名。救援を乞う」

「俺は野戦救急訓練を受けている」俺は警官に言った。「手当てをさせてくれ」なんとしてもドノには息をしていてほしかった。

「そこにいる警官も救急救命士です。われわれにまかせてください。屋内には、ほかに誰かいましたか？」

「わからない」俺は言った。「俺が着いたのも、あんたたちがここに来るほんの二分ほど前なんだ。扉が開いていて、祖父が床に倒れていた。俺が入ったとき、誰かが裏口から逃げて行った」

誰かが911に電話したにちがいない。俺がまだここへ着いていないうちから。隣近所の住人だろうか？　それとも、ドノを撃ったのと同一人物だろうか？

「お名前は？」散弾銃の男が言った。

「バン・ショウだ。身分証が上着に入っている。祖父のそばの床に置いている」

「ここにお住まいですか？」

「いや。一時間前に飛行機でシータックに到着したところだ。あっちを向いてもいいかな？」ドノの手当てをしている警官が止血したかどうかを確かめたかった。

「どうぞ」

俺は横を向き、戸口の向こうをうかがった。救急救命士の警官はドノの頭を押さえ、もう片方の手で瞳孔を確認している。

さらに多くの警官が上階へ向かい、見まわっている。俺もこれまで、さまざまな作戦で家屋の捜索をした経験があった。さすがに警官隊はつぼを押さえている。迅速かつ静かに、彼らはすべての部屋とクローゼットをまわり、誰か隠れていないかどうか確かめていた。

「銃があります」ドノのそばにかがんでいる警官の相棒が言った。居間の床を指さしている。まだ薄暗く、祖父の手当てで頭がいっぱいだったので、それまで俺の目には入っていなかった。ドノの古びた革の安楽椅子の近くで、タンブラーのガラスが砕け散っている。そのかたわらには三八口径の短銃身のリボルバーが落ちていた。

「あなたのですか？」大柄の警官が俺に訊いた。名札にオルッセンと書かれている。

「ちがう」ドノの頭に穴を開けた銃は、三八口径ほど大きくはないはずだ。もしかしたらドノ自身のものかもしれない。この銃を常時携帯していたのか？　抜き出して自分を守ろうとしたが、間に合わなかったのだろうか？

二人の医療補助者がポーチを走って俺たちの前を通りすぎ、家に入った。彼らは一分足らずでドノの頭に圧迫包帯を当て、それからさらに一分で人工呼吸器のチューブを喉に挿入した。俺はかすかな身震いを覚えた。冷気のせいもあるが、ほとんどはアドレナリンによるものだ。乾きかけた血が、指先から震えながら落ちていく。

がんばれ、ドノ。目を覚ますんだ。

救急救命士がバルブを握りしめ、ドノの肺に空気を流しこむ。そのたびに俺も思わず、祖父に人工呼吸するように肺から空気を押し出した。救急班が三つ数えてドノの身体をストレッチャーに載せ、扉のほうへ運ぶ。

「ハーバービュー病院か？」俺は呼びかけた。やや声が大きすぎた。救急班の一人がぎくりとする。

「そうです」彼は言った。

「あなたはここにいてください」散弾銃の男が言った。R・ヴォーという警官だ。「居間に身分証があるとおっしゃいましたが？」

俺たちは室内に入った。ヴォーとオルッセンが俺を前後に挟む。俺は床に脱ぎ捨てた上着を指さした。ヴォーが慎重に居間に足を踏み入れ、血しぶきや血のついた靴跡をよけて歩く。彼は上着を動かさずに、ポケットから中身を取り出した。

ヴォーが俺の身分証に目を通した。「海外に駐留しているんですか、ミスター・ショウ？　それとも、ショウ軍曹でしょうか？」

「ああ、そうだ」玄関口の壁には、ペーパーバックほどの大きさの金属製の薄いパネルがある。ドノの屋内警報機だ。祖父が自作した。俺は手を伸ばし、パネルの扉を開けた。

「ちょっと」オルッセンが言った。「何も手を触れないでください、いいですか？」

ドノの警報装置は、俺が住んでいたころより改良されていた。一見なんの変哲もない、平べったいステンレスに0から9までのキーパッドがついたパネルで、作動中はランプが点灯する。いま、そのランプは消えていた。

ということは、誰かが玄関の扉をノックしてドノが目を覚まし、警報装置をオフにして扉を開けたのかもしれない。あるいは銃撃した犯人がすでにこの家におり、祖父が一晩中起きていたため警報装置を作動させなかったということもありうる。

いずれにせよ、犯人はドノが知っている人間である可能性が高い。午前五時半に見知らぬ人間がいきなり侵入してきて、銃を突きつけるということはきわめて考えにくい。

二人の男が正面玄関から入ってきた。刑事のバッジをベルトにつけている。

最初に入ってきたほうは四十がらみで、早くも白髪が生えている。青いスーツはこざっぱりしていて清潔感があった。二番目の痩せた刑事は俺の年齢に近く、茶色のカジュアルなコートにつやのあるワイシャツを着て、ネクタイもそれに合わせていた。二番目の男は居間に足を踏み入れるや、小さく口笛を鳴らした。相棒が眉をひそめる。

白髪の刑事がヴォーから俺の身分証一式を受け取り、俺をじっと見た。「ゲリン刑事だ」彼は言った。「こっちはカネリス刑事」

「バン・ショウだ」

「少し失礼してもよろしいだろうか、ミスター・ショウ?」彼はヴォーに向かって合図し、ヴォーは二人の刑事についてポーチに出ていった。外に出る前、痩せた刑事は俺をまじまじと見た。

「室内の遺留品を見張っていてくれ、ボブ」彼はオルッセンに言った。

オルッセンと俺は玄関口に取り残された。彼が脚の体重を移した。

「戦地にいたんですか?」彼は言った。

「ああ」

つい十四時間前まで、俺はドイツの基地にいた。シアトルに戻ってくる決心をしてから、まだ丸一日も経っていない。

ちくしょう、ドノ。こっちは準備万端だった。祖父さんともう一度話をする覚悟を決めてきたんだ。わかっているよ、祖父さん。あの手紙を書くのは簡単ではなかっただろう。

廊下から吹きこんできた冷たい風が、胸に吹きつける。銃撃した犯人が、逃げ出すときに裏口を開けっ放しにしていったにちがいない。くそったれ。警官隊の到着がもう少し早ければ、犯人を捕まえられたかもしれないのに。

あるいは俺がレンタカーではなく、タクシーを使ってここに来ていれば、ドノが撃たれるのを防げたかもしれないのに。

刑事たちとヴォーが戻ってきた。彼らの背後から、さらにポーチへ上がってくる複数の足音が響く。くたびれたような男たちが四人、シアトル市警の青いウインドブレーカーを着て、道具類が入った箱を提げてきた。ゲリンに指示され、彼らは慎重な足取りで居間に入ってきた。鑑識班だ。

ゲリンが俺に向かって言った。「奥で話そう。そのほうが少しは静かだ」

二人の刑事が俺に続いて廊下を抜けた。ヴォーとオルッセンは鑑識班とともに残った。ドノの台所は狭苦しく、戸棚やさまざまな器具が所狭しと並んでいた。カウンターにはほとんどスペースがなく、調理台はタイル張りの床の中央に置かれている。肥満した男なら、調理台と冷蔵庫のあいだを通り抜けるのもひと苦労だろう。台所の隣には食事用の狭いスペースがあり、マツの丸テーブルをガタがきた三脚の木製の椅子が囲んでいる。俺の少年時代からまったく変わっていない。家を吹き抜ける風が強くなり、顔と裸の胸が冷たかった。

ゲリンが身振りで椅子に座るよう促したが、俺は立ったままだった。カネリスは座った。

「お祖父さんのことはお気の毒だ、ミスター・ショウ」ゲリンが言った。「それとも、〝軍曹〟のほうがいいかな？」

「ミスターでいい」

「わかった。では、事の次第を聞かせてほしい」

俺は知っていることをざっと話した。ドノの手紙を受け取ってから、床に倒れている祖父を発見するまでを。さほど時間はかからなかった。刑事は話に耳を傾け、うなずいた。カネリスが椅子で身じろぎする。

「誰か、お祖父さんに危害を加える可能性のある人物に心当たりはあるだろうか？　あるいは、お祖父さんと口論になる可能性のある人物は？」ゲリン刑事が訊いた。

「いや、ない」

「正面玄関の扉がこじ開けられた形跡はない。誰か、家に出入りできる人間がいたんだろうか？　たとえば恋人とか？」

「俺にはわからない」しかしドノのことだから、誰かと結婚さえしていたっておかしくない。いまのところ、女がこの家に住んでいたことをうかがわせる徴候はないが、俺はまだ、居間と台所と廊下しか見ていない。

「あんたはここの鍵を持っているのか？」カネリスが訊いた。

「持っていない」

鑑識班の一人が部屋に入ってきた。彼は「ちょっと失礼します」と言い、俺の手と手首に粘着性のシートをあてがった。硝煙反応を検査しているのだ。彼がシートを剝がすと、乾いた血糊が貼りつき、ピンクの縞模様になって残った。俺はカネリスの前を通って台所の流しへ向かい、ドノの食器洗い用スポンジで両手をこすった。

窓の上には、雄牛の絵をあしらった時計が掲げられている。俺がこの家を出てから、新たに付け加えられたものだ。闘牛士の剣のような形をした長針と短針によると、救急隊がドノを搬送してから四十分が経過している。

いまごろには負傷の程度が判明しているだろう。病院からなんらかの説明がなされるはずだ。

俺はゲリンを見た。「俺もハーバービューへ行きたい」

ゲリンは少し考えていた。俺の話が本当かどうか、すみずみまで確かめ、もう一度洗いなおしたいのだろう。容疑者リストの筆頭から俺を消すには、それぐらいしなければならないはずだ。そうするつもりがあればの話だが。

「携帯電話は持っているか？」ゲリンは言った。俺は彼に番号を教えた。電話に自分の指紋がついている。911にかけようとしたときに、ドノの血がついたのだ。

「救急車を呼んだのは誰なんだ？」俺は訊いた。

カネリスが答えた。「隣近所に銃声が聞こえてね。住人の方が911にかけてくれたんだ」通報者の性別はぼかしている。ということは、たぶん女性だろう。

「しかし、俺には銃声が聞こえなかった」俺は言った。「車を駐めて、家まで半ブロックほど歩いてきたのに、そのあいだずっと聞こえなかったんだ。つまり銃撃があったのは、俺が扉を通るより少なくとも二分前ということになる」

ゲリンが考えた。「なるほど、もっともだ」彼は言った。

俺は開け放たれた裏口の扉を見た。「俺が入ってきたとき、犯人はまだ屋内にいた。なぜ、そんなに長いこと家にいたんだ？　そいつはいったい何をしていた？」

「家捜ししていたのか？」カネリスが言った。「金目当てだったとか？　あるいは転売できそうなものでも探していたのか？」

俺は答えなかった。ゲリンも無言だ。もしかしたら、彼も俺と同じことを考えているのかもしれない。犯人がドノを銃撃したあともなお家のなかを探していたとしたら、狂気の沙汰だ。しかも正面玄関の扉を開けたままで。さもなければ、とんでもない冷血漢だ。

「ハーバービューに行ってくる」俺は言った。

「病院で会おう」ゲリンが言った。「鑑識班が現場を調べ終わったら」

「勝手に街を出ないでくれよ」カネリスは言った。相棒が息をつく。ほとんどため息だ。

鑑識班の連中が居間をテープで封鎖した。一人は写真を撮り、残りの班員はあらゆるものに指紋採取用の粉をかけている。俺は玄関口のフックにかけてあった古い防寒作業着をつかみ、家を出た。

通りにはパトロールカーや標章のない警察車両が押しかけ、やじうまが周囲を取り巻いている。片手にコーヒーを持っているのは近所の住人だろう。ジョギングの途中で立ち止まっている見物人もいる。

「おーい！」俺がチャージャーへ向かって走る途中、やじうまの一人が呼びかけてきた。「何があったんだ？」

知りたいのはこっちのほうだ。

3

シアトルのみならず、ワシントン州西部で重傷を負った患者は、まっしぐらにハーバービュー病院外傷センターをめざす。ハーバービューでも助からなければ、残る選択肢は死体置き場だ。

受付の女性が、ドノは手術室にいると教えてくれた。だが、容態に関してはまだ何もわかっていない。患者番号は918だ。その女性は、医師たちが手術室から出てきたら、俺が到着したことを伝えると言った。

待合室には黒と灰色のプラスチックの椅子が数十並び、中央の低いテーブルには寄贈された雑誌が山と積まれていた。人々は椅子を移動させてグループごとに身を寄せ合い、まるで祈りを捧げているようだ。雑誌を読んでいる者は一人もいなかった。壁には液晶画面のモニターがあり、そこに患者の現在位置が表示される。俺が待っていると、モニターに祖父の状況が表示された。『918号患者――手術中』

俺は空いている椅子に座った。そしてクリーム色の壁を見つめた。

これまで、病院で過ごしてきた時間は長い。そのうち二度は、自分自身の負傷によるものだ。一回目は二十歳のころで、ワシントンDCのウォルター・リード陸軍病院に入院し、顔の再建手術をした。二回目はここ一カ月の内勤の原因になった事故で、カンダハルの脱出地点で俺たちの部隊を乗せたヘリが離陸した瞬間、前腕に榴散弾を受けた。

この二回の入院以外にも、同僚や部下が手術を受けているあいだ、病院の待合室で過ごした時間は合計で数百時間になる。部隊の戦友たちとともにじっと座っているあいだ、誰一人として、きっと大丈夫だなどという気休めを言わなかった。自分が入院するよりも、仲間を待っている時間のほうがずっとしんどかった。

そのなかでも最悪中の最悪だったときのことは、ほとんど覚えていない。俺は当時、まだ六歳だったのだ。どうやって緊急治療室まで来たのか、自分でもわからなかった。そしていまいるような待合室で、俺の知らない人たちがまわりでささやき、泣いていた。そこには祖父もいた。

それまで祖父には、ほんの数回しか会ったことがなかった。祖父はいつも少し怖かった。彼は背をかがめて俺に話しかけ、俺が理解できるまで何度も同じことを繰り返した。祖父は、いまはお母さんに会えないと言っていたのだ。しばらく家に戻ろう、と。だが戻ったのは祖父の家であり、母と住んでいたアパートメントではなかった。

俺はどうしてと訊いた。祖父がようやく重い口をひらいたとき、その言葉には巌《いわお》のような重さがあり、俺にはよくわからなかったものの、それは本当のことなのだと思った。

「母さんはここにいる」祖父はそう言った。

それから、俺にとって病院が母の居場所になった。母が世を去り、埋葬されて月日が経ってからも、俺には母がまだ病院の、どこか見えないところにいるような気がしていた。六歳だったころの俺には、母がずっとそのまま入院しているように思えた。

ドノがいまここで死んだら、祖父もまた俺の心のなかで、母と同じ場所を占めるのだろうか？　そんなことを知りたくはなかった。

通りに面したガラス張りの大きな自動ドアがひらいた。ゲリンとカネリスが入ってくる。カネリスが最初に俺を見つけた。二人の空気が先ほどとはちがっている。歩きぶりだけでもそれがわかった。カネリスが立ち止まり、背筋を伸ばした。ゲリンは険しい表情だ。

「ショウ軍曹」ゲリンが言った。「あんた、隠していたな」

二人は俺の両側の椅子に座った。ゲリンは俺とのあいだに椅子をひとつ空けた。カネリスはすぐ隣だ。ゲリンが青いマニラ紙のフォルダーを抱えている。フォルダーは分厚く、三十ページ以上はありそうだ。

カネリスが薄笑いを浮かべた。「あんたの祖父さんはとんでもない悪党だ」

「ドノの前科は知っている」俺は言った。

ゲリンはフォルダーをひらき、最初のページを見た。

「表向き、祖父さんは総合建設請負業と電気技術者の免許を持っている」彼は言った。「免許を取得してから二十三年だ。建築許可証をはじめ、たくさんの公文書が祖父さんの名義で残っている」

俺は座ったまま、続く言葉を待った。その内容はわかっている。ゲリンはページをめくり、それぞれの罪状を読み上げた。

「しかし、凶器携帯強盗の容疑で逮捕。不法侵入の容疑もあり。凶器携帯強盗罪、有罪。重窃盗罪、有罪」ゲリンは目を上げ、俺を見た。「両方の罪で、四年半マクニール島で服役している。祖父さんが連邦通貨の保管場所を襲ったからだ」

「あんたの祖父さんは陪審員を相当怒らせたにちがいない」カネリスは言った。「当時、マクニールに送られるのはよほどの重罪犯だったからな」

「俺が物心つく前だ」俺は言った。

ゲリンはふたたび、手元の書類に目を落とした。「住居侵入窃盗容疑による逮捕が二回。加重暴行の容疑。重窃盗罪の容疑。これも二度目。それから最後に、未登録銃器所持罪。キング郡の刑務所に十四ヵ月服役」

刑事は俺に、分厚い書類の束のいちばん上のページを見せた。それはドノの最初の逮捕記録にちがいなかった――少なくともアメリカ合衆国では。若く、端整で、人をあざけるような祖父の顔が、正面と横から撮影されている。顔写真には不揃いな白い文字で、祖父の名前と一九七三年の登録日が記載されていた。撮影したのはマサチューセッツ州オールストンの警察だ。ドノと俺の祖母と、当時まだ幼かった母がシアトルへ越してくる以前のことだ。

俺は魅入られていた。ドノは自宅にいっさい写真を残していないのだ。そのため俺は、若かりしころの祖父を見たことがなかった。

俺に少し似ている。

ゲリンはページから目を上げた。「銃器といえば、床に落ちていた拳銃には祖父さんの指紋があった。二階からも別の三八口径スペシャルが見つかり、さらに台所のコート掛けで、服の下に散弾銃が隠してあった。二挺の拳銃は、八年前に九十三歳で亡くなった男性の名義で登録されていた」

ゲリンは青いフォルダーを閉じ、隣の椅子に置いた。「あんたはこうしたことをひと言も言わなかった。そのことでわたしは、あんたも祖父さんの片棒をかついでいたんじゃないかと疑っている。たぶん、ずっといっしょにやっていたんだろう」

懐かしささえ覚えた。警官が俺に祖父の裏稼業について訊いている。俺は中学校に入って以来、この駆け引きをしなくてもよくなったのだが。

「祖父が最後に罪を犯したのは？」俺は言った。

ゲリンは書類を見ずに言った。「十八年前だ」

「そのとおりだ」

「それ以来捕まっていないからといって、祖父さんが潔白だという保証はない」カネリスは食い下がった。「潔白な人間なら、台所に銃を隠したりはしないはずだ」

俺は言った。「ドノにはいつも、少し心配性なところがあってね。家に銃を置いている人間が、みんな酒屋から盗みを働くわけじゃないだろう」

「あんたは幼いころから祖父さんの犯罪歴を知って育ったにちがいない」ゲリンは言った。

「最後に逮捕されたとき、あんたは祖父さんといっしょに暮らしていた」

「いかにも。だがドノの話では、逮捕されたのは人ちがいだということだった」俺は肩をすくめた。「俺はまだ子どもだったから、額面どおり受け取っていたのさ」

カネリスが俺に指を突きつけた。「あんたはそのころ、すでに社会福祉システムの世話になっていた、ちがうか？」彼は言った。「里親制度だ。楽しい思い出ではなかったはずだ」

二人の刑事は下調べをしてきたようだ。確かに俺は一年半、州の被後見人となり、ドノが裁判を受け、郡刑務所で服役しているあいだ、里親のもとに預けられていた。

「俺の経歴を調べたのなら」俺は言った。「高校を卒業したらすぐ陸軍に志願したのも知っているだろう。それ以来、俺は一度も故郷に戻っていない。だから最近のドノの生活については何も知らない」

「あんたはさっき、祖父さんに敵がいるかどうかわからないと言った。では、過去についてはどうだ？　怨恨はないか？　家に復讐に来そうな悪人は？」

「祖父さんは建設業の仕事のこと以外、何も話さなかった」俺は言った。「お役に立てなくてすまない」

ゲリンが俺を睨みつけた。カネリスも。しかしカネリスは、相棒の同意を求めてゲリンのほうをちらちらうかがっていた。

「どうか、われわれにご協力を願いたい」ゲリンがようやく言った。「あんたが祖父さんの人生を秘密にしておきたいのはわかるが、そうしたところで祖父さんに何もいいことはない。

わたしだって、あんたが祖父さんを撃ったとは思っていないんだ。あんたの上官とも話してみた。あんたが国に大変貢献していると褒めていた」

ゲリンが身を乗り出してきた。「とはいえ、偶然の一致にしてはできすぎている。ドノが撃たれたのが、まさしくあんたがこの街に戻ってきた日とは」

刑事の言葉は正しかった。まさしく同じ日の朝に。というより、ほぼ同時刻に。

俺が戻ってくることは、ドノ以外の誰にも知らせていなかった。ドノは誰かに言ったのだろうか？

俺はゲリンを見た。「犯人を捕まえる手がかりがわかったら、知らせよう。俺だって、あんたたち以上にそいつを捕まえたいんだ」

鮮やかな緑の手術着を着た小柄な男が、受付のカウンターで係員の女性と話し、こちらへ向かってきた。豊かな黒い顎鬚に、疲れ切ったクルミ色の顔。頭に巻いた赤褐色のターバンは紅葉を思わせる。

「ミスター・ショウはどなたですか？」彼は言った。

「俺だ」俺は言った。ゲリンが上着をめくり、刑事のバッジを見せる。

「ミスター・ショウの手術を担当した医師のシンです。ミスター・ショウはいま、術後室から出てくるところです。まもなく通常の病室に移される見こみです」

「じゃあ、生きてるんだな？」脈拍が跳ね上がった。まだ本当のこととは思えなかった。

「ええ、生きてます。銃弾で頭蓋骨が破砕しました。そのせいで、左側頭葉下部がかなり損なわれています。心拍数は安定していますが、呼吸にはまだ補助が必要です」

「いつごろから会話できるようになりそうだ？」カネリスが言った。

シン医師は首を傾げた。「その点は非常に予測が難しいところです。麻酔はあと二、三時間で切れますが――」医師はかすかに肩をすくめた。

「どれぐらい悪いんだ？」俺は訊いた。

「率直に言いましょう。こうした脳の損傷の場合、意識が必ず回復するという保証はありません。回復しても、意識が明確であるとはかぎりません」

「担架や手術台で何か言っていなかったか？」ゲリンが粘った。「銃撃した犯人につながるようなことは？」

「いいえ、お役に立てず申しわけない」シンは言った。「くれぐれも患者さんを煩わせないようにしてください。もしも目が覚めたら、すぐにお呼びします」

「誰か見張りをつけよう」ゲリンは言った。

その目的は、ドノが目覚めたときに話を聞くためだけではない。老人が生きていることを犯人が知ったら、ふたたび殺そうとする可能性があるからだ。

シンが俺のほうを向いた。「失礼ですが、あなたの……お父様でしょうか？」

「祖父だ」

「えっ？　そうですか、お祖父様ですか」シンが驚くのも無理はない。ドノと俺は三十六歳しか離れていないのだ。「ではお祖父様は、リビングウィル（生前発効の遺書）や委任状は書いていますか？　延命措置に関する意思表示のようなものは？」

「わからない。弁護士に確認してみるが、たぶんないと思う」俺は言った。

「わかりました」

「つまりあんたは、祖父が長期間、いまのような状態になるかもしれないと言ってるのか？」

「申しわけないのですが、それもなんとも言えません。面会をご希望でしたら、当方にも準備がありますので」

準備だと。まるで遺体に面会するかのようだ。俺たちはシンのあとに続き、エレベーターで三階へ向かった。そこで医師は受付デスクのコンピュータ画面を確かめ、俺たちを先導して長い廊下を歩いた。部屋にはベッドが二台あったが、患者が寝ているのは一台だけだ。

ドノの上半身はリクライニング式のベッドでわずかに起こされていた。ガーゼとテープの塊が枕代わりに後頭部を支えている。手首と肩が電極につながれ、脈拍の数値がモニターに表示されていた。点滴用の針が腕に差しこまれ、テープで留められている。人工呼吸器のチューブが口から突き出し、唇からはシャボン玉のようなよだれが出て、いかにも苦しそうだ。

「祖父と二人きりにしてくれ」俺は言った。「みんな、病室を出てくれないか」

ゲリンとカネリスが顔を見合わせる。

「俺が容疑者であろうとなかろうと」俺は言った。「いずれにしても、みんなに出てもらってから人工呼吸器のプラグを外すような真似はしない」

ゲリンはその言葉に眉をひそめたが、二人の刑事は病室を出て、シン医師も続いた。

俺は壁際からドノのベッドに椅子を引き寄せた。医師の見立ては果たして本当なのかと思い、俺は数分間、祖父をじっと見つめた。死の淵に追いやられた人間は、たいがい小さく、しなびたように見えるものだ。しかし祖父は、俺の記憶どおりの大きさだった。身長は六フィートちょっとで、手足がひょろ長い。ごま塩頭はこの十年で灰色に変わり、生え際がやや後退している。目のまわりには皺《しわ》が増えたようだ。だが両手の拳は、いまだに石工のようだった。俺はベッドのシーツに自分の手を置いた。青白い祖父の手に比べ、俺の手は日焼けしている。

祖父は俺に、家に帰ってきてほしいと頼んできたが、その理由はまったくわからない。俺はタッチの差で間に合わなかった。わずか数分ほどの差で。

「ちくしょう、ドノ」俺は言った。「俺か祖父さんのどっちかが、これほど手ひどくしくじるとは」

刑事たちにはひとつ嘘をついていた。祖父は俺の子ども時代に改心していたわけではなかったのだ。仕事ぶりがより巧みになったにすぎない。

ドノ・ショウは泥棒だ。十代のころからプロの犯罪者で、大半は無謀な押しこみ強盗だった。しかしそうしたやりかたは、ゲリンが知らせてくれたように、惨憺たる結果に終わった。ドノは方法を変え、より巧妙な手口を用いるようになったのだ。

そして祖父は俺に教えてくれた。車の盗みかた、偽造のしかた、警報ベルを出し抜く方法を。それから、金のことを。どうやって金のありかを見つけ、奪い、隠すか。俺は十二歳のころ、テルミットという化合物を使って大半の金庫をこじ開けることができた。十五歳のころには、警察が尋問に使うトリックについて、カネリス刑事よりも詳しくなっていた。俺は自信満々の小悪党だった。

　俺が故郷を出てからの十年で、ドノが変わったかどうかは疑わしかった。きっと祖父は、最近仕事で成果を上げたか、計画を練っていたのだろう。祖父は決して休むことを知らない人種だ。

　ドノの仕事のことでは、俺はゲリンに嘘をついた。だが、銃撃されたときの状況については別だ。犯人の特定につながることがわかれば、どんなことでも喜んで提供するつもりだ。刑事たちには手がかりをつかむさまざまなルートがあるだろう。

　しかし、俺にも独自の情報源がある。彼らよりも良質な情報源が。警察に協力するぐらいなら、自分たちのつま先をペンナイフで突き刺したほうがましだと思う連中だ。

　とはいえ、昔の顔なじみがまだ会ってくれるかどうかはわからない。俺がこの街を去ってから、長い時間が経っている。

　ドノは銃撃した犯人と顔見知りにちがいない。俺は直感でそう確信した。仕事仲間だろうか？

　ドノが仲間を募って仕事をすることはめったになかったが、そうした場合、彼は決して仲間を裏切らなかった。裏稼業で裏切りを働いたら致命傷になると考えていたのだ。したがって俺は、ドノに裏切られた人間が祖父の後頭部を撃ったという考えには与《くみ》しなかった。だとしたら、それは待ち伏せということになる。ドノと犯人は、誰かの分け前の受け渡しのために会っていたのだろうか？　ドノの三八口径は床に落ちていた。犯人が銃に手をかけたとき、ドノの反応が遅かったのだろうか？

「祖父さんが戻ってきてほしいと言ってきたんだ」俺はドノに言った。「だからこうして戻ってきた。こんどは祖父さんの番だぞ、くそっ」

人工呼吸器のポンプが膨張と収縮を繰り返しながら、祖父の衰弱した肺にそっと空気を送りこんでいる。

俺は立ち上がり、椅子を壁際に戻した。「ちょっと出かけてくる」俺は言った。

廊下でゲリンの姿を見かけた。受付の近くで、電話で誰かと話している。俺は踵を返し、彼に見つからないよう反対方向へ向かった。数ヤードで階段室の扉があった。

日曜日の午後だ。交通量の少ない通りを丘のほうへ向かい、祖父の家に戻った。一方通行になっていた通りもあり、一、二度、逆方向へ向かうことになった。俺は免許取りたての学生ドライバーさながら、慎重に運転した。そっとアクセルを踏み、ウインカーもきまじめに点灯した。

つまりあんたは、祖父が長期間、いまのような状態になるかもしれないと言ってるのか？

俺がシンにそう訊いたとき、医師は答えをはぐらかした。それで、答えとしては充分だ。

これが祖父の最期になるんだろうか？　もう二度と目を覚まさず、犯人のことを話してくれなかったら？

撃たれた理由がわからずじまいだったら？

家の前の縁石は今度も空いており、俺はチャージャーを駐めて石段をポーチへ上がった。扉の前で立ち止まる。鑑識班の連中は扉に南京錠を取りつけていた。ふたたび出入りする必要があったときに備えて、通常の鍵を使いたくなかったのだろう。

俺は南京錠をじっと見つめた。それからブーツで、ドアノブの上を蹴った。木材がきしんでたわんだが、南京錠は持ちこたえた。さらに勢いをつけ、強く蹴った。木っ端が飛び散り、南京錠と掛け金が吹き飛んで扉がひらいた。

現場封鎖用の黄色いテープが、入口から居間まで伸びている。象牙色の指紋採取用粉末がいたるところに振りかけられていた。そして床には、悪魔の毛布さながらに赤い血がついている。

それ以外は、昔の記憶のままだった。ぎっしり詰めこんだ本棚。重厚な真鍮で造られたランプ。アイルランドのクレア州の断崖を描いた油絵も、相変わらず暖炉のマントルピースを飾っている。テレビは新しくなり、薄型のプラズマテレビになったが、かつてのテレビが鎮座していたのと同じキャビネットに納まっている。ドノの革製の椅子も同じ場所にあった。老人が大半の時間を過ごす部屋。いや、過ごしていたというべきか。

廊下を台所へ向かった。ドノはいつも冷蔵庫の上の棚に酒を置いていた。酒はいまでもそこにあった。俺は最初に目についたケンタッキーバーボンをつかみ、ぐびぐびあおった。それからもう一度。それで気分が落ち着くかと思ったのだが、効果はかがり火に小便をかけた程度だった。

俺はボトルを投げつけ、ボトルはカウンターにぶつかって粉々に割れた。それでも気分は収まらない。木の椅子をつかみ上げ、朝食用のテーブルにたたきつけた。一度。二度。リズミカルな衝撃。三度目で椅子は粉砕され、俺は破片を投げ飛ばした。

ほかに壊すものはないかと室内を見まわしたとき、誰かが開け放たれた玄関の扉をたたいた。

4

まだ治まらない耳鳴りのなかで、もう一度ノックの音がした。犬が吠えている。大型犬特有の、低くうなるような声だ。

「こんにちは」女性の声だ。「大丈夫？」

俺は二回深呼吸をして気持ちを落ち着けてから、台所を出た。廊下の堅木の床に、ブーツがバーボンのついた靴跡を残す。

一人の女性が開いた戸口に立っていた。家の奥から差しこむ光は薄暗く、姿は半ばほどしか見えない。高齢で背は低く、郵便箱のようにどっしりしていて、白髪を立たせている。犬もまた白かった。ピットブルと水牛をかけ合わせたような、がっしりした雑種犬だ。

俺は廊下で立ち止まり、扉と犬から距離を置いた。犬はふたたび俺に向かって吠え、いかつい身体の体重を前肢にかけながら、革ひもを引っ張っている。

「スタンリー」女性が犬をたしなめた。犬は吠えるのをやめたが、哀れっぽく鳴き、解放されたがっているようにひもを引いた。俺に遊んでほしいのか、それとも俺を食べたいのかはよくわからなかった。女性は犬を引き戻した。彼女のもう片方の手には、サランラップに包まれた耐熱皿が載っている。

「何か？」俺は言った。

「あなたがお孫さんね」彼女は言った。「わたしはアディ・プロクターよ」警戒した口調ではない。俺がまだドノの防寒作業着を身につけ、シャツを着ておらず、ジーンズには血が点々とついているというのに。だが、犬はうなり声をあげた。

「ドノの近所の方ですか、ミズ・プロクター？」俺がドノの肉親だと知っているということは、けさ、警官にそのことを聞いたのだろう。もしかしたら彼女は、パトロールカーが来るまでの一部始終を見ていたのかもしれない。

「アディでいいわ」彼女は言った。「わたしはここの通りの、明るい黄色の家に住んでいるの」

思い出した。最初にここへ着いたとき、通りで見た家だ。その家を覚えているのは、庭の芝生に〈自警団〉という大きな青い看板があったからだ。

彼女は耐熱皿を持ち上げた。「いいものを持ってきたわ」

詮索好きな近所の住人の相手をするには疲れ切っていた。手を伸ばし、廊下の照明をつける。彼女は象牙色の縄編み模様のタートルネックのセーターに黒いズボンという服装で、不恰好な黒い靴をはいていた。四角い黒縁の眼鏡をかけている。七十代後半ぐらいに見えた。

「ご親切はありがたいですが――」

「いいのよ」彼女は言った。「ソーセージのキャセロールなの。あなた、肉は食べられるでしょう？」

「ですから――」

「オーブンで温めたほうがおいしいわ。奥に台所はあるわよね？」彼女はずかずかと入りこんできた。先頭を犬が歩く。俺は引き下がるしかなかった。珍妙な行進だ。あとずさりする俺に、スタンリーが吠えかかる。

台所では、バーボンのボトルの破片がタイル張りの床に散乱していた。ウイスキーのにおいが鼻を衝く。スタンリーが鼻をひくつかせた。割れた椅子の破片も部屋じゅうに飛び散っていた。朝食用のテーブルには生々しい傷跡がいくつもできている。塩と胡椒を入れていたガラスの容器も床に落ちて割れていた。破片はどれもウイスキーに浸かっている。

台所の様子を目にしたアディ・プロクターは、スタンリーの革ひもを引き、ガラスの破片から遠ざけた。「模様替えの最中のようね？」彼女は言った。

やれやれ。この老女が掃除しはじめたら、一晩中かかるだろう。

俺は冷蔵庫と壁のあいだの狭い隙間からほうきをつかみだし、足下のひどいところから掃いた。反射的に手が伸びたのは、ドノと俺が住んでいたころから、そこがほうきやモップの定位置だったからだ。

「今晩は来客の予定はなかったもので、ミズ――いや、アディ」俺は言った。

「どうぞおかまいなく」彼女は言った。「ついさっきあなたの姿を見て、これをお届けにあがりたくなっただけですから。それに、お祖父様の具合もお聞きしたくてね」

なるほど。さもありなん。近所に触れまわるゴシップのネタをつかませれば、この老婆は犬ともども帰ってくれるわけだ。

「祖父は生きてます」俺は言った。「それ以上のことは、医者にもわからないようですが」

彼女は眉をひそめた。「あまり明るい見通しではなさそうね」

「祖父の主治医によると、好転するかどうか予測は難しいそうです。待つしかないということで」

「それはお気の毒に」彼女は言った。「でもお医者さんが希望的観測を口にしたためしは、めったにないでしょう？　見立てが誤っていたときに責められたくないのよ。だから心配させるようなことばかり言うの」彼女が見ている前で、俺がほうきでガラスの破片をちりとりに詰めこむ。「お医者さんの話はそれだけだったの？」

「ええ」

彼女はうなずき、スタンリーの革ひもをドアノブに結びつけた。犬がぐずる。「シーッ」アディが言った。「おすわり。お・す・わ・り」犬がしぶしぶ座り、料理のにおいに鼻をくんくんさせた。アディは台所のオーブンのドアを開け、耐熱皿からサランラップを剝がした。

「二十分でできるわ」彼女は言い、ダイヤルをまわした。

「ありがとうございます」俺は言った。「寝る前に少しいただきます」

「ご近所さんにはひととおり電話をかけてみたの」彼女は俺のほうを向いて言った。男性用のような黒い眼鏡の奥で、緑の目が爛々《らんらん》と光る。「このあたりで、けさお宅の近くで不審な人を見かけた方は一人もいなかったわ。わたし以外は。でもわたしが見たのは、あなただけだった。最初に到着したときよ」

「では、銃声を聞いたのはあなただったんですね」

「おかしな音が聞こえたわ。そのときわたしは、正面のポーチに出ていたの」彼女は顔をしかめた。「タバコを吸っていたの。起き抜けの一服だけは、この年になってもやめられなくてね。もう六十年も吸っているわ。目が覚めるのはどんどん早くなっていくんだけど、これだけはやめられないの」そう言ってかぶりを振る。「わたしはローブを着て、扉の外側に立って霧を見ていたわ。そのときにあの音が聞こえた……でも、すぐには銃声だと気づかなかったの。ポンというような音だった。テレビドラマとはちがうのね」

「小口径の拳銃です」

「ああ、そうなのね。わたし、銃は嫌いなの。どっちの方向から聞こえたのかもよくわからなかったわ」

「でも、警察を呼んだんですね」

「そのとき明かりがついていたのは、ドノの家しかなかったからよ。ポーチからは坂の上が見えて、お宅の窓から、部屋が少しだけ見えたわ」彼女は廊下を指さした。

「居間ですね」

「ええ。明かりがついた窓のあたりで、影が動きまわるのが見えたの。とても早く。ひどくいやな予感がしたわ。それでわたし、自分に言い聞かせたの。これで何事もなければ、わたしがばかみたいでしょうけど、もしもひどいことが起きていて何もしなかったら、わたしは本当の大ばかだって。だから思い切って、警察を呼んだのよ」

「正しい行動でした」

「でもねえ。わたしあのとき、外に出てもっとよく見ていればよかったんだわ。そうしたら、犯人の姿を見ていたかもしれないのに」

その点は同感だ。アディ・プロクターが無謀を承知で現場に飛び出し、犯人が逃げ去る前に見ていてくれれば。しかし、いまの彼女が求めているのは励ましの言葉だ。

「それも賢明な判断でした」俺は言った。「あのときドノは何より、救急隊の手を必要としていたんです。こっちには武器がなく、Tシャツしか持ち合わせがありませんでした」

アディは安堵の息をついた。「ありがとう。あれからずっと、自分が情けなくてしかたがなかったの。それでずっと、お宅のことが気になってね。何かしなければと思ったの。さもないと、気が変になりそうだったわ」

俺は首を振った。「ひとつ、恩に着なければなりません、アディ。いえ、ふたつです」俺は台所を横切り、酒場にあるような大きな革張りのスツールを持ってきた。俺が生まれる前からドノが持っていたものだ。スツールを置き、彼女に座るよう促す。「ひとつは、すばやく助けを呼んでくれたことです。おかげでドノは命を救われました。ふたつ目は、俺の姿を見て、警察にそのことを話してくれたことです。さもなければ、俺はいまごろ、ドノを銃撃した容疑者として逮捕されていたでしょう」

俺は二人分のグラスを棚から取り、流しで水を汲んだ。カウンターには既製品の食パンがあった。俺は包装を破り、ひときれちぎって、スタンリーの前に放った。犬はふた口で平らげた。

スツールは小柄なアディには高すぎた。不恰好な靴は、スツールの足掛けにかろうじて届くかどうかだ。

「警察は何か手がかりをつかんだの？」彼女は訊いた。

「つかんだとは聞いていません」

警察が何かをつかんでいるとは思えなかった。ゲリンとカネリスが捜査規範を遵守しているかぎりは。そうした捜査では、電話の通話記録や最後に祖父と会った知人といった情報は得られないものだ。

「あなたは自警団の方ですね」俺は言った。「最近このあたりで、めぼしい事件はありましたか？　強盗のような？」

「二年ほど前に、隣のブロックで窃盗が一件あったわ。あとは、ありふれた車上荒らしが二、三件あった程度よ。今回のような凶悪事件はなかったわね」彼女は言った。

「ドノの知人に知らせなければと思っていたんですが」俺は言った。「ドノはあなたに、誰か友人のことを言っていましたか？　あるいは恋人とか？」

彼女は首を振った。「通りで会ったらご挨拶をする程度だったの。あまり親しいつきあいはなかったのよ。感じのいい方ですけど……その……」

俺はうなずいた。ドノはいつも、隣人とは礼儀正しく接しながらも一定の距離を置いていた。隣近所に社交的な人々が引っ越してきたら、彼はいかなる招待も丁重に断わり、夕食をともにしたりビールをいっしょに呑んだりすることは決してなかった。そのうちに彼らも、ドノには声をかけないようになった。

ただしもちろん、祖父と俺は隣人を完全に無視していたわけではない。ドノは彼らの名前はもとより、市内に住んでいる家族がいないかどうかも調べた。さらに、職業や引っ越し前の住所も突き止めようとした。のみならず、逮捕記録までも。あるいは、新たな隣人が警官だったり、警官の注意を引きそうな人物だったりすることもありうる。祖父の信念によれば、よき隣人とは垣根を越えてくることのない、経歴のはっきりした人物のことだった。

俺はアディを見た。彼女を調査したドノはどのような結果を得たのか？

「もう長いこと、こちらにお住まいですか？」俺は言った。

「三年前に引っ越してきたの。マグヌスとわたしがずっと所有していた家なのよ。夫が死んだときに……もう人に貸すのはやめて、自分で使うことにしたの」彼女は俺のブーツを指さして言った。「あなた、軍隊の方ね？」「陸軍です」

彼女と俺は探り合いをしていた。

「マグヌスも陸軍にいたわ。スウェーデンの」

「最近、この家に出入りしていた人物はほかに見ましたか？　訪問客とか？」

アディはその言葉を考え、眼鏡を外して自分のセーターで拭いた。丸顔に刻まれた皺が蜘蛛の巣のようだ。

「一人、見かけたわ。男の人で、以前にも見たことがあるの。お祖父さんのお友だちかしら？」

「それはいつですか？」

「最近？　先週、だったと思うけど」彼女はかぶりを振った。「ごめんなさいね。このところ、日にちがごっちゃになっちゃって。仕事を辞めたのはそんなに前じゃないんだけど、まるで休暇を過ごしているみたいに、曜日の感覚がなくなっちゃうのよ」

「でも、一週間ぐらい前なんですね。その男は、ドノといっしょにいたんですか？　どんな外見でした？」

「ええ、いっしょにいたわ。縁石のところでね。わたしは車で前を通りすぎたの。そうそう、思い出したわ。大柄な人だった。背は高くなかったけど、胸ががっしりした感じだったかしら」

「なるほど。続けてください」

「たぶんお祖父さんぐらいの年で、六十代でしょうね。髪は明るい色だったわ。オレンジか赤のような」

　がっしりした身体つきで、赤毛の男。一人、思い当たる人間がいる。

「その男と祖父が縁石のところにいたと言いましたね。それは、ドノのピックアップトラックのそばでしたか？　それとも、その男の車でしたか？」

「男の人の車だったわ。お祖父さんの大きな青いピックアップトラックは知っているわよ。その車ではなかったわ」

「キャデラックみたいな車ですか？　屋根が折りたたみ式の？」

「そう。そうよ」彼女は活気づき、目を見ひらいた。「それにちがいないわ。いかにも燃費を食いそうなアメリカ車よ。車体は黒だったと思うわ」

　ホリス・ブラントだ。彼はいつもキャデラックの大型車に乗っていた。ベンチシートの席に座れば、あの肥満体でも肘を広げる余裕ができる。

　ということは、ホリスもシアトルに戻っているのだ。俺のように。

「その男はドノの友人です」俺はアディに言った。「こっちから電話してみます」

「あの車をすぐに思い出せなかったなんて、自分でも信じられないわ。シアトルにコンバーチブルの車なんかめったにないのに」

　俺は伸びをした。「きょうはいろいろありましたから」ホリスに一刻も早く連絡をつけたい。

　アディは俺の意図を察し、飲みかけの水のグラスを置いた。「お邪魔しました」彼女は背の高いスツールから降りた。「ドノのことはとても気の毒に思うわ。わたしにできることがあったら、なんでも言ってね」

　社交辞令ではなさそうだ。俺は笑みを浮かべた。「そうします」

「あなたがお祖父さんのために戻ってきてくれてうれしいわ。お皿を取りに、また来るわね。ちゃんと食べるのよ」アディはスタンリーの革ひもを引いた。俺の前を通りすぎるとき、スタンリーは大きな頭を向けて、鼻を俺の手にこすりつけた。耳を撫でてほしかったのかもしれないし、パンがもうひときれほしかっただけかもしれない。彼女と犬は廊下を通り、開いた扉から家を出た。少しして、俺も外に出てみた。坂道を降りていくアディの靴音が、舗道にドスンドスンと響く。変わった老婆だ。

祖父は二階のしつらえを多少変えていた。主寝室のバスルームは模様替えされ、絨毯も新調しているが、色は前と同じくすんだ茶色だ。寝室の壁際には小型のテレビがあった。

ベッドサイドのテーブルにはランプがあり、そのまわりには、この家でただふたつの聖具が置いてある。どちらも家族の遺品で、ひとつはドノの死んだ妹が持っていたロザリオだ。もうひとつは聖クリストフォロスのメダイユで、昔ドノから聞いたところでは、俺の祖母、すなわちドノの妻が母に遺した形見だという。そして母が死んだとき、ドノのもとに戻ってきたそうだ。

本棚には書物がさらに増えていた。大半は船や海戦にまつわるノンフィクションで、なかでも海賊をテーマにしたものが多かった。たぶんドノは、二十一世紀の犯罪と同じぐらい、十七世紀の犯罪に詳しいだろう。酒を呑んだときにとりとめなく話していたところによると、祖父は母にグレースという名前をつけたがったが、その由来はアイリッシュの女海賊グレース・オマリーだったらしい。だが結局は祖母の説得により、母の名前はモイラになった。

二階で最も変わっていたのは、俺が使っていた部屋で、いまは空き部屋同然になっている。あるものといえば、いくつかのファイルボックスと古い事務机、革張りのソファだけだ。どれも価値のないがらくたで、いかなる愛着も感じない。

俺は階下に戻った。

食品庫はかつてボイラー室だったところだ。小柄な人間なら横になれるぐらいの大きさがある。俺はトマトスープの缶詰を動かし、奥の壁まで進んだ。ドノがちょっとした仕掛けを施していたところだ。

原理は中国の細工箱と同じようなものだ。棚の支柱をひねり、腕木を横に滑らせると、あら不思議。柱のあいだの乾式壁がばね仕掛けの蝶番《ちょうつがい》によって、押し出されるようにゆっくりひらき、その奥から一フィート四方の空間が出てきた。

その小さな隠しスペースには、いくつかの物品が収納されていた。歯科用品を改造して作った、解錠用のさまざまな工具類。ドノの顔写真を貼った偽造の運転免許証。三枚とも偽名で、州もそれぞれ異なっている。一見不釣り合いな組み合わせの拳銃――小型の三二口径と、より新しく殺傷力の強い、ブローニングの九ミリ。どちらも緊急時に役立つこと請け合いだ。

そのどれを見ても、俺は最後にドノの隠しスペースに入ったときのことを思い出した。以前は、必ず現金も隠していたものだ。二十ドル札や五十ドル札で九千ドルから一万ドルは手元に置いていた。しかしいま、現金はどこにも見当たらない。もしかしたら、キャッシュカードにしたのかもしれない。

鍵束もふた組あった。大きなほうは家や車に使われそうな鍵だ。

だが、もうひと組の鍵束には奇異な印象を抱いた。二種類の鍵が二本ずつある。二本は銀色でピストルのような形をしており、鍵は先が丸く、曲がっている。エンジンキーかもしれない。あるいは発動機用の鍵だろうか。あとの二本は小さく、真鍮色をしている。四本の鍵は、赤みがかった小さな木っ端にくくりつけられていた。誰かが木切れに穴を開け、鍵用の鎖をつけたようだ。どうもおかしい。ドノのやりかたではない。

さらに携帯電話が三台あった。どこのドラッグストアでも売っているような、プリペイド式のＳＩＭカードを使うタイプだ。二個は未使用で、プラスチックの箱に入ったままだ。箱に入っていない電話の電源を入れてみた。バッテリーの残量表示はあとふたつ。俺は電話を手に取り、ふた組の鍵束をポケットに入れて、隠しスペースを閉じ、トマトスープの缶を元どおりに積み上げた。

電話の発信履歴にはひとつの番号しか表示されておらず、前日にシアトル市内の番号にかけられていた。市外局番は２０６、古くからある番号のようだ。相手の名前はなく、番号しか表示されていない。携帯電話に相手が登録されていないかどうか調べてみた。一件も登録されていない。名前も番号も。しかし、一件の履歴が残っていただけでもめっけものだ。俺が知っているドノは、電話を使ったあとは必ず履歴を消去していた。たぶん、うっかり消し忘れたのだろう。

通話ボタンを押し、シアトル市内の電話番号を呼び出してみた。呼び出し音が二回鳴り、女性の声の留守番電話に切り替わった。

「こちらはエフライム・ガンツ法律事務所です。事務所の営業時間は月曜日から金曜日、太平洋標準時で午前八時から午後五時までです。緊急のご用件、もしくは保釈金がご入用の方は、マートン保釈保証へ――」

俺は通話を切った。覚えているかぎりでは、エフライム・ガンツはドノの刑事弁護士をしていた。どうやら、いまでもそうらしい。ドノがまた警官とトラブルを起こしたのだろうか？　ゲリン刑事は最近の逮捕記録について触れていなかったが、わざと隠していたのかもしれない。

シン医師が言っていた言葉が脳裏に甦ってきた。祖父はリビングウィルを残しているのか？　ドノがガンツに電話したのは、そのためだったのだろうか？　祖父はトラブルに巻きこまれるのを予期していたのか？

俺は電話を握りしめた。まるで治癒した腕の握力を試すように。あすは月曜日だ。ガンツの事務所はあすまで開かない。それまで、ホリスを探そうか。

アディ・プロクターがいみじくも言っていたとおり、何かしなければ、気が変になりそうだ。

すでに変になっていそうな気さえする。別の方向に動いたほうがいいかもしれない。

祖父《じい》ちゃんの話では、探している小屋まではゴールドバーの町からほんの十五分ぐらいということだった。たぶん、祖父ちゃんはその小屋が町のなかの通りにあると思っていたんだろう。だって、あれから少なくとも三十分はかかったんだから。曲がりくねった道を進むにつれて、車のスピードはさらに遅くなった。舗装道路も砂利道に変わって、最後は固い土になった。祖父ちゃんはメモに書かれた方角をずっと見ながら、コルドバのダッシュボードのメーターで走行距離を確かめていた。

祖父ちゃんはいらいらしているようだった。なかなか着かないので、気をもんでいたのかもしれない。でも多少は、ぼくに怒っていたようだ。祖父ちゃんはぼくに、シアトルから車で一時間ぐらい走ったところで、ある男に会い、銃のことで話をすると言っていた。その銃は、店では買えないようなものらしい。ぼくは怖いと思い、あれこれ訊いた。しまいに、祖父ちゃんは黙れと言った。

それでぼくは、X‐MENの漫画を読んだ。というより、読もうとした。ここ一年ほど、セイバートゥースとの大きな戦いが続いており、ぼくは新作を読むのがとても楽しみで持ってきたのだが、車のなかではなるべく読まないようにしていたのだ。けれども、いまは漫画なんか頭に入ってこなかった。こんな森のなかで銃を売っているのがいったいどんな人なのか、気になってしかたがなかった。

ようやく道幅が広がって開拓地になり、ぼくたちは小屋の前に着いた。

ぼろぼろの家だ。まるで巨人が材木を折り曲げてぞんざいに積み、樹液やオリーブ色のペンキをべたべた塗ったような小屋だった。屋根があるのかどうかわからないが、あるとしたら、積み重なった落ち葉やマツの葉の山に隠れているにちがいなかった。

男が戸口に立ち、ぼくたちを見ていた。大人だが背は低く、顔は赤ちゃんのように丸々としている。茶色の髪の房が顔にくっついていた。それより背の高い女が男の背後に現われ、分厚い眼鏡をかけてこっちを見ている。女は太っていて、茶色のつなぎの下にフランネルのシャツを着ていた。男はワシントン・ハスキーズ（ワシントン大学のスポーツチーム）の紫のスウェットで、指の黒い油汚れを拭いた。

「ヘーゼルダインだ。それにベッキーだ」祖父ちゃんが言い、車のドアを開けた。「俺たちは二、三分話してから、出かけてくる」

祖父ちゃんは車を降り、緑のパーカーのファスナーを上げた。ぼくがそのまま乗っていると、少しして祖父ちゃんがかがんでこっちを見た。

ぼくは車の床を見ながら言った。「いっしょに行っちゃだめ？」「すぐ帰ってくるからな」

「何度言ったらわかるんだ」祖父ちゃんは腕を広げ、マツの大きな森と茂みを指し示した。

「子どもは子どもらしくしていなさい。この森で遊んでいるんだ」

「でも、タイヤの跡が全然ないよ」車にはぼくのジャイアント製のマウンテンバイクを積んでいた。出発するとき、もしかしたら本当に山のなかで乗ったり、少なくとも街中《まちなか》の急坂よりも大変なところで乗ったりするかもしれないとは思った。

祖父ちゃんが顎を引きしめた。「だったら自転車は積んだままにして、おまえの足を使え」

ぼくはこんな森の奥で遊びたくなかった。祖父ちゃんはぼくの顔を見ると、怒って首を振った。「ここの小屋にはくだらんテレビなんか置いてないぞ。もしあっても、おまえを入れるわけにはいかん。少し外の空気を吸ってこい。さあ、コートを着るんだ」祖父ちゃんはドアを閉め、小屋のほうへ向かった。

ぼくはマウンテンバイクを後ろのバンパーから降ろし、ペダルを漕いで森に入った。コートは車に置いてきた。

森は薄暗く、どこもかしこもコケに覆われていて、地面は絨毯のようだった。丸石にもコケがびっしりつき、野球ボールぐらいの塊になっている。ゴールドバーの町はカスケード山脈の西だ。ここから山脈の麓の丘まではそう遠くない。そこまではよく見えなかったが、遠くないことはなんとなくわかった。天気は曇っている。

これ以上自転車に乗りつづけるには、数ヤード以上抱えて、丸石や倒れた木を乗り越えるしかなかった。ぼくはマウンテンバイクを地面に倒したまま、三十分以上、木の枝に石を投げて遊んだ。少しずつ遠ざかりながら、木の皮を狙って落とそうとした。

マツの木は高く、枝の間隔も離れていたので、登って飛び移るようなことはとてもできなかった。何か見えないかと思い、大きな岩に這い上ったが、森は鬱蒼としていた。どっちを見ても木ばかりだ。ほかの岩にも登ってみたが、結局あきらめて、岩の上に座った。コートを着てくればよかったと思った。湿ったコケに座っているうちにジーンズが濡れてきたので、ぼくはコケの塊を剝がし、縄張り争いをするカラスの鳴き声を聞きながら、それを積み上げた。

車のクラクションが鳴った。コルドバのクラクションだ。ぼくは小屋のほうへ戻ろうとした。しかし、小屋は反対の方向にあったはずだ。それともちがっただろうか？　ぼくは道に迷いかけていた。

クラクションがもう一度鳴り、ぼくは車が動いているのに気づいた。岩を急いで下り、車の方向へ走る。慌てていたのでマウンテンバイクを忘れてしまい、引き返さなければならなかった。ぼくはマウンテンバイクを押したり引いたりしながら、小屋の裏の開拓地へ出た。

コルドバが停まっている。運転席のドアが開いていた。

ぼくはその場に立ち尽くし、車を見つめた。

祖父ちゃんの緑のパーカーが、開いたドアから落ちそうになっている。パーカーには黒っぽい染みが点々とつき、生地は引き裂かれていた。シートや床に、パーカーの羽毛が飛び散っている。まるで花びらのように。床は羽毛で白かったが、シートの羽毛はピンクに染まっていた。

コルドバの運転席は血だらけだった。血は象牙色の革張りの内装を赤く染め、革の縫い目は紫になっている。こんなにたくさんの血を見るのは初めてだった。

「くそっ！」祖父ちゃんの声がした。小屋の前のほうから聞こえる。ぼくはわれに返り、駆け出した。

祖父ちゃんは外階段の二段目で身体を折り曲げて座り、片手で柱を握っていた。空色だったTシャツは胴のあたりで紫になり、ズボンはぼくのジーンズより濡れている。顔は汗びっしょりで青ざめていた。

「いいから、じっとして」ベッキーという女が言った。彼女は丸めたふきんを祖父ちゃんの背中に強く当て、もう片方の手で箱を手探りしている。

ぼくは駆け寄った。「どうしたの？」

ベッキーが背骨を押さえる手を動かすと、祖父ちゃんは食いしばった歯のあいだからうめき声を漏らした。

「ヘーゼルダインはどこ？」ベッキーが訊いた。

「やつは森のなかへ逃げこんだ」祖父ちゃんが答える。

「まちがいない？」

「あいつは大丈夫だ。誰も追っていない。そいつは俺が請け合おう。ちくしょう、痛い」

「どうしたの？」ぼくはもう一度訊いた。

ベッキーがもう一枚の折りたたんだタオルを箱から取り出し、血まみれの祖父ちゃんの背中にあてがった。「包帯じゃとても間に合わないわ」彼女は言った。「傷が深すぎる。緊急治療室に行かないと無理よ」

祖父ちゃんの前腕の筋肉が、柱を握りながら震えた。「そいつはだめだ。街に戻れば、手当てしてくれる心当たりがいる。とにかく包帯を当ててくれ」

「そんな――」ベッキーは言いかけ、ため息をついた。「くそったれ。だったら好きにしなさい。坊や、こっちに来て」ぼくは二歩近づいた。「こっちに来るのよ。家に入って、テーブルから紙とボールペンを持ってきなさい。それから、水が入った大きなボトルも。早く」

ぼくはそのとおりにした。十秒で、ペンを携えた記者さながらに戻ってきた。ベッキーは水の入ったボトルを受け取り、蓋を開けた。祖父ちゃんの傷口からタオルを剝がし、水をかける。ピンクに染まった水が小屋の外階段に垂れた。

ベッキーはにおいを嗅ぐんじゃないかと思うぐらい傷口に顔を近づけ、じっと見た。太腿で肘を支え、もう一度傷を強く押さえる。祖父ちゃんの顎を汗がしたたり落ちた。アイリッシュ・ゲール語で何やらつぶやいている。

「いまから言うことを書いて」ベッキーがぼくに向かって言った。「滅菌パッド。ガーゼじゃないやつ。三インチ四方ぐらいのがたくさんあるといいわ。もしなければ、できるだけ大きいのが。それから、テーピングをふた巻き。生理食塩水。ネオスポリン（局所治療用の薬剤）。これは歯磨き粉みたいなチューブ入りよ。あと、マイドール（鎮痛剤）がひと箱。どんなのかわかる？」

「俺はそんなに待ってられないんだ。コデイン（鎮痛剤、依存性がある）をくれ」祖父ちゃんが、言葉を絞り出すように言った。

ベッキーがうなるように言った。「この子が買ってこられるものじゃないとだめなの」

ぼくが買ってこられるもの？　どこへどうやって？

「ぼく、運転できないよ」

「わたしだってできないわよ」ベッキーは言った。「いまはもうできないの」彼女は眼鏡の分厚いレンズを軽くたたいた。そのとき初めて、ぼくは彼女の目が白く濁っているのに気づいた。「自転車で行くしかないわね。山道を降りて、アスファルトの道に出たら右に曲がりなさい。そこから二マイルぐらいで、雑貨屋とドラッグストアがあるわ」

「財布を持っていけ」祖父ちゃんが言った。尻ポケットに入っている。茶色のウールのズボンは血で黒く染まっていた。

「さあ」ベッキーに促され、ぼくは三本の指を祖父ちゃんのポケットに伸ばして、ネズミのしっぽでもつかむように、革財布の角をつかんだ。それを自分のジーンズに押しこむ。

「なるべく早く戻ってきて」ベッキーは言った。「わかった？」

ぼくは土の道でペダルを必死に漕ぎながら、振り返った。祖父ちゃんもベッキーもその場から動かない。この女の人は、きちんと祖父ちゃんの手当てをしてくれるだろうか？

どうにか、マウンテンバイクは木や岩にぶつからずに長い坂を下りきった。ハンドルをずっときつく握りしめていたので、合成樹脂のグリップがぺしゃんこになってしまった。でこぼこした溝や石の上を通るたびに、タイヤが跳ねた。怖くて歯ががたがた鳴り、一度ならず舌を噛んだ。

舗装道路に出ると、ベッキーに言われたとおり右に曲がり、牙を光らせたセイバートゥースに追われているように、全力でペダルを漕いだ。

〈プライスン・セーブ〉というドラッグストアがあった。自転車を降りるとき、脚が震えた。ぼくは自転車の鍵をコルドバに置いてきてしまった。盗まれる危険を冒すわけにはいかない。自転車を押して店に入った。

店内の売り場をきょろきょろ見まわし、救急用品の棚を見つけた。ネオスポリンがあった。滅菌パッドの棚にある商品はあらかた抱えた。鎮痛剤も同じ棚にあり、強力と書かれたマイドールと、祖父ちゃんの家にあるようなアドヴィルも見つかった。両方持っていってもいいだろう。伸縮性の包帯も手に取った。それらをすべて持ち歩きながら自転車を押すのは無理なので、自転車と商品を一度置いて、かごを取りに出入口へ駆け出した。

戻ってくると、水色のベストを着た店員が自転車のそばに立っていた。「店内に自転車の持ちこみは禁止だ」

「ごめんなさい」ぼくは言った。そして商品の山をかごに入れ、自転車を押してその場を立ち去ろうとした。

店員は動かなかった。「自転車を店から出すんだ」

「うん、わかった」ぼくはベッキーのメモ帳を見ながら、うなずいた。「生理食塩水はどこ？」

「コンタクトレンズの売り場にあるよ。三番通路だ」店員は自転車からぼくに目を移した。まだ大人ではない。高校も卒業していないだろう。おでこや頬ににきびがたくさんあり、そのうえにファンデーションをべっとり塗りつけている。みっともないことこのうえない。

「きみ、大丈夫？」彼は訊いた。

ぼくは呼吸を落ちつけようとした。「は――はい。うん。自転車を出してくるよ」〈ソリボンド・キズテープ――深い傷に〉と書かれた箱が目に留まり、かごに三箱入れた。

「誰か怪我したの？」

「え？　ああ、いや。誰も怪我してないよ」ぼくは買い物かごに入った商品の山を見下ろした。「校外学習でね。応急手当の実習をするんだ。本物の消防士といっしょにするんだよ」

その言葉が正しいことを願った。消防士は応急手当をするんだったっけ？　それとも救急車の人しかできないんだったか？

「ああ、そうだったのか」店員はにこりとした。「だったら、これもあるといい。それからこれも」彼はウェットティッシュや衛生手袋を棚から取り出し、頼まれもしないのにかごに入れた。

店員は三番通路までついてきて、生理食塩水の場所を教えた。ぼくは彼の勧めに従ってうなずいた。

「どうもありがとう」ぼくは言った。「ほかには何かある？」祖父ちゃんの分厚い財布をポケットから取り出す。

「ちょっと待ってくれ」店員が目を見ひらいた。「こんなのばかげているよ。店の奥に、プロ用の救急キットがあるんだ。病院で使っているのと同じやつさ。そっちのほうが断然いい。ここにあるやつとは比べ物にならないよ。折り紙つきの一級品さ」

「高いんじゃない？」ぼくは言った。

店員はにやりとした。歯並びが悪く、二本の前歯が横の歯に押しのけられている。「ここだけの話だけど、五十ドルぽっきりにしておくよ。従業員割引さ」

ぼくは笑みを返し、うなずいた。ぼくたちは店の奥へ向かった。ぼくはまだ自転車を押したままで、店員は奥の調剤薬局へ通じる扉を開けた。平日の午後で人けはない。処方箋を持って訪れる客は誰もいなかった。

「ここで待っててくれ」店員は言った。「とってきのやつを持ってくるよ」彼はぼくに向かって親指を立て、ぼくも同じしぐさで応えた。扉が店員の背後で閉じる前に、ぼくは自転車のタイヤを隙間に挟めた。

店員の姿が見えなくなった瞬間、ぼくは扉を通り抜けた。左側の壁際には薬が山積みだ。処方薬は棚の上のほうで、プラスチックの箱に納まっている。ほかの薬は戸棚に収容されていた。戸棚の左側に鍵がくくりつけてある。きっとそのほうが何かと便利だからだろう。ぼくは戸棚を開けた。

片方には、ジェネリック医薬品とおぼしきプラスチックの円筒形の容器がずらりと並び、もう片方には銀のアルミ箔入りの錠剤がゴムバンドで留められて積み重なっている。どの薬にも、小さなタイプ打ちのラベルを貼っていた。知らないものばかりだ。〝痛み止め〟とか〝この麻酔薬を使えばお祖父さんは死なずにすみます〟などと書かれているものはない。ぼくは手当たりしだいつかみとりたい誘惑に駆られたが、ジーンズや靴下に隠しきれないだろう。

もう店員が戻ってくるころだ。奥のほうから足音が聞こえてきた。

あきらめようとしたところで、小さな茶色のプラスチックの容器が目に入った。ラベルには〈パーコセット　OH十ミリグラム〉と書かれている。パーコセットは知っていた。鎮痛剤だ。学校で六年生のロッカーからこの薬が見つかって、問題になったことがある。そいつが両親からくすねていたのだ。そのときぼくは、ばかなやつだと思った。用務員に簡単に見つかるところに隠すなんて。

容器のなかには白い楕円形の錠剤が半分ぐらい入っている。同じ薬の容器があとふたつあった。ぼくはその容器を全部ベルトの奥に押しこみ、パンツのゴムのなかに隠した。

レジで会計をすませ、おつりを受け取ったときに、さっきの店員が走ってきた。大きな救急箱を手にしている。「おーい」彼は言った。

「ごめんなさい、ママに呼ばれたんだ。もう帰らなくちゃ」自動ドアが後ろで閉じる前に、ぼくはもう自転車にまたがっていた。駐車場を横切って道路に出ると、東へ向かう。サドルの上で立ち上がり、自転車が飛ぶようなスピードでペダルを漕いだ。容器のなかの錠剤がカタカタ鳴った。

5

ホリス・ブラントの電話番号はドノの住所録に載っていた。呼び出してみたら、すぐに留守番電話に切り替わった。俺はメッセージを残した。ホリスとは十年以上会っていない。しかし彼は、俺がドノのもとを去った経緯を知っている。俺がシアトルの街に戻ってきたことを知れば、何かとてつもない異変が起きたにちがいないと思うだろう。

時刻は午前三時。俺は昔使っていた部屋のソファに横になり、うとうとしていた。そのとき、電話が鳴った。

「バンか？　ホリスだ」ほとんど叫び声だ。背後から、深くうずくような音が一定のリズムで聞こえる。「容態はどうだ？　犯人は捕まったのか？」

「ドノのことは知ってるのか？」われながら愚問だった。疲れてぼんやりしていたのだ。

「もちろん知ってるさ。おまえさんの伝言を聞いてすぐ、何本か電話をかけてみたんだ。どんな状況か教えてくれ、ちくしょう」うずくような音の正体がわかった。船のディーゼルエンジンだ。電波の届く範囲だから、陸地からさほど離れていないだろう。

俺はわかっていることを伝えた。ホリスの返事はほとんどが悪態だった——銃撃した犯人、医師、そしてこの忌まわしい世界に対する。俺はホリスに、直接会って話したいと言った。

ホリスはうーんと言った。「いまは航海中なんだ。ハーバー島は知ってるか？」

「ああ」

「六時半には港に入れるだろう――潮の流れに乗っているんでね。マルコム・ロードのマルコム・ヤードだ。十九番ターミナルのあたりだ」

「たぶん見つけられるだろう」

「よし。俺たちで犯人を突き止めてやろうじゃないか。それから、バン。またおまえの声が聞けてうれしいぞ。ずいぶん久しぶりだな」

ドノの身に起きたことをホリスに知らせたのが誰なのか、俺は不思議に思った。それに、なぜホリスがハーバー島に入港しようとしているのかも。あの男はクリス・クラフト製の大型船〈フランチェスカ〉を所有しているが、その船を係留している場所はハーバー島ではなく、シアトルの大半のプレジャーボートの港であるバラードだったはずだ。

もうとても眠れなかった。起き上がり、シャワーを浴びる。ジーンズは乾いた血糊でごわごわし、がさついていた。ドノのクローゼットを探してみると、俺の体格にちょうどいいズボンと、それほどきつくない黄褐色のシャツが見つかった。俺はドノより少し背が低いが、胸と肩幅は広い。

車を出し、シーダー・ストリートのモノレールの高架駅近くにある〈5ポイント・カフェ〉に入って、行きから車を眺めながらコーヒーを飲んで時間をつぶした。

家に帰ってきてほしい、できることなら。

ホリスは密輸業者で、ときどき祖父といっしょに仕事をすることもあった。カナダから越境して物品を運んだり、船で海に逃げたりしなければならない場合だ。それ以上に、ホリスはドノの数少ない友人だった。少なくとも、俺が知っていた時点では。祖父はあまり社交的な人間ではなかった。

一方、ホリスは友人に事欠かない。太平洋岸でドノが挙げられるどの港の税関にも、有力な人脈があるだろう。

ドノがどのような仕事をしていたにせよ、ホリスがそれに関与していた可能性は充分にある。それに、もしドノが深刻なトラブルに巻きこまれていたなら、祖父はホリスに味方してもらいたかっただろう。

ただし、ドノがすでに、友人たちに助けを求められる段階ではないと考えていたなら話は別だ。もしかしたら、俺を呼びもどして態勢を立てなおすというのが、ドノの最後の頼みの綱だったのかもしれない。

だとしたら、いかに頼りない綱だったことか。

俺は腕時計を見た。午前五時だ。まだ早すぎる。だが、こうして座っているよりは動いたほうが気がまぎれるというものだ。俺はカウンターに代金を置き、車を駆ってオレンジの恐竜たちを眺めた。

子どものころ、俺はハーバー島に並ぶ巨大なガントリークレーンをそう呼んでいた。恐竜と。実際には、ガントリークレーンのほうが地球上に存在してきたいかなる巨獣よりもはるかに大きい。運転室はビルの十階の高さにある。長い首を伸ばしたら、その二倍の高さだ。一度にいくつものコンテナを貨物船に積みこめるぐらい大きい。長い通りを走ってウエストシアトル橋を渡り、ハーバー島に入る途中の数マイル離れた場所から見ても、払暁の空に立ちならぶクレーンは怪獣のようだった。

ハーバー島にはシアトル港の主だった荷揚げ施設のほか、大小問わず多くの会社のドックがある。民間の係船所もあるが、この島の大半の施設は産業用だ──造船所、輸入業者の倉庫、数エーカーもの敷地に並ぶ白い円筒形の石油タンクの群れ。

俺はホリスが言っていた道を見つけ、彼が言っていた場所の付近にチャージャーを駐めた。マルコム・ヤードは小規模な乾ドック式の修理施設のように見えた。ゲートは閉まっており、鉄柵に鎖が巻かれている。ヤード全体が高さ八フィートの金網に囲まれており、通りに面した金網の頭上には有刺鉄線が突き出していた。金網の向こうはほの暗い投光照明で照らされ、低層の事務所と大きく角張ったクレーンが見える。これで水面の船を運び上げるのだろう。

この小規模な乾ドックは袋小路にあり、人目につかない。密輸業者にはもってこいの場所だ。ホリスがここへ入ってくるのは、何もガントリークレーンを見たいからではあるまい。

空が青みがかった灰色に染まった。まだ陽光は見えないが、日の出は間近であり、太陽がいまにも雲の覆いから顔を出そうとしている。ウエストシアトルと都心部を結ぶ高架を車が行きかい、蜂の羽音のように聞こえる。月曜日の朝のラッシュアワーにはまだ間があった。

そのとき、白い引っ越し用トラックが俺の横を通りすぎ、袋小路で半円形を描いて、俺の車から百フィートほど離れた対向車線に停まった。ハーバー島は産業用車両が多いため、道幅がとても広い。目の前の引っ越し用トラックはそれほど大型ではなかった。全長十五フィートほどで、ワンルームのアパートメントの荷物でも順序よく入れなければ収まらなさそうだ。

引っ越し用トラックには二人の男が乗っていた。助手席に乗っている男が、俺のチャージャーのほうを一瞥した。まだ周囲は薄暗く、男からこっちの車内は見えないだろう。

運転手が車を降り、ゲートに近づいて鎖をほどき、開けようとした。強く引っ張ると、ゲートがほんの少し動いた。長身の運転手はマラソンランナー並みに痩せており、さらに二回強く引いて弾みをつけたところで、ようやくゲートがしぶしぶ動きだした。運転手が引っ越し用トラックに戻り、ゆっくり入口を通り抜ける。ゲートは開けたままだ。

トラックのヘッドライトがドックの構内を照らすと、新たに見えてきたものがあった。マルコム・ドックに係留されている船の舳先《へさき》に男が乗っていたのだ。ドックまでは俺の車から五十ヤードほどだが、それだけの距離があっても、俺にはそれがホリス・ブラントであることがわかった。広いなで肩と太い両腕がトレードマークだ。

引っ越し用トラックは事務所の近くで停まった。ドックから百フィートほどの距離だ。ヘッドライトが消えたが、パーキングライトはついたままだ。痩せた運転手と助手席の男が降りてきた。二人ともドックのほうへ歩いていく。すなわち、ホリスのボートへ。

ということは、これはなんらかの取引だ。ホリスは俺に、午前六時半に来るように言った。つまり俺と会う前に、この引っ越し用トラックに乗った男たちとの取引をすませるつもりだろう。ホリスはついさっき、チャージャーで着いた俺の姿を見ていたにちがいない。そのホリスは船を降りてゲートを開けるのではなく、そのまま船に乗ることを選んでいる。それは何事かを示しているように思える。

運転手と助手席の男が船に着いた。周囲の明かりで、二人に乗船するよう手で促すホリスの姿が見える。二人は船に乗り、三人の男たちは視界から消えた。

そのまま二、三分が経った。と、引っ越し用トラックの後部のシャッターが上方にひらいた。大柄な男が出てきて地面に降りる。ジッパーや飾りボタンがやけに多い革ジャケットを着、バイク用のブーツをはいている。

大柄な男はトラックをまわり、ホリスの船に近づいた。何もかもが静かだ。彼はジャケットをまくり、腰に挿した拳銃の位置を直した。腰のくびれた部分にちょうど収まるようにしたのだ。それから男はドックへ歩きだした。

あるいはなんでもないのかもしれない。もしかしたら、第三の男が取引に顔を出すことをホリスが知っている可能性もある。

いや、そんなはずはない。

なんとかしなければ。

俺はチャージャーのエンジンを始動させ、開いたゲートを通り抜けた。引っ越し用トラックが俺とドックのあいだに停まり、視界をさえぎっている。俺はフロントタイヤの方向をトラックの横に合わせ、アクセルをそっと踏んでギアをニュートラルにした。チャージャーが歩くほどのスピードで前進するあいだ、俺はドアを開けて車の外に踏み出した。

小さな事務所の扉のあたりまで行く時間は充分にあった。チャージャーは引っ越し用トラックの横にぶつかった。鋭い衝突音が響く。保険に入っておいてよかったと思った。

ホリスの船の方向から叫び声がした。ドックの厚板を走る足音が響く。俺は事務所の建物の片隅から頭を突き出した。

「ああ」俺は聞こえるように大声で言った。「やっちまった！」

トラックの運転手がマラソン選手みたいだと思ったのは、案外正しかったのかもしれない。二台の車がT字型に衝突した現場にその男が着いたのは、バイク用のブーツをはいた大柄な仲間とほぼ同時だったのだ。彼らの背後に、船から降りてくるホリスの姿が見えた。

「いったいどうしたんだ？」運転手が言った。怒っているというより、驚いている。

「やっちまった」俺はふたたび言った。「サイドブレーキが甘かったんだ。確かにかけたつもりだったのに」

ようやく助手席の男が二人に追いついた。「何があったんだ？」彼は息を切らしながら言った。スウェットシャツにはオレンジの字でシカゴ・ベアーズと書かれている。バイク用ブーツをはいた大柄の男は、ぽかんとして衝突現場を見ていた。

「このばか野郎が」運転手が俺に指を突きつける。「よけいなことをしやがって」

「いやあ、すまん」俺は言った。「ブレーキはちゃんとかけたんだ。レンタカーでね」

「きさまの車がなんだろうと知ったことか」運転手が言った。大柄な男がうなずく。喧嘩上等というふぜいだ。バイク用ブーツの男の身長は俺と同じぐらいだが、優に六十ポンド以上は重いだろう。そのうち三十ポンドは、XXXLサイズのTシャツに隠れた贅肉にちがいない。ベアーズのスウェットシャツを着た男が移動し、俺を挟み撃ちにする態勢を取った。相棒よりやや小柄だが、それほどひけはとらない。

「保険でまかなえるから、心配ないさ」俺は彼らの引っ越し用トラックを指して言った。ホリスは俺から二十ヤードほどのところにおり、いかにも手持ちぶさたなようにのんびり歩いている。銃を手にしているかどうかはわからなかった。「そっちの車もレンタカーだろう？あんたらはここの従業員か？」

「俺たちはきさまをこてんぱんにしてやるのさ」運転手が言った。

バイク用ブーツの男は、その言葉を合図に動きだした。男が腰の拳銃に手を伸ばした隙に、俺は男の喉元めがけてパンチを繰り出したが、わざと喉笛は外した。男が息を詰まらせ、よろめく。アスファルトにたたき落とされた拳銃を、俺はトラックの車体の下に蹴とばした。

ベアーズのスウェットを着た男が飛びかかってきた。俺はそいつの腕をつかみ、地面に倒しながら胸を肘で突いた。男が痛みにひるむ。俺の左の前腕も感覚がなくなった。さらに男の肩をつかみ、顔に頭突きを食らわせた。相手の鼻から血が噴き出し、俺は身をよじって逃れた。

俺が膝立ちになったとき、大柄な男のバイク用ブーツがぎりぎりのところで頭をかすめた。俺は男の睾丸めがけてアッパーカットを放った。男がたまらず咆哮する。俺が立ち上がったとき、ベアーズのスウェットの男が手当たりしだいに拳を振りまわし、側頭部に当たった。耳鳴りがする。

俺の左腕はそれほどすばやく反応できなかった。ベアーズのスウェットの男の鼻を、右腕で二発殴り、脚にもキックを入れる。男が昏倒した。バイク用ブーツの男の気配を感じる。俺が振り向いたとき、不意に男が誰かに強く引っ張られた。

「やめろと言っただろう、このたわけ」声の主はしなやかな身体つきをした五十代の男で、はげ頭に嫌悪の表情を浮かべている。バイク用ブーツの男は、信じられないほどの巨漢に取り押さえられていた。バイク用ブーツの男も大柄なのだが、父親に抱擁されているティーンエイジャーのように見える。

いずれも、俺の顔見知りだ。しなやかなほうはジミー・コーコラン。巨漢のほうはウィラード。二人とも、ホリスと同じぐらい昔からの知り合いだった。そのホリスが、ようやくこちらに近づいてきた。青いタンクトップの下に、拳銃のふくらみが見える。

「いいか」俺は息を弾ませながら、トラックの運転手に言った。「俺がここに来たのは、修理に出した自分の船を見たかったからだ。できれば穏便にすませたい」

コーコランとウィラードがいっせいに俺を見、ついでホリスに視線を移した。どうやら主導権を握っているのはホリスのようだ。

ホリスは衝突した二台の車に目をやり、肩をすくめた。「こんなのどうってことないだろう。少しへこんだぐらいだ。なかったことにしよう」彼はトラックの運転手のほうを向いた。「いいか、なかったことにするんだ」

「ちょっと待ってくれ」運転手が言った。「まだ取引があるはずだ」目を泳がせてウィラードのほうを見る。ウィラードはバイク用ブーツの男の背後に、壁のようにそびえていた。ウィラードにはのしかかるような威圧感があった。

ホリスが笑みを浮かべる。それは親しげな笑みではなかった。「つまり、交渉をやりなおしたいということだな？　そういうことだな？　だったらやりなおそうじゃないか。じゃあ、俺が示す条件はこうだ――とっとと失せろ」

運転手は躊躇したが、ベアーズのスウェットの男は、砕けた鼻を押さえながら引っ越し用トラックのほうへ動きだした。ウィラードがバイク用ブーツの男を放すと、彼もあとに続いた。運転手は最後にこっちをねめつけてから、向きを変え、トラックへ向かった。

運転手は、俺がチャージャーを動かしてトラックから離れるまで待たなかった。ギアを入れ、車体をこすり合わせながら、トラックを発進させた。

「やれやれ」ホリスが言った。「きょうは最高の滑り出しだな？」

6

「恩に着ろよ」ホリスの船の操舵室に座り、ジミー・コーコランが言った。「袋叩きにされそうなところを助けてやっただけじゃない。おまえはホリスにだって迷惑をかけたんだからな」

ホリスがスライド式のガラス戸を開け、船室に足を踏み入れて、狭い調理室に入った。彼は俺たち三人に聞こえるように言った。「どのみち、取引は思いどおりに運んでいなかったんだ」

「助けてくれたことは恩に着る」俺は言った。「だが、ホリスは金を取りっぱぐれたわけじゃない。何を取引していたにせよ、あいつらは最初からびた一文払う気はなかったんだ」

「ラップトップ・コンピュータの取引だったのさ」ホリスは言った。

「おい」コーコランが咎めた。

「まあいいじゃないか、ジミー」ホリスはくすくす笑った。「バンには聞かれても大丈夫だ。それに、坊主には悲しい出来事もあった。ところで、朝めしは食っていくか？」

ウィラードが笑みを浮かべた。コーコランはあまり食欲がわかないようだ。

「そもそも、あんなろくでなしどもと取引なんかしなきゃよかったんだ」コーコランは言った。はげ頭の額には深い皺が刻まれている。長年、相手が人だろうと機械だろうと絶えず眉間に皺を寄せてきたせいだ。コーコランはテクノロジーに精通していた。若いころから電子機器の天才として鳴らしてきた。ドノも俺も、決してアマチュアではない。しかしコーコランは別格だった。

「ドノの具合はどうなんだ？」ウィラードが口をひらいた。セメント用ミキサーで砂利を混ぜているような、ざらついた声だ。

「おまえと電話したあと、こいつらに知らせたんだ」ホリスが俺に言った。彼はドリップ式のコーヒーメーカーに向かい、機械が音をたてはじめると、操舵室に戻ってきた。「二人ともここへ来て、おまえから直接話を聞きたいと言った」

ホリスはオランウータンそっくりだ。小柄で横幅が広く、力が強くて、腕がひどく長い。以前よりもさらに太鼓腹が突き出し、密生したオレンジの巻き毛には白髪が混じっている。空色のタンクトップとだぶだぶのカーキ色の半ズボン姿。朝にしては軽装だが、彼の場合、寒さは気にならないようだ。

俺は三人に前日の出来事を要約して聞かせ、ゲリン刑事がドノの知り合いを調べるかもしれないと付け加えた。コーコランとウィラードが眉をひそめた。

「あんたはそのゲリンってやつを知ってるか？」コーコランがホリスに訊いた。

ホリスはため息をついた。「俺の知り合いじゃねえよ。ちくしょう。それにしても、おまえさんが帰ってくるとはなあ。よく顔を見せてくれ」彼は大仰に、まるで競走馬でも見るような目を俺に注いだ。「こりゃ驚いた。子どものころはもっと太っていたぞ。陸軍で相当絞られたな」

「五十マイルも行軍すれば、そりゃ痩せるさ」俺は言った。さっきの小競り合いで、意外なほど疲れていた。ドイツの陸軍病院で何週間も甘やかされて身体がなまっていたうえ、ここ四十八時間は満足に寝ていないせいだろう。

「その顔はどうした?」コーコランは言った。

俺は首をまわし、なるべく穏やかな口調で訊いた。「あんたたち、最近ドノに会ったのはいつだ?」

ホリスは船室の壁にもたれ、腕組みをした。「先週会ったばかりだ。久しぶりだった。祖父さんの家でいっしょに呑んだ」

アディ・プロクターが見ていたときにちがいない。「仕事の話か?」俺は言った。

ホリスは悲しげな笑みを浮かべた。「老人がする話さ。俺もいささかガタがきちまってね。ここに腫瘍ができてるんだ」彼は右の肩甲骨を指した。「幸い、悪性じゃなかったが、結果を聞くまで気が気じゃなかった。医者からじかに話したいことがあるから来てくれなんて言われたら、寿命が縮むってもんだ」

「なんともなくてうれしいよ」

「ああ、俺もだ。しかし祖父さんは、仕事の話をひと言もしなかった。だいたい、もう一年以上もいっしょに仕事をしていないんだ。何せ、この不景気じゃなあ。俺の受けた印象では、祖父さんは仕事を休んでいるんじゃないかと思った」

その言葉がコーコランの注意を引いた。「あの祖父さんにそんな余裕があるのか？」

ホリスは大きな金属のトレイにコーヒーのほか、クラッカーやクリームチーズや厚切りのスモークサーモンを載せてきた。コーヒーの香りが立ちのぼる。ホリスはトレイを操舵室の中央の一脚テーブルに置いた。「ドノに余裕があったのかどうかはともかく、休んでいるのは確かだろう。さあ、食え」

俺は空腹ではなかったが、コーヒーをごくりと飲んだ。だが、ホリスがコーヒーにウイスキーを混ぜているのに気づかなかった。鼻道がふさがり、思わずむせて、コーヒーを吐き出してしまった。ホリスが大笑いし、船室に転げ落ちそうになった。

「いやはや、これはすまなかった、坊主。ウイスキー入りだと言うのを忘れていた。前にいっしょに食事をしたのは、覚えていないぐらい昔のことだもんな」彼が目から涙を拭うのを見ていると、俺もいっしょになって笑いだし、さっきの小競り合いで噴き出したアドレナリンがようやく徐々に引いていった。

ホリスがあらかじめウイスキー入りだと言わなかったのは、何も忘れていたわけではない。場の空気を少しでも明るくしようと思ったのだ。

「あんたたちは？」俺はウィラードとコーコランに訊いた。

「会ってないな」コーコランが言った。「ドノ・ショウとは何カ月もご無沙汰だ」

ウィラードもうなずいた。「俺は半年近く会ってない」

「最後にいっしょにした仕事はなんだった？」コーコランがウィラードに訊いた。「マグノリアでの一件か？」ウィラードがふたたびうなずき、コーコランは唾でも吐きたそうに見えた。「去年の夏だ。祖父さんが人と組んで仕事をすることはめったにないけどな。だが、このところは引退同然だ」

思いがけない言葉だった。ジミー・コーコランがドノのお気に入りだと思っていたわけではない。しかし俺は、ジミーもウィラードも、ドノとは彼の店〈モーゲン〉でちょくちょくいっしょに呑んでいるものとばかり思っていた。盗みの計画がなかったときにも、接触は欠かしていなかったはずだと。ドノが撃たれたという知らせがこれほど早く伝わったのも、そのネットワークによるものだと思っていた。ドノが自らそのネットワークを断ち切ったとは、考えにくいところだ。

俺はコーヒーをもうひと口飲んだ。コーヒーは焼けるようだったが、俺はマグカップの半分ほどを占める強いアルコールをほとんど意識していなかった。「ホリス、俺の伝言を聞いて電話してきたとき、あんたはすでに、ドノのことを知っていたな」

彼はうなずいた。「オンディーン・ロングから知らされたんだ」

「嘘つけ」ウィラードが言った。彼が伝法な口調を使うことはめったにない。

「まちがいない。本人から聞いた」ホリスが言った。「彼女はきっと、警察関係者から直接聞いたんだろう。いたるところに情報網を持っているからな」

そのとおりだ。オンディーンは故買屋《こばいや》であり、フィクサーでもある。顔が利く女だ。ホリスのような年老いた密輸業者などより、はるかに影響力のある人物も知っている。

「ドノのことを知らせるためだけに電話してきたのか？」俺は訊いた。

「俺も訊かれたんだ」ホリスは言った。「ドノがなんらかのトラブルにかかわっていたか、知っていたら教えてほしいって。もちろん、俺にもわからない。そう答えたら、また何かわかったら知らせてほしいと言われた」

コーコランがからかうように唇をゆがめた。「あんた、あの女に気があるんだろう」

「冗談じゃない。取引相手というだけだ」ホリスは言った。

「ドノに恋人はいたんだろうか？」俺は訊いた。

ホリスは肩をすくめた。「やっこさんはそんなこと言っていなかった。それに、決まった女がいたら、俺にはだいたいわかる。そういうときは髭をきちんと剃っているし、もう少しましなものを着ているからな」

ウィラードが居心地悪そうに身動きした。巨漢の彼にはベンチが狭すぎるのだ。三人のなかでは、ウィラードがいちばん昔と変わっていないように思えた。げじげじ眉毛といかつい顎は以前より目立ち、悲しげにすら見えるが、目の動きはいまでも油断ない。もちろんウィラードは力自慢だが、だからといって頭が空っぽというわけではなかった。それに、並外れて大きな彼の体格では、大半の仕事で目撃者の記憶に残りやすい。そんなわけで、たいがいの場合、彼は運転手を務めていた。運転の技量は驚異的だが、まずはシートに納まる車でなければならない。

「至近距離から撃たれたそうだな？」ウィラードが言った。

「後頭部だ」俺は言った。「正面玄関を入ったところの居間で倒れていた。犯人が扉から銃撃して、ドノが背を向けたのかもしれない。あるいは二人とも家のなかにいて、ドノが追い出そうとしたのかもしれない。いずれにしろ――」

「あんたの考えでは、犯人はドノが知っている人間だということか。男女問わず」ウィラードは言った。

「ああ」

「まさか、俺たちを疑っているんじゃないだろうな」コーコランが顔を朱に染めた。

「そんなはずないだろうが、ジミー」ホリスが言った。

そういえば、こういうときに決まって仲裁に入るのはホリスだった。ドノには冷徹すぎるところがあり、リーダーには向いていなかった。コーコランは頭に血が昇りやすい。そしてウィラードは、確たる計画の持ち主なら誰にでもついていった。そうなると、あいだを取り持つのはホリスの役回りだった。

「あんたたちを疑っているわけじゃない」俺は言った。「だが、ドノの生活に変わったことがあれば、それを知りうるのはあんたたち三人だ。仕掛かり中の計画とか――あるいはすでに実行ずみの仕事があれば」

「祖父さんが撃たれる動機になるような仕事、ということだな」ウィラードが言った。彼は首を振った。「俺は何も知らない」

「そろそろ行かないといけないんだ」コーコランが言い、ウィラードを肘で促した。ウィラードも立ち上がり、舷側の甲板に出た。その重みで、〈フランチェスカ〉が少し揺れた。

「ドノのことは気の毒に思う」ウィラードが言った。

「ああ」コーコランが続いた。「気の毒だ」

ホリスと俺が見送る前で、二人の男たちは船を降りてドックを歩き去った。さっきは穏やかだった朝の風が、強くなっている。風が強く吹くたびに、マリーナに停泊しているヨットの綱がアルミニウムのマストをたたき、不協和音を奏でる。

「あの二人は本当のことを言っているんだろうか？」俺はホリスに訊いた。「ドノといっしょに仕事をしていないという話は？」

ホリスはマグカップからコーヒーを勢いよく流しこみ、魔法瓶から注ぎ足した。「ウィラードは本当だろう。ジミーについてはなんとも言えん。おまえの祖父さん同様、やつも自分の本当の稼業を知っている人間には警戒するのさ。しかし、あの二人がドノとなんらかのかかわりを持っていたら、ドノが俺にそのことを言っていたと思うんだ。ところで、ゲリン刑事とやらはどこの部署にいるんだ？」

「ダウンタウン地区の殺人課だ」

「ということは、市警はこの事件を加重暴行事件として東分署に管轄させるつもりはないんだな」ホリスは言った。

「ああ、ないだろう。これはありていに言って殺人未遂だ」二人とも、何を暗示しているかはわかっていた。警察はドノが回復するとは思っていないのだ。

ホリスと俺はしばらく無言で座っていた。カモメの群れが防波堤の上空を舞い、小魚を探して海にもぐる。俺には見分けられないが、さざなみの立ちかたで小魚がいるかどうかわかるのだろう。

「陸軍は除隊になったのか？」彼は言った。

「休暇を取っているんだ。十日間」もう二日使ってしまったので、あと八日間だ。ぐずぐずしてはいられない。

「それでドノに再会することにしたんだな。よかった」ホリスは指を曲げた。「関節炎でね。ところで、おまえが帰ってくるのを知っていたのは誰だ？」

俺は彼を見た。「あんたも、そのことが疑問なんだな」

「もちろんさ」

「祖父さんはあんたにいつ、俺に手紙を書いたことを話したんだ？」

ホリスは眉を上げた。「祖父さんからはそんなこと、ひと言も聞いていないぞ」

俺がまだ小さかったころ、ホリス・ブラントは祖父の家を訪れるとき、しばしばおみやげを持ってきてくれた。日本製のぜんまい仕掛けのおもちゃのような異国情緒をかきたてられるもので、彼によれば、貨物船に乗り組んでいる友人からもらったということだった。大きくなるにつれ、俺は祖父とホリスの仕事を手伝うようになった。そのときにもホリスは、ウ

ィンクしながらこっそり何ドルかくれたものだ。俺にはドノの現金の隠し場所がわかってお
り、必要なときにはそれを使っただろうが、ホリスの好意には感謝した。俺は彼に好感を抱
いた。彼もまた俺に好感を抱いていたのかもしれないが、振り返ってみると、おもちゃや小
遣いはホリス流の人心掌握術であり、将来に向けた投資でもあったのだ。俺はいずれ、ホリ
スの助けになるかもしれない立場にいた。彼はそのために陰徳を施していたというわけだ。
しかしドノが、放蕩していた孫の帰郷をホリスに伝えていなかったとしたら、この二人の
あいだの友情はどの程度のものなのだろう。俺は不思議に思った。
「ドノは誰かに、俺が戻ってくると話したにちがいない」俺は言った。「もしかしたら、到
着する予定の時間も」
「自分からは誰にも話さなかったのか？　昔、友だちがいただろう――名前が出てこない
が？」
少し考えてようやく、ホリスの言いたいことがわかった。「デイビー・トーランのこと
か？　いや、デイビーとも長いこと話していない」
そういえば、きのうあれだけの出来事があったにもかかわらず、デイビーに連絡しようと
いう考えは脳裏をよぎらなかった。ホリスの言うとおりだ。まったく、自分がここへ帰って
くるとは。
「警察にはまかせておけない」俺は言った。「ドノの前科からして、あいつらが捜査に精を
出すとは思えないからな」

「じゃあ、おまえ……自分だけで犯人を追うつもりなのか？」

「そいつを警察に突き出せれば、それで満足だ」

「ひとつ言わせてもらおう、バン。おまえが戻ってきたことには驚いている」ホリスが言った。「勘ちがいしないでほしいが、俺はうれしいんだ。だが、おまえはもうシアトルを捨てたものだと思っていた。おまえとドノが仲たがいした経緯を考えるとな。あの祖父さん、もうずっと長いこと、おまえの名前も口にしなかった」

「過去は水に流すことにしたんだ」

「それに、こういう仕事からも足を洗ったんだろう」ホリスは言い、三人のならず者どもが引っ越し用トラックで一目散に逃げたあとに残った、ひしゃげたチャージャーを指さした。

「おまえはもう長いこと、ああいうことはしていないはずだ」

陸軍に入隊して最初の数カ月、俺は上級個人訓練（ＡＩＴ）で好成績を収めた。成績優秀者を対象に、第七五レンジャー連隊の担当者が勧誘に来た。担当者は売りこみの口上のなかで、レンジャー綱領の一節を引用した。精神の集中を欠かさず、肉体を壮健に保ち、品行を正す。この最後の部分が、俺の耳をそばだたせた。

「ああ」俺はホリスに言った。「もうずっと、ああいうことはしていない。だが、ほかの人間が何をしようと口出しはしない」

ホリスは眉間に皺を寄せ、しばらく俺をじっと見た。それから、ため息をついた。「それならそれでいいさ。おまえのやることにとやかく言うつもりはない。俺の親友にも善良な市民がいる。少なくとも、そう自称しているやつが」

「これからの儲けに乾杯」かつてホリスが言った文句を真似して、俺は言った。

「いいや。こいつはドノの回復祈願だ」俺たちはコーヒーを飲んだ。ホリスはコーヒーを飲みこむ前に、うがい液のように口のなかでもぐもぐした。

「おまえの祖父さんは」彼は言った。「おまえに接するのが不得手だったかもしれん。だが、祖父さんはおまえのことを気遣っていた」

「わかっているよ」

「まだ、祖父さんと会って話をする望みはあるはずだ」ホリスは続けた。俺の言葉を聞いているようには見えなかった。「おまえの祖父さんはいつだって、治りが早かった。あのときのことを覚えているか？　いいや、覚えてないだろうな。あのころ、おまえはまだ小さかった。祖父さんが肩を脱臼したことがあったが、それでも祖父さんはフィッツロイの野郎どもとやり合って、一歩も引かなかった。むかつくやつらだったが、目にもの見せてやったぞ。あれは実に愉快な日だった」ホリスは街の景色を示した。「病院のベッドなんぞ、あの男にふさわしい最期ではない」空《から》のコーヒーマグが、指からぶら下がっている。海峡の向こうから、フェリーの低い汽笛がこだました。

「目にもの見せてやったんだ」ホリスはふたたび言った。こらえきれずに涙があふれ、赤らんだ頬を伝い落ちる。

ホリスがドノに近づくことができたのはまちがいないだろう。拳銃を忍ばせることもできたはずだ。酒を呑んで昔話をしながら夜を明かし、帰り際になってドノの頭に銃口を突きつけることも。

しかし仮に、ホリスに最も古くからの友人を殺そうとする動機が多少考えられたとしても、俺には彼が犯人だとは思えなかった。それに、ドノはまだ生きている。ホリスに殺意があれば、最後までやり遂げたはずだ。

俺は立ち上がり、ホリスの肩をたたいた。彼はうなずいた。俺は操舵室を出、ドックに降りて立ち去った。海岸線を振り返ると、ホリスはまだ操舵室に座り、頭《こうべ》を垂れて、瀕死の重傷を負った最後の同類のことを悲しんでいた。

7

家に戻ると、戸口の下に折りたたんだ紙切れが押しこまれていた。俺が警察の南京錠を叩き壊したときに開いた穴の真下だ。白いメモ用紙に、青いボールペンで何やら殴り書きされている。用紙の上端には、会社名と所在地が印刷されていた——〈フレージャー電工〉。ミミズが這ったような字で、判読するのに苦労した。

バンへ来てみたけどいなかった。六時すぎに〈モーゲン〉で会えないかな？　いろいろつらいだろうが、一杯やらないか？　——ディビー

この街を出てからも、ディビーの様子はときどきチェックしていた。昔からの習慣だ。彼は暮らしぶりをSNSで公開している。高校時代からの恋人ジュリエットとめでたく結ばれた。彼のアカウントで、丸々と太ってにこにこしている赤ん坊を、ジュリエットが抱きかかえている写真を見たことがある。家族はみな幸福そのものに見えた。彼も腰を落ち着けたらしい。そう思うと、俺は安堵した。

ふたたび手紙を読んだ。デイビーの筆圧が強いせいで、メモ用紙はエンボス加工されたように凹凸があった。

それはともかく、せっかくこの街に戻ってきたのだから、いろいろ気になっていたことを確かめておくのも悪くない。一杯呑んで憂さを晴らし、デイビーの近況を聞いてみようか。それに、ドノの酒場の様子も見られる。

ドノの共同経営者、アルビー・ボイラン——店を実際に切り盛りしていた男だ——が、店内を大きく変えたかどうかはわからない。しかし、その可能性はあまりないだろう。たぶん〈モーゲン〉は相変わらず、天井には何十年分ものタバコの煙が染みつき、レジの陰にはいざというときのために、アルビーの金属バットがテープで貼りつけられているにちがいない。だが、不意に気づいた。それはまだドノが〈モーゲン〉を所有していたら、の話だ。もしかしたら売り払ってしまったかもしれない。いまとなっては、祖父の生活にはあまりにも俺が知らないことが多いのだ。

俺は玄関の扉を開けようと、ポケットから鍵束を取り出した。家の鍵束が引っかかり、もうひとつの鍵束も出てきた。赤い木切れにくくりつけられているものだ。俺はふたたびその鍵束を眺め、以前に似たようなものを見ていたことに気づいた。

船外機用のエンジンキーだ。二五〇馬力以上の大型エンジンだろう。木切れにくくりつけられているのは、水に落ちても沈まないようにするためだ。

つまり、ドノは船を持っているのだ。

俺は扉の鍵を開け、まっすぐ食品庫に入って、ふたたびドノの隠しスペースを開けてみた。ドノの書類はみな、公私の別を問わず、上階の机に保管されている。それらは昨夜のうちに見ていた。祖父は頑としてコンピュータを使おうとせず、きちょうめんに記録を取る性格だ。一時間もそれらの書類をたどっていくと、総合建設請負業者および酒屋の経営者としての、祖父の人生が浮かび上がってきた。しかし、そこにあるものだけが見るべき書類ではない。書類はほかにもある。

一フィート四方の隠しスペースの奥には、ドノの偽造の運転免許証の束があった。俺はそれらを一枚ずつ眺めた。二枚は同じ偽名で、うち一枚はワシントン州、もう一枚はカリフォルニア州の発行だ。ふたつ目の偽名はワシントン州。三つ目の偽名はどういうわけかウエストバージニア州になっている。

ドノが偽の身分を持つのは、珍しいことではなかった。少なくとも、証明可能な偽名の免許証を作るのは。運転免許認可局で職員に数千ドル握らせれば、容易に作れる。

しかし、免許証の束に俺の探している偽名はなかった。ジョン・テレンス・カラハンという偽名だ。その偽名には、れっきとした住所もついている。俺が探せる住所だ。もっとも、J・T・カラハンがまだ実在していればの話だが。

有罪が確定した重罪犯には、多くの制約が課せられる。州法にもよるが、重罪犯はたいがい選挙権を失い、職業の営業許可証を保持できず、陪審員に選任される資格を喪失する。犯罪に手を染めた知人のなかには、陪審員に選任されないのはもっけの幸いという者もいたが。

さらに重罪犯は、パスポートを取得する際に困難に直面する。それから、元重罪犯がプラズマ切断機やワイヤレス警報発信器といった特殊な装置を購入する際にも、販売店から当局に通知される。

そういうときが、J・T・カラハンの出番だ。ドノバン・ショウと同じく、J・T・カラハンは六十四歳で、身長六フィート二インチ、建設業に従事している。彼はまた、ときおり産業用機械の転売も手がけ、連邦政府のアルコール・タバコ・火器局による認可を受けて、第一種爆発物を購入し、取り扱う資格も有している。

ただし、本物のJ・T・カラハンはたった十七年しかこの世にいなかったのだが。

ドノがカラハンという偽の身元を手に入れたのは、郡刑務所での服役を終えて、廃屋同然だった家を修復し、人生を再出発してまもないころだ。当時、俺は十一歳だった。祖父の胸中を推し量るにはまだいささか幼かったが、いまにして思えば、最初はただ、姿をくらまさなければならなくなったときに備えて、パスポートを取得し、すぐ使える偽名を用意しておきたかったのだろう。

歳月が経過するにつれてドノは、J・T・カラハンという偽名をほかの用途にも使えることに気づいた。カラハンという偽の身元を使えば、まっとうな経歴の人物になれるのだ。俺のつましい口座残高を全額賭けてもいいが、祖父はカラハンの身元を手放していないにちがいない。

ホリス、ウィラード、コーコランに訊いても、めぼしいことはわからなかった。ドノがホリスに話した内容も、額面通りには受け取れない。ドノが仕事を休んでいたはずがない。祖父が何にかかわっていたのかはわからないが、昔なじみの仲間の手を借りずにやっていたのだろう。もしカラハンの活動歴を洗いなおすことができれば、祖父の本当の狙いが見えてくるはずだ。

完全に虚偽の経歴を持つことの利点は、それが大半の調査に耐えうることだ。不利な点としては、それもまたれっきとした身元として残ってしまうことが挙げられる。たとえその男が実在していなくても。たとえ紙の上だけであっても、活動していた軌跡は残り、そこからは一定のパターンが浮かび上がる。J・T・カラハンには社会保障番号もあるにちがいない。税金の還付記録も残っているはずだ。どこかにメールアドレスもあるだろう。

船外機のエンジンキーという俺の推測が正しければ、カラハンも船を所有しているにちがいない。そこが調査の出発点だ。

充電されたドノの携帯電話は、まだ俺のポケットに入っている。電話を取り出し、発信履歴を検索した。一件の電話番号しかない。ドノが銃撃される前日、エフライム・ガンツ法律事務所にかけた記録だけだ。俺は発信ボタンを押した。

「ガンツ・アンド・クィンラン事務所です」ハスキーな女性の声が出た。

「ミスター・ガンツを出してくれ。バン・ショウという者だ」

「わかりました。お待ちください、ミスター・ショウ」俺から連絡があるのを予期していたような反応だ。俺をドノだと思っているのか？

「バン？　エフライム・ガンツだ」甲高く、早口で押しまくるような声だ。受話器を握りしめている姿が想像できた。小柄だが、大柄な男を三人合わせたぐらいエネルギッシュな弁護士だ。

「こんにちは、エフライム。しばらく」

「しばらくどころじゃないぞ。わたしの記憶では、最後にきみに会ったのは確か……高校を卒業する直前だったはずだが？」

「ドノのことは聞いたか？」

「ああ、もちろんだ。日曜の朝のニュースを見ていたシェリルに、たたき起こされてね。まったく恐ろしいことだ。きみが戻ってきたことも聞いた。東分署にいる友人からね。それでここにいるグロリアに、きみから連絡が来たらすぐ伝えるように言っておいて、会議から抜け出してきたというわけだ。警察で取り調べを受けたのか？　なぜわたしを呼ばなかった？」

「その必要がなかったんだ。隣近所の人が、銃撃のあと家に着いた俺の姿を見ていたのさ。それで疑いが晴れた」

「必要がなかった、か。しかしいいか、また警察に連行されたら、わたしも呼ぶんだぞ。大事なことをひとつ話そう。必要に迫られたら、ドイツ帰りだと言って英語がわからないふりをするんだ」

「刑事の連中は、ドノの動きのほうに関心があるようだ。最近、祖父がどんなことをしていたか、何か知らないか?」

ガンツは間《ま》を置いてから答えた。「わたしも同じことを訊きたかったんだ」

「この街を出てからずっと、ドノとは話していないんだ」俺はガンツに、祖父の家に到着した時間が、祖父が銃撃されてまもなくだったことを話した。「けさはドノの昔の友人に会って話したんだが、これといった手がかりはつかめなかった。俺の考えでは、祖父は世捨て人同然の生活を送っていたようだ。それでひとつ訊きたい。最近、ドノの言動で、あんたの印象に残るようなことはなかったか?」

「わたしの助けが必要になるようなことは何もしなかったよ。逮捕されたり、トラブルを起こしたりといったようなことは」

「ドノは土曜日に、おたくの事務所に電話している」

「ああ。グロリアによると、彼はポール・アロナウの内線にメッセージを残し、折り返し電話してほしいと言っていたそうだ。ポールはうちの事務所の財産法関係の弁護士だよ」

「財産?というと、ドノの遺言に関することか?」

「そのとおりだ」

「だったら、ドノが彼に接触を試みたということは、遺言状の内容を変更するということだろうね。現在の相続人は誰なんだ?」

ガンツはうなるように言った。「きみだよ。知らなかったのか?」

「俺は十年間、この街にいなかったんだ、エフライム。つまりドノはそのあいだずっと、遺言状の内容を変えていなかったということか？」

「きみの母親の、モイラだったか？　彼女が出ていったときにも、ドノは遺言状を変えなかった。それからもすべてを相続するのは、彼女だったんだが……きみがドノといっしょに住むことになった。そのときから、相続人はきみになったんだ。それからずっと、そのままだ」

「もしかしたら、いまそれを変えようとしたんだろうか？」

「そうかもしれん」ガンツは認めた。「だが、早まって結論を出すことはない。何かを付け加えようとしただけかもしれん。彼は何か大きな物件を購入したのかな？　家とか？」

「俺は聞いてない」

母もまた、ドノのもとを去った。そして俺も。それなのにドノは、まだ俺を相続人に指定していたのか？

俺は赤い流木の破片にくくりつけられた鍵束を眺めた。

「州の運転免許認可局に、知り合いはいないか？」俺はガンツに訊いた。

「なんだって？」

「ちょっと調べてほしい名前があるんだ」

「そうか、では、心当たりに連絡させよう」

「助かるよ」

「それから、バン？　市警にまたしょっ引かれたら、必ずわたしを呼ぶんだぞ、いいな？」

俺はちょうど通話を切るところだった。ドノが俺に街へ戻ってきてほしいと頼んできた。同時に、話がずいぶん込み入ってきた。ドノが俺に街へ戻ってきてほしいと頼んできた。同時に、遺言状の内容を変更しようとした。

遺言を変更することで、俺を驚かせようとしたのか？　ドノは根に持つタイプではない。俺が出ていった腹いせに、家と酒場を顔に投げつけるようなことをするとは思えない。背後にもっと何かある。

少なくとも、ひとつだけ確かなことがある。いい話ではないが、確かだろう。ガンツの言うとおり、俺の名前がいまでも相続人に指定されていたら、俺には大きな問題がのしかかることになる。

警察関係者なら簡単に思いつきそうな構図だ。ドノは街中に家を持っている。酒場も所有している。俺が相続する財産は、優に百万ドルを超えるだろう。二百万ドルになるかもしれない。しかしドノが、遺言状の内容を変更しようとした。そして俺が到着した朝に銃撃された。

俺はふたたび、最有力な容疑者として浮上することになる。

8

アディ・プロクターが外傷センター集中治療病棟（ＩＣＵ）の受付デスクにいた。黒いウールのコートは裾が長く、不恰好な靴につきそうだ。後ろから見ると、白髪がバタンインコのとさかのように見える。俺が病院に着いたとき、彼女は看護師に、病室に入れてほしいと頼みこんでいるところだった。

「わたしたちみんなで、回復を祈っているんですよ」アディは言った。聖女のような笑みをたたえている。「ろくでもない甥ですけど、きっと慈悲深い神がお守りくださいます」

彼女はあたりを見まわして俺に気づき、にやりとした。

「アディおばさん」俺は言った。

「あら、バン。来てくれてうれしいわ」彼女は足早に俺を先導した。

「家族を名乗ったのは正解でした」看護師に聞こえないところで、俺は言った。「さもないと、頑として入れてくれませんから」

彼女は鼻を鳴らした。「まったく、くだらない規則だわ。身寄りが一人もいなくて、ほかに看病してくれる人がいなかったらどうなるのかしら？　わたしの知り合いにだって、親類より友だちのほうがいざというときに頼れるという人は大勢いるわよ」

病室をいくつも通りすぎながら、俺は昨夜と同じ見舞客を何人か見た。外傷センターに寝泊まりしている者もいるようだ。

ドノの病室の前には制服警官が座り、俺たちを見ていた。俺は名前を名乗り、アディを伯母だと言って紹介した。警官は俺の名前を聞いてうなずき、俺たちを病室に通した。

ドノの様子は昨夜とまったく変わっていない。足下にある薄い綿のタオルケットの位置まで同じだ。

アディは室内の椅子に腰を下ろし、大きなかごのバッグをかたわらに置いた。俺は立ったままだ。二人でドノをじっと見た。点滴が落ちて腕から注入されるにつれ、チューブがほんのわずかに脈打っている。

「いままで何度も、いろいろな人をお見舞いしてきたわ」アディは言った。「わたしは付き添うときに本を読み聞かせるのが好きなの。時間つぶしにもなるわ。お祖父さんに読み聞かせてあげてもいいかしら？　お邪魔にならない？」

俺も座ることにした。「祖父は本好きですから」

アディはハンドバッグから布製のブックカバーに収まったペーパーバックを取り出し、鼈《べっ》甲《こう》の眼鏡をかけて朗読しはじめた。書名は見えず、なんの本かわからない。言葉づかいからは、十九世紀あたりの古い作品のように思える。

「なんという本ですか？」アディがページをめくったところで、俺は訊いた。

「ディケンズよ」彼女は言った。「『我らが共通の友』」

「聞いていてちょっとわからなかったんですが、〝六人の陽気な〟……」

「……〝荷役人の仲間たち〟ね」彼女は言った。「パブの名前よ」

俺は納得してうなずいた。酒場の華やかなりしころだ。ドノが寝こんでいるあいだ、〈モーゲン〉の営業を続けるためにすべきことはなんだろう。きっと、共同経営者のアルビー・ボイランが知っているはずだ。

「古典文学はたくさんお読みになるんですか？」俺は訊いた。

「ええ」アディは言った。「昔、教師をしていたのよ。それから司書も。図書カードをめくって蔵書を探していたころだけど」

そのとき、俺の電話が鳴った。

「調べてほしい名前があると聞いたんだが」甲高い男の声が、ささやくような早口でまくしたてる。「俺の友だちに、折り返し電話するように頼んだのはおたくかい？」

運転免許認可局に勤めている、ガンツの友人だ。これぞまさしく、〝我らが共通の友〟だ。

「ジョン・テレンス・カラハンという名前なんだ」俺は言った。「あるいはジョン・T・カラハンとか、J・T・カラハンという表記かもしれない」

すばやいスピードでキーボードをたたく音が聞こえる。「州内に同じ名前がいくつもある。誕生日を知りたいか？」

「いちばん年上の人から教えてくれ」

深いため息。「一九三六年……」

「古すぎる」

「その次は一九五〇年だ」

「その人の特徴を知りたい。なんて書いている？」

「身長六フィート二インチ。髪は灰色で、目は茶色。苦み走った顔つきの写真だ。老け好みのゲイにもてるかもしれない」

まさしくドノだ。「その人のデータを全部教えてくれ」

キーボードをせわしなくたたく音が響く。「よし、出た。所有している車は一台、二〇〇五年型のリンカーンだ」彼は車の登録ナンバーを読み上げた。リンカーンか。カラハンは華やかな車がお好きらしい。

「住所は？」

「イーストパイク四九五番地、一七〇一号室」

その近辺に十七階があるような高層建築はないはずだ。たぶん私設私書箱の会社でもあるのだろう。だとすると、一七〇一号というのはドノの私書箱の番号になる。

「船も持っているはずだ」俺は言った。

「そのとおりだ。キング郡だが、係留場所は書かれていない。登録された住所は、運転免許証と同じだ」

「どんな船だ？」

「なんだって？　そりゃあ、ボートさ。ええと……」リストを読み上げているようだ。「二〇〇六年式、船体は灰色のグラスファイバー、全長二十二フィート、スティングレイ社製220SXガソリン船外機付き娯楽用スポーツボートだってさ。俺にはなんのことやらさっぱりだ」

「ほかには？」

「ボートのことか？」

「どんなことでもいい。ほかに所有している乗り物とか、免許はないか？　もしあれば、駐車違反の記録でも」

「ないね。そういうものは警察――おい、冗談だろう。マジかよ。ほかの乗り物はまったくない。記録されているのはただ、ミスター・カラハンにクラスCの商用車の運転資格があることだけだ。ついでに言えば、臓器提供者にも登録していないぜ」

俺はぴくりともしないで横たわるドノを見た。医療機器の助けを得て、祖父はようやく生きながらえている。俺は通話を切った。

「カラハンって、誰？」アディが訊いた。

「もう行かないといけません」

「そうでしょうね。わたしはもう少し、本を読み聞かせてからにするわ」

俺はうなずいた。だが彼女は、ペーパーバックをひらかなかった。俺たちはドノをじっと見た。

「お祖父さん、何かしてほしいことはないかしら?」彼女は言った。

「俺がしたいのは、警察の手助けをして、祖父にこんなことをしたやつを突き止めることです。それに、俺がそれを調べているあいだに、祖父に死んでほしくありません」

「どうしましょうね」アディは言った。「あなたの代わりに、わたしが付き添ってあげたほうがいいかしら?」

「ありがとうございます。でも何か変化があれば、病院が知らせてくれますよ。誰かがいなければならないということはありません」

「あなたとお祖父さんのあいだにしか、わからないことがあるでしょうね」

「ええ」

あと一週間ほどで、フォートベニングの基地に出頭しなければならない。いまは一時間おきにでもドノを見ていられるが、俺が休暇を終えてここを去るときにも、祖父はずっとこのままだろうか。

俺は万一に備えて彼女と連絡先を交換し、立ち上がった。「来てくれて、ありがとうございます」

「お安い御用よ」アディは言った。後ろ手に扉を閉めるとき、本を朗読しはじめる声が聞こえた。

9

イーストパイク四九五番地はハーバービュー病院から一マイル足らずのところだった。その住所には大きな二階建てのブロック造りの建物があり、二階は指圧院、一階は〈メールボックス・ワールドワイド〉の支店だ。

ランチタイムを控え、〈メールボックス〉の支店はしんとしている。窓に描かれた字を透かして、カウンターの奥に若い女性の姿が見えた。荷造りテープで箱に封をしている。

一人の男が足を踏み入れ、壁際にぎっしり並んだ金色の扉の郵便受けの列へ向かった。俺は彼のあとについて店内に入り、電話に一心に耳を傾けるようなふりをして、私書箱一七〇一号を探した。右側の高い場所に、その番号が見つかった。男を見ていると、先が丸くなった短い銀色の鍵で私書箱を開けていた。俺のポケットに入ったドノの大きな鍵束にも、似たような形の銀の鍵がついている。

女性が封をした箱を抱えて奥に姿を消したところで、俺は壁際に近づき、ドノの鍵を私書箱一七〇一号に差しこんだ。扉がひらき、なかには封筒やはがきがぎっしり詰まっていた。幸いなことに、ドノはしばらく郵便物を回収していなかったようだ。俺は封筒の束をジャケットに押しこみ、建物を出た。それからチャージャーの運転席に座り、J・T・カラハン宛てに送られた郵便物の束を一枚ずつ見た。

大半はダイレクトメールのたぐいだった。工具店にとって、カラハンはお得意様だったようだ。ほかには銀行からの取引明細書が二通、建設業組合からの郵便物が二通、西海岸海事商会から一通だ。

封筒を開けてみた。訂正された領収証に手紙がついており、ミスター・カラハンに宛てて、二月の購入金額の誤りを詫び、商品のご利用を引きつづきお楽しみくださいといった内容だ。領収証の内訳を見た。ローレンス製高精度海図表示装置、ガーミン製超短波《VHF》無線機などの機器だ。新品の電子機器の合計額は四千ドル以上。

とりもなおさず、ドノが最近、船舶を購入したことを意味する。しかしこれだけでは、その船がどこにあるのかわからない。

今度は銀行の取引明細書を確認した。いたって簡単なものだ。口座残高は二万ドル弱。私設私書箱の使用料、リンカーンの車両保険料、それにアルタモント・ガレージの使用料が自動引き落としで支払われている。アルタモント・ガレージというのは、たぶんリンカーンを保管している車庫だろう。

自動引き落としの項目がもうひとつあった。ブルーリッジ係船有限責任会社というものだ。俺は電話を取り出し、名前を検索した。シアトルの大規模な公共の船着場であるシルスホール・ベイ・マリーナから数マイル北に、ブルーリッジ・マリーナという場所があった。

大当たりだ。

最初に一瞥したとき、ブルーリッジ・マリーナは貧相に見えた。短い桟橋が六、七列並んでいるだけの船着場だ。防波堤がピュージェット湾の波をさえぎっている。たぶん、係留できるのは全部で二百艘程度だろう。しかしよく見ると、並んでいる船舶はいずれも高級そうで、その大半は外洋の航海にも耐えられるクルージングヨットだ。この日の空模様はさえなかったが、ワックスをかけられたチーク材や真鍮の外装は光沢を放っている。月曜日とあって、人けはまったくなかった。

浮き桟橋にはそれぞれゲートが設置され、両側には金網が張り出しており、上端には有刺鉄線が設けられて、有象無象《うぞうむぞう》が入りこめないようになっている。

運転免許認可局に勤めるガンツの友人のおかげで、どんな船を探せばいいのかはわかっていた。全長二十二フィート、灰色の船体をしたスティングレイ社製の高速モーターボートだ。同様の大きさのボートはみな、岸にいちばん近い区画に係留されている。比較的小型なので、ほかの船よりも喫水が浅いのだ。俺は桟橋の列を歩き、その一角を見た。大半の船は白で、青や黒の船がちらほら混じっている。灰色の船は一艘だけだ。

鉄製のゲートには重厚な機械式の文字合わせ錠がかかっていた。六つのボタンがあり、それぞれにAからFまでの文字が刻印されている。俺は車から持ち出してきた金《かな》てこをコートの下に忍ばせてきたが、錠前をざっと見たかぎり、それを使うまでもなさそうだ。

六つのボタンのうち四つは、幾度となく押されてきたことですり減って光っていた。こうした機械式の錠前では、どのボタンも一度ずつしか使われない。どのボタンも、内部で別々のタンブラーに対応しているのだ。使われているボタンが四つということは、考えられる組み合わせは二十四通りになる。ドアハンドルに少し圧力をかけてそれぞれのボタンを軽く押してみると、最初に来るのはCであることがわかった。タンブラーの抵抗が最も少なかったからだ。そうすると、残る組み合わせは六通りになる。試行錯誤の末、俺は四十秒でゲートを開けた。

手だけを使って鍵をこじ開けたのは、ずいぶん久しぶりのことだ。有象無象のささやかな勝利。俺は桟橋を歩いてボートへ向かった。

スティングレイは娯楽用のボートを造っているメーカーで、主に日帰りで島とのあいだを往復したり、水上スキーを牽引したりする用途に使われる。全長の半分ほどが鋭い形をした船首部で占められ、その後ろに傾斜した風防が取りつけられている。船尾にはなんの船名も記されていなかった。人目を引くような特徴は何ひとつない。灰色の船体もくすんで見える。

雨水を防ぐため、コクピット全体とエンジンに黄褐色の帆布《はんぷ》のシートがかけられている。シートは船体の端まで広げられ、一、二フィートおきに留め金やゴムひもで固定されていた。俺はゴムひもをほどき、帆布を取り払って、船の前側で折りたたんだ。

船外機はきわめて強力な、三百馬力の黒いマーキュリーエンジンだ。耳をつんざく轟音を抑えるため、ドノはエンジンをゴム製のカウルで覆っていた。船尾の内部には五ガロン入りの赤いポリタンクが二個くくりつけられている。エンジンが腹を減らしたら、ホースを使って直接燃料を供給できるのだ。

この船は、世界中のドラッグ密売人に好まれるような高速艇ほどのスピードは出ない。しかし賭けてもいいが、鋭くとがった船首から見て、波が穏やかなときなら四十ノットは難なく出せるだろう。予備の燃料タンクを使えば、ボートは半径百マイルほどの海域を航行できるにちがいない。

コクピットと船室のあいだは、二枚の狭小な扉で隔てられていた。いずれも施錠されている。赤い木切れについた小さな金色の鍵が、鍵穴に合った。

船室の両側にはクッションのついた座席があり、その前にあるスペースを使えば、薄いマットレスに二人が並んで寝られる。マットレスは船首の形に沿って、V字型になっていた。マットレスの下には大きな台形の物品庫がある。船室の壁には、海図表示装置と音響測深機が取りつけられていた。スイングアームを使えば、コクピットに引き出して見ることもできる。J・T・カラハン宛ての西海岸海事商会の領収書に記載されていた機械だ。

俺は座席のクッションとマットレスをコクピットに引っ張り出し、船室内を探索した。物品庫は薄板で仕切られていた。見つかったものはほとんどが、ロープや救命胴衣、悪天候用の装備といった、プレジャーボートに標準装備されている付属品だ。

そのなかにはスキューバ用具一式もあった。空気タンクと調整器。浮力調整のために着けるベストとウェイトベルト。ウェットスーツはドノの体格にぴったり合いそうだ。いずれも新品ではないが、良好な状態だった。

ウェットスーツのにおいを嗅いでみた。スーツはきれいに洗浄されているが、海水のにおいがまだ少し残っている。空気タンクを近くから観察してみた。バルブの溝に乾燥した塩が付着している。

俺はスキューバ用具一式が最近使用されたことを確信した。一週間ほど前かもしれない。長くても一ヵ月は経っていないだろう。

おかしなこともあるものだ。首をひねるばかりだった。ドノが海峡を走りまわるためだけにモーターボートを購入するとはとても思えず、趣味でダイビングをするとも思えないのだ。少なくとも、俺と同居していたころにはそうした趣味はなかった。使いかたさえ知っていたかどうか疑問だ。

物品庫の木製の床に塗ってある象牙色のペンキは、壁のペンキよりも新しかった。床の木をたたいてみると、反響があった。縁のあたりに触れてみる。船尾の目立たないところに、半円形に切った穴があった。

指をその小さな穴に入れ、引っ張り上げると、船底に沿ったV字型の浅い空間が出てきた。ボルトアクションのレミントン三〇‐〇六口径ハンティングライフルが、右舷にゴムバンドで固定されていた。ほかに小型のステンレスの容器があり、開けてみたら、ライフルより旧式のベレッタの拳銃が見つかった。拳銃用とライフル用の弾薬の箱も入っている。レミントンとベレッタは非常時の備えだろう。救命胴衣と同じようなものだ。ドノがどちらかを選ばなければならないとしたら、拳銃を採るはずだ。

船室を出、コクピットに戻った。コクピットの座席の両側には、防水ボックスがあった。船室用と同じ鍵で開けることができた。

前部の防水ボックスには、VHF無線機と分厚い海図の本が三冊納まっている。本を引き出してみた。三冊セットで、オレゴン州南部からワシントン州全域にかけての西海岸、ワシントン州北西部とカナダのバンクーバー島のあいだにあるサンファン諸島、それからカナダのクイーンシャーロット海峡までのブリティッシュコロンビア州沿岸が載っていた。

ふと思いつき、VHF無線機の電源を入れてみた。《海洋気象局（NOAA）ウェザーラジオ》の単調な音声が流れてくる。NOAAはワシントン州ポートアンジェレスから、録音テープで沿岸部や近海の天気予報を放送しているのだ。

カーラジオと同様、VHF無線機にはプリセットされたチャンネルを聴くためのボタンが並んでいる。NOAAの隣のボタンを押してみると、同じような録音された音声が、よりかすかに聞こえてきた。しばらく聞いているうちに、ワシントン州北西部ベリングハム一帯の天気予報であることがわかった。カナダ国境から一時間ほど南にある港だ。三番目のチャンネルは雑音がひどくて聴き取れなかった。

VHF無線機の下には小冊子が押しこまれていた。無線機の説明書と、アメリカ北西部沿岸で放送しているチャンネルの長いリストだ。ディスプレイに表示されている、無線機の三番目のチャンネルの周波数は、バンクーバーの《ウェザーラジオ・カナダ》だった。四番目、五番目、六番目のボタンにプリセットされたチャンネルはなく、ＶＨＦ周波数範囲の終わりまで数字が動くだけだ。

これらはすべて、北を示している。ドノはボートで北へ向かっていた。そんなに遠くではなかっただろう。さもなければ、さらに北のカナダ沿岸の天気予報チャンネルも必要になっていたはずだ。

快速のモーターボート。長い航続距離。越境してカナダ側に入っていた可能性もある。ドノは何かを密輸していたのだろうか？

密輸は祖父の通常の守備範囲ではない。禁制品を運ぶのは、ホリス・ブラントの専門分野だ。それになぜ、ドノは急にスキューバダイビングに興味を持ちだしたのだろうか？　俺はそう思いながら物品庫を元どおりにし、船室と防水ボックスを施錠した。

太陽はいまにも水平線に沈みそうだ。陽光が静かな海峡に反射し、鈍色《にびいろ》の水面に白く照り映える。海峡の向こうにはベインブリッジ島の深緑が見え、はるか遠くにオリンピック山脈の白と灰色の山並みが望める。アフガニスタンの山々とはまるでちがう、優しげな表情だ。アフガンの山はむしろ断崖のようで、山頂はナイフの切っ先のようにとがっていた。

腕時計を見ると、午後六時十五分だ。デイビーはもうすぐ〈モーゲン〉に現われるにちがいない。

俺はドノの鍵を使い、モーターボートのエンジンを点火させてみた。強力なマーキュリーが咆哮をあげ、それから低いうなりに変わる。このままボートをシルスホールにあるホリスの船着場まで操船し、調べてもらおうか。ホリスの熟練した目をもってすれば、俺が見逃した何かをこの灰色のスティングレイに見出すかもしれない。

一瞬、デイビーとの待ち合わせをすっぽかそうかという考えが脳裏をよぎった。だが俺は、最近のドノの動向を知る手がかりに飢えていた。彼のボートを見つけたのはよかったが、答えよりもかえって疑問のほうが増えたようだ。

少し鬱憤を晴らしたほうがいいかもしれない。ビールを呑み、ばか話に笑い合えば、やり場のない怒りに駆られて壁に頭を打ちつけるようなこともないだろう。

10

ドノとアルビー・ボイランが〈モーゲン〉を買ったのは三十年前で、俺が生まれる以前だ。ドノには金があり、アルビーには重犯罪の前科のない経歴があった。それで二人は酒場を共同経営することにしたのだ。当時、ベルタウンの不動産価格はいまよりはるかに安かった。彼らはアパートメントの建物の一階を五十年契約でリースし、現在同じ建物でコンドミニアムを買うよりも安く上げた。

二人が合意した条件は、アルビーが店を切り盛りし、ドノは盗んできた金を店の取引にまぎれこませるというものだった。そうした用途に酒場はうってつけだった。金の出所をくらますには。

子どものころ、俺はアルビーが少し怖かった。記憶に残っている彼の印象は、マムシのようでいて、客には愛想がよいというものだった。〈モーゲン〉の入口に用心棒はいなかった。客の容貌や雰囲気がアルビーの気に食わなければ、彼は客と目を合わせて、出口へ向かって顎をしゃくる。客が意地っ張りか鈍いかで席を立たなかったら、常連客が二、三人近づいて、どこかほかで呑んでくれと促すのだ。

自分でも思いがけないほど、この店をもう一度見たかった。バッテリー・ストリートから伸びる路地を歩き、看板のないモスグリーンの扉をめざして、装飾の入った鉄の取っ手を引く。扉は簡単に開き、広々とした店内が見える。

店はまるで、ずっと俺を待っていたかのようだ。昔と同じく、無造作に並べられた真四角のテーブルは、どれも傷だらけ、染みだらけだ。向かい側の壁際には、カーブに沿って青みがかった灰色の長い木のカウンターが曲線を描き、その奥には同じく青白い棚に、酒やグラスが納まっている。

カウンターの頭上には、鏡ではなくタペストリーが掲げられていた。中世のような服装をした粗野な女が馬にまたがり、海岸で打ち寄せる波を縫って駆けている。この酒場で、俺の記憶に最も鮮明に残っているものだ。

十歳ぐらいのころ、俺は撞球室《どうきゅう》で何やら取引をしているドノを待ちながら、勇を鼓してアルビーに、この女の人は女王様か何かなの、と訊いてみたことがあった。俺の問いに、店主は声をあげて笑っただけだった。

俺はそれきり何も言わず、ぷりぷりしながらドノが出てくるのを待ち、いっしょに帰った。俺は怒りで頭に血が昇るのをこらえていた。祖父は上機嫌で、札束の入った封筒を上着のどこかに入れて、何杯か呑んでいたようだった。祖父の機嫌がいいのを見計らって、タペストリーの女性のことを訊いてみた。ドノによれば、あの女は異教徒の売春婦で、悪魔と寝たので、怒り狂う海から逃げようとしているということだった。

当時の俺にはよくわからなかったが、それ以上訊くのはやめておいた。きっとまた笑われるだろうと思ったからだ。

時代が流れても装飾は変わっていないが、客層はかなり変化していた。店内はほぼ満席だ。群衆の大半は大学生かそれより少し年上ぐらいの若者で、椅子やボックス席にもたれている。女性が以前よりずいぶん増えていた。〈モーゲン〉でこんなに多くの女性客がいるのは見たことがない。ドノの時代は、この酒場では女性客お断わりとまでは言わないにせよ、決して歓迎はされなかった。生き残るには、時代の変遷に対応することも必要だ。この点、俺はとくに不満を言うつもりはなかった。

群衆のなかを探していると、デイビー・トーランが立ち上がり、笑いかけてきた。茶色の髪を伸ばしており、かつて痩せぎすだった身体にはやや贅肉がついているが、笑顔はかつてと同じだ——心底からの幸福感と自嘲の念がないまぜになっている。デイビーとは小学二年生のころに会って以来、俺がこの街を出た夜まで親友だった。大半の人々の定義に従えば、無二の親友ということになるだろう。

俺たちは抱擁した。「久しぶりだな、バン。驚いたよ」彼は言った。

「元気か、デイビー？」彼はその言葉に答えず、立ったまま俺の顔の傷を見つめた。

「ドノのことは聞いた。ひどい話だ」

俺はうなずいた。「捜査は進展なしだ」この二日間、俺はドノの銃撃事件のことだけを話し、考えてきた。いまは一時でも事件のことを忘れたかった。

俺はデイビーのそばに座った。「ジュリエットは変わりないか?」

「ああ、もちろん。このとおりだ」彼は電話を取り出し、妻と赤ん坊の写真を何枚も見せた。おぼしき、デイビーはいまだにティーンエイジャーのような服装をしている。コンサートで買ったと聞いたことのないロックバンドの黒いTシャツに、すりきれた灰色のジーンズ、黒のスニーカー。バイク用の革ジャケットを椅子の背もたれにかけている。肩の破れ目から、椅子の角が突き出していた。俺たちにいちばん近いテーブルから、二人の女子大生がラップトップのスクリーン越しにデイビーのほうをちらちら見ている。デイビーの周囲にいる女性は必ずこうした視線を投げかけてくるのだが、当の本人はいつも気づいていないようで、それゆえによけい魅力的に見えた。

デイビーは俺に、赤ん坊だったフランセスがもう幼稚園に通いはじめたと言ったが、途中で話をやめて、電話をテーブルに置いた。「それにしても、きみはいきなり出ていってしまったな」

俺は椅子にもたれた。「きみを怒らせてしまったにちがいない」

「あれから一年ぐらい、まわりの誰にもきみの名前を出してほしくなかったぐらいだ」頭に手をやる。「いろいろなことを想像した。たとえば、きみとドノの喧嘩がエスカレートして、きみが殺されてどこかに埋められたんじゃないか、とか」

俺はデイビーに、わがショウ家の本当の稼業を明かしていなかった。しかしデイビーには、出ていく前の二年ほど、ドノと俺が事あるごとに角突き合わせていたことは隠せなかった。

それに祖父がまとっている暴力の空気も。

「きれいさっぱり別れる必要があったんだ、デイビー」俺は言った。

「二、三日ごとに、きみの家を訪ねてみたんだ。もしかしたらきみが戻っているんじゃないかと思ってね。電話しただけでは、ドノが本当のことを話してくれるとは思えなかった。結局ドノから、家族宛てに送られてきた陸軍の書類を見せられた。それでドノは、きみが陸軍に入ったことを知ったんだ」

「あの書類の一件がなければ、ドノに知られることもなかっただろう。俺はずっと知られないほうがよかった」

「それにしても、誰にもひと言も言わないなんてひどいじゃないか」

そのとき店員が現われ、目の前にチョコレート色の液体が入ったグラスを二杯置いた。

「ソウのポーターよ」彼女は言った。

ソウのビールは、ドノのお気に入りだ。祖父がウイスキーを呑まないときには、必ずこのビールを呑んでいた。デイビーと俺が子どものころ、大人の目を盗んで初めて呑んだビールでもある。そうそうお目にかかれない銘柄だ。

俺はデイビーに向かって眉を上げた。「もう注文していたのか？」

さっきの笑みが戻ってきた。顔じゅうに広がっている。「いいや」

俺たちは二人ともウェイトレスのほうを見た。長身で二十代半ばのようだ。ブロンドの髪は磨かれた真鍮のように輝き、形のよい肩が見えるほどの長さで切っている。意志の強そうな顎に、広い頬骨。白いワイシャツの袖を上腕までまくり、黒のジーンズに、短いクリーム色のバーテンダーエプロンを着けている。忙しい夕方とあって髪が少し乱れているものの、彼女は美しかった。

「ほかに何かご入用なものは？」彼女は俺たち二人ではなく、俺のほうを見ていた。

「きみのファーストネームを」俺は言った。

ウェイトレスは口元を引きしめているが、明るい灰色の瞳は楽しげだ。「ミス・なにがしよ」彼女は言った。

「独身だとわかっただけでもよかった」

彼女はうなずき、カウンターのほうへ戻った。俺は歩き去る姿をあけすけに見つめないように我慢したが、それは簡単ではなかった。黒いジーンズが身体にぴったりだ。

俺はデイビーのほうに向きなおった。「それで、ウェイトレスにはいつこれを頼んだ？」

グラスを軽くたたく。

デイビーのにやにや笑いが鼻についた。「だから、ひと言も言ってないって。本当さ」

見るからに楽しそうだ。これ以上優越感を与えまいと、俺はビールをぐいとあおった。豊饒な味わいのビールは、多少コーヒーにも似ている。実にうまい。

俺はデイビーが祖父の家の扉に置いていった手紙を取り出し、上端に印刷された会社名を見せた。「〈フレージャー電工〉。きみの勤め先か？」

「ああ」彼は微笑した。「労働組合に入っている。給料はけっこういいんだ」彼は五十ドル札を二枚、テーブルに置いた。「というわけで、今晩は俺のおごりだ」

「じゃあ、給料日を祝って」俺は彼と乾杯した。

「陸軍はきみに合っているのか？」その目がふたたび顔の傷に向かう。

「同じ班の連中はいいやつらさ。それに、軍ではいろいろ楽しいおもちゃで遊ばせてくれるからね」俺は笑みを浮かべた。

「結婚はまだか？」デイビーは言った。

「少なくとも一度、その寸前まで行った。だが、一カ所に長くとどまることはないんだ」

「いまはここにいるじゃないか」彼は店内を見まわすしぐさをした。「ここなら、ちょうどいい具合に酔っぱらった女性客が一人や二人はいるだろう」

「まずは、俺も同じぐらい酔っぱらわないとな」ポーターをさらにぐびぐび呑む。

デイビーは俺の肩越しに、店内の突き当たりを見た。「おい、あっちを見てみろ」

右側を見た。非常口が開いている。そこから一人の若者がビール樽を運び入れ、テーブルの列を抜けてカウンターへと向かった。大柄な若者はビール樽を苦もなく抱えている。黒いカーリーヘアに頬髭、青い格子縞のランバージャケットとジーンズという服装だ。どこかで見た覚えがあると思った次の瞬間、不意に思い出した。

「なんてこった、デイビー」俺は言った。「マイクじゃないか」

デイビーはうなずいた。「言われなくても、弟の顔はわかるさ。それに、まだ宵の口だからな」ビールをぐいと呑む。

マイケル・トーランはデイビーの弟で、彼らは二人兄弟だ。確か二十二、三歳ぐらいのはずだ。

俺は立ち上がった。「すぐ戻る」

「どうぞごゆっくり。俺はちょっと外に出てくるよ」デイビーはジャケットからタバコの包みを取り出した。アメリカン・スピリットだ。

カウンターに向かい、ビール樽を蛇口につないでいるマイクに近づいた。「マイク」俺は呼びかけた。「バン・ショウだ」

マイクは俺を見上げ、目を見ひらいた。「本当ですか！」立ち上がり、握手する。兄よりも六インチばかり背が高く、肩幅は広くて、きまじめな顔つきだ。デイビーは母親似だが、母のエブリンは痩せて小柄な女性で、青い目の持ち主だ。エブリンの夫だったジョー・トーランは、デイビーと俺が出会ったころ、家を出ていった。ジョーのことはほとんど覚えていない。

「どうしてまた、アルビーの下で働いているんだ？」俺は訊いた。

「アルビー・ボイランのことですか？」彼は言った。「アルビーは亡くなりましたよ、バン。三、四年前です。心臓発作で。ドノに誘われてここで働いています」

俺は彼を見つめた。「きみとドノが知り合いだったなんて、知らなかった」

「知り合いではありませんでした。ぼくが大学の授業と両立できる働き口を探していたんです。それで母がドノに電話しました。母のことは知っているでしょう。アイルランド系のネットワークですよ」

ではエブリンも知っているのだろう。ドノが関係機関に無届けでマイクに金を払っているにちがいないことを。所得税はかからないうえ、授業料も払えるというわけだ。

「確か、陸軍に入ったんですよね？」マイクは言った。

「ああ。数日だけ休暇を取ったんだ」

「ドノのことは聞きました」彼は言った。「お気の毒です。ぜひ、わが家に来てくださいよ。母が会いたがっています」

「昔と同じ家かい？」

「ええ。ぼくもまだあそこに住んでますよ。デイビーとジュリエットは新居に逃げましたけど」マイクは冗談めかして悲しげに首を振った。「兄はうまくやりましたよ」

俺はにやりとした。「まあ、そう言いなさるな。一人暮らししたら、きっとおふくろの味が恋しくなるぞ」俺の記憶では、エブリン・トーランは料理が上手だった。ドノの家で来る日も来る日もじゃがいもと肉を食べさせられたあと、トーラン家で夕食をとるのはいつも楽しみだった。

マイクはビールケースから、ボトルをカウンターの下の冷蔵庫に移しはじめた。「自分でアパートメントを借りるようになったら、キャットフードでも食べますよ。いや、本物の猫を食べるかもしれません。とにかく、会えてよかったです」

「俺もだ」

ふとまわりを見ると、ブロンドのウェイトレスがテーブルのそばに立ち、俺とマイクを見ていた。いまの彼女はトレイではなく伝票を挟んだクリップボードを手にしており、金色のウイスキーが入ったショットグラスを三つ、テーブルに置いている。

「フロストの味わいよ」俺が座ると同時に、彼女が広告のキャッチコピーをまねて言った。ゴールウェイ・フロストとも、俺がこの街を出て以来の再会だ。ホリスがこの酒を木箱でいくつも買っていた。

俺が降参し、彼女にどうして俺の好きな銘柄をすべて知っているのか訊こうとしたとき、その手にあったクリップボードがヒントを与えてくれた。伝票を手にした彼女は、ウェイトレスのようには見えなかった。この店の女主人そのものだ。

アルビー・ボイランはすでに死んだ。もしかしたらドノは、アルビーが店の経営権の半分を持つという契約を無効にはしなかったのかもしれない。アルビーに最も近い血縁者が店を引き継いだ可能性もある。

「調子はどうだい、ルーシー？」俺は言った。

彼女はにやりとした。「思い出してくれてうれしいわ。調子は上々よ。でも、いまはルースと名乗っているの」

「アルビーのことは気の毒だった」

「ドノのこともね」彼女はショットグラスを掲げた。俺もいっしょに掲げる。「酒場の若者たちに」彼女は言い、俺たちはウイスキーを一気に空けた。

俺の喉は焼けつき、ふたたび声が出るまでに十秒かかった。「前に会ったのはいつだった？」

「ここ、〈モーゲン〉よ」彼女は言った。「あのときは奥の部屋にいたわ。あなたはドノといっしょに来ていた。あなたはゲームボーイをやっていて、わたしは雑誌を読んでいたの」

「俺よりずっと記憶力がいいな」

「あのとき、わたしは雑誌を読むふりをしていたのよ。でも、あなたはわたしのほうを見向きもしなかったわ」

俺は苦笑した。「そうか。そのときの俺には見る目がなかったんだな。十四歳だったか？」

「ええ、だいたいそのぐらい。わたしは十一歳だった」ショットグラスをテーブルに置く。「あなた、仕事の話をしに来たの？」

「そんな必要があるのか？」

ルースの灰色の瞳がわずかに狭まった。「いずれはそうなるでしょうね」

もしドノが死んだら、〈モーゲン〉の半分を受け継ぐのは俺ということになる。彼女はそのことを心配しているのだろうか？　それとも、ドノが盗んできた金を酒場の運転資金に入れてくれなくなるのを懸念しているのか？

きっとその両方だろう。ルースがいら立つのももっともだが、怒った彼女もまた魅力的だ。

「祖父はまだ死んでいない」俺は言った。

形のよい彼女の頬骨が動き、顔がこわばる。「そんな意味で言ったんじゃないわ」

「ウイスキーをごちそうさま」

立ち上がった彼女は少し背が伸びたように見え、それから踵《きびす》を返し、カウンターにすたすたと歩いていった。子どものころより、髪のブロンドは深みを増したようだ。

デイビーがテーブルに戻ってくる途中で、彼女とすれちがった。彼は俺の前にある空《から》のショットグラスを指して言った。「きみたち二人で話していたのか」

ほかの店員が注文を取りに現われ、俺たちは次々とお代わりし、デイビーが小便をしに立ち上がったとき、俺はルースをもう一度探そうと思った。もう彼女は酒場の奥にはいないにちがいない。店内の客はしだいにまばらになり、残った店員は閉店を控えてせわしなく掃除を始めている。もうすぐ、こっちのテーブルをちらちら見るようになるだろう。

デイビーがトイレを出、テーブルに戻ってきた。「きっと彼女は帰ったんだろう」俺は言った。

「誰だい？　ああ、そうか」彼は声をあげて笑った。「さっきの彼女だね」

「さよならも言わなかった」俺は言った。

「言わなかったっけ？　ああ、そういえば言わなかったな。俺たち二人とも、記憶にないからな」

これほどへべれけに酔うのは久しぶりだ。ラントシュトゥールの陸軍病院で、くそったれの看護師どもは酒を一滴も呑ませてくれなかったのだ。

「なんだって?」デイビーが言った。

「なんだってって、なんのことだ?」俺は言った。

「くそったれの看護師がどうとか言っていたぞ。かわいいルースちゃんはバーテンダーで、看護師ではないと思うけどね」

それもそうだ。「どうも呑みすぎたようだ、デイビー。もう帰ろう。きみもだ。ジュリエットが待ってるぞ」

「ああ、俺のジュリー。俺には過ぎた女だ」彼は言った。歌いだしそうなほど上機嫌だ。

「家まで送ってくれるのか?」

「タクシーに乗ろう。車はあした取りに来る」

二十分後、俺は夢うつつで、タクシーの後部座席から自宅の前の歩道に降りるデイビーを見送った。居間の明かりがついている。まさしくジュリエットは、夫の家路をともしびで照らしてくれたようだ。

「水夫は帰りぬ、海からわが家へ」デイビーが言った。

「そいつは墓碑銘だな、デイビー」俺は言った。

「なんだって?」

「墓に刻む文句さ(『宝島』で有名なスティーブンソンが自らの墓に刻んだ)」俺は目を閉じた。

「ああ、そうか」彼は言った。「まあいいじゃないか。おやすみ、バン」

「おやすみ、デイビー」タクシーがそこから二マイル北の祖父の家に向かうあいだ、俺は運転手に事細かに道順を教えた。たぶん、不必要なほどだったろう。手当たりしだいに札をつかんで運転手に払い、車を降りる。街灯の光は夜霧でいままでにないほど弱く見えた。脚を伸ばし、冷気を吸いこんで頭をすっきりさせようとした。目の前の祖父の家は真っ暗だ。

「誰もともしびをつけてくれないのか」俺はつぶやいたような気がした。

鍵束は俺の手を逃れるかのように、なかなか捕まらなかった。おまけに暗がりのなかで、鍵穴が見つかるまで三十秒ほどかかった。ようやく家に足を踏み入れ、明かりのスイッチを手探りしたところで、頭のなかにとてつもなく明るい火花が飛び散り、俺は幼児に放り出される人形のように吹っ飛んだ。足下から床が離れるような感覚を覚えたのは、ほんの一瞬だった。堅木が頭にたたきつけられる。俺の世界は横向きになった。

誰かが走りすぎ、俺の脚をまたいだように思えた。白い縮れ毛と紺色の輪郭が視界をよぎったかと思うと、信じがたいほどまばゆい点がいくつも目の前を漂った。一瞬後、それらの小さな太陽は漆黒の闇に変わった。

十歳当時

祖父《じい》ちゃんがじりじりしながらぼくを見つめている。祖父ちゃんは気が短いのだ。

でも、ぼくはじっと考えた。ここががんばりどころだ。

「決めた」ぼくは言った。「〝大爆発《ブーム・ブラスト》〟にするよ」

「ここに座る前から、そう言っていたじゃないか」祖父ちゃんは言った。

「うん、そうなんだけど」ぼくは答えた。ブーム・ブラストはチョコレート・ブラウニーにチョコレート・アイスクリームと塩味のピーナッツを載せたものだ。三つとも、ぼくの大好物だ。デザートという言葉を聞くと、ぼくは真っ先にブーム・ブラストを連想する。ありつくのは、去年の誕生日以来だ。あのときもここ〈ファレリーズ〉で食べたのだが、ボックス席は同じところではなく、ここの向かいの席だった。でも今晩は、その席には緑のセーターを着た太ったガキが座っていた。

今週ずっと、ぼくはブーム・ブラストのことばかり考えていた。本当は〈ファレリーズ〉が、平凡な昔ながらのダイナーだったら言うことないのに。ここはちょっとおかしなセンスの店で、真っ赤なビニールのテーブルクロスがかかり、農場の動物の漫画が壁じゅうを覆い、何もかもがステッキ型のキャンディみたいな縞模様だ。もしこの店に大好きなデザートがなければ、ぼくもまた来たいとは思わなかっただろう。

ところがきょう来て見ると、料理の写真入りの大きなプラスチックのメニューには、新顔が載っていた。その名も〝雪崩《アバランチ》〟だ。なんと三種類のアイスクリームとホイップクリームとサクランボがジュースに浮かんでいて、しかも好きなジュースを選べるのだ。デイビーなら、マジすげえ、とでも言うだろう。

祖父ちゃんが片手を上げると、ステッキ型のキャンディのようなワイシャツを着たウェイターが急いで近づいてきた。祖父ちゃんにはそういう力がある。手を上げただけで、何も言わなくても、いつも誰かがすぐに駆けつけるのだ。かっこいい。

祖父ちゃんはミント・チョコレートのアイスクリームと、ブーム・ブラストを頼んだ。一瞬ぼくは、注文を変えるかどうか迷った。いつも迷うのだ。でもぼくはサクランボが苦手で、アバランチにはサクランボがあった。サクランボをどけても、きっと味は残るだろう。ここはやっぱり、最初に決めたとおりにしよう。

祖父ちゃんがコーヒーをすすっている。「ミセス・スタークが、おまえは書き取りでがんばっていると言っていたぞ」

「うん」ぼくは言った。

やりたくてやっているわけじゃない。ミセス・スタークはむかつく女だ。これもデイビーが言っていたんだけど。次のテストでまたぼくの点数が落ちたら、あの女は速攻で祖父ちゃんに電話するだろう。

「社会科はどうだ？」祖父ちゃんが言った。

ヤバイ。どこから聞いたんだ？　「まあまあだよ」

それは本当だ。ぼくが宿題を忘れて、ミスター・スミッソンがその挽回のチャンスをくれなかったのは確かだが、学期中のテストの点数は下がっているわけではない。ぼくの成績はそんなに悪くはなかった。でも祖父ちゃんが宿題のことを知ったら、きっと怒るだろう。

ひょっとしたら、毎週土曜日の〝訓練〟を取りやめにして、その分家事を増やされるかもしれない。去年、授業をさぼってセブンイレブンにいたところを補導されたときには、祖父ちゃんは土曜日の訓練を一カ月もやめてしまった。ぼくはファイブピンのエール錠をこじ開ける訓練をもっとやりたくてしかたなかった。ぼくだったら必ずできるはずなのだ。

「ミスター・スミッソンから手紙が届いた」祖父ちゃんは言った。「おまえと俺と、学校カウンセラーとの三者面談はいつがいいかという内容だ」

ぼくはほっとして、ベンチにへたりこみそうになった。なんだ、そんなことか。

「また、母さんのことを訊かれたか？」祖父ちゃんは言った。

「いいや」実際、訊かれなかった。あのとき以来、一度もない。

学年が始まってから最初の水曜日、スミッソンはぼくに教室に残るように言った。ぼくはびびったというより、どうしてなのか不思議だった。あれからぼくは捕まっていないじゃないか？　ぼくは教室のいちばん前にある、小さな傷だらけの教師用の机の前に座った。

スミッソンはいちばん最後に出ていく生徒に、扉を閉めるように言った。「ずっと昔の話だがね」

「先生はね、きみのお母さんを教えたこともあるんだ」彼は言った。

嘘だろ、とぼくは思った。母さんがぼくぐらいの年のころだろ？　だったら、十五、六年は前だ。そのころ、母さんはどんな子どもだったんだろう。スミッソンは、母さんが死んだのを知っているだろうか？

「お母さんはとても優秀な生徒だった」彼は言った。「ショウ家の子をまた教えることができて、とてもうれしい」

ぼくはうなずいた。考えてみたら、スミッソンはそれでもおかしくないぐらいの年齢だ。頭のまわりにわずかに残った髪は白く、セーターにも白いフケがかかっている。痩せているほうだと思うが、腹は突き出ていて、隣の席のテリー・ボンダーに言わせると、キングドーム（一九七六年から二〇〇〇年までシアトルにあった多目的スタジアム）で「ビールはいかがですか」と合成樹脂のコップに入れたバドワイザーを売り歩く男たちに似ていた。

「いまはお父さんといっしょに暮らしているのかな？」スミッソンは訊いた。

「いいえ」ぼくは言った。

スミッソンはぼくがさらに何か言うのを待った。しかし、ぼくは何も言わなかった。ぼくは一度も父さんに会ったことがないのだが、そのことを人に言うのはいやだったのだ。というより、はっきり言ってそいつは父さんでもなんでもない。

「じゃあ、お祖父さんといっしょということかな？　つまり、お母さんのお父さんと？」

ぼくはもう一度うなずいた。スミッソンもうなずいた。最初からその答えを予想していたかのように。

スミッソンは机の端を指先でトントンとたたき、板についたコーヒーの染みを見下ろしていた。「モイラが――きみのお母さんだ――ここに通っていたときにも、二年ぐらいミセス・レイノルズやその家族といっしょに暮らしていた時期があるんだ。そのことは知っていたかな？」

「いいえ」

「そのころ、シャロン・レイノルズは一年生の先生だった。きみのお母さんも教えていたんだ」スミッソンは目を潤ませ、細くした。「そのころ、きみのお祖父さんは……別のところにいた。最近は、お祖父さんはこのあたりで暮らしているんだね？」

「はい。ずっといっしょにいます」

まあ、だいたいは本当だ。いったん祖父ちゃんが街から旅に出たら、二、三日ぐらいでは帰ってこないのだが、それは勘定に入れなかった。祖父ちゃんはいつも、ぼくがちゃんと暮らせるようにしておいてくれる。ぼくは家の合鍵を持っている。そのうえ、祖父ちゃんが旅に出るときには食べ物を買うお金を渡してくれるのだ。

スミッソンはため息をつき、笑った。けれども、心から笑っているのではなさそうだ。

「それを聞いて安心した。それなら、何もかもＯＫだ」スミッソンの口から出ると、〝Ｏ

K〟という言葉はひどく浮いて聞こえた。

「はい」

「モイラはとても賢い子だった。さぞかし立派になっていたにちがいない。もし――」スミッソンはそこで言葉を止めた。

もしきみのような子がいなければ。ぼくは心のなかでそう付け加えた。

このときからぼくは、ミスター・スミッソンが嫌いになった。スミッソンがぼくの母さんを気に入っていたとしても。

ウェイターがテーブルに近づき、ぼくと祖父ちゃんの前にアイスクリームの皿を置いていった。そしてぼくは社会科の先生のことも、つまらない質問のことも忘れた。ぼくの頭は、舌の上で溶け合うピーナッツの塩とチョコレートを味わうことでいっぱいだった。

ぼくが食べ終わったとき――柄の長いスプーンを深い皿の奥に突っこんで、ブラウニーの屑を溶けたアイスクリームに浸し、最後のひと口を楽しんで、わずかな残りを口に入れる寸前――ふと目を上げると、祖父ちゃんが正面の入口を見ているのに気づいた。ミントチョコのアイスクリームには少ししか手をつけておらず、ほとんど溶けかかっている。

もちろん、祖父ちゃんはまともに入口のほうを見ていたわけではなかった。二、三秒おきに、目の片隅でそっちのほうをちらちら見ていただけだ。でも、ぼくにはそれがわかった。

ぼくは赤いビニールのベンチにわざとスプーンを落とした。それを拾おうとかがみながら、テーブルの下から入口を覗いた。

シアトル市警の警官が二人、入口のところに立っている。その隣にいる男は、ウェイターと同じ縞模様のワイシャツに、赤いベストを着ていた。警官は何気ないように振る舞い、ベストを着た男と話しているが、その目はぼくと祖父ちゃんのほうを見ていた。祖父ちゃんもそうだが、警官たちも目の動きを隠すのは下手だ。

ぼくは振り向いてレストランの奥を見ようとしたが、祖父ちゃんは「いいから」と言った。ぼくは頭を正面に向けた。いいから裏口のほうを見るな、そっちから逃げようとしていることを相手に知らせるな、という意味に受け取ったのだ。

だがそのとき、濃淡の青の制服を着た警官がさらに二人現われ、ボックス席のほうに向かってきた。そのとき、ぼくは気づいた。祖父ちゃんの「いいから」という言葉は、「いいから気にするな」という意味だったのだ。

「ミスター・ショウですか?」警官の一人が言った。

祖父ちゃんがうなずいた。

「お持ちの車のことで、少々お訊きしたいことがあります」警官は言った。ぼくと祖父ちゃん以外にも聞こえるように、声を張り上げている。「ご同行いただけますか?」

店内の誰もがこちらを見つめている。太ったガキの口がぽかんと開いていた。黄色のアイスクリームが緑のセーターにしたたり落ちている。

祖父ちゃんはひと言も言わずにボックス席を出、二人の警官がさっとあとずさりした。ぼくもコートをつかんで立ち上がり、警官の一人が肩に手を置こうとするのを、かがんでよけた。ぼくたちは〈ファレリーズ〉の外に出た。警官四人にぼくと祖父ちゃんだ。

車でいっぱいの駐車場には、さらに二人の制服警官がおり、ぼくたちの黒いGMCのそばに立っていた。助手席のドアが開いている。警官の一人――女の警官だ――が車のなかに座り、グローブボックスのなかを漁っていた。

ぼくの顔がかっと熱くなった。ぼくたちのトラックで何をやっているんだ！

助手席のそばに立っていた警官が、ぼくたちに気づいて近づいてきた。祖父ちゃんと同じぐらいの背丈だが、体格はもっとがっしりしている。名札にはヤングスと書かれていた。

「あんたがドノバン・ショウだな」彼は祖父ちゃんに言った。

「いったいなんの騒ぎだ？」祖父ちゃんは言った。怒った口調ではなく、早口でもない。やっぱりかっこいい。

「これはあんたのトラックだな？」ヤングス巡査は言った。ばかな質問だ――登録証明書は見たにちがいない。たぶん、確認する決まりになっているんだろう。警察もお役所なのだ。

「駐車違反はしていないはずだ」祖父ちゃんは言った。「ナンバープレートも届け出ている」

ぼくの肩に手を置こうとした警官が、ぼくたちの前に進み出た。ほかの警官より年上で、スキンヘッドだ。ほかの警官たちは二、三フィート離れて立ち、祖父ちゃんの両脇を固めている。

「きょうの夕方はどこにいた、ミスター・ショウ？」スキンヘッドが訊いた。

「ぼくといっしょにいたよ」ぼくが言った。祖父ちゃんが鋭くこちらを一瞥する。ぼくは口を閉じた。

「場所は？」とスキンヘッド。

「映画を観に行っていた」祖父ちゃんは言った。「それからこっちに来たんだ」

「どこの映画館だ？」ヤングスが訊いた。

「〈バーシティ〉だ」祖父ちゃんが答えた。

スキンヘッドがぼくに向かってにやりとした。「なんていう映画だった？」

ぼくは答えなかった。

「もう忘れたのか？」彼は言った。

「いいから答えろ」祖父ちゃんが言った。

「『インデペンデンス・デイ』だ」ぼくはスキンヘッドに言った。

「〝地球へようこそ〟」彼は有名なせりふを言った。「きょうは特別いいことがあったのかな？」

祖父ちゃんはそいつから目をそむけ、GMCのシートの下を検《あらた》めている女の警官を指さした。「目的はなんだ？　あてずっぽうに調べているなら、こっちはトラックを置いて、タクシーで帰るが」

スキンヘッドの顔から笑みがすっと消えた。

「ワシントン相互銀行の四十丁目支店が、きょうの夕方、強盗に襲われた。閉店間際だ」彼は言った。「犯人どもが逃走した車は、荷台に覆いがついた黒のピックアップトラックだ」

ぼくたちのトラックに顎をしゃくる。「犯人の一人の特徴が、あんたと一致している」

「ほかの犯人は十歳の子どもだったのか？」祖父ちゃんが言い返した。「あんたたちがいたことを証明できる人間はいるのか？」

「映画館で、誰かに会わなかったか？」ヤングスが言った。

「口のなかにポップコーンのかすが挟まっている。見たければどうぞ」

ぼくは大声で叫びたかった。たわごとを抜かすな！　祖父ちゃんはぼくといっしょにいたんだ。あんなしけた銀行を襲うようなばかじゃないさ。それに、目撃されるようなばかでもない、と。

「その子は家に戻ったほうがいい」スキンヘッドが言った。

「いやだ」ぼくは言った。

「行くんだ」祖父ちゃんがぼくに言った。「先に帰れ」

ぼくはその場を動かなかった。祖父ちゃんを置いて、見えないところに行くのはいやだった。何が起きてもおかしくない。

祖父ちゃんがむっとした表情になり、ぼくに有無を言わさず命令するかと思ったとき、トラックを捜索していた女が「ちょっといいかしら」と鋭い語調で言った。女の警官はグローブボックスを探し終わり、運転席の天井を調べていた。女が車内の天井を切り裂いた箇所から、革の繊維が垂れ下がっているのが見えた。

女の警官は運転台から降りてきた。「銃が見つかったわ」彼女は拳銃をかざした。用心鉄を指でつまんでいる。ちぎれたダクトテープが銃身と銃把からぶら下がっていた。銀色で短銃身のオートマチックだ。ぼくもいままで見たことがなかった。祖父ちゃんが森のなかでブリキの缶を標的にして、ぼくに撃たせてくれた銃とはちがう。

ぼくたちのまわりに立つ警官の一団が、いっせいにこわばった。スキンヘッドの隣に立っている痩せっぽちの警官が、腰の銃に手をやる。

「あんたのか?」ヤングス巡査が祖父ちゃんに訊いた。

「いいや」祖父ちゃんが答えた。

「あんたのトラックにあったんだぞ」別の警官が言う。

祖父ちゃんは肩をすくめた。「なんと答えたらいいのかわからない」

「でしょうね」一団に加わった女の警官が言った。茶色の髪を束ね、身体も顎もがっしりしている。見るからに強そうだ。「いったい何を考えているの? 子どもの頭の真上に銃を隠したまま運転するなんて? しかも弾薬が入っているじゃないの」

ヤングスが身をかがめ、銃をつぶさに見た。「製造番号も削られているぞ」彼はスタンガンをベルトから抜き出した。スキンヘッドはすでに一歩下がり、警棒の柄を握っている。

スキンヘッドは足下のコンクリートを指して祖父ちゃんに言った。「地面にうつ伏せになるんだ。いますぐ」

おかしい。こいつら、絶対におかしい。祖父ちゃんとぼくは、本当に映画館にいたんだ。

警官たちが一分だけでも静かにしていてくれたら、そのことを証明できただろう。その場で映画館に電話することもできたはずだ。きっと誰かが、ポップコーンやチケットを買ったぼくたちを覚えているだろう……。

そうだ。チケットの半券だ。祖父ちゃんがぼくに持たせてくれた。「ちょっと待って！」ぼくは言い、コートのポケットに手を入れた。

「動くな！」ヤングスが叫んだ。痩せっぽちの警官が手を伸ばし、ぼくの上腕をむんずとつかんだ。指先まで痛みが突き抜ける。ぼくは大声で叫んだ。

次の瞬間、痩せっぽちの警官が後ろに倒れた。祖父ちゃんが拳をそいつの顔面に繰り出したのだ。スキンヘッドが一歩踏み出し、警棒で祖父ちゃんの膝の裏を打ったとき、ぼくはふたたび悲鳴をあげた。祖父ちゃんが横によろめく。ヤングスの太い腕がぼくに巻きついた。

スキンヘッドがもう一度警棒を振り上げ、今度は祖父ちゃんの肩の上を殴った。祖父ちゃんが倒れた。ぼくは叫びつづけた。身体を丸める祖父ちゃんを、スキンヘッドと四人目の警官が蹴りつける。女の警官が何かわめいていた。足が祖父ちゃんの身体を蹴るたびに、サンドバッグのような音がした。

ぼくは手足を振りまわし、胸を押さえつけている太い腕を噛もうとした。ヤングスがさらにきつく締めつける。ぼくの視界は真っ白になった。

世界がふたたび見えるようになったとき、祖父ちゃんはコンクリートにうつ伏せになったまま、動かなかった。スキンヘッドは祖父ちゃんに馬乗りになり、片膝で祖父ちゃんの背中を押さえつけている。祖父ちゃんの手首は、黄色いプラスチック製の手錠で縛られていた。

ぼくたちは何もしていないんだ。ぼくはそう言おうとした。それなのに、喉からはぜいぜいと息が押し出されるだけだ。ぼくはふたたびヤングスを押しのけようとした。痩せっぽちの警官はまだ気を失ったまま地面に倒れ、相棒が介抱している。

「加勢しないのなら、何もするな」スキンヘッドが女の警官に言った。

彼女は怒りで顔を真っ赤にした。「あんたたち、くそったれだわ」彼女は言い放った。そして、祖父ちゃんとスキンヘッドをやりすごし、ヤングスに押さえつけられているぼくに近づいた。

女の警官は背をかがめ、ぼくの顔を見つめた。ぼくは身をよじって逃れようとした。祖父ちゃんが見えるところにいたかったのだ。祖父ちゃんはわずかに身動きし、頭をめぐらそうとしている。

「ぼく、ここにいるよ」声が大きくなった。

「その人は大丈夫よ」女の警官がぼくに言った。「いいから、わたしを見て」

ぼくは見なかったが、ヤングスの腕でもがくのはやめた。

「その人は大丈夫よ」彼女は繰り返した。「でもその人だって、きみには落ち着いてほしいと思っているわ。それができる？」

くそったれ女。あんたの言うとおりだとしても、くそったれだ。

ぼくはうなずいた。

「いい子ね」彼女は言った。ヤングスがわずかに腕の力を緩めた。ぼくがおとなしくなってもがくのをやめると、ヤングスはぼくを放し、少しあとずさった。

「わたしたち、きみのお父さんを連れていかないといけないわ」女は言った。父さんではなく祖父ちゃんだが、ぼくは何も言わなかった。「それから、誰か、きみを迎えに来られる人に電話しなくちゃいけないの。きみのママとは、連絡がとれる？」

ぼくは首を振った。濡れた顔を、さっと手で拭った。

「叔父さんや叔母さんは？」

「ぼくたちしかいない」ぼくは言った。

「くそったれ」ヤングスが言った。ぼくは不意に、この警官が怒っていることに気づいた。腕が引っかかれ、血がしたたり落ちている。これはぼくがやったんだろうか？「児童保護サービスに連絡する」

女の警官がおもむろにうなずいた。手を伸ばし、ぼくのコートについたヤングスの血を拭う。「それじゃあ、わたしについてきて」彼女は言った。「警察署に行くわ」

スキンヘッドと四人目の警官が、祖父ちゃんを立たせている。額と顎が切れ、両目は腫れてふさがっていた。ワイシャツには黒ずんだ血が飛び散っている。

祖父ちゃんは頭をめぐらし、ぼくの姿を認めた。

「大丈夫だ」祖父ちゃんは言った。口の端から血が流れ落ちる。「なんでもない」スキンヘッドとその仲間たちが祖父ちゃんをパトロールカーまで引っ立てていく。

警官たちが祖父ちゃんを後部座席に押しこみ、車を出すあいだ、女の警官はぼくの肩に手を添えていた。ぼくはその手を振り払いたかった。しかしそうせず、駐車場を出ていくパトロールカーをじっと見ていた。祖父ちゃんの姿が、後部座席で黒っぽい柱のように見える。車が角を曲がって視界から消えても、建物に反射する赤と青の警告灯は見えた。一回、二回、三回、四回。明滅する光が見えなくなるまで、ぼくは回数を数えた。

11

雷が痛いほど轟くので、きっと近いのだろう。ゴロゴロ鳴りひびくたびに、金色の稲光が空を照らし出し、ゆっくりと薄れて、また次の稲妻が走る。しかし心のどこかで、それはおかしいと感じていた。ゴロゴロという音に続いて稲妻が光るのは変だ。それはずっと違和感となってわだかまった。俺は欲求不満に駆られ、目をきつく閉じた。だが、それもやっぱりおかしい。目を閉じたら、稲光が見えるはずがないじゃないか？　目を開けなければならない。それでも、目を開けたくなかった。

そこでふとわれに返った。ようやく目を開けると、目の前には天井がある。玄関の扉はまだ半びらきになっていた。微風が顔に当たる。部屋もまだ真っ暗だが、黄色い街灯の光で窓がほのかに明るい。

不意に気づいた。俺が横たわっているのは、ドノが倒れたところからわずか十フィートほどの場所だ。この下には、祖父の乾いた血が残っているにちがいない。

そう考えると、すぐにでもここから動きたかった。俺は慎重に、上半身を起こそうとした。痛みの中心部は左耳の上のどこかだ。触らなくても、そこにこぶができているのはわかった。片手が床の何かに突き当たる。

ドノのブラックサンザシでできた棍棒だ。玄関扉のそばの傘立てに立ててある。俺は棍棒を手に取り、眺めた。

紋切り型のアイルランド系移民のイメージそのままに、棍棒の形をしたステッキを家のなかに置くとは、いかにもドノ流の皮肉なユーモアだ。もうひとつ、いかにも祖父らしいことに、ステッキの節くれだった先端には半ポンドもの鉛弾が詰められていた。おかげで殴られたときの衝撃が倍増し、稲妻が見えたというわけだ。もう少し強く殴られていたら、俺の頭蓋骨はメロンさながらに潰れていたにちがいない。

頭が朦朧《もうろう》としていても、何が起きたかを推測するのは難しくなかった。何者かが――ほんの一瞬だけ見えたときの印象が正しければ、白いもじゃもじゃの頭をした小柄な男が――家に侵入したのだ。その男は酩酊した俺の足音が近づいてくるのを聞き、たまたま手近にあった棍棒を手にして玄関扉の陰に隠れた。そして俺が入ってきた瞬間、このろくでなしが頭をピニャータ（おもちゃや菓子を詰めた張り子。目隠しをした子どもが棒で割る）代わりにしたというわけだ。

まだ少し耳鳴りがするが、家のなかで物音がしないかどうか注意を集中する。侵入者はまだ屋内にひそんでいるだろうか？　そうは思えなかった。俺が床に倒れる前から、一目散に逃げたのはまちがいないだろう。ここにとどまるつもりだったら、俺をロデオの子牛みたいにぐるぐる巻きにしていたにちがいない。あるいは、もう一発棍棒を振り下ろしてとどめを刺したか。そして、わがもの顔で家のなかをうろついていただろう。

俺は壁に寄りかかりながら、どうにか立ち上がろうとした。よろめく足取りで慎重に食品庫へ向かい、奥にあるドノの隠しスペースを開ける。そこから九ミリのブローニングを取り出した。このありさまでは、唾が届く範囲より遠くの標的には命中しないだろうが、拳銃のずっしりした重みだけでもいくらか安心できた。

玄関に戻ると、何者かがドノの警報装置をいじった形跡があった。金属製の四角いパネルが取り外されて床に落ち、内部の電線が引き抜かれて、ところどころで剝がされ、銅線がむき出しになっている。

警報装置をじっと観察してみた。配線を変えることで鳴らないようにされた痕跡はない。侵入者はそうするまでもなかったのだ。なぜなら、ドノが銃撃されてこのかた、警報装置の電源はオフになったままなのだから。だったらなぜ、そいつは電線を引き抜き、剝がして、そのままにしておいたのか？

俺は頭のなかで再現を試みた。侵入者は玄関扉の強力な安全錠をこじ開け——決して容易な仕事ではない——すぐに内部の警報装置のボックスを開けて、鳴らないように裏をかこうとした。だが警報装置がオフになっているのを見て、その手間を省いた。

電線はあらかじめ剝がされていたにちがいない。侵入者は、以前にそれを剝がしていたのだ。

すなわち、この曲者が家に侵入したのは今晩が初めてではない。

俺はひと部屋ずつ、ゆっくりと歩きまわった。玄関以外の扉や窓が破られた形跡はない。

一見したところ、何ひとつ異状はなかった。侵入者が何ひとつ目的を実行できないうちに、俺が千鳥足で帰ってきたのだろうか。

二階のドノの洗面所で、俺は非合法の薬でいっぱいの抽斗を漁った。安全キャップのついた瓶やアルミ箔に入った、色とりどりの錠剤が所狭しとひしめいている。体内のアルコールが耐えがたい頭痛を引き起こしているが、そう長くは続かないだろう。コデイン、ダルボンのような鎮痛剤にくわえ、ラベルのない瓶もある。たぶんオキシコンチンだ。俺はコデインを二錠取り出し、嚙み砕いた。苦い味が、いまの気分にぴったりだ。あとで必要になったときに備え、ひとつかみ拝借してポケットに入れる。

階下に戻り、警報装置のパネルをふたたび観察する。

侵入者は、相当な技術を持った輩《やから》のようだ。たぶん俺より上だろう。玄関の鍵をこじ開けただけではない。初めて侵入してドノの警報装置を解除したとき、この男はパネルを開けてからものの三十秒ほどで電線を剝がし、巧みな細工を施したにちがいないのだ。いわば、押しこみ強盗の博士課程レベルということになる。

侵入者が午前二時の訪問を決めたのだとしたら、そいつはドノが重傷を負ったことを知っていた可能性が高い。家には誰もいないと思いこんでいたのだろう。そこに俺が現われたのだから、さぞ驚いたにちがいない。

そいつの立場に身を置いて考えてみよう。俺はプロの強盗だ。必要な道具も準備してきており、不測の事態は予期していない。標的は、昔泥棒をやっていた男の家だ。その労力に見合うだけのものは、いったいなんだろう？

泥棒は泥棒を惹きつける。もしかしたら侵入者は、ドノの過去の〝業績〟を知っており、なんらかの戦利品に目をつけていたのかもしれない。ドノのかつての仕事仲間だったということもありうる。そうだったとしてもおかしくない。

しかし同時に、そいつはまた、ドノが自宅に多額の現金を置いておくと思うほどばかではないはずだ。いいかげんな見通しで侵入したわけではないだろう。それに、室内を物色した形跡もない。侵入者の目的ははっきりしており、どこを探せばよいかもわかっていたのではないか。

俺は家の明かりをすべてつけ、各部屋を入念に見まわってみた。とくに目につくものはない。いくらか散らかった独居老人の家にしか見えない。

自分がこっけいに思えてきた。酔っぱらったうえに、半ば脳震盪を起こした男が、何年も住んでいなかった家にどこかおかしなところはないかと探している。侵入者が付箋でも残してくれたのでないかぎり、そう簡単には見つからないだろう。

廊下に出、テープで封鎖された居間へ向かいながら、いったん立ち止まって休み、ひんやりした戸枠に頭を押しつけた。

探しつづけろ、このばか野郎。ドノだったら、きっとそう言うだろう。次の角を曲がったら何があるのかとびくびくするよりは、全部探して何もなかったほうがましだ。

ときには幸運が微笑みかけてくれることもある。しかしときには、不運に急所をあやまたずと蹴られることもあるだろう。

指紋採取用の粉末が残っていなかったら、見落としていたにちがいない――ドノの椅子が動かされていた痕跡が見つかったのだ。オークの床に小さな真四角の黒っぽい部分があり、そこだけ白い粉末がまったくついていない。椅子の前脚が、もともとそこにあったのだ。本来あった位置から、二インチほどずれている。

俺は現場封鎖用のテープを乗り越えて居間に入り、そのあたりに近づいてよく見た。床にごく小さなねじが落ちており、堅木の厚板のあいだの溝にはまっている。壁には通風孔のグリルがあるが、ねじがはまっていたところには穴が開いていた。かがんでみると、グリルのねじ頭を引っかいた真新しい傷跡があった。

ドノはいつも、簡単な修理ができるような小型の工具箱を台所に置いていた。俺は台所へ行き、工具箱を見つけて居間に戻り、ドライバーを使って通風孔のグリルを取り外した。ふたたび身体をかがめ、頭をめぐらせてなかを覗きこむ。開口部から一フィートほど奥の通風管の上部に、何かがテープで留められていた。小さな四角形をしており、ダークグレーのプラスチックのカバーで部品の大半が覆われている。プラスチックの箱からは緑の針金が伸び、通風管の横に穿たれた穴に通じていた。

その小さな物体を通風管から取り外し、針金を引き抜いてテープを剝がした。ドノの椅子に座り、プラスチックのカバーを外して物体をつぶさに調べる。SIMカード、電子部品、ごく一般的な携帯電話から取り外されたキーパッドがすべて、プラスチックの容器にはんだ付けされ、見るからに高価そうな極小の角状のレシーバーに接続されていた。

盗聴器だ。

しかも、俺が見たかぎり、かなり高性能のものだ。軍隊で何度か、盗聴用の機器を見たことがある。それらは大量生産品だった。だが、いまここにあるものは手製だ。それも入念に仕上げられている。

仕組みはだいたい察しがついた。レシーバーが声に反応して起動し、室内で誰かが話しはじめると、マイクが音声を拾う。そして電話の部品が、どこかにあるほかの電話を呼び出して音声を録音するのだろう。

付属のバッテリーはそんなに長持ちしないはずだ。だが、通風管の穴に緑の針金が伸びていた。針金はおそらく、その穴から数フィート離れたコンセントにつながっているだろう。実に狡猾な仕組みだ。家庭用コンセントから電気を吸い取って、盗聴器は二十四時間、いつでも稼働できる。音声に反応して作動するのであれば、最初のひと言やふた言ぐらいは聞き逃すかもしれないが、話の本題は盗み聞きできる。盗聴器は何週間も前からこの穴に取りつけられ、室内でなされた会話をすべて送信していたのではないか。

では、どれぐらい前からあったのだろう？　それに、この家にあと何個仕掛けられているのか？

それから三十分、俺は屋内のコンセントと通風孔を、地下室からトイレも含めてしらみつぶしに調べた。家具をどかし、壁際の通風孔を素手で壊さんばかりの勢いで取り外す。さらに二個の盗聴器が見つかり、地下室も含めてすべての部屋の通風孔に穴が開けられて、仕掛けられた痕跡があった。

ドノは台所の壁に、固定電話を引いていた。その下の微細なねじ頭にも引っかいた跡があり、光を放っていた。電話機本体に不審な形跡はなかった。

食堂のテーブルに座り、三個の盗聴器を並べてみた。どれも同じ部品が使われており、すべて手製だ。

侵入者はドノから何かを盗もうとして侵入したのではない。そいつは盗聴器を回収しに来たのだ。ところが、大半の回収を終え、残り三個になったところで俺が現われたというわけだ。

そう考えれば、俺が棍棒で殴られた理由も説明がつく。びっくりした侵入者は、俺を殴り倒すと、残りの回収を放棄してそそくさと退散した。

俺を生かしたまま。

ドノも殺されはしなかった。それは意図的なものだろうか？

侵入者は盗聴器を仕掛けていた。そいつはドノがこの家で言ったことも、電話での会話もすべて盗み聞きしていた。どれぐらいの期間、盗聴していたのかは不明だ。そして、充分聴いたと判断したところで、盗聴器を回収しに訪れた。もしかしたら、そいつはドノが帰宅したときにも侵入していて、慌てふためいたのかもしれない。

ここ数日間のことを思い返してみた。この家のなかで、俺は何を話しただろう？　もちろん、初日の朝は警官隊や救急隊やゲリン刑事への対応で大わらわだった。それに、アディ・プロクターとも話した。弁護士のガンツ、密輸商のホリスとも話したが、ホリスの名前を言わなかったのは確かだ。病院にも電話し、ドノの容態を確認した。

ドノはいったい、何を知っていたのだろう？　それは、侵入者が家じゅうに盗聴器を仕掛けるような重要なことだったのか？

ドノ。俺ははたと思い当たり、立ち上がった。頭痛などと言っている場合ではない。彼は銃撃された。ということは、銃撃されたときの音声も録音されているにちがいないのだ。祖父を撃った犯人の声も。

12

ゲリン刑事はコーヒーの残りを一気に飲み干した。俺は台所のテーブルで彼の向かいに座り、耳の後ろに保冷剤を当てていた。

ゲリンの部下たちがせわしなく周囲の部屋に出入りしている。侵入者がこの家のコンセントに針金の断片などの証拠を残していないかどうか、嗅ぎまわっているのだ。鑑識の連中はそれらの小さなかけらを見つけるたびに、証拠品として袋に入れ、ゲリンの前のテーブルに置いた。まるで、ネズミの死骸を飼い主に差し出す臆病な猫のようだ。

彼らの大失態だ。ドノが銃撃されたあと、鑑識の連中が通風孔の取り外されたねじ頭や引っかいた跡に気づいていれば、盗聴器もそのときに発見されていたはずなのだ。

だが、ゲリンはひと言も詫びを言わなかった。こういうとき、部下の失敗に責任を負うのが彼の立場なのだが。

刑事は俺の手に握られた保冷剤に顎をしゃくった。「本当に病院に行かなくて大丈夫なのか？」

「脳震盪は前にもやったことがある。こんなのはただの頭痛だ」

ゲリンはかすかに首を傾げた。「友だちにでも電話して、わたしの代わりに付き添ってもらったほうがいいかもしれん」

「あんたはいくつの事件をかけもちしているんだ？」俺は言った。「ドノの事件以外に？」

ゲリンは証拠品を入れた大きめのビニール袋を手にした。なかには二個の盗聴器のうち、一個が入っている。三個目の盗聴器は靴下に巻いて、扉のそばにかかっているコートに入れておいた。警察が到着する前に隠しておいたのだ。

彼は遠近両用眼鏡で盗聴器を見た。「あんたの祖父さんには、大いに関心を持っている」

俺は立ち上がり、窓際に近づいた。まだ空に夜明けの兆しはない。家の明かりはすべてつけられている。パトロールカーや鑑識のバンが群れをなして家の前の通りに駐まり、規定を遵守してパーキングライトを点滅させている。クリスマスの飾りさながらだ。

「祖父は撃たれる前からあんたの注意を引いていたのか？」俺は言った。

「ドノが捜査対象だったのかという質問であれば、答えられない」

俺は証拠品が入った袋を指さした。「こいつを仕掛けたやつは、相当な危険を冒し、手間もかけていた。ここまでするからには、それだけの理由があるにちがいない」

「きっとその理由は、あんたの祖父さんも絡んだ犯罪だろうな。しかしあんたは、最近のドノの暮らしぶりについては何も知らないと言っていたはずだが？」

「ああ、知らないさ。それでも、多少の推測ぐらいはできる。俺の推測では、あんたは俺以上に何も見えていないはずだ」

ゲリンは何か言いかけたが、口を閉じた。

シアトルの警察官はおしなべて、慇懃《いんぎん》で杓子定規な口調を守るよう徹底的にたたきこまれている。ドノはそれをいつも揶揄しており、俺も逆手にとって楽しむことにした。

ゲリンがふたたび口をひらいたとき、その口調には抑揚がなく、スケートの刃が立ちそうなぐらい硬かった。「祖父さんの仕事仲間に探りを入れるつもりなら、あんたが思いつくような質問をしてまわるのは控えてほしい。さもないと、そのうちの誰かを立件するチャンスを失いかねない。きっとそいつは逃亡するだろう」

俺はゲリンのコーヒーマグを手にし、ポットからコーヒーを注いだ。冷凍庫で、保冷剤を新しいものと取り換える。ドノは十個以上持っていた。それからふたたびテーブルの前に座り、刑事を見た。

ゲリンはやろうと思えば、俺を留置場にぶちこむこともできる。法律が最近変わっていなければ、二日間だろう。だがそのあとは、釈放するしかなくなるはずだ。いやがらせ程度の軽罪では、ふたたび拘束することはできない。そこはガンツの出番だろう。

それでも、俺は二日間といえども無駄にしたくなかった。それに、下手に楯突いてゲリンの注意を引くのも得策ではない。

「わかった」俺は言った。「主導権を握るのはあんただ。ドノを銃撃した犯人を捕まえたいのは、あんたと同じ気持ちだ」

ゲリンは眉を上げげた。「本当にそう思っているのか？　わたしと同じ気持ちだと？」

「なんだって俺は、みんなから犯人を殺しかねないと思われるのかな？」

ゲリンは長い深呼吸をした。それから、ふたたび盗聴器を見つめた。

「犯人は必ず見つける」ゲリンは言った。「こいつは手製だ。これだけの技能を持ったやつはそう多くはいない」

俺にも一人、心当たりがあった。ジミー・コーコランだ。

警官たちが去ったあと、俺はホリスに留守番電話を入れ、コーコランと接触できるかどうか訊いた。家じゅうの扉や窓も調べ、二階の書斎のソファで仮眠を取る。

だが、一時間ほどで起き上がり、もう一度すべての戸口を調べた。

それが終わるとまたソファに戻って横になったが、ざらざらした半光沢塗装の天井をじっと見ていた。

目を閉じるのがいやだった。そうするたびに、二時の方向に三つの閃光が見えるのだ。

始まりはいつもほとんど同じだった。三つの閃光は、敵のカラシニコフが真夜中に放った銃火だ。その銃弾で戦闘の火ぶたが切って落とされた。その直後、俺の左のどこかで即席爆発装置（ＩＥＤ）が爆発し、一陣の風が吹きつけ、左耳をつんざくような鋭い音が響いて、そのあとの戦闘はただ、炸裂する熱くまばゆい光、目にしたたり落ちる汗といった、とりとめない印象しか記憶になかった。村を出るときには岩から岩へ移り、順番に飛び出して僚友を援護した。自分の番が来るたびに肩を強く押された。

長い戦闘ではなかった。それに、犠牲者も多くはなかった。味方の負傷者は二名、うち一名は重傷で本国に送還された。敵側は少なくとも六名以上の戦死者が出た。

もっとひどい夜もあった。はるかにひどい夜も。だが、俺につきまとって離れないのは、三つの閃光で始まった夜の記憶だった。それはカラシニコフの銃火に、俺たちがみな驚いたせいかもしれない。あるいは、その夜の戦闘が俺にとって初めての本格的な交戦で、顔を縫合することになったからかもしれない。そのときの傷跡はいまも癒えないままだ。

俺はもう一度起き上がって家じゅうを点検したい衝動と闘った。

しかし、その衝動をこらえてドノの書斎の天井をじっと睨み、渦巻き状になった塗料を見つめ、浅く速いペースで音をたてながら、乾いた唇から息を吸った。息を止めて五つ数え、吐き出して三つ数える。それを繰り返した。

心臓の鼓動が速くなった。俺が感じているストレスに見合ったペースだ。サーフボードで波に乗るために速いペースで水を漕ぐようなものだ。呼吸のペースを落とすにつれ、心拍数も従順な犬のように落ち着いた。

呼吸を落ち着かせるテクニックはほんの手始めだ。ほかにも、精神科医が数々の技術を説明していた。それらの狙いは、現状を正確に認識することだ。すなわち、ここは戦場ではなく、俺は安全である、と。

しかし、今回ばかりは役に立たなかった。なぜなら、ここは安全ではないからだ。故郷そのものがあたかも巨大な地雷原のように、俺が舞い戻ってくるのを待っていたかのようだ。

13

ウィラードがコーコランのアパートメントの建物の出入口の前で立っていた。タバコの先のオレンジの火が、早朝の暗がりのなかで揺れている。長いコートを着た彼は、建物の支柱のように見えた。

「ウィリー」俺は言った。オレンジの光が少し跳ね上がった。

「なんだ」ウィリーは雄牛のような野太い声で言った。「びっくりさせるな。こっそり近づいてきて」

こっそり近づいたつもりはない。二ブロックほど離れたところに車を駐め、そこから歩いてきただけだ。ウィラードが見張っていたんだとしたら、相当腕が落ちたのだろう。

「一本あるか？」俺は訊いた。まだ頭痛がする。ひとつは二日酔いのせいだが、もうひとつは侵入者に耳の後ろを殴られてこぶができたからだ。

ウィラードがうなった。「おまえがタバコを吸うとは知らなかった」

「陸軍で覚えたのさ」俺は言った。ウィラードが笑みを浮かべ、歯がちらりと覗く。

「俺もだ」彼は言った。「戦争はちがうが、やっていることはいっしょだな」コートのポケットに手を入れ、くしゃくしゃになったキャメルの包みを取り出す。包みの上を指でたたいて一本取り出し、俺に差し出した。包みはショベルのような手ですっかり覆われている。

ドノのコート掛けから拝借してきた防寒作業着のポケットには、ライターが入っていた。俺はそれでタバコに火をつけた。吸うのは半年ぶりだ。最初に深々と吸いこんだ味わいは、眩暈《めまい》がしそうなほどうまかった。

「ドノの具合は？」ウィラードが訊いた。

俺は首を振った。変化なし、だ。「ジミーが降りてくるか、それともこっちから上がっていこうか？」俺は訊いた。教わった道順をたどってこのブロックを探すのに何分かよけいにかかってしまった。きっとホリスのほうが早く到着し、ウィラードとコーコランに、俺が向かっていることを伝えたのだろう。

「こっちから上がる。吸い終わったらな」ウィラードは言った。「ジミーの奥さんはタバコが嫌いでね、バルコニーでも吸ってほしくないんだ」

俺のタバコから灰が落ちた。「コーコランは結婚しているのか？」

「ああ。子どももいるよ。彼の子じゃないが」

「信じられないな」ジミー・コーコランが養子を育てているというのは、レッドブルをさんざん飲んでカフェインをたっぷり吸収した男にニトログリセリンを持たせるぐらい、危なっかしいことに思われた。

ウィラードが最後の一服を吸い終わり、フィルターだけになった吸い殻を落として踏みつけた。手のなかの包みをじっと見てから、ポケットにしまう。「奥さんが帰ってくるまであと一時間しかない。さあ、上がろう」

「俺たちの知ったことじゃない」彼は言った。

俺はまだ半分ほど残っているタバコを近くの柱にこすりつけて消した。もしかしたら、半年後にまた火をつけるかもしれない。いや、たぶんつけないだろう。

悪漢ウィラード、タバコを吸いたいばかりに建物から追放される、か。しかもコーコランの奥方は、まだ帰ってきてもいないというのに。

ウィラードといっしょにエレベーターに乗るのは、クライズデール種（強健な荷馬車用馬）といっしょに馬用トレーラーに積みこまれるようなものだろう。彼が8と表示されたボタンを押すと、扉が閉まった。エレベーターの壁は絹のような緑の壁紙で覆われている。階数を表示したボタンの隣にはすべて、小さな真鍮のプレートで造られた東洋の文字が貼ってあった。

「コーコランの奥さんはタイの出身かい？」俺はその文字を見て言った。

ウィラードは息をついた。ため息に近い。「カンボジアさ。このあたりの住人はみんなカンボジア系だ」

コーコランがそれほど開放的な精神の持ち主だとは知らなかった。俺の記憶にあるかぎりでは、彼は太平洋の西から来た人間をみな中国人だと思いこんでいたはずだ。

ウィラードにも驚きが伝わったらしく、彼は眉を上げた。「ずっと独りでいるよりはいいさ」

俺たちはエレベーターを降り、狭いピンクの廊下を歩いた。ウィラードのあとをついていくと、真鍮で87という番号がついたピンクの扉の前で止まった。部屋番号の上に覗き穴がある。ウィラードはノックして扉を開けようとしたが、鍵がかかっていた。室内からガサゴソという音が聞こえる。

「俺だ。バンもいっしょだ」ウィラードが言うと、扉がわずかにひらいて、コーコランの鋭いまなざしとはげ頭の一部が見えた。

俺は笑みを浮かべた。「宮保鶏丁《クンパオチキン》と春巻きが食べたくなってね」

「何言ってやがる」彼は言った。それからわきへよけ、ウィラードと俺は部屋に足を踏み入れた。

アパートメントには寝室がふた部屋あるようで、きちんと片づけてあるが狭かった。玄関の左側には、八フィート四方の食堂に小さな丸テーブルがあり、右側にはカウンターがあって、通路とこぢんまりした台所を隔てている。居間にはさまざまな種類の植物がぎっしり並び、壁紙には幅の広い茶色のストライプが入っていた。このアパートメント全体のなかでコーコランの持ち物のように見えるのは、ひび割れて染みがついた茶色の革張りの安楽椅子ぐらいだ。

「そこに座ってくれ」彼は言い、古ぼけた椅子の隣にある背の低いソファを示した。

壁のインターホンが鳴った。コーコランがボタンを押した。

「――俺だ、ジミー」雑音混じりのホリスの声が聞こえる。コーコランはもうひとつのボタンを押し、ホリスを通した。

俺は警察が到着する前に隠しておいた盗聴器を出し、食堂のテーブルに放りだした。盗聴器はテーブルの端で止まり、小型のレシーバーが、まるで警笛でも吹くかのように俺たちの方向を向いた。

俺は指を唇に当て、コーコランとウィラードに静かにという合図をし、コーコランに紙片を見せた。家を出る前、ドノのノートから破り取った紙に書いてきたのだ。

『この家が盗聴されていないかどうか、最後に調べたのはいつだ？』

コーコランが鼻で笑ったのは、きっと条件反射だろうが、額には不安そうな皺が寄った。彼が紙片をウィラードにまわしたとき、ちょうどホリスが急ぎ足で開けっ放しの扉から入ってきた。

ホリスが紅潮した顔で、ウィラードの広い背中越しに覗きこんだ。「急いで来たんだ」彼はあえぎながら言い、後ろ手に扉を閉めた。「何かあったのか？」

俺はふたたび静粛を促し、テーブルの盗聴器を指さした。ホリスが不思議そうに眺める。コーコランがテーブルに近づき、それを手に取った。ためつすがめつし、内部の部品に黄ばんだ指で触れる。俺はテーブルの前の椅子を引き、座った。

ややあって、コーコランは盗聴器を置いて足早にアパートメントの奥へ向かい、大きな灰色のプラスチックの工具箱を取ってきた。リモコンに手を伸ばし、プラズマテレビをつける。だしぬけにトランペットの音が響き、フォードの代理店の大仰なコマーシャルが流れた。コーコランは工具箱を開け、旧式の携帯電話探知機とおぼしきものを手にした。絡まりあったコードをほどき、ほかのがらくたから引き離す。

コーコランが作業しているあいだ、ホリスは台所に向かい、冷蔵庫を開けた。ビールの六缶パックを見つけた彼は、それを持ってテーブルに戻り、ウィラードの前を通るときに一本渡した。コーコランは俺たちにかまわず、室内を歩きまわって、探知機をコンセントや壁に近づけた。

「通風孔も調べるんだ」俺はテレビのノイズに紛らわせて言った。コーコランが眉を上げたが、廊下に出てほかの部屋に移る前に、探知機を通風孔に近づけた。

ホリスが隣に座り、ビールを差し出した。俺は首を振った。ウィラードがのしのしと居間に移る。彼はコーコランの革張りの椅子に巨体を沈めた。

ホリスが俺の耳に口を寄せ、ささやいた。「いったいどうなってるんだ?」

「この家が盗聴されているかもしれないんだ」俺はささやき返した。指で盗聴器を軽くたたく。

「くそったれ」ホリスがあとずさりしながら言った。「FBIか?」

俺は首を振った。ホリスが盗聴器をじっと見つめる。コーコランがドライバーを手にして部屋に戻り、通風孔のひとつを取り外しにかかった。彼は仕事に全神経を集中しており、はげ頭に玉の汗が流れるのが見えた。

「よし」ようやくコーコランは言った。「これで充分だ」ソファに腰かけ、ドライバーを工具箱に戻す。まるで一マイル走ってきたように、顔が真っ赤だ。

ウィラードがリモコンでテレビを消した。「大丈夫だったのか？」彼はコーコランに言った。

コーコランがうなずき、ホリスが彼にビールを放った。コーコランは缶の蓋を開け、ぐびぐび呑んだ。「くそったれ」彼はひと息ついてから言った。立ち上がり、ふたたびテーブルの盗聴器を手にする。「こいつがドノの家にあったのか？」

俺はうなずいた。「ほとんどの部屋に一個ずつあった」

彼はうなった。「どれぐらい前からあったかわかるか？」

「いや」俺は言った。「この盗聴器を見てどんなことがわかる？」

「作りかただったら知り尽くしているぞ」彼は言った。「だが、おまえが知りたいのはそういうことじゃないだろう。仕組みはわかっているのか？」

「ああ」俺は言った。

ホリスが椅子で身動きした。「おい、俺にはさっぱりわからんぞ」彼は言った。「誰か、ざっと説明してくれないか」

俺はコーコランが手にしている、小さな黒い盗聴器を指さした。「通風孔の陰にこいつが隠されていたんだ」俺は言った。「こいつは室内のどんな音も拾って、あらかじめ登録された電話番号を自動的に呼び出し、そこにすべて録音する仕掛けになっている」

コーコランが小さくげっぷをした。「盗聴するやつはどこにいても、その番号に電話をかければ録音を聴けるってわけだ。留守番電話サービスみたいなものさ」

俺たちはみな、いま一度テーブルの電子機器に注目した。あたかもサソリの死体を見るように、かつては危険だったものを見る目で。

「こいつをどうやって見つけた？」ホリスが言った。

俺は一同に、昨夜侵入者に殴られて気を失った顛末《てんまつ》を話した。その話にコーコランは喜んだ。

「俺を殴ったやつは、三個の盗聴器を残して逃げた」俺は言った。「そのうちのひとつがこれだ」

「俺がそいつの立場だったら」コーコランは言った。「最後まで仕事を終わらせただろう。おまえをふん縛るか、頭を棍棒でもう一度ぶったたくかして」

ホリスは無意識に側頭部をかいた。「ドノを撃った男も、最後まで仕事を終わらせることにはこだわっていなかったようだ。同一人物のしわざだと思うか？」

「俺を殴った男は、小柄で白髪だった」俺は言った。

コーコランはにやりとした。「陸軍の兵士が、年寄りの小男にぶん殴られたってわけか」

「そいつはドノの警報機も出し抜いたほどの腕利きだ。それに、盗聴器も自分で組み立てている」

「こいつはちょっとやそっとで作れる代物じゃない」コーコランは言った。もう一度盗聴器を手にする。「一級品だと言っておこう。レシーバーは金を出して手に入るものでは最高級だ。ただし俺だったら、こんな旧式の電話の部品ではなくスマートフォンを使うがな」

「シアトルで不法侵入と盗聴を専門にしている年輩の男はそんなに多くないはずだ」俺は言った。「誰か思い当たらないか？」

「俺が地元で知っているのは二人だ。そういう技術の持ち主ということなら」コーコランは言った。「一人は中国系か日系のやつで――」

「俺を殴ったのは白人だ。一瞬だけ見えた印象だが」

「だったら、残念ながら運《つき》がないな。俺が知っているもう一人は黒人で、しかもそんな荒業をするには年を取りすぎている。確か八十七歳ぐらいだ」

俺はコーコランが手にしている盗聴器を軽くたたいた。「こいつが呼び出している番号を追跡することはできるか？」

コーコランが薄笑いを浮かべた。「あらかじめ登録されている番号ということだな？　お安い御用だ」

「その番号に接続しているアカウントの情報をすべて知りたいんだ。番号はもとより、誰が設置して、いつから使っているのかということまで、あらゆる履歴を。とくに盗聴された音声を聴ける手段があれば、とてもありがたい」

コーコランは肩をすくめた。「それは技術の問題じゃない。電話会社の記録だからな」

「あんたの守備範囲ではないと？」俺は訊いた。

「誰がそう言った？　俺はそんなことは言っていないぞ」コーコランは盗聴器をテーブルに

放り、工具箱のなかを探りだした。「番号を割り出すのはどうってことはない。二分もあればできる。ただし、その先は――」彼は肩をすくめた。「どこの電話会社のアカウントかによるだろう。その電話公社がアメリカの大手企業なら、そこに勤務している知り合いに当たってみればわかるかもしれん。データ部門の技術者あたりだ」

彼が言わんとしていることはわかった。外部からそうした電話会社のアカウントをハッキングするのは至難の業だ。だがその会社に知り合いがいれば、いくらかの臨時収入と引き換えに、正当な権限を使ってものの五分ほどで代わりに調べてくれるだろう。コーコラン自身にそうした従業員の知り合いがいるとはかぎらないが、つてを頼れば見つかるはずだ。そういうときに人脈が生きてくる。

「だが、どこの馬の骨とも知れない個人事業主だったら、成功の見通しはぐっと下がる」コーコランが語を継いだ。彼は工具箱から旧式の携帯電話を取り出し、それを解体していた。「場合によってはそれもやむを得ないだろう。しかし、知りうるものならば一刻も早く知りたい。あしたにでも」

「いくらか金をばら撒く必要がある」コーコランは言った。盗聴器の回路基盤と、解体した電話のスクリーンの部品を針金で結びつけている。

「いくらだ？」俺は言った。

コーコランが俺をねめつけた。「いつ、俺が金を出してくれと言った？　ふざけんな」盗聴器と電話の部品の接続に神経を集中している。「この若造が」彼はつぶやいた。

俺にはコーコランが必要だった。しかし疲れと怒りにさいなまれ、俺は危うくワイヤーカッターを彼の手から取り上げるところだった。

ウィラードが俺の表情から怒りを読み取った。「あんた、スポケーンのことを考えているんだろう」彼はコーコランに言った。

「ああ、もちろんだ。誰に言われなくても、忘れようがないさ」コーコランは言った。

ホリスが二人を交互に見た。「スポケーンのこと？」

コーコランの唇がひん曲がった。「あんたから言ってくれ」彼はウィラードに言った。

「俺は忙しいんだ」

「ジミーは二人の仲間といっしょに、あるスーパーマーケットに押し入ろうとしていた」ウィラードが言った。「スポケーンにある店だ」

「なるほど、そういうことか」ホリスは口を挟み、ビールをあおった。

ウィラードは取り合わなかった。「ドノは仲間の一人を知っていた。そいつといっしょに仕事をしたことがあるのか、評判を聞いていただけなのかはわからん。どっちにしても、いい印象ではなかったんだろう。ドノはジミーに、やめておいたほうがいいと言った」

「それなのに……」ホリスはその先を言わなかった。

ウィラードがうなずいた。俺たちの誰一人として、コーコランが忠告に耳を傾ける性質《たち》だとは思っていなかった。

「ジミーと二人の仲間は車でスポケーンに向かい、その店に押し入った」ウィラードは続けた。

「俺が押し入ったんだ」コーコランが言った。「あいつらは車のなかでケツの穴に指を突っこんでいた」

「ジミーが押し入った」ウィラードがあとを受けた。「そして、あと二人のとんまどもは真っ先に金庫に直行し、棍棒とハンマーでたたき壊して開けようとした」

「まわりじゅうの警報機がいっせいに鳴りだした」コーコランが言った。甦ってくる記憶を押しとどめられなくなったのだ。「そしてやつらは一目散に逃げ出した。そのとき俺にぶつかってきやがったので、俺は商売道具をまき散らしてしまった。やつらは店を出て、車に乗ったが早いかトンズラしやがった。俺はまだ道具を袋に入れている最中だった」

「で、取り残されたあんたはどうしたんだ？」俺はコーコランに訊いた。

「あのとき、俺はもう死んだも同然だと思っていた。ところがそのとき、ドノが現われたんだ。車をすっ飛ばして駆けつけてくれた。そして俺に乗れと言い、俺は慌てふためくあまり、目の前に神の手が差しだされたことにすぐには気づかなかった。ともかく、俺は乗った」

「祖父はあんたを尾《つ》けてきていたんだな」俺は言った。

コーコランは鼻を鳴らした。「ああ。三百マイルの距離を、ずっと尾けてきていた。つまり、それに気づかなかったあいつらはやっぱり大間抜けだったんだ。あんたの祖父さんは絶体絶命のピンチから俺を救い出してくれたのさ。俺たちは夜明け前にシアトルに戻れた」

ホリスは熊のような毛むくじゃらの手で缶を潰した。「つまりあんたは、ドノに恩義があるってことだな」

コーコランは肩をすくめ、電話に注意を戻した。「ドノが頭を撃たれたことは、俺の力ではどうにもならない」彼は言った。「だが、銃撃した野郎を捕まえる手助けはできる」

彼が携帯電話のボタンを二度押すと、スクリーンが点灯し、十桁の緑の数字で番号が表示された。侵入者のアカウントの電話番号だ。デジタル空間のどこかに、ドノが意識を失う間際の様子が録音されているにちがいない。

コーコランは電話に向かってにやりとし、黄ばんだ歯をむき出した。「盗聴器を仕掛けたくそ野郎は、今度はうかつだったようだ」

今度ばかりは、ジミー・コーコランの意見に同感だった。

14

俺はホリスとその仲間たちのもとを去り、コーコランのアパートメントの建物を出た。ドノのピックアップトラックが、路上のパーキングメーターに駐まっている。俺はその車に乗るしかなかった。レンタカーのチャージャーのヘッドライトは、前日に引っ越し用トラックと衝突して割れていたのだ。

よく晴れた、身を切るような寒い朝だった。インターステート五号線の北方面は、朝の通勤ラッシュが終わりかけていた。錆の浮いたハッチバックの前方車両をやりすごそうと、俺は車線変更した。すると百ヤード後方で、大型で赤紫のフォードのSUVが同じことをした。

もしかしたら、州内をほぼ横断したコーコランの一行がドノの尾行に気づかなかったという話を聞いて、やや神経質になっていたのかもしれない。あるいは自意識過剰だろうか。

俺は不意に思い立って次の出口で出ようとするかのように、ふたたび車線変更した。赤紫のSUVも慌てて同じ行動を取り、ミニバンの前を急に横切った。遠くから、ミニバンの運転手が猛然と鳴らすクラクションが聞こえる。

どうやら自意識過剰ではなさそうだ。

警察が差し向けた追っ手でもないだろう。万が一そうだとしたら、よほどの新米を送ってきたということだ。ＳＵＶの運転者はブレーキのかけかたがぎこちない。前方の車の流れをおっかなびっくり見ているようだ。尾行するのがひどく下手なのか、俺に気づかれてもまったくかまわないのかのどちらかだろう。

昨夜、家から逃げて行った侵入者だろうか？　それとも、ハーバー島でホリスと待ち合わせたとき、俺を袋叩きにしようとした三人のチンピラだろうか？　この街では、いろいろな人が俺のことを気にかけてくれるようだ。

ドノの短銃身のリボルバーがトラックの小物入れに入っている。俺は拳銃を取り出し、コートのポケットに入れた。

次の出口に向かう車線に入った。長い登り坂が一時停止標識まで続いている。坂を登りきったところで停まり、交差点の信号待ちをした。

ＳＵＶが同じ車線に入り、俺の四台後ろに来た。泥のようなものをナンバープレートに塗っている。俺が一時停止標識の前に来たときには、ＳＵＶの後ろにさらに多くの車が連なり、退路をふさいでいた。

俺はトラックのサイドブレーキを引き、助手席側に移ると、身体をかがめて車を降りた。ポケットのリボルバーに片手を入れる。

すぐ後ろのＢＭＷクーペの前を通りすぎたとき、クラクションを鳴らされた。その音はＳＵＶのドライバーの注意を引いたにちがいない。エンジンがうなりを上げ、ＳＵＶは前方に突進して左に曲がると、すぐ前にいたレクサス・ハイブリッドの後部に衝突して、くぐもった音とともにテールライトのガラスを割った。

俺はSUVめがけて走りだした。だが、フロントガラスに反射する光でドライバーの姿は見えなかった。SUVがふたたび向きを変え、甲高い音で金属をきしらせながら、車のあいだを強引に抜け出そうとする。

次の瞬間、十時間足らず前に見たのと同じ、縮れ毛の白髪が俺の目をよぎった。家の侵入者だ。

SUVと男は躊躇なく、急傾斜した道路わきの草地に飛び出し、タイヤを空転させて、濡れた土をしぶきのように高く跳ね上げた。俺が見送る前で、侵入者はアクセルを目いっぱい踏んで本線に引き返し、北方面の車の流れに加わった。後部のナンバープレートも、前部と同様に泥で隠されていた。

ピックアップトラックへ歩いて戻る途中、出口に連なっている車の半ば以上の人々が路面に降りていた。SUVが急に追突してきたせいで、レクサスに傷をつけられてしまった不運なドライバーの罵声をもっとよく聞こうとしていたのだ。俺に注意を払う者はほぼ皆無だったが、トラックのすぐ後ろにいたBMWの運転者だけは例外だった。彼はいまだに、安全な車内から俺を罵倒していた。

そいつを撃ってやり、ついていない一日を少しでも挽回しようかという思いが頭をかすめた。だがそれは我慢して、最寄りのガソリンスタンドまで車を運転した。

侵入者がいかなる技術の持ち主であれ、尾行は専門外だったようだ。ピックアップトラックのあとをあれだけふらふらしていたら、すぐに気づかれる。しかしけさ、家を出てコーコランのアパートメントに向かうとき、そいつはまちがいなく尾行していなかった。だったら、どうやって俺を発見したのだろう？

俺はガソリンスタンドの空気ポンプや給水ポンプのそばに駐車し、荷台の後部を開けて、ドノがしまっていた工具箱を取り出した。濡れたアスファルトの上にあおむけになり、懐中電灯を片手にトラックの下にもぐりこむ。

簡単に見つかった。ほぼペーパーバックぐらいの大きさの長方形で、黒い無地のプラスチックが、金属補修テープでシャーシの筋交《すじか》いに留められている。俺は多目的ナイフでテープを切断し、車の下から這い出してよく見ようとした。

GPS発信器だ。盗聴器と同じく、手製でさまざまな部品を継ぎ合わせている。黒い箱に付着した泥から推測するに、ドノのトラックの下にテープで留められてから、少なくとも数日は経っているだろう。電源が緑に光っている。

追跡装置がすでにトラックに取りつけられているなら、いったいなぜ、侵入者はわざわざあれほど近くから尾けてきたのだろうか？　大半の発信器はオンライン追跡が可能だ。侵入者はどこにいても、ウェブサイトを見れば俺の現在位置がわかるはずだ。

考えられるのは、ウェブサイトに本当の現在位置が表示されるまでの数分間のタイムラグも待てなかったという可能性だろう。高価なおもちゃを回収したかったという以上に、侵入者には差し迫った動機があったはずだ。よほど切羽詰まっていたのだろう。

そいつは盗聴器を回収しようと、ドノの家に侵入した。きっと発信器も回収したかったのだ。危険を冒して俺に近づいてきたからには、かなり急いでいたにちがいない。できれば、俺がどこかで休憩している隙に、トラックの下にもぐって持ちかえりたかったのではないか。

そこまで考えたところで、俺はおのれのうかつさを呪った。ドノのトラックの下に発信器が取りつけられている可能性に、どうしてもっと早く気づかなかったのか。理由はともあれ、祖父は徹底した監視下に置かれていた。監視している人間が、祖父の車を追跡したがるのは当然だ。

もし発信器の存在にすぐ気づいていれば、罠を仕掛けることができた。しかしいま、侵入者は相当怖がっているはずだ。もう二度と回収を試みることはないだろう。

俺は発信器のプラスチックの覆いを取り外し、リチウム電池を抜いた。小さな緑の光が消えた。

ガソリンスタンドから出る前に、トラックの上も下もすみずみまで調べた。あの白髪野郎が、予備の発信器を取りつけているかもしれないと思ったのだ。

ハーバービュー病院を訪ねると、ドノの病室の扉の前には警官が誰もいなかった。それどころか、警官が座る椅子すらもなかった。俺はゲリン刑事の番号を呼び出した。彼は電話に出なかったので、今度はカネリス刑事にかけた。

「なんだ？」俺の名前を聞くと、彼はそう言った。いら立ちを隠そうともしない口調だ。

「祖父の病室の前にいるんだが、これはいったいどういうことだ？」俺は息巻いた。

「二十四時間、制服警官を張りつけておくわけにはいかないんだ。東分署の巡査が、病院の警備課に、彼の病室に家族以外の誰も入れないように伝えたそうだ」

俺が握りしめている電話がきしんだ。「ドノは銃撃犯を特定できる可能性がある。採用されて二週間ぐらいの新米を二十分おきに巡回させるぐらいでは、不審者に対応できないぞ」

「だったら、保護拘置という手もある」

「どういうことだ？ 刑務所の医務室に移すのか？」

「あるいは、郡刑務所の医務室に。ダウンタウンにあるぞ」

「忘れてくれ」ドノに必要なのは神経科医であって、授業料と引き換えに一日三交替で勤務するどこかの研修医ではない。

「ハーバービューなら、民間の警備員も入れてくれる。有名人はみんなそうしているそうだ」

俺は通話を切った。きょうはすでに一度、ゲリン刑事を怒らせている。これ以上カネリスと話しつづければ、きっとまた何か不穏当な言辞を弄するだろう。

警官をつけてほしかったら、自分で雇えときたか。いやはや。

銀行口座の残高から考えれば、信頼のおける警備会社に二十四時間体制で警備員をつけてもらうことは可能だ。この際、安さを売りにする会社に走るつもりはなかった。熟練や技量を要する大半の仕事は、値段に見合っているのだ。

　電話をふたたび手に取り、全国規模の大手の支店をいくつか検索して電話した結果、スタンダード・セキュリティ・サービスという会社を使うことにした。非番の警官を雇っており、いつでも担当の警備員に直接連絡できるらしい。俺はクレジットカードの番号を伝え、千ドルの保証金を支払った。その会社は二時間以内に警備員をハーバービューに向かわせると約束した。

　カネリスと通話しているあいだ、ドノはぴくりともしなかった。俺は彼のベッドのそばに座り、待った。室内には収斂剤《しゅうれん》のにおいが満ちているほか、ベッドのかたわらにしおれかけたデイジーの花束があり、草っぽいにおいもしていた。見舞いのカードのたぐいはなかったが、花瓶にはハーバービュー病院の売店の値札シールが貼ってあった。きっとアディ・プロクターだろう。しばしば見舞いに来てくれているようだ。俺はあの老婆に感謝の念を覚えた。

　ドノの様子はきのうとまったく変わらず、長身瘦軀の身体が薄っぺらいマットレスに溶けこんでいる。目のまわりの皺がさらに深くなったようだ。俺は人工呼吸器の音を聞きながら目を閉じ、その音に合わせて呼吸しようとした。

15

ハーバービュー病院の外では雨が降りはじめていた。細かい霧雨が風に運ばれ、雨粒は商店の日よけの下に吹きこみ、街角を舞っている。病院の建物がかすんで見えた。コンクリートは黒っぽい塊になり、薄日が窓に反射している。

俺はスタンダード・セキュリティ社から派遣された警備員を、ドノのベッドのかたわらに配置した。そして何か変化があったらいつでも呼び出し、俺から電話があったら必ず出るようにはっきり指示した。病院からなんと言われようとかまわなかった。むっとする病室を出たあと、駐車場に向かう坂道を下っていると、首筋に当たる冷たい雨粒が心地よかった。

降りしきる雨のなか、デイビーとその弟のマイクが通りの向こうを走っていた。デイビーは頭からコートをかぶっている。マイクが手を振った。二人はアパートメントの建物の出入口で雨宿りした。

「頭がまだずきずきするよ」俺が二人に追いついたところで、デイビーが言った。

「よくわかる。ジュリエットはおかんむりだったか？」

「とんでもない。きみが帰ってきたんだからね」

「ドノのお見舞いに来たんですか？」マイクが訊いた。

「ドノのお見舞いに決まってるだろ、ばかが」デイビーが言った。「ほかになんの用がある？　容態はどうだい？」

「まだ意識が戻っていない」俺は言った。

デイビーはうなずいた。「あの祖父さんは筋金入りの頑固者だからな」風に向かって革ジャケットの襟を立てる。「最初にドノの家に行ったんだけど、いなかったから、きっとこっちだと思ったんだ。わが家へ夕食をとりに来いよ」

「家族団欒《だんらん》に加わる気分じゃないんだ」俺は言った。

「まあそう言いなさんな。きみが来なかったら、俺が言いわけをしなくちゃいけない。母さんはさぞかし怒るだろうな。だって、もう買い物をすませているから。ジュリエットからも、あれこれ訊かれる。俺だけをあの二人の矢面《やおもて》に立たせないでくれ」

俺は笑みを浮かべた。「それなら、寄らせてもらうよ。少し休んで、シャワーを浴びてから出なおしてこよう。さもないと、きっとエブリンから追い出される」

マイクはうなずいた。「ぼくたち、これからドノの見舞いに行きます」

「行っても、病室に入れてくれないだろう」俺は警備員を雇った経緯を説明した。

「警官はどこへ行ったんですか？」マイクが言った。

デイビーが鼻を鳴らす。

「それなら、ぼくたちがドノに付き添いますよ」マイクは引き下がらなかった。「みすみす自腹を切って破産することはありません」

「二十四時間体制で、というわけにはいかないだろう」俺は言った。「それに、こうするのがいちばん安心できる」

デイビーがにやりとした。「だったら、気分転換しようじゃないか。七時にわが家へ来てくれ。ビールを買ってきてくれるとうれしい。母さんは都合よく忘れたふりをするんでね」

家の前に車を停めたとき、電話が鳴った。

「ショウか。俺だ」

鼻にかかったようなどら声。ジミー・コーコランだ。

「盗聴器が呼び出していた番号を追跡してみた」彼は言った。「その番号のアカウントについてわかったことはとくにない。しいて言えば、メッセージを無限に録音できる容量があるってことぐらいだ。つまり盗聴器は、何日でも問題なく録音できる。アカウントが開設されたのは二カ月前だった。利用者名はジョージ・リンカーンだ。この名前を聞いて、何か思い当たるか？」

「いいや。いかにも偽名だな」

「俺もそう思う。エイブラハム・ワシントンとか、フランクリン・デラノ・ジェファソンみたいに、歴代の大統領を適当にくっつけた名前だ」

「アカウントに録音されたメッセージは聴けるのか？」録音データこそ、俺の最大の関心事だ。ドノが自宅で銃撃された夜、どんなやり取りがなされていたのか聴きたかった。「聴けなかった」コーコランは言った。「盗聴していた野郎は、相当ずる賢い。アカウントは昨夜、閉鎖されていた。午前二時ごろだ。そして留守電サービスの録音は消去されていた」

俺はフロントガラスを拳でたたきたくなった。ドノの家で侵入者に棍棒で殴られてから、わずか一時間しか経っていない。あの小男は、家を逃げ出してすぐに録音を消去したにちがいない。

「バックアップのデータはなかったのか？」俺は歯嚙みして言った。

「なかった。電話会社に勤めている知り合いによると、個人の留守電のバックアップは会社ではとっていないそうだ。手間がかかりすぎるかららしい。だが、成果もあった」口調が活気を帯びている。狩猟本能を駆りたてられたのだろう。「ほかにも十以上の番号が、同じ留守電サービスのアカウントを呼び出していたんだ。メモの用意はいいか？」

「ああ、その番号を教えてくれ」コーコランはアカウントの番号と、電話番号のリストを読み上げた。大半の番号は末尾が７７０４、７７０５、７７０６のように続き番号になっていた。

「その番号はどれも盗聴器につながっているんだ」俺は考えを声に出した。「そいつはひとつの代理店から十数個の携帯電話を買い上げ、部品を分解して盗聴器を組み立てたんだろう」

「それだけじゃない」コーコランは言った。「いま読み上げた番号からこのアカウントに、アカウントが開設されていた二カ月間、何百回となく呼び出しがあったそうだ。どの通話も長い。十分か二十分ぐらいだ」

それなら、録音データが次から次へと溜まっていったわけだ。テレビの音や、シャワーの音にも盗聴器は反応したにちがいない。ドノがベッドでかいたいびきにさえも。それらのデータを聞き返すだけで、一日がかりだっただろう。

俺はメモ用紙に書いた番号のリストに目を走らせた。「ここには十三の番号がある。だが、ドノの家にあった盗聴器は八個だ」

「まちがいないか？」

「俺自身、しらみつぶしに捜した。そのあと、警察も徹底的に捜した。だからまちがいなく八個だ。つまり、どこかほかの場所にも盗聴器が仕掛けられているということになる」俺は家のポーチの手すりをぴしゃりとたたいた。「侵入してきた野郎が動向を監視していたのは、ドノの家だけじゃなかったんだ」

「なるほど。そのとおりかもしれん。だったら、おまえさんがどんな手がかりを得られるか、お手並み拝見と行こうじゃないか」コーコランは言った。

俺は番号のリストをもう一度眺めた。十二個は続き番号になっている。だが一個だけ、まったくちがう番号があった。

「これは盗聴しているやつの番号だ」俺は言った。こめかみが脈打っている。「そいつはこの番号から留守電サービスを呼び出して、盗聴器の録音データを聴いていたにちがいない。録音データをどこかにダウンロードしていた可能性だってある」

「おまえ、見かけほどばかじゃないようだな。だが、喜ぶのはまだ早いぞ。ひょっとしたら、ただの使い捨て用の番号かもしれん」

「それでも、そいつがまだこの番号を使っていたら、追跡可能じゃないか」

コーコランはため息をついた。「そんなことはとっくにわかってるよ。たまたま運よく、おまえさんを殴った野郎が自分の電話を使っているところを、電話会社の俺の知り合いがつかめれば、そいつを特定できるかもしれんがな」

「ほかの四つの盗聴器はどうなる？　まだ作動していれば……」

「作動しているよ。昨夜遅く、二回の呼び出しがあったそうだ」

四個の盗聴器はどこに仕掛けられているんだ？　侵入者は誰を追っている？

「呼び出した盗聴器の場所を特定できるか？」俺は訊いた。

コーコランはしばし、うーんと言いながら考えをめぐらせた。「呼び出しがあった場所から最寄りの携帯電話の基地局ならわかる。そうすれば、呼び出した電話のＧＰＳ座標がわかるはずだ。百ヤード程度の誤差になるだろう」

「それで充分だ」

「ただし、街中の場合はやっかいだぞ。そのときには、おまえが付近の住宅を一軒ずつノックして、白髪の小男を捜すことになる」

「急いでやってくれ。くそ野郎が逃げ出してしまう」

「急がなきゃならんことぐらい、言われなくてもわかってるぞ、ばか野郎。俺が急がないとでも思ってるのか？　くそったれ」コーコランは通話を切った。昔の怒りっぽいところが戻ってきた。つまり、コーコランには手ごたえがあるということだ。

16

〈モーゲン〉で三杯目か四杯目を呑みながらデイビーから聞いた話によると、彼と妻のジュリエットは、娘のフランセスが生まれた直後にトーラン家に引っ越したという。母親のエブリンは、勤め先のレストランの近くにコンドミニアムを借りたらしい。エブリンがそうすると言って聞かなかったそうだ。デイビーから聞いたところでは、母親いわく、ベリアン（シアトルの郊外都市）のみすぼらしいアパートメントは、孫が育つのにいい環境ではないとのことだった。

家主が変わったことによる影響は、いくらかうかがわれた。芝生は伸び放題だ。車庫の扉の白いペンキには、錆や泥が縞模様にこびりつき、巨人の子どもがフィンガーペインティングでもしたように見える。デイビーのおんぼろのカマロが私道に駐まり、その隣にはより実用的なホンダのハッチバックがあった。それでも、俺が数えきれないほどの時間をデイビーと過ごしてきた家であることに変わりはない。少年時代にこの家の居間に座り、ホットウィールのミニカーやG・I・ジョーの人形で、空想の冒険を繰り広げてきた。

ピックアップトラックから家に向かって歩いていると、左側の窓越しにジュリエットが見えた。こっちに背を向けていたが、明るいブロンドの髪を編んで背中に垂らしているので、まちがえようがなかった。高校時代と同じヘアスタイルだ。窓枠の真下のテーブルに、銀器を並べている。

歩いている途中で、彼女が俺に気づいた。ジュリエットは居間の窓をコツコツとたたき、勢いよく手を振った。手を振って応えると、彼女は姿を消した。一瞬後、正面玄関の扉がひらいた。

デイビーがコンクリートの外階段に出てきた。「やっぱり、ビールを忘れたか」

「バンなのね？」家のどこかから、エブリンの声がした。「ちょっと待って、いま行くわ」

デイビーに先導されて俺は家に入り、足早に居間に向かった。家じゅうにポットローストの（牛の胸肉などの蒸し焼き）と香辛料のにおいが満ちている。

居間には家具や装飾品がぎっしり並び、額入りの写真が所狭しと飾られている。どこかにぶつからないように、気をつけて身動きしなければならなかった。ドノの家はここの倍以上広いのに、調度品のたぐいは半分もないだろう。

エブリン・トーランがあわただしく出てきた。赤いふきんで手を拭き、笑みを浮かべる。抱擁されるまでの三秒で、彼女がいまだに長男に似ているのに驚いた。デイビーを優男にしている繊細な顔の造りと大きな青い目は、エブリンにもはっきりとうかがわれた。彼女が俺の胸に頭を押しつけたとき、黒い巻き毛にちらほらと白髪が混じっているのが見えた。

エブリンは若くしてデイビーを産んだので、たぶんまだ五十代に入ったばかりだろう。青い絹のブラウスと黒っぽく丈の長いスカートは、小柄な体格に合わせて直している。トルコ石のネックレスとイヤリングをつけていた。夕食のためのドレスアップだ。

そういえば、少年時代のデイビーは、若くて美人の母親がいることをよくからかわれていた。もしかしたら、いまの職場でも同僚たちにからかわれているかもしれない。

「顔をよく見せて」彼女は俺を放して言った。「ずいぶん日焼けしたわね」顔の傷はちらりと見ただけだった。きっとデイビーが、あらかじめ家族に忠告していたのだろう。

エブリンはぎこちなく笑った。「どうぞ座って。もうすぐ晩ごはんができるわ」

家の奥から、むずかる子どもの声が聞こえてきた。ジュリエットが急いで居間を通り抜け、奥へ向かいながら、笑顔で挨拶した。「こんばんは、バン！」

「わが家のお姫様のお出ましだ」デイビーが言った。

マイクが食堂の戸口に立ち、挨拶の順番を待っていた。彼はややしゃちほこばって、手を差し出した。「来てくれてうれしいです」

俺は彼と握手した。マイクもきちんとした服を着ている。水色のボタンダウンのワイシャツに黒いスラックスだ。デイビーさえも洗いたてのTシャツを着ていた。

「バンに飲み物を持ってきて、マイケル」エブリンが言った。「わたしはローストの焼き加減を見てこなくちゃ。バン、どうぞごゆっくり」彼女はばたばたと台所に向かった。

「バンはきっと喉が渇くだろう」デイビーがマイクに言った。「手ぶらで来たからな」

俺は眉を上げた。「ローストだって？」

「放蕩息子が帰ってきたからだよ」デイビーは言った。「聖書でも太った子羊を食べて祝っ

ているだろう」ジュリエットがあやしながら連れてきた。フラ
「よしよし」顔を赤くした不機嫌な幼児を、ジュリエットがあやしながら連れてきた。フラ

「よしよし」顔を赤くした不機嫌な幼児を、ジュリエットがあやしながら連れてきた。フランセスはデイビーを見ると、彼のほうへ手を伸ばした。

「お父さん子でね」デイビーは言いながら、娘を抱き上げた。フランセスが俺を睨む。彼女の髪は透きとおるようなブロンドだが、青い目は父親譲りだ。

「かわいい子だ」俺は言った。

ジュリエットがフランセスの頭を撫でた。「まあ、九十点ぐらいかしら」

「おデブちゃんだけどね」デイビーが言い、娘の首に鼻を押しつけた。フランセスがはしゃぎ声をあげる。

「もうパジャマがきつくなっちゃったの」ジュリエットは言った。「おねんねの前に、バンおじちゃんに会えてよかったわね」フランセスはひと言かふた言聞き分け、ぐずりだした。

「それじゃあ、戻りましょう」ジュリエットはデイビーから娘を奪い返した。『ぱたぱたバニー』を読んだら戻るわ。先に始めていて、デイビー」

マイクはブルームーンのボトルを二本持ってきた。デイビーが一本を受け取り、悲しげにボトルを見た。

「冷蔵庫に二本しかなかったんですよ」マイクは言い、俺に差し出した。「どうぞ呑んでください。歓迎のしるしです」

「ビールは〈モーゲン〉でいやというほど呑んだよ」俺は言った。

「嘘でしょう」

「昨夜は何カ月ぶりかで、しこたま呑んだんだ。アフガニスタンではアルコールを一滴も呑めなかったからね。まだ頭がずきずきする」頭痛の主な原因は、ドノの棍棒を頭に振り下ろされたことだったが、この際同じようなものだ。

「だったら、お代わりは頼まないでくれよ」デイビーは言い、ビールをあおった。

エブリンが台所から彼を呼んだ。デイビーはボトルをコーヒーテーブルに置き、俺に「楽にしていてくれ」と言った。「俺のビールに手をつけないでくれよ」デイビーとマイクは部屋を出ていった。

携帯電話しか相手がいなくなったので、俺は廊下に出た。緑のストライプの壁紙は、額入りの写真にほとんどふさがれている。俺は子ども用のおもちゃを崩さないよう、慎重によけながら写真を見た。赤ん坊のころのデイビー。陽光をまぶしそうに見ている、結婚式の日のジュリエットとデイビー。幼稚園の教室にいるマイク。緊張した面持ちの夫婦は、たぶんエブリンの両親だろう。夫は黄麻布のスーツに身を包み、妻は黒髪を高く結っている。

ジョー・トーランの写真はなかった。エブリンの別れた夫だ。そのことに驚きは覚えなかった。俺が小学校二年でデイビーと出会ったときすでに、彼は家を出ていたのだ。

マイクが折りたたんだ洗濯物を入れたかごを押しながら、廊下に出てきた。「この写真は見ましたか？」彼は言い、幅五インチ、縦七インチのカバノキのフレームに入った写真に向かってかがんだ。

少年時代のデイビーと俺とマイクを撮った写真だ。デイビーと俺は十二歳ぐらい、マイクはまだ六歳ぐらいに見える。三人とも海水パンツをはき、膝まで水に浸かって立っていた。みんな生白く、痩せていて、顔じゅうに笑みを浮かべている。デイビーがホットドッグを持っていた。

「ワシントン湖に行ったときだな」

マイクはうなずいた。「八月のシーフェアのときだと思います。誰かの家を訪ねて、その足で水上飛行機のレースを観に行ったんです。ぼくは覚えていないんですが、母さんがその話をしていました」背を伸ばした彼は、俺より一インチ高かった。写真で六歳の子どもだったのが、いまはこれだけの大男だ。

彼は真剣な顔つきになった。「警察は犯人を逮捕できそうですか？」彼は言った。「最初の二日間で容疑者が見つからなければ、確率はぐっと下がるとどこかで読みました」

「きみとドノは折り合いがよかったようだな。祖父とうまくやっていける人間は、とても稀《まれ》だ」

「あの人はいいボスですよ。あの人とルースも、うまくいっています」マイクは階段の手すりにもたれた。「今回のことがあって、改めて思い出すんですが、実は以前に〈モーゲン〉の控室の掃除とペンキ塗りをさせられて、腹を立てたこともあったんです。あのときぼくは、恋人といっしょに何かのくだらないイベントに行くことになっていて、掃除をおざなりにしてしまいました。それでドノから、天井の刳《く》り形の磨き掃除と、塗り直しを命じられたんです。おかげで週末がつぶれましたよ。さすがにあのときは頭に来ましたがね」

「ドノには言ったのか？」

「冗談でしょう？　家に帰って愚痴《ぐち》を言っただけですよ。でも母さんにすぐ、黙れと言われました。母さんはドノの悪口を聞きたくなかったんです」

「エブリンは陰口が嫌いな人だからね。でも、ドノはよく意固地になるんだ」

マイクは穏やかな笑みを浮かべた。「ええ、わかります」子どものころの写真にふたたび目をやる。「あなたが戻ってきたのを知ったとき、デイビーはとても喜んでいました」

「連絡を取っておけばよかった」

「いえいえ、いいんですよ。確かにあなたが出ていったとき、兄はショックを受けていました。でも、ジュリエットの存在が大きな支えになりました。本人にもそのことはわかっています」

マイクの視線を追って壁の写真を見た。そこにはさっきとは別の、デイビーとジュリエットの結婚式の写真があった。

「女性が平安をもたらす、ということだな」俺は言った。

マイクはいま一度笑みを浮かべそうになったが、またいつもの思慮深げな表情に戻った。

「何かぼくにできることはありますか？　じっとしているのがもどかしいんです」

「これは身内の問題だ。ドノの酒場の切り盛りを頼むよ。祖父もそれを望んでいるはずだ」

エブリンが廊下に来て、息子の肩に手を置いた。「マイケル、テーブルに食器を並べてくれない？　少しバンと話したいの」

彼が立ち去ると、エブリンは台所へ通じる木の扉を閉めた。廊下が静かになった。

「ドノのことを話したかったの」エブリンは言った。「本当の病状が知りたいのよ。夕食の席を子どもたちといっしょに囲む前に」

「医者から聞いている以上のことはわかりません。それから先は、推測するしかないというところです」

「それでもいいわ。どうか包み隠さず教えてちょうだい」エブリンは口元を引きしめ、俺をじっと見た。

「医者の見立てでは、ドノの意識が戻る確率は低いです」俺は言った。「仮に戻ったとしても、元どおりにはならないでしょう。銃弾によって、脳が大きな損傷を受けています。余命はいくばくもないかもしれません。手術を担当した医師はあからさまには言いませんが、このまま息を引き取ったほうが、むしろ苦しみが少ないと考えているようです」

エブリンは二度、ゆっくりとうなずいた。うつむき、俺の胸のあたりをじっと見ている。彼女の足下がややふらついたので、俺は手を差し伸べて身体を支えた。

「マイケル」彼女は言った。

「俺が呼んできましょう」

「待って。いいえ、大丈夫よ」エブリンはそう言いながらも、額入りの写真に埋まった壁にもたれかかったので、俺は彼女の腕から手を放さなかった。「ごめんなさい。心の準備はできているつもりだったんだけど――」深呼吸し、背筋を伸ばす。「あなたも、それを聞かされたときはさぞつらかったでしょう」

俺は自分のうかつさを呪った。いかにエブリンが家族に頼られている気丈な女性であっても、俺がふだん接しているような暴力には免疫がない。そのことに考えが及ばず、ついありのままを打ち明けてしまった。

「あなたはお医者様の見立てに同意しているの？」

「ドノがどうしてほしいかはわかります」

エブリンはうなずいた。目を真っ赤にしている。「それなら、最善の結果を祈りましょう」

「みなさん！」平鍋が食堂から呼びかけた。「用意ができましたよ」

エブリンは木の扉を元どおりに開け、俺たちは狭い台所を通り抜けて食堂に入った。つやのあるマツの大きなテーブルが、食堂のほとんどを占領している。壁伝いに歩く途中、俺は棚にぶつかってしまい、落ちてきた小さく白い革表紙の聖書を受け止めた。

デイビーがフライパンに入ったローストを運び、テーブルに置いた。まだ肉汁が泡を立てている。うまそうで、腹が鳴った。

全員が席に着くと、エブリンが頭を垂れた。家族全員が静かになった。「主よ、わたしたちを祝福し、おん恵みによっていただくこの食事を祝してください。暗闇のなかでも、わたしたちが家に戻れるよう見守っていただき、感謝します」目の片隅で、俺に会釈するエブリンが見えた。「そしてどうか、バンのお祖父様を見守ってください。主キリストによって、アーメン」

一同はうなずき、マイクは〝アーメン〟を唱えるのと同時に立ち上がって、ローストを切るナイフを手にした。ジュリエットはボウルに入ったマッシュポテトを皿に盛っている。よく混ぜ合わされたポテトはプリンのようになめらかで、黄色いバターがたっぷりかかっている。俺は顔を埋めてかぶりつきたい衝動を抑えた。

「ドノの具合は？」ジュリエットが俺に言った。食事用に花柄のプリントドレスに着替え、金のネックレスをつけている。「少しよくなった？」

「相変わらずだ」俺は答えた。

マイクがジュリエットの皿にローストの塊を置いた。「容疑者の目星はついてるんですか？」

エブリンが首を振ってたしなめた。「あとにしなさい。いまは食事中よ」

マイクと俺が最も大柄なので、テーブルの両端に座った。マイクはぎこちない手つきでナイフを使い、肉を切り分けて、ひとつの皿に六、七切れほど積み上げている。

フランセスが子ども用の椅子をたたいた。「サヤインゲン、嫌い」

「これを食べたら、次はポ・テ・トだよ」ディビーは〝ポテト〟を区切るごとに大仰な表情で言った。フランセスがキャッキャと笑いながら豆をつかんだが、口には入れなかった。

俺の皿が戻ってきた。あふれんばかりの山盛りだ。エブリンが立ち上がり、背後のサイドボードのワインボトルに手を伸ばした。「デイビーの話では、あなたは休暇で戻ってきたそうね。どれぐらいいられるの？」彼女はそう言いながら、ものの十秒ほどでコルクを開け、三十年にわたるレストラン勤めの経験を見せつけた。

「ほんの数日です」俺は言った。「最近のドノの暮らしぶりについて、もっと知りたいと思っています。最近、祖父に会いましたか？」

エブリンはうなずいた。「ええ、酒場でね。一、二週間前、仕事中のマイケルに会いに行ったら、お祖父さんもいたわよ。ねえ、あれはいつだったかしら、ハニー？」

マイクの耳が赤くなった。「さあ、開店前の日曜日じゃなかったかな」

「そうだったわね。ああ、思い出したわ。参考書を届けに行ったのよ。そのときに、あなたのお祖父さんもいてね、バン。店の奥で何か仕事をしていたわ」

ジュリエットがマイクを見た。「参考書？」

「そうびっくりするなよ」マイクが言った。「大学院入学適性試験の受験勉強さ」

エブリンが笑みを浮かべた。「マイケルの通っているワシントン大学シアトル校の経済学の教授によると、大学院でも充分やっていけるということよ」

「とてもレベルの高い学校なの」ジュリエットが俺に言った。義理の弟に微笑みかける。「あなたならきっと合格するわ、マイク」

デイビーがくっくと笑った。「マイク自身、一瞬たりとも疑問に思ったことはないさ」

「デイビーだって優秀なのよ」ジュリエットが、夫への忠義立てをするように言った。「勤務成績がいいからボーナスが出たぐらい」金のネックレスに手を触れ、夫に向かって笑う。デイビーが妻にウィンクした。「きみを甘やかすのが好きなんだ。会社だって利益が上がっているんだから、もう少しくれてもいいぐらいさ」

「バンの飲み物がないじゃない、デイビッド」エブリンが言った。

「ワインが開いているわ」ジュリエットが言った。

デイビーが立ち上がった。「今夜のバンは、厳しい戒律に従うことにしているんだ」

「水をくれるとありがたい」俺は言った。

「では、〝蛇口ワイン〟をお持ちしましょう」彼は気取った口調で言い、流しへ向かった。

俺のこれまでの任地で、水道水をそのまま飲める地域はめったになかった。

「あなたの暮らしぶりを、もっと知りたいわ、バン。あなたがここを離れてからというもの、便りがほとんどなかったから」エブリンは盛大なご馳走を作ることで、俺の罪悪感を刺激しようとしているのかもしれなかった。「なぜ陸軍に入ったの?」

その理由は、最も手っ取り早い選択肢だったからであり、駐車場の車の後部座席で寝泊まりする生活に終止符を打ちたかったからだ。

「陸軍にはさまざまな職種があり、志願者にとって最も選択の幅が広いのです」俺は言った。

デイビーが幼い娘の相手をしているあいだに、ジュリエットはそそくさと空腹を満たした。

「デイビーに聞いたところでは、あなたは軍の水が合っているようようね」

彼女はそう言ってから俺の横顔を見、顔を赤らめた。

いままでの経験では、これが俺に対する一般的な民間人の反応だ。だが、まともに向き合わなければならないときもある。俺はフォークで顎に走る白い線をトントンとたたき、にやりとした。「ああ、俺には合っているようだ、ジュリー。最初から波瀾万丈だったけどね」

「どういうことか……訊いてもいいですか？」マイクは言った。

俺はポテトを自分の皿に載せた。「レンジャー教化プログラムが終わってから二カ月ほどで、イラクに派遣された。当時の俺は二十歳だった。ティクリート中心部の小さな前哨地を転々とする部隊に配属された。最も戦闘の激しい地区だった。三、四日に一度、夜間作戦があって、バードに乗り、反乱軍のキャンプとおぼしき場所を襲撃しに向かった」

エブリンは小さな両手で水の入ったグラスを持った。「バード？」

「ヘリコプターのことです。着陸はせず、俺たちがロープで数メートル降下するあいだ、空中で静止しています」

「なかなか楽しそうですね」マイクが笑みを浮かべた。

「やってみたらわかるよ」俺は言った。「とにかくその晩、俺たちは渓谷に通じる狭い曲がりくねった道を半マイルほど進んだ。渓谷に出入りできるのは、その道しかなかった。探していたキャンプは道からそんなに離れていないと思われていたので、俺たちは一時間ほどその道に沿って移動した。作戦の目的は、キャンプを発見し、その概要を見きわめることで、必要があれば襲撃し、捕虜や俺たちの情報提供者がいたら、脱出地点までいっしょに連れ帰る予定だった」

「そこで何があったの？」ジュリエットが訊いた。幼いフランセスは食事を忘れ、椅子で居眠りしている。

「待ち伏せ攻撃されたんだ。きっとどこかのヤギ飼いが、近づいてくるヘリの姿を見て近所の人間に知らせ、それが広まったんだろう。どんな田舎に行っても、ほとんどの家族が一台は携帯電話を持っているんだ。俺たちが到着する二十分前には、敵は寝床を抜け出し、恨みを晴らす機会を待っていたにちがいない。やつらはRPG（推進擲弾《ロケット》）を撃ってきて、それが一帯に散らばった。俺たちはとても幸運だった」

食卓を囲む誰もが、食べるのをやめていた。

「幸運？」エブリンが言った。

「敵は血気にはやりすぎていた。RPGは本来、車両や街中《まちなか》を攻撃するための兵器であって、百ヤードも距離を置いて散開した少数の兵士を攻撃する用途には向かないんだ。ものすごい音が出たが、それだけだった。俺たちは岩陰に隠れ、頭を低くしてやりすごした」

ローストはあらかたなくなり、平鍋にはもう骨しか残っていない。骨にはまだ肉がたくさんついていたが、もう食欲は失せていた。

「わたしだったら、そこで死んでいたでしょうね」ジュリエットが言った。「怖くなかった？」

もちろん怖かった。最初の擲弾が炸裂したときには、雷が頭上に落ちたかと思った。理性的な思考は吹き飛んだものの、何カ月にもわたるつらい訓練でたたきこまれていたことを身体が覚えており、俺はそのとおりに動いた。だが、今晩はなるべくあっさりすませたかった。夕食時のおしゃべりなのだ。

「俺たちは全員の無事を確認した」俺は言った。「そして、渓谷を脱出しようとした。俺はもう一人のレンジャー、スコーブスとともにしんがりを務めた」

俺はジュリエットにウィンクした。「そのときに受けた名誉の負傷がこれさ」左の側頭部から走る三本の白い傷跡を、指で強くなぞる。左眉のまんなかに一本。一部が失われた頬骨のあたりにも一本。それから、下顎の輪郭にも一本。

傷に触れて見せると、人はいささか安心するようだ。見かけほど生々しい傷ではなく、痛みがないことがわかるからだ。いまはもう痛みはない。

俺はローストの残りを水で流しこみ、皿を押しやった。「敵がもう一発、ロケット擲弾を撃ってきたんだ。あとで誰かから聞いた話では、それが最後の一発だったそうだ。その弾が俺の近くにあった大きな岩に当たり、大量の榴散弾が周囲に飛び散った」肩をすくめる。「俺は倒れた。スコーブスも倒れた。ようやくわれに返ったとき、まだ耳鳴りがして、スコーブスはまだ気を失っていた」

話には続きがあった。だが、トーラン家の人々は聞く必要のない話だ。

意識朦朧とした俺の視野に、動くものが入ってきた。バナナ型弾倉をいっぱいにしたAKを携えた男が二人、丈の高い草の向こうから俺のほうへ近づいてくる。一人は至近距離まで来ており、あと三歩も歩けば俺の脚につまずきそうだ。恐怖心が俺を衝き動かした。手を伸ばし、AKライフルにしがみつくのとほぼ同時に、男は俺の上に倒れてきた。

俺の手には、すでに拳銃があった。男の心臓部を狙って二発撃つ。彼は俺の隣に崩れ落ちた。仲間の男はまだ事態を把握していない。そいつにも二発撃った。俺はよろめきながら立ち上がり、とどめに一発ずつ、二人の頭を撃った。訓練どおりだ。恐怖心と昂ぶりのあまり、俺は顔の左半分の組織が露出していたことに気づかなかった。

「ほかの同僚はどこにいたんですか?」マイクが訊いた。

俺はナプキンで口を拭い、時間をかけて深呼吸した。

「みんな、俺たち二人を助けようと、敵と戦いながら戻ってくるところだった」俺は言った。「しかし俺は、そのことを知らなかった。無線のヘッドセットが粉々になっていたからね。俺は死力を尽くして、四百メートル走の世界記録に挑戦するような勢いで渓谷を脱出しようとした」

「仲間の方はどうなったの?」エブリンの目は、彼女自身が痛みを受けているようだった。

「スコーブスさんは?」

スコーブスは出血多量で意識を失っていた。俺は危険を冒してあと一分だけ草地にとどまり、クイッククロットという止血帯とガーゼを彼の首と肩に当てて、上半身をしとどに流れる血を少しでも抑えようとした。それから彼を背負って走りだし、隊員のなかで彼が最も小柄だったことに感謝した。

「彼は無事生還した」俺は言った。「テキサスの家族のもとに戻っているよ」最近来たメールによれば、第三世代の人工肩関節を使っているということだ。

「俺たちはバグダードの病院に搬送され、そこから俺はワシントンDCのウォルター・リード陸軍病院に移された」俺は自分の顔を指した。「医療スタッフは手を尽くしてくれたよ。俺の顎と眉弓《びきゅう》の一部は、生体用ガラスでできている。その周囲の骨は、ほとんど元どおりになった。左側の二本の歯は新品以上だ」それらの真っ白な歯は、百年でも使えるだろうと言われた。

間《ま》があった。「それから、また戦場に戻ったの？」ジュリエットは言った。「治療が終わったら、戻されたんでしょう？」

戻されたのではなく、俺自身がそう望んだのだ。なんとしても現場に復帰したかった。セラピーを受けているあいだも、その気持ちが変わることはなかった。

「いつでも、心構えはできていた」俺は最近、再度イラクに赴任した。そのあとは、情勢が厳しくなったアフガニスタンへ移った。

エブリンが手を伸ばし、俺の手に触れた。「ありがとう」

ジュリエットが俺の手首を指さした。袖から覗く、外科手術を受けたばかりの傷跡に気づいたのだ。「でも、また負傷したようね」

「たいしたことはない」俺は言った。「手根管ほどの大手術じゃない」

「負傷手当とか勲章ぐらいはもらえたんだろう」デイビーが言った。

俺は苦笑した。デイビーらしい質問だ。いつも何か見返りを求める。俺の見返りは、青銅星章と、戦闘時の功績を意味するV字型の飾りだった。

「ジョージアの保管施設のどこかの箱に入っている」俺は言った。「頭飾りとナイトガウンもあったかな」

マイクはワインボトルを手に取り、空《から》になった俺のグラスにたっぷり注いだ。

「二日酔いだろうがなんだろうが、バン」彼は言った。「あなたにはこれを呑むだけの価値があります」

そのとき、俺の電話が大きな音で鳴り、全員が飛び上がった。ポケットから電話を取り出す。

コーコランからのメールだった。思わず立ち上がった。「すまない。大事なメールなんだ」

「ドノの容態のこと？」エブリンが言った。俺は首を振り、正面玄関から狭いポーチに出た。

コーコランのメッセージの最初の行は、『四』だった。そのあとは、GPS座標がずらりと並んでいる。その場所はシアトルとタコマのなかほどに位置する郊外の町、コビントンの外れだった。最後の行には『最後の一個はまだ調査中』と書かれてあった。

コーコランが全力を尽くして調べてくれた住所は、四個の盗聴器が仕掛けられていた場所だ。ドノの仕事仲間の一人の家かもしれない。ひょっとしたらその人物が、ドノを銃撃した犯人やその理由を知っている可能性もある。

ジミー・コーコランはひどく口が悪いが、それに見合うほどの能力はあったということだ。

翌朝になるまで、できることはあまりない。しかし俺は、これ以上家族団欒に加わる心境ではなくなった。

扉を開け、居間に戻る。デイビーが待っていた。「帰るのか？」彼は俺の表情を見て言った。

「ああ」俺は言った。

「手伝えることはないか？　どんなことがあっても、俺がついているんだから」是が非でもやりたいという口調だった。

「ありがとう。気持ちだけで充分だよ、デイビー。なんでもないんだ。きっと退屈するだろう」

彼は納得していない様子で俺を見た。「うーん、そうか」

食堂に入った。フランセスはもういない。きっと、母親に連れられて部屋に戻ったのだろう。エブリンはテーブルにパイを載せていた。ブラックベリーのパイだ。手作りのように見える。

「とてもおいしい食事でした」俺は言った。「すまないのですが、もう帰らないと」

ジュリエットは引きとめようとしたが、エブリンは黙ってうなずいた。「あなたの分を包んでくるわ」彼女は言い、パイを台所に持っていった。

マイクが立ち上がった。「もっといてほしかったです」

俺は身を乗り出し、ジュリエットの頬にキスした。彼女ははにかみながら俺の頬のあたりを軽くたたき、かすかに笑みを浮かべた。「きっとみんなに言われるでしょうけど、あなたは何があっても大丈夫そうね。海賊みたいに」

エブリンが台所から戻り、パイを半分ほど入れたタッパーをくれた。「今度はまた、タッパーを返しに来て」彼女は言った。「忘れないでね」

デイビーがポーチの外階段までついてきた。「本当に、助けはいらないのか？」

「あした、電話するよ」

俺がクラッチを踏んで縁石から車を出しても、彼はそこに立ったまま見送っていた。

17

俺はシェブロンのガソリンスタンドの前の角に立っていた。コーコランが教えてくれた住所は、コビントン・ソーヤー・ロードの交差点であることがわかった。草原や産業施設を通り抜ける、曲がりくねった二車線の舗装道路だ。太陽はまだ雲を押しのけるほど高くは昇っていない。職場へ急ぐ通勤者の車が、速度制限を無視して突っ走っている。

四個の盗聴器。白髪の侵入者が仕掛けたそれらの盗聴器は、この場所から石を投げれば届く範囲にあるはずだ。

とはいえ、それを捜し出すのは容易ではない。半径百ヤード以内というのはかなりの広さだ。面積にして三万一千平方ヤードを越える。判明した住所がシアトルの街中で、どこを見ても十階建てのビルが建ちならんでいるような場所だったら、お手上げだったかもしれない。だが、ここのように人家のまばらな郊外であれば、白髪野郎が盗聴器を仕掛けた場所を突き止めるチャンスはある。

交差点のうち、俺が立っている角には空き地とシェブロンのガソリンスタンドがあり、向かいの角にはコンドミニアムと建設現場がある。大きな看板によると、若い職業人向けの現代的なアパートメントが建つようだ。

ドノはこの場所をひんぱんに訪れていたのだろうか。それとも、祖父の仕事仲間の家か仕事場がここにあるのか。その人物を見つけ出せたら、ドノの銃撃事件に関して俺が知りたいことをすべて教えてくれるかもしれない。

ガソリンスタンドと建設現場は、捜索範囲から除外することにした。空き地に盗聴器を仕掛け、コオロギのすだく声を楽しむような粋人だったら面白いが、それはまずないだろう。可能性が高いのは、コンドミニアムだ。ドノの広い家からは八個の盗聴器が出てきた。寝室がひと部屋かふた部屋の狭い住居であれば、四個という数字は説得力がある。俺は車の流れの切れ目を待ち、通りを小走りに横断して、小規模なコンドミニアムの敷地に向かった。つや消しのアルミニウムの看板には〈ハイランド・テラス・ホームズ〉と書かれ、来客用の管理事務所と駐車場が矢印で示されていた。全体で十八世帯から二十世帯ほどだろう。朝露がついた草地は手入れされ、遊歩道の掃除も行き届いている。居住者用の駐車スペースには比較的新しい車が多く、二人乗りもちらほらあった。単身者か夫婦だけの世帯が多いようだ。

まだ早朝とあって、居住者用の駐車スペースはほぼ満車だ。駐車スペースには、割り当てられたタウンハウスの番号が白い文字で表示されている。どこをめざせばいいのか、住人はどんな容貌なのか、まったく見当もつかない。

だが、侵入者が盗聴器を仕掛けたのなら、それ以上のこともしていたはずだ。

俺はポケットから、リハビリ用のゴムボールを取り出した。シアトルに戻ってきてからは一度も使っていない。最後にボールを使ったときには、左の指の感覚がかすかに鈍っていた。まるで怠けているのを責めるようだ。敷地のさらに奥に入り、ボールをはずませた。駐車スペースに並ぶ車の前で蹴ると、ボールは転がっていった。

一台目と二台目の車のあいだに身体をかがめる。ベンツと、旧型のトヨタだ。異状なし。三台目と四台目の車も異状はない。

ボールはGMCのピックアップトラックの車輪の陰にあった。ボールを取って立ち上がったとき、ちょうどコンドミニアムを出てきた住人と鉢合わせした。ブリーフケースと携帯用の魔法瓶を手にしている。男は俺を見つめた。

俺はボールを拾い上げ、ばかみたいな笑みを浮かべた。「失礼、ボールが転がってしまって」言いながら立ち去り、ふたたびボールをはずませた。男は自家用車のインフィニティに乗り、車を出した。インフィニティはまだ調べていなかった。ペースを上げなければならない。さもないと、通勤ラッシュで車がみんな出ていってしまう。俺はさらにボールを蹴り、探しつづけた。

九台目のスペースに駐まっているのはニッサン・アルティマだ。ワックスをかけたばかりのきれいな車体だ。その車のリアフェンダーの陰に、黒いプラスチックの四角形の物体がテープで留められていた。ドノのピックアップトラックについていたものと同じだ。

侵入者は自らの方法に固執していた。家に盗聴器を仕掛ける。そして、車にGPS発信器を取りつける。俺は会心の笑みを浮かべた。思ったとおりだ。

車内をざっと見てみた。外装と同じく、車内も清潔だ。カップホルダーにはピンクの金属製の水筒があり、助手席には女性作家による現代文学のペーパーバックが二冊ある。後部座席にはラベンダー色のスポーツバッグが置いてあった。

これほどきれいに使われているアルティマが、ホリスやジミー・コーコランのような怪しげな男どものものとは思えない。俺が覚えているかぎり、ドノが女性といっしょに仕事をしたことはほとんどないはずだ。それでも車がここにある以上、持ち主の女性はたぶん在宅しているだろう。

駐車スペースには白い文字でH14と表示されている。G棟は左で、H棟は右だった。俺はポケットにゴムボールをしまい、ゆっくりした足取りでH棟へ向かった。

H14号室は最上階の角部屋だ。最高の場所だった。きっと窓からは、敷地の背後に広がる小さな森が、何物にもさえぎられることなく望めるだろう。俺は扉をノックしようとしたところで、手を引っこめた。

扉は開いていた。大きく開いているわけではなく、ごくわずかな隙間がある。一度たたきつけるように閉められ、掛け金がかからずに外れかけたような感じだ。

耳を澄ましてみた。森のほうから、朝の小鳥のさえずりが聞こえてくるだけだ。拳を伸ばし、軽く押してみた。掛け金が完全に外れ、扉が指の隙間だけひらいた。

何かがおかしい。異変が起きているのは疑いない。髪の毛から握りしめた指先に至るまで、俺の全身がその徴候を感じ取っていた。片手でコートのポケットの三二口径を握りしめる。

戸口の際に立ち、扉を勢いよく押し開けた。

目の前にひらけた広い居間は、やはりきちんと整頓されていた。チョコレート色の革張りのソファに、同色の椅子。上品で洗練された照明とテーブル。どこにも塵ひとつ落ちていない。

扉を開けたとたん、異臭が漂ってきた。熱した一セント銅貨と、人間の糞尿を混ぜたようなにおいだ。

死のにおい。

においの発生源は主寝室にあった。アパートメントの奥だ。

そこには一人の女がいた。椅子に座っている。服をきちんと着ており、身体をわずかに前に傾けている。まるで、ラベンダー色のカーペットに落とした何かを探しているかのようだ。室内はほの暗かった。建物の裏手の高い木々が、窓から差しこむ朝の光をさえぎっているのだ。長く黒っぽい髪で、女性の顔の大半が隠れていた。

照明のスイッチをつけた。しかし、何も起こらない。扉のそばの電気スタンドに手を伸ばしたが、コードが根元で切断されていた。二フィート離れたところに、ラジオ付き時計が逆さまに転がっている。こちらのコードも切断されていた。そこで初めて、女性が床に転げ落ちていない理由がわかった。

彼女は椅子にコードで縛りつけられていたのだ。両手両足を縛られ、さらに胸の下にも長いコードを巻かれている。椅子はスカーフかストッキングのようなもので、オーク材のベッドの支柱に縛られ、ひっくり返らないように固定されていた。

目が慣れてくるにつれ、彼女のむき出しの前腕に流れた血の筋が見えてきた。そのあたりの皮膚は完全に剝がれている。コードで縛られたまま、何度も自由になろうともがいたのだろう。さらに喉に巻かれたスカーフは、強く絞められて破れている。顔は紫に腫れ上がっていた。ひどく腫れているのですぐには気づかなかったが、目のまわりに十ヵ所以上の切り傷があった。それらの傷からはかなり出血しているので、おそらく死ぬ前に切りつけられたのだろう。

彼女は拷問され、首を絞められたのだ。

血は乾いているが、排泄物のにおいはひどく、玄関を開けた瞬間わかるほどだった。俺はかがみこみ、彼女の前腕の下側を見た。ほの暗い光のなかで、腫れ上がった部分は灰色に見える。両足首と両足も同じだ。彼女が素足であることが、よけいに犯行の忌まわしさをかきたてた。

彼女は昨夜遅くか、明けがたに死んだにちがいない。しかしそれまで、この椅子でどれぐらいの時間を生きねばならなかったのだろう？

俺は寝室を出、開け放たれた玄関の扉に戻った。冷たく新鮮な外気が吸いたかった。何度も深呼吸をしてから、ふたたび部屋に戻り、扉を閉めた。

彼女は何者だったのだろう？　ドノの仕事仲間だったのか？　しかしこのアパートメント

は、盗人の根城のようには見えない。それとも恋人だったのか？

女性への同情もさることながら、そのとき俺の脳裏には、こんな声がこだましていた。バ、バ、バ、ン、これは相当まずいぞ。この数日間で二度も、事件現場の第一発見者になってしまった。ここに居合わせた理由によほどの説得力がなければ、容疑者として鉄格子とシンダーブロックの部屋に閉じこめられる可能性が濃厚だ。

狭い台所のカウンターにハンドバッグがあった。ソファと同じくこげ茶色の革製だ。俺はペーパータオルをつかみ、指紋を残さないようにした。

運転免許証によれば、遺体の女性の身元はクリスチアーナ・リオッティ、四十三歳だ。住所はこの部屋になっている。名刺によると、タロス産業設備という会社の役員秘書で、会社の所在地はレイブンズデールとのことだ。

彼女の電話を手に取り、登録されている名前を検索する。百件ほど登録されていたが、俺が知っている名前はなかった。

ドノの使い捨ての電話がまだポケットに入っていた。それを取り出し、番号を見る。206-851で始まっていた。

今度は、クリスチアーナ・リオッティの電話の使用履歴を確認した。履歴が残っているのは過去数カ月間で、ほとんどの通話先は、すでに登録されている相手だ。だが一月の初めまでさかのぼると、クリスチアーナは206-851で始まる番号の相手と通話していた。俺が持っている電話と同一の番号ではない。だが、近い番号だ。通話したのは二度。そしてどちらも一時間以上だ。

事情を推理するのは難しくはない。ドノは使い捨ての電話を二台購入していたのだ。そのうちの一台を使い、数カ月前にクリスチアーナと通話した。長時間の通話だった。したがって、祖父は泥棒として、使い捨て電話に当然のことをした——廃棄したのだ。その番号はすでに足がついているのだから。

クリスチアーナ・リオッティが生前に何をしていたかはわからないが、少なくとも、祖父の仕事にいくばくかは関係していたようだ。

と、玄関の扉がノックされた。

「クリスチアーナ？」女性の声だ。

俺は動いていたわけではなかったが、その場に凍りついた。

「車があったから寄ってみたの。わたしも乗せていってくれる？」間《ま》があり、それからふたたび強いノックがあった。「いないの？」

さらに数秒経つと、足音は遠ざかっていった。

死んだ女性の部屋にあまり長居するわけにはいかない。かといって、このまま立ち去るわけにもいかなかった。建物の監視カメラに、出入りする俺の姿が映っているにちがいないからだ。

９１１で救急車を呼ぼうとしたところで、気が変わり、最近呼び出した番号をリダイヤルした。

三度目で刑事が出た。「ジョン・ゲリンだ」

「ショウだ。いま、コビントンのアパートメントにいる。女が一人死んでいる。他殺だ。状況から見て、昨夜殺されたようだ」

「現場に手を触れるな」彼は反射的に言った。「その女は、お祖父さんみたいに撃たれていたのか?」

「いや。だが、祖父よりひどい」俺は住所を教えた。「この通話を終えたら、911を呼ぶ。あんたが電話を引き延ばしたくなければ」

ゲリンはいまいましげにうなった。いまのうちなら、警察の上層部が管轄権をめぐってあれこれ言いだす前に、ゲリン自身がここに来て現場を見られる。「もう車でそっちに向かっているところだ。救急隊なら、わたしが呼んでやる。そのまま電話を切るな」

「バッテリーがもうないんだ」

「ショウ――」

俺は通話を切った。

いったいなぜ、こんなことが起きたのか。盗聴器。GPS発信器。今度は拷問だ。女性を殺した犯人の姿が想像できた。ナイフの切っ先でクリスチアーナの顔やまぶたをなぞり、小さな切り傷をつけては血を流し、彼女の恐怖心をあおりたてたのだろう。彼女が口を割るまで。そして知りたいことを訊き出すと、彼女を殺害した。

犯人は何を訊き出そうとしたのだろう? 何かの隠し場所か? ドノが撃たれたあと、銃撃した人間は家にとどまっていた。ゲリンも俺もともに、銃撃犯は何かを探していたと推測している。その途中に俺が現われ、銃撃犯は驚いて逃走したのだ。

この部屋に警察の車両が到着するまで、おそらく五、六分というところだろう。本格的に手がかりを探すには時間がとても足りない。それに、現場を汚すリスクもなるべく冒したくなかった。

台所の抽斗に、ほっそりした茶色の懐中電灯があった。ここでは何もかもがきちんと整頓されているようだ。さっきのペーパータオルで懐中電灯を持ち、寝室に引き返した。

まず、たいがいの人間が物を隠しそうな場所から始めることにした。クローゼットだ。そこには衣類がひしめき、頑丈な木製のハンガーが重みでたわんでいた。靴もまた、買ったときの箱に整然と収められている。竹かごの収納箱が二個あった。荒らされたり、何かがなくなったりしたような形跡はない。

クローゼットから引き返す途中、寝室の壁の天井近くにある通風孔に気づいた。懐中電灯で照らしてみる。ねじ頭に、できたばかりの引っかき傷があった。

俺の推測では、犯人はクリスチアーナを縛ったあと、住居内をひととおりまわって、仕掛けた盗聴器を四個とも回収したのだろう。それからカバーを元どおりにし、痕跡を残さないようにした。ドノとクリスチアーナの家の、数少ない共通点だ。

クリスチアーナを殺した犯人と、祖父の家の侵入者は同一人物だろうか？　彼女は昨夜死んだ。午前一時に俺の頭を殴ったやつが、ここにもいたのだろうか。

家捜しを始めて四分経過した。パトロールカーのサイレンがいつ聞こえてもおかしくない。そう思ったとき、手がかりが見つかった。バスルームの洗面台の下で、化粧品やローションのプラスチックのボトルがすべてわきによけられていたのだ。その奥の板材の一部が引き裂かれていた。その陰には、棚と壁のあいだに小さなスペースが見える。大判のアルバムが入りそうなぐらいの大きさだ。

壁の粗い漆喰に、青く透明なビニールがくっついたような小さな跡があった。ゴミ袋が剝がれたのかもしれないが、もうひとつ考えられるのは、銀行が多額の札束を保管するときに使う収縮包装用の袋だ。これだけのスペースがあれば、高額紙幣であればかなりの金額を隠せるだろう。

隠し場所としては、それほど斬新とは言えない。犯人がやろうと思えば、何もクリスチアーナを縛って隠し場所を訊き出さなくても、短時間で容易に見つけられただろう。だが犯人は、彼女を痛めつけて殺すのを楽しんでいたのかもしれない。

ここを出る前に、俺はハンドバッグからクリスチアーナの名刺を一枚失敬し、『ハイランド・テラス　H14号室』と手書きした。ジミー・コーコランの名前を出さずに、ここへ来た理由を説明しなければならないからだ。たとえ説得力に乏しい理由であっても、ないよりはましだ。

正面玄関の扉を後ろ手に閉じ、エフライム・ガンツ弁護士を電話で呼び出そうとしたとき、サイレンとともに、地元の保安官のパトロールカーが到着した。

18

エフライム・ガンツ弁護士と俺は、コビントンのキング郡保安官事務所の長い会議用テーブルに向かって座っていた。テーブルの向かいは満席だ。ゲリン刑事とカネリス刑事は出入口近くの末席を占めている。まんなかの席には保安官事務所の刑事たちがいた。黒い髪に鋭い目鼻立ちをした、細身で筋肉質のマルケスという女と、その相棒でやはり引きしまった体格だが、薄茶色の髪から地肌が透けているトーマセンという男だ。

最も奥の席には、はげ頭で紺に白のストライプのスーツを着た年輩の男が座っており、ガンツに、郡の重犯罪対策部のバロウズ警部補と名乗った。

この部屋で最も強い発言力を持つのはバロウズだ。クリスチアーナ・リオッティ殺害事件は確かに忌まわしい犯罪だが、まさか重犯罪対策部の幹部がじきじきに乗り出してくるとは思わなかった。

階級が最も上なのはバロウズ警部補だが、取り仕切っていたのは女性刑事のマルケスだった。ゲリンとカネリスに着席を許可したのも、事情聴取の一回目を主導したのも彼女だ。俺がシアトルの土を踏んだときから、クリスチアーナ・リオッティのアパートメントに最初の警官が到着したときに至るまでの事情を、微に入り細にわたって質問された。それから、相棒と目で合図することもなくトーマセンが引き継ぎ、二回目を始めた。同じ出来事を別の角度から訊いてきたのだ。何が起きたかではなく、そのときに俺がどう感じたかに重点を置いていた。ときにはわざと事実と少しちがったことを言い、俺の供述に変化がないかどうか確かめた。

ドノが少年時代の俺に同じことをした。ゲームをしながら俺を訓練したのだ。きょうの算数の時間にあったことを言いなさい、と祖父は言った。ドノは俺から聞いた話に嘘をまぎれこませ、俺はそれを見破った。その成果をここで見てもらおう。

「ミズ・リオッティの名刺を、お祖父さんの机のなかから見つけたんだったね？」トーマセンは言った。

「いや、机の上だ」俺は言った。

「彼はたくさんの名刺を持っていたにちがいない。成功した建設業者にして、酒場の経営者でもあるようだからねえ。では、あまたある名刺のなかでなぜ、この名刺が目についたんだ？」

俺は肩をすくめた。「この名刺だけがファイルに綴じられていなかった。名刺の裏に書かれていた住所はコビントンだったが、ドノが仕事をしていたのはたいがいシアトル市内だ。そのうえ、私用の電話番号も書かれていた。それで、彼女は祖父の恋人だったと思ったんだ」

「それなのに、きみは彼女に電話しなかったと言っている」トーマセンは、奇矯な振る舞いが理解できないと言いたげに首を傾げた。「在宅しているかどうか、確認しようともしなかったわけだ」

「ドノは撃たれたんだ。彼女が恋人だったら、そんな重大な知らせは直接伝えるべきだと思ったのさ」

「こんな早朝に？」トーマセンは言った。

「紳士のみなさん」ガンツは言った。「そして淑女の方。ミスター・ショウはすでに、あらゆる点を説明した。彼の休暇期間は、あと数日しかないんだ。早起きして一日を有効に活用しようとする姿勢は、わが国の歴戦の勇士としては至極当然のことじゃないか」

カネリスは鼻を鳴らした。マルケスとトーマセンが俺を質問攻めにしていた二時間というもの、彼はいささか注意力が散漫になっているようだ。一方、ゲリンはちがった。ドノが撃たれたときの状況について俺がふたたび細大漏らさず話したときにも、彼は退屈していないようだった。ゲリンにはいかなる感情もうかがえない。ただそこに座り、やり取りに耳を傾けている。

「では、ほかに質問がなければ」ガンツが言った。「わたしの依頼人が全面的に捜査に協力していることに、みなさんも同感だと思う」

マルケスがトーマセンからクリスチアーナ・リオッティの名刺を受け取り、しばらく見つづけた。彼女はそれをテーブルに置き、メモ帳と直角に並べた。鋭い顔立ちで考えをめぐらせている。年齢不詳だった。三十代後半かもしれないし、五十代前半かもしれない。たぶん、先住民の血が入っているだろう。

「ミスター・ショウ。あなたは、きょうまでミズ・リオッティのことを知らなかったと言ったわ」彼女は言った。「では、彼女の勤務先についてはどう？　タロス産業設備という会社よ。この会社についてはなにか知っていた？」

その言葉に、室内の警察官が注意を研ぎ澄ませたのがわかった。まるで餌のにおいを嗅ぎつけた犬のように。

ガンツさえも動揺を露わにした。「彼女がタロス産業設備に勤めていただと？」彼は俺を見て言った。「聞いてないぞ」

「そんなに重要なことだとは知らなかったんだ」俺は言った。「その会社がどうかしたのか？」

マルケスはいま一度俺を見つめた。「工作機械を製造している会社よ。全国規模のコングロマリットで、北西部地方の工場がレイブンズデールにあるの」

その町の場所は大雑把にしかわからなかった。いまいる場所の東にある、小さな町ということしか。

「なるほど」俺は言った。「それでみんなどうして、俺がショックで卒倒するのを待っているのかな？」

「ひとつ指摘したい」ガンツは一同に向かって言った。「ミスター・ショウは何カ月ものあいだアメリカ本国におらず、シアトルからはさらに長期間離れていた。お祖父さんとも、ごく短い手紙のやり取り以外にはなんの接触もなかった。その手紙はすでに警察に見せた」テーブルの端にいるゲリンとカネリスを示す。「仮に、みなさんがミスター・ショウのことを――」

バロウズ警部補がさえぎった。事情聴取で彼が口をひらくのは初めてだ。「誰も告発しようなどとは考えていない。ミスター・ショウの行動については、すでに確認が取れている」ゲリンとカネリスを見る。「そうだな？」

ゲリンがうなずいた。「少なくとも陸軍に問い合わせた結果では、彼が特殊作戦任務に就いていたことは裏づけが取れました。また、二月中はずっと、ショウ軍曹はアフガニスタンのカンダハル州に派遣されていました」

「大変結構」ガンツは言った。「どうか続けていただきたい」

「いや、その前に、いったいどういうことなのか教えてほしい」俺は言った。

マルケスがバロウズの表情をうかがった。警部補は承認のしるしに片手を上げた。「いいだろう。どのみち、きみがこのニュースを知るすべはなかったわけだ」

「クリスチアーナ・リオッティはタロス産業設備の役員秘書をしていたわ」彼女は名刺を軽くたたいた。「二月十九日の朝、タロス――より正確には、タロスがチャーターした防弾輸送車――は、三人の武装強盗に襲われた。襲撃には成功したけど、三人のうち二人は後日、死体となって発見されたわ」

俺は頭が真っ白になった。

「奪われたものは？」俺は訊いた。

マルケスは先を急がなかった。「タロス社は高性能の工作機械や工場機械で業界トップの企業よ。穴開け工具から、板金の切断に使われる巨大なのこぎりまでを造っているわ。それだけ硬いものを切断するには――」

「そうか、ダイヤモンドだな」俺は言った。

彼女はうなずいた。バロウズの深いため息が聞こえる。

「ええ、ダイヤモンドよ」マルケスは言った。「宝石に使われるほど高品質ではないけど、ダイヤモンドであることはまちがいないわ。中国で採掘され、シータック空港に空輸されて、そこから防弾輸送車に積み替えられた。そして、もう少しでレイブンズデールのタロス社の工場に着くというところで、強盗の車に停められたの」

俺は眉を上げ、無言の問いを投げかけた。

「奪われたダイヤモンドは八十キロ」マルケスは答えた。「市場価値に換算して、六百万ドル相当でしょう」

六百万ドルだと。そいつは大金だ。

ドノの若かりしころであれば、そんな気ちがい沙汰を実行に移した可能性はある。だが俺を育てたころの祖父は、より慎重になり、利害得失をわきまえるようになっていた。そんな計画を思いついたとしても、たちどころに却下しただろう。

しかし、だ。どこか後ろ暗く、薄気味悪いものを感じる。祖父からの手紙。遺言状の変更。そして盗聴器の存在。何者かが、ドノの身辺を探っていた。そしてとうとう、ドノ自身が重傷を負わされた。

いったい何をしていたんだ、祖父さん？

俺はマルケスを見た。テーブルを囲む警察官たちが待っている。彼らの言わんとしていることは、沈黙が雄弁に物語っていた。実に警察らしい。

「あんたがたは、クリスチアーナ・リオッティが強盗に内部情報を漏らしたと思っているんだな」俺は言った。「彼女がダイヤモンドの輸送スケジュールを知っていたと」

「あるいは、なんらかの手段で探り出した」トーマセンは言った。「表向きには、輸送スケジュールの詳細を知っているのは三人の役員だけだったはずだ。だが……」肩をすくめる。

「誰かがメモ用紙に書いたのかもしれないし」俺があとを引き取った。「あるいはコンピュータのスクリーンに表示したまま、席を離れてしまったのかもしれない」

「仮にそうだったとしましょう」マルケスが言った。「だったら彼女はどうやって、防弾輸送車を襲うような男たちを知ったのかしら？」

「訊かれたから、推測を言わせてもらうが」俺は言った。「彼女の友人に犯罪者がいたことを示す徴候はなかったはずだ」

「あるいは犯罪者の家族も、ね」マルケスは言った。どうやら俺の推測は正しいようだ。

「ではきみは、内部情報を漏らしたのは彼女だと思うか？」トーマセンが言った。

そう思っていた。彼女が拷問され、殺害されたからだけではない。あの青い圧縮封筒の断片は、彼女がバスルームに札束を隠していた証拠だ。俺はそう確信していた。とはいえ、俺が家捜ししていたことを警察に話すつもりはなかった。おそらくゲリンは俺の行動を疑っているだろうが。

「死んでいた二人というのは、誰と誰なんだ？」俺はマルケスに訊いた。

「ここは情報交換の場ではない」バロウズが言った。ガンツのほうを見る。「ご存じだろうが、われわれはあなたの依頼人を拘束することもできる」

ガンツが口をひらきかけたが、俺は片手を上げて彼を制した。マルケスがバロウズに向かって首を振ったからだ。「隠したって無駄です。インターネットを使えば、簡単にわかってしまうことです、ダン」彼女は言った。

バロウズが口を引き結んだ。スキンヘッドの警部補は、腹を立てた蛇のように見える。

「好きにしろ」彼はそう言い捨てると、立ち上がって部屋を出た。

マルケスはかがみこみ、メッセンジャーバッグから分厚いファイルを取り出した。そこから二枚の紙を取り出し、テーブルを滑らせて俺に見せた。

「サル・オレン」彼女は言った。「それから、バート・マックガン」

どちらの顔写真も、ページいっぱいに引き伸ばされている。サル・オレンは三十歳そこそこに見え、脂っぽい肌と髪に悲しげな表情をしていた。バート・マックガンはもっと年輩で、坊主刈りの頭に、敵意に満ちた強欲そうな目をしている。この男が警察で顔写真を撮られたのは初めてではないのだろう。

「死因は？」俺は訊いた。

「互いに撃ち合ったの」マルケスは言った。「わたしたちの見るところ、強盗をしたあとで車を乗り換えようとしたときに」

俺は写真から目を離した。「互いに撃ち合った？」

「きみはどう思う？　ひょっとして、きみのお祖父さんが二人を殺したのかな？」トーマセンは言った。

率直なところ、その可能性を一蹴することはできなかった。いまのドノとその暮らしぶりについて、俺が知っていることは少ないのだ。もしかしたら祖父が三人目の強盗で、唯一の生き残りだったのかもしれない。ひいては、仕事のあとで仲間たちを殺した可能性さえある。あるいは、別の形でこの犯罪に関与していたのかもしれないが。

もちろん、ドノが潔白だという可能性だってある。だが俺は、それはほぼありえないと見ていた。

「三人目の強盗は逃げたということになるな」俺は言った。「今年の二月に。それからの二カ月間、なんの手がかりもないのか？　大量のダイヤモンドを売却しようとしたやつはいなかったのか？」

マルケスは眉を上げた。「お祖父さんがあなたに何かを遺すとしたら、その場所はどこかしら？」

「祖父の自宅だ」

「言いたいことはわかっているはずよ」彼女は言った。「あなた以外の誰も知らず、探そうともしない場所ということ」

「祖父は撃たれるとは思っていなかった」俺は言った。「それに、俺に何も遺そうとはしていなかった」

「ではなぜ、お祖父さんはクリスチアーナ・リオッティの名刺を持っていたと思う？」トーマセンが訊いた。

いずれ名刺の話に戻ってくることはわかっていた。クリスチアーナ・リオッティの名刺がドノの家にあったというでっちあげの話を警察にしたことで、俺は図らずも、祖父を強盗事件と結びつけてしまったのだ。

「俺はいままでも、クリスチアーナは祖父の恋人だったと思っている」俺は言った。「ダイヤモンドにはレーザーで刻印はされていたのか？　それとも、粉々に挽かれて使われるような代物だったのか？」

「ダイヤモンドのことは忘れて」マルケスは言った。「お祖父さんについて知っていることを話してちょうだい」

「もう話した。祖父とは十年も会っていないんだ」

「だったら、昔のことでもいいわ。あなたはお祖父さんのもとで育てられたんでしょう。棚を修繕したり、お酒を注いだりしていただけで、いまのようなお金持ちになれたはずはないわよね?」

「祖父の前科はご存じのとおりだ」

「書類に記録されていることにはすでに目を通したわ。でも、ドノ・ショウがこの二十年間改心していたのに、ある日突然アサルトライフルをかまえて、防弾トラックを襲ったとは考えられないの」

どうやら、分かち合えるのはここまでらしい。強盗事件に関して、警察側はこれ以上教えるつもりはないようだ。そして俺も、ドノと暮らしていたときのことを彼らに話すつもりはない。たとえそれが、彼らの捜査の助けになったとしても。

俺は一種の昂揚感を覚えていた。なぜ祖父と俺がこんな目に遭うのか、おぼろげながら見えてきたような気がしたのだ。

「あんたがたが本当に知りたいのは」俺はマルケスに言った。「俺が祖父と、すでにシアトル市警に見せた手紙以外に、なんらかの接触をしていたのかどうかだろう。それに、祖父が強盗に関与していたとして、それを俺が知っていたかどうか。仮にそうだとして、俺がダイヤモンドのありかを知っているかどうか」

ガンツが割って入った。「もし、シアトル市警と保安官事務所がどちらも――」

「いまの三つの疑問に対する答えは、いずれもノーだ」俺は言った。そして立ち上がった。

ガンツがすぐに続いた。トーマセンも立ち上がり、扉の前に立ちふさがった。

「まだ終わってないわよ」マルケスは言った。

「あんたがたの時間を節約してあげるのさ」俺はテーブルをまわりながら言った。「俺を調べても、行き止まりだからな」

トーマセンが食い下がった。「きみには最低でも事後共犯の容疑がかかっているんだ」

「だったら逮捕すればいい。俺がもう自由に動けず、社会への脅威でなくなれば、ひょっとしたらあんたがたの誰かがたまたま、祖父を銃撃したやつにたどり着くことだってあるかもしれん」

マルケスが片手を上げた。「わたしたちがあなたの供述内容をタイプするまでは待ってくれ──」

ガンツがすかさず名刺を差し出した。「その点は、わたしの事務所が引き受けよう。あなたがたの貴重な時間をこれ以上割いてもらうには及ばない。供述内容をわたしのアドレスにメールで送ってくれたら、すぐにミスター・ショウに署名をしてもらって送り返そう」

トーマセンがマルケスを見た。マルケスは俺をじっと見つづけている。

「帰ってもらいましょう」彼女は言った。

トーマセンがわきによけ、俺は扉を開けた。ゲリンのほうを一瞥する。彼はあきらめの表情を浮かべていた。事情聴取は、彼の予想の範囲でも最悪の結果に終わったようだ。

「きみは一時間前には放免されてしかるべきだったんだ」ガンツは小さな保安官事務所の廊下を歩きながら言った。明かりが煌々《こうこう》とともり、高い赤茶色の壁が所内を仕切っている。

バロウズ警部補が受付のカウンターに立ち、固定電話の受話器を握って誰かと話していた。

通りすぎようとしたとき、彼に腕をつかまれた。

「きみに電話だ」バロウズは言い、受話器を突き出した。取り澄ました表情を浮かべている。

「もしもし？」俺は受話器を耳に当てて言った。

「ショウ軍曹か？　こちらはフォートベニング本部の、ボブ・アンサー大尉だ」

「はっ」アンサーの名前は知っていた——それに評判も。俺たちの大隊指揮官の右腕だ。どのレンジャー部隊をどこへ展開し、どの部隊を動かさないかは、すべて彼の胸三寸なのだ。それは強大な権限であり、アンサーはその権限を振りかざして楽しんでいる。

「バロウズ警部補から、きみの休暇中の振る舞いについて聞かせてもらった」アンサーは言った。「きみ自身の口からも報告を聞かせてほしい。いますぐ」

ガンツがいぶかしげな表情でこっちを見ている。俺は手を振って彼を追い払った。彼は肩をすくめたが、外に出ていった。

俺はアンサー大尉にあらましを話した。彼は無言で聞いていた。話が終わると長い間があり、何かメモしているような音が聞こえた。

「きみの行動がわたしにどう映っているか、話さなければわからんかね、ショウ軍曹？　われわれの一員が、二件もの殺人現場に居合わせたことを？」

「いいえ」

「いかなる状況だったかは問題ではない。あるまじき行動だ。きみにとっても、隊全体にとっても」

「はい」

「これから毎日、東部標準時で１４００時までに、わたしのオフィスに電話を入れ、それまでの二十四時間に起きた出来事をすべて報告せよ。わたしが不在の場合は、在席の担当官に報告するんだ」

「はい、わかりました」

「報告の内容がかんばしくなければ、軍曹、きみにはフォートルイス基地に転属してもらう。シアトル市警と保安官事務所と、きみが怒らせた関係機関すべての調べが終わるまで、そこにいてもらうことになるぞ。それが終わりしだい、いちばん早い便で本部に戻ってきてもらおう。どこにも寄り道はするな」

「はい」俺が答えたときには、アンサーはすでに受話器を置いていた。

バロウズが襲いかかってきた。

「マルケス刑事にすべてを話すんだ」彼は言った。「きみが知っていることすべてを。きみが推測していることもすべてだ。われわれに協力してくれれば、アンサー大尉の覚えがめでたくなるようにしてあげよう。しかし、きみがわれわれに一杯食わせようというのであれば、大変やっかいなことになるぞ。わかったかね？」

警部補は俺に、はい、わかりましたという返事を期待していたのだろう。だが俺はひと言も言わず、ガンツに続いて出口を通り抜け、どんよりした空の下に出た。

19

アンサー大尉は、俺が命令に違反した場合にどうなるかは言わなかった。あえて言う必要もなかった。俺の人事記録を一瞥すれば、昇進を間近に控えていることはわかったにちがいない。階級章の線が増えたら、アフガンの部隊からフォートベニング基地に送り返されたまま、もう二度と前線に復帰できなくなるかもしれない。レンジャーの教官にされるか、あるいはアンサーが本当に憤慨したら、管理部門にまわされる可能性もある。あの男は抜け目がないので、俺が前線での任務を望んでおり、デスクワークを心底いやがっているのを承知しているのだ。

ガンツがピックアップトラックの前まで送ってくれた。クリスチアーナ・リオッティのアパートメントの前で駐めっぱなしだったのだ。もう昼過ぎだった。トラックのフロントガラスには駐車違反の呼び出し状が挟まれ、車体の塗料に鍵で傷をつけられた跡がある。

運転席に座ってウインドウを開け、冷気を吸いこみながら電話を取り出した。画面にグーグルを呼び出し、〝タロス 強盗〟と打ちこんで検索する。

なんと、八万件以上もヒットした。

単にニュースになっただけではない。たとえ短期間にせよ、全国的なニュースになったのだ。そのとき俺は世界の裏側にいたのだが、それにしてもこの話をひと言も聞いていなかったのは驚きだった。とはいえ、二月のカンダハルは大混乱のまっただなかだった。アメリカ本土が宇宙人の侵略を受けていたとしても、前線の俺たちが知るまでに一週間はかかっただろう。

最初の十数ページに表示された結果からめぼしいものを拾いだすだけで十分はかかった。どのブロガーもニュースサイトも、この話題には長文の記事を掲載している。まずは地元紙のサイトから読んでみた。

レイブンズデールで防弾車からダイヤモンドが強奪される
投稿日時：二月十九日　午後三時三十分

水曜日午前、レイブンズデールで、防弾車が武装した何者かによって停止させられ、襲撃された。関係者によると、タロス産業設備に雇われたセキュリガード社の防弾車は、シータック空港税関ターミナルの保管施設から工業用ダイヤモンドを輸送中だったという。警察によると、この車両はサウスイースト・ケント・カングレイ・ロードの二八一番地付近を走行中に停止させられた。

「犯人が運転していたスクールバスが駐車場から出ようとしていたため、防弾車はブレーキをかけました」とウォルター・ホジンス巡査部長は言う。「ところが、背後から別のトラックが現われて、防弾車を動けないようにしたのです」

運転手と警備員は、火器で武装したとおぼしき強盗に取り囲まれた。二人とも防弾車の外に出ることはなく、負傷者はなかった。防弾車の後部ドアは、爆発物によってこじ開けられたものと思われる。

犯行にかかわった強盗の人数や、強奪されたダイヤの正確な金額はまだ明らかではない。警察の発表によれば、目撃された犯人の服装は黒っぽいパーカーと黒っぽいズボンで、体格は中肉中背ということだ。

「犯行は都市部から離れた郊外でなされたため、近くに建物はなく、住人もまばらです」とホジンス巡査部長は言う。「われわれは、現場から逃走する犯人を目撃した方を捜しています」

情報をお持ちの方は、キング郡重犯罪対策部にお寄せいただきたい。電話番号は二〇六‐五五五‐二〇三〇。なお、CRIMES（二七四六三七）宛てのショートメッセージも受け付けている。情報提供者の名前は匿名とされ、懸賞金を受け取れる可能性もある。

最後の段落を言いかえると、こういうことだ――警察にはなんら手がかりがなく、奇跡に賭けている。

そして奇跡が起こった。おそらく、警察関係者が夢想だにしなかったような形で。

オーバーン市営空港で二人の男性の遺体が発見される
投稿日時：二月二十二日　午前七時二十分

警察の発表によると、金曜日の夕方、オーバーン市営空港の使われていない格納庫で、男性二人の遺体が発見された。
遺体を発見したのは空港の保守作業員で、南側の構内を車で走行中、格納庫の側面扉が開けっ放しになっているのに気づいたという。現場を鑑定した結果、警察は遺体の身元を、二月十九日にレイブンズデールで起きた防弾車強盗事件の容疑者である可能性が高いとしている。強盗の事件現場は、遺体の発見現場から十六マイルの距離だ。

同じ日付で、記事の続報があった。

警察は遺体の身元を、シアトル在住のネルソン・オレン（三十二歳）とイリノイ州ジョリエット在住のバートラム・マックガン（四十歳）と発表した。二人とも胸と腹を銃で撃たれていた。
「現時点では、二人の容疑者が別の人物によって撃たれたのか、それとも互いに撃ち合ったのかは断定できていない」とキング郡保安官事務所重犯罪対策部のポール・トーミー刑事は言う。「遺体の近くでアサルトライフルが発見された。われわれは、現場に少なくとももう一人の人物がいたものと考えている」格納庫ではフォード・トーラスも一台見つかっており、警察の調査の結果、この車が強盗に使われたものであることがわかった。

二月中は、ほかにも多くのニュース記事がこの事件に言及していた。スクールバスが盗まれた場所を知らせるものまであった。さらに、タロス社が懸賞金を吊り上げたという記事も。保守的なものから過激なものまで、編集合戦が過熱していた。それから、死んだ強盗犯のオレンとマックガンの前科を書きたてた記事もあった。オレンは若いころに車泥棒と窃盗の罪で、短期間、郡刑務所で服役している。彼の縄張りはもっぱらシアトル近郊だったらしい。バート・マックガンはより謎めいた人物だ。さらに言えば、より手ごわい悪党だった。インディアナ州で故意による暴行の罪で二年間服役し、警察の広報担当者の言葉によると、〝別の暴力犯罪〟にかかわった嫌疑もかけられていた。ドノはたいがい、こうした無謀な男とはいっしょに仕事をしたがらなかったはずだ。

ウェブサイトで価値のある情報は、個人のページから得られるものが多かった。六百万ドル相当のダイヤモンドが奪われたのだから、世間の注目を集めたにちがいない。犯罪をテーマにしたいくつかのブログに、強盗事件の当日、通行人が撮影した画質の悪い写真も数十枚載っていた。

とりわけワシントン州南部の年輩の犯罪マニアのウェブサイトには、いい写真が掲載されており、大いに参考になった。それらを子細に眺めてから、俺はトラックを出した。自分の目で犯行現場を見たくなったのだ。

レイブンズデールはコビントンからわずか数マイルのところにあり、ハイウェイ五一六号線を降りてケント・カングレイ・ロードを東に向かえばよかった。道なりに進むと、教会の尖塔が見えてきた。ウェブサイトで見た写真の背景にこの教会が見えていた。

灰色の午後の空は夕方に移り変わり、道路沿いの背の高い木々が日没を急がせている。冷たい西からの夜風が吹きはじめ、車を降りて道ばたを見ようとすると、たちまち頬が凍えた。たぶん、明るいのはあと三十分ぐらいだろう。防弾車を停車させたスクールバスは、教会の駐車場から出てきていた。

俺は教会の入口に向かって道を歩きながら、強盗事件が起きたときの一部始終を頭のなかで再現してみた。防弾車はさまざまな角度から撮影されており、それは想像していたような銀色の大型車ではなく、車体を強化した白いバンだった。考えてみれば納得がいく。セキュリガード社はATM用の札束を運ぶために雇われたわけではない。彼らの車は八十キロほどの工業用ダイヤを運ぶためだったのだ。

運転手と警備員は、すばやく人目につかないように運搬しようと考えていたにちがいない。ところが、スクールバスが横から出てきて、ブレーキを踏むしかなかった。犯行はそれから始まった。

防弾車はスクールバスと背後の平床トラックに挟まれ、身動きが取れなくなった。平床トラックの前には長いバンパーがついていたが、低い位置だったので防弾車の後部ドアをふさぐ心配はなかった。

急停止させる策は当たった。スクールバスに児童が乗っている可能性を考え、防弾車の運転手は本能的に停車したにちがいない。そしてあっと思う間もなく、いかついバンパーを装備した平床トラックに後ろを固められた。道路のアスファルトには、すり減ったタイヤのゴムの痕がはっきり残っていた。タイヤのきしる音が聞こえてくるようだ。

ウェブサイトの写真のなかには、防弾車の後部を写したものもあった。その写真を見ると、ドアの片方は完全に外れ、路上に落ちていた。路面のアスファルトの黒い引っかき傷と、ほとんどまともにぶつかったような穴は、おそらくC－4やセムテックスのような指向性爆薬にドアの蝶番が吹き飛ばされて食いこんだ痕だろう。このときの爆発音も容易に想像できた。

穴は瞬時に開いたものにちがいない。少なくとも、三人の男が廃棄された格納庫に着いて逃走用の車を乗り換えようとし、オレンとマックガンが互いに撃ち合って死ぬまでは、手際のよい犯行だったのだ。

ボルボが一台近づいてきたので、俺は車道の路面を離れてよけた。後部座席で鮮やかな黄色い帽子をかぶった少年が、通りすぎるときにしかめ面をしてこちらを見ていた。

まあいい。この現場を見て、ドノが考えそうなことを整理してみよう。

近くに監視カメラがなく、目撃される心配もなさそうな場所だ。もちろん内部情報に詳しい者から、ダイヤモンドの正確な輸送スケジュールを訊き出している。事前調査、複数の車両および爆発物の手配も完璧だ。

どれもみな、ドノの十八番《おはこ》だ。入念で緻密な準備。

一方で、人的な不確定要素もある。ドノがいつも嫌っていた側面だ。オレンとマックガンが欲をかくか、頭に血が昇るかして、計画を台無しにするかもしれない。どちらか一人が衝動的に発砲することもありうる。流血沙汰、刃傷沙汰の懸念には事欠かない。

あえて明るい側面に目を向けるなら、そうなれば三人目の強盗は漁夫の利を得られるだろう。場合によっては、二人の愚行によって、三人目がダイヤモンドを独り占めできる。

それでも、路面の引っかき傷にはどこか気になるところがあった。俺はふたたびその場所へ戻り、いま一度犯行を頭のなかで再現してみた。今回は泥棒としての視点ではない。兵士としての視点だ。

ふたつの視点は似ていなくもない。少なくとも、戦術的な選択が必要な点では共通している。すなわち充分な援護、標的を撃てるだけのひらけた場所、脱出経路の確保だ。

どちらの観点からも、同じ結論が見えてきた。

この計画には、弱点が多すぎる。

犯行には三人必要だ。一人がスクールバスを運転し、防弾車の警備員を見張る。もう一人は平床トラックを運転して後ろを固める。三人目が逃走用の車を運転し、防弾車を襲撃して、百七十ポンド以上のダイヤモンドを運び去る。

いや、少なくともあと一人はいなければならない。逃走用の車の運転席に座り、行く手に目を光らせる男が。いかなる不測の事態が起きても、三人の強盗は逃走車に逃げこみ、十秒以内に現場を脱出する必要がある。

この四人目がいなければ、彼らの行く手に目を凝らす者は誰もいなくなってしまう。それはあまりに無謀だ。ドノのような男がそんな計画に手を染めるとは、ほとんど考えられない。ほとんど。

そこまで考えたところで、俺の心は堂々巡りを続けた。クリスチアーナ・リオッティが拷問されて殺害されたという事実から、強盗団に内部情報を漏らしたのは彼女でまちがいないだろう。また、盗聴器を仕掛けられたのは、祖父と彼女の共通点だ。しかし、たとえ俺がそうした共通点を知らなかったとしても、それに最近のドノの奇妙な振る舞いを差し引いても……。

やはりどこかに祖父のにおいを感じるのだ。現場全体から、ドノのシェービングクリームのにおいが漂ってきそうな気さえする。

ちくしょう、ドノ。どういうことなんだ？　若気の至りの過ちを繰り返すつもりだったのか？　いったいなんだって、酒場のばか話みたいな無茶な強盗を始めたのか？

三人の共犯者とともに六百万ドルの宝石を奪い、犯行を指揮していたとしたら、祖父の取り分は当然百万ドルを超えるだろう。だが果たして、それだけの危険を冒す価値があったのか？

吹きすさぶ風は、なんの答えも与えてはくれなかった。俺は消えることのない黒い引っかき傷をいま一度眺め、ピックアップトラックに引き返した。

十四歳当時

学校が夏休みに入った翌日、祖父とぼくはいくつものスーツケースやバッグに荷造りし、レンタカーでカナダ国境から二十マイル南のモーテルに向かった。チェックインの際、受付の太った女から何泊する予定か訊かれた。祖父はなんとも言えないと答えた。そして、病気の妹を訪ねてきたのだと言った。女は同情を示した。

祖父が車を駐車場に入れに出ていくと、女はぼくに、妹はどんな病気なのかと熱心に訊いてきた。ぼくは肩をすくめた。その女は眉を上げたきり、それ以上詮索してこなかった。あとで祖父はぼくに、その程度で切り抜けられるのだから、十代のやつらがうらやましいと言った。

ぼくたちは一週間、そのモーテルに滞在した。毎日何度も時間帯をずらし、インターステート五号線を国境に向かって走った。道順もその都度変えたが、いつも同じ道路に行き着き、同じ大きな倉庫の前を通りすぎた。

初夏で暑くなってきたころなので、ウインドウを下げても怪しまれることはなかった。車のエンジン音に眠気を誘われる。それでもぼくは感覚を研ぎ澄ました。

今回の仕事は、ぼくが仕切るのだ。

ぼくたちは毎晩モーテルの部屋にこもり、テレビを観たり、映画を観に行ったり、トランプをしたりした。祖父はカナスタが好きで、ぼくはポーカーが好きだった。それで、両方のゲームを交互にした。

ある日、日中にドライブをしていたぼくたちは、いつもとちがう道に曲がって車を駐め、ゴム長靴をはいて、その倉庫の裏手に広がる湿地の森に分け入った。森は鬱蒼としていた。ぼくたちは密生したブラックベリーの茂みの手前で立ち止まった。めざす倉庫から五十ヤードほどの距離だ。

道路沿いに建ちならぶほかの倉庫より、ひときわ大きな倉庫だ。四階建てで、緑のI形梁に銀色の波形鉄板の壁がついている。倉庫の正面には、高さ二フィートの青い社名灯が掲げられているが、裏側の扉には黒い平板な字が鉄板に直接書かれているだけで、細い書体が壁板とともに波打っている。文字の大半は木々に隠れて見えないが、なんと書かれているかはあらかじめ知っていた。〈A・J・カールソン保税倉庫通運〉だ。

ブラックベリーの枝から半インチほどのとげが伸びている。ぼくは指先で慎重に枝を押しのけ、もっとよく見ようとした。虫のような大きさに見える作業員たちが、倉庫の搬入口であわただしく動きまわっている。茂みの奥にいる祖父とぼくの姿は、彼らからはほとんど見えないはずだ。それでもぼくは動きを最小限にした。

十倍、五十ミリの高性能の双眼鏡を祖父から借りて搬入口をうかがった。作業員は大型のバンから箱を積み下ろし、手押し車で運ぶ作業に忙殺されている。

「地上からの高さはどれぐらいだ？」祖父が訊いた。

ぼくはバンや作業員の大きさから搬入口の高さを推測した。「規格どおりの四フィートに見える。搬入口にはスロープで上がれるよ」ぼくはレンズの焦点を合わせ、開いた扉の奥を覗いた。「なかにはフォークリフトが見える。ハイスターの小型三輪だ」

返事をする祖父の声は、機嫌がよさそうだ。「よし、いいぞ。俺が使おうと思っているトラックは、象一頭とそいつの昼めしを積んでも余裕がある。ついでにそのフォークリフトも運転して荷台に積めるだろう」

ぼくは笑い声をあげながらも見つづけた。フォークリフトの後ろには巨大な保管用の棚の列が見える。倉庫の棚はどれも高さ二十フィートで、木枠の箱や荷台《パレット》や出荷待ちの商品が山と積まれていた。カナダ向けの輸出品も、アメリカ向けの輸入品もある。祖父はぼくに、この倉庫には酒から材木に至るまで、あらゆるものが保管されていると言っていた。ほとんどすべての商品が、ブレインのピースアーチ国境検問所を通過してきたか、これから通過するものにちがいない。

まるで世界最大の金庫が開け放たれているようだ。

ぼくは不意に、自分の息遣いがひどく速くなっているのに気づき、そう思うと眩暈がしてきた。双眼鏡を首に垂らし、目を閉じて、とげが片手に刺さっても目を開けなかった。鋭い痛みでいくらか正気に返った。祖父がじっと見ているのがわかった。

目を開けると、祖父は倉庫のほうを見ていた。

「俺が十九歳だったころ——おまえの祖母《ばあ》さんのフィヌーラと俺がまだベルファストにいたころで、まだお母さんが生まれる前だ——休日を過ごす金がいくらか入用になった。それで俺は、ハーゲンという男がやっていたパブに目をつけた。いやな野郎だった。それもあって、目をつけたのかもしれん。ともあれ俺は、ハーゲンが週末の稼ぎを、ふだんより一日は長く手元に置いているにちがいないと睨んでいた。だから月曜日の夜にその店に入って、やつの重荷を軽くしてやろうと考えた」

仕事をしているときには、祖父の口調は訛りが強くなった。ぼくはその訛りが好きだった。

「一週間ぐらい、ずっとそのことを考えていた。月曜日が来たので、俺はその店の向かいの通りで一晩中待った。いいか、一晩中だぞ。日が昇っても、俺はまるでバスを待っているように立ち尽くしていた」

ぼくは面食らった。もしかしたら祖父は、何かぼくが見落としていると言いたいのかもしれない。急いで双眼鏡を手にし、建物に向けた。

「そのパブにどこかおかしなところがあったの？」ぼくはヒントを期待して訊いた。

「いや、まったくおかしなところはなかった。おかしいのは俺のほうだった。だから通りから踏み出せなかったんだ」

「心配だったんだね」

「確かにそうだった。だが、俺にはいつだって心配なことはある。いまだってそうだ。その話は前にしたはずだ」

そのとおりだ。心配するのはいいことだ、と。あれは十二歳の誕生日のすぐあとだった。祖父はぼくを初めて仕事に連れていく前に、その話をした。いたって簡単な、民家に忍びこむ仕事だったが、ぼくはじっと目をみはっていることしかできなかった。その民家から隣家までは百ヤードも離れており、しかも真夜中だったというのに。ぼくがヨーデルを歌っても、誰にも見つからなかっただろう。

それでも、胃がよじれるような気分だった。仕事を終えて安全なわが家に戻ってくるや、ぼくはチーズバーガーを吐いた。

そのときから、祖父はぼくを少なくとも一カ月おきに、さまざまな仕事に連れ出した。会社の建物にも、民家にも忍びこんだ。たいした金にならないこともあった。場所が変わればルールも変わり、必要な道具もその都度変わった。ぼくが数えたところでは、百台以上の車も盗んだ。ほとんどは八ブロックか十ブロックほど運転して乗り捨て、感覚をつかむためだけに。

回数をこなすうちに、祖父はぼくに標的を決めさせ、扉を解錠したり、警報装置をやり過ごしたりする役をまかせるようになった。

だが、〈A・J・カールソン保税倉庫通運〉のような巨大な施設に入ったことはなかった。とても想像がつかないような規模だ。

「じゃあ、心配だったせいではなかったんだね」ぼくは搬入口から目を離さないまま、言った。「いったいどうして、ハーゲンのパブに入らなかったの？」

「俺自身がそのことばかり考えすぎていたせいだろう。俺はそんな弱い人間だったのかと思い、自分を呪った。そして次の週に、弱点を克服して出直すことにした」

ぼくはそれまでに何度も、祖父の教訓を聞いてきた。だからその話にも、何かひとひねりあるとわかっていた。ぼくはそれを推測しようとした。

「きっと何かが見えたんだ」ぼくは言った。「それでも、祖父さんはそれが見えたことさえ自覚していなかった。そうだろう？　それでもどこか、引っかかるところがあったんだ」

祖父は声を上げて笑い、ぼくは双眼鏡を下ろして彼を見た。夕陽が祖父の頭の向こうに見え、黒っぽい髪が、世界一すらりとした熊の剛毛のように突き立っている。

「できれば、そんな魔法のような力を身につけたいものだ」彼は言った。「おまえの好きな漫画のキャラクターが、そんな力を持っていたんじゃなかったか？　なんと言ったっけ？」

その力をなんと言うかはわかった。でもぼくは、この二年ほど漫画を読んでいない。初めて祖父に連れられて民家に忍びこんだとき以来、やめていたのだ。祖父が郡刑務所から出所してほどなく、ぼくは漫画をすべて捨ててしまった。「蜘蛛の第六感《スパイダー・センス》だ」ぼくはしぶしぶ言った。

「スパイダー・センスか。そりゃいいや」祖父の笑い声がますます高くなったが、それはぼくに対するものではなかった。「いや、そういうものではなかった。それに俺は、ハーゲンの店のことを考えすぎたのではなかった。充分に検討していなかったと言うべきだろう」

祖父はぼくの手から双眼鏡を取り、ケースに納めて、肩からぶら下げた。「俺はやるべき宿題を片づけていなかったんだ。その店には、俺が知らないような警報装置がついていたかもしれない。あるいはハーゲンの友だちが夫婦喧嘩でもして、奥の小部屋に寝泊まりしていたかもしれない。番犬を飼っていた可能性だってある。俺はそうした可能性を、どれひとつとして子細に検討していなかった。そして、俺がそうした可能性を検討していなかったということは、その店に盗みに入るという考え全体がばかげていたということで、俺は直感的にそう思ったんだ」

祖父はぼくの肩に大きな手を置いた。「金のことはいったん忘れろ。おまえの直感で、危険はどれぐらいあると思う？」

ぼくは考えてみた。この場所のことも、作業員のことも下調べはすませてある。警報装置のことも知っている。

「ぼくたちは宿題を片づけた」ぼくは言った。「ほとんど」

たちどころに気分がよくなった。

その日の夜、近くの倉庫に石が投げられ、正面のガラスが割れた。警官が到着したのは四分三十秒後だった。

翌日、ぼくたちはのんびり過ごした。昼間は映画を観に行った。ジャッキー・チェンがまわりの敵を片っぱしから倒しているあいだ、ドノはうとうとしていた。夕方が近くなると、ぼくたちは倉庫の周囲をひとまわりし、異変がないことを確かめた。

「やるか？」祖父が言った。

ぼくは駐車場を見わたし、帰途に就く作業員の群れを眺めた。「うん」

祖父は笑みを浮かべ、うなずいた。

七時間後、ぼくたちはA・J・カールソン社の倉庫の屋根の上に登っていた。電動丸鋸《まるのこ》を作動させる。

チェーンソーのほうが速いのだが、音が大きいので、十八ボルトのコードレスのマキタよりずっと遠くまで聞こえてしまう。屋根の表面と断熱材を切り裂き、直径六フィートほどの浅いクレーターを開けた。汗が前腕から噴き出し、綿の作業手袋にしたたる。それからアスファルトのこけら板を取りのけ、白くなめらかな月面のような屋根の上に山積みにした。

ほどなく、残るのは薄いベニヤ板だけになった。その下は倉庫の内部だ。ぼくたちはベニヤ板を金《かな》てこで持ち上げ、釘を外した。祖父が楔《くさび》を打ちこんでその箇所を開け、その隙間にぼくが電動丸鋸を入れた。取りのけたこけら板の上に、切断したベニヤ板を放り投げる。

屋根に開いたばかりの穴から光が漏れ、映画のオープニングに出てくるサーチライトのように空へ伸びた。その光に虫が引き寄せられた。蚊が耳に近づいてきたので、ぼくはぴしゃりとたたいた。大きな蛾が穴の奥へ飛び、倉庫の上層部へ入りこんだ。ぼくは警報が鳴りだすのではないかと怯えた。

いや、そんなことはない。ぼくたちは警報装置のタイプを知っている。性能はいいが、虫が入ってきたぐらいで鳴るほどデリケートではない。

それでも、屋根がまだ最初の関門にすぎないことをぼくは肝《きも》に銘じた。

祖父は袋のひとつに手を伸ばし、薄い防水シートを取り出すと、穴の上に広げて光をふさいだ。袋は四つある。ロープ用、電動工具用、手工具用、そして祖父愛用の商売道具を入れた小さな袋だ。袋を全部屋根まで運び上げるのに、ぼくたちは駐車場からかけた梯子《はしご》を二回昇り降りしなければならなかった。

「もう一度、あたりを見まわしてみろ」祖父は言った。

ぼくは急ぎ足で屋根の端に向かい、倉庫の前の広大な駐車場を見下ろした。照明灯はすべて暗くなっている。午前零時になったら消灯するようにタイマーがセットされているのを、ぼくたちは知っていた。だが、青い倉庫の社名灯は煌々とともっているので、その光で駐車場の進入路まで見渡せた。

遠くに、インターステート五号線を行きかう車列の白と赤の光の帯が見える。午前三時になっても、北へ向かう車の流れは絶えることがない。ここから国境までは六マイルだ。

一台の車が進入路に入ってきた。ぼくは反射的にあとずさりした。もっとも、二百ヤードも離れていてはぼくの姿はとても見えないはずだが。見ていると、車は進入路を曲がり、倉庫の駐車場に入ってきた。白い車体で、ドアに青と赤の標章がついている。

警備会社のパトロールだ。

思わず、ぼくは息をついた。これは朗報だ。倉庫に警備員が巡回に来るのはひんぱんではなく、それも運転手一人の車が、各社の倉庫の前の駐車場を徐行して通りすぎるだけだ。異状がないかどうか目視で点検したら、次の倉庫へ向かう。たぶんあと二時間は来ないだろう。

屋根の端から覗いていると、車は大きな円を描き、出入口の前を通過して、駐車場の反対側へ向かった。そして、そこで停まった。

まずい。

ぼくは踵を返し、祖父に向かって必死に手を振って合図した。目の焦点が合うと、祖父がこっちを見ている。ぼくは身振りで警備会社の車を示した。

車はまだ停まっている。ドアが開き、運転手が降りてきた。

焦る必要はない。ぼくは自分に言い聞かせた。警戒を招くようなものには手を触れていないのだ。よしんば警備員が戻ってきたとしても、ぼくたちの大型トラックは倉庫で使われているほかのトラックと同じようにしか見えないだろう。警備員は異状なしと判断するにちがいない。

だが、あの梯子を見られたらそうはいかない。

あるいは、ぼくたちが気づかないうちに、どこかで警報を鳴らしてしまったのだろうか。その場合は、いままさに警察がこちらへ向かっていることになる。

くそったれ。

警備員が車のドアを開け放ったまま、駐車場の端に向かって歩いた。

そして立ち止まり、ズボンのファスナーを下げた。

倉庫内を見まわりに来たのではない。用を足したくなっただけだ。

ぼくがふたたび安堵し、バッファローのようなあえぎを落ち着かせたころには、警備員は車に戻り、駐車場を出ていった。

祖父のところへ歩いて戻った。

「もう大丈夫だ」ぼくは言い、警備員のことを話した。

祖父はかぶりを振り、ため息をついた。ぼくに向かってついたのかもしれないし、運命に向かってついたのかもしれない。それから防水シートをわきによけた。

ぱっくりと口を開けた穴の向こうには、大規模な倉庫の内部が見える。静けさがこだまするようだ。足下の屋根が不意に頼りなく思われ、いつ崩れて、ぼくたちを奈落の底へ落としてもおかしくないように感じた。

ぼくが警備員に気を取られているあいだ、祖父はほかの道具を袋から出していた。取り出したのは小型の巻き上げ機と、中古の電気ドリルだ。ドリルで開けた穴に、ボルトで巻き上げ機を固定するのだ。祖父はロープの端を巻き上げ機に通し、そのロープをぼくに手渡した。ぼくはそのロープを高所作業用の椅子に縛りつけた。祖父が先週、海難救助用品店で買った椅子だ。その椅子は単純な仕組みで、頑丈なプラスチック製の座面を分厚い青の帆布《はんぷ》で覆い、三角形に吊るして上端に金具をつけたものだ。

椅子に座ったぼくを、祖父が屋根から吊り下ろすというわけだ。

五分ほどでぼくは椅子に身体を固定し、祖父は巻き上げ機のロープをたるみのないように引きしめた。

「ブレーキを確かめてよ」ぼくは言った。祖父が巻き上げ機のハンドルをロックするのは見ていた。それでもぼくは、はるか下のコンクリートの床まで、宙吊りになって降りなければならないのだ。

祖父はブレーキを目いっぱい押しこんだ。「大丈夫だ。いいか、忘れるな。あとで会うことになったら――」

「わかってるよ」もし不測の事態が起こるか、ぼくがへまをやらかして警報を鳴らしてしまった場合は、祖父は逃げなければならない。梯子を下りて森を抜け、レンタカーを置いてきた二マイル向こうまで戻ることになっている。ぼくが倉庫から自力で脱出し、車に戻ることができなければ、捕まるしかない。

祖父には重罪の前科があるのだ。一方、ぼくは思春期の少年にすぎない。どちらが逃げるべきかは、言うまでもなかった。

「さあ、始めよう」ぼくは言った。祖父がうなずく。

深呼吸してかがみこみ、手袋をはめた手で穴の縁をつかむ。あとずさって屋根から身体を離し、穴のなかに入って、懸垂を逆にするように腕を伸ばしながら、ゆっくりと姿勢を調節した。椅子に全体重を預ける。帆布がきしみ、太ももに巻いた安全用の帯がきつくしまる。

両手を放すと、椅子がゆっくりと揺れはじめた。頭がベニヤ板の切断面と同じ高さになる。電動丸鋸の刃の熱で焼けた木と溶けた接着剤のにおいがした。

二十フィート下に倉庫の出入口が見える。右下には倉庫内の事務室があり、その近くには商品保管用の棚の列が高くそびえている。

ぼくたちがここへ来たのは目当ての品物があるからだが、倉庫のなかには食品から家具まで、あらゆる商品が目白押しだ。それらはばかでかい木製のパレットに満載され、棚に納まっている。その光景を見下ろすと、まるでクリスマスのような気分になった。ぼくは椅子を手でぴしゃりとたたいた。気合を入れろ。

祖父から手工具の袋を渡され、椅子の横の金具にそれをくくりつけた。さらにひとまわり小さな、祖父の商売道具が入った袋も受け取る。その袋は両腕に抱えた。

祖父はその袋を軽くたたいた。「警報装置のことは覚えているな？」

「電話線が最初で、次がバッテリーだ」ぼくは答えた。ぼく自身はバッテリーだけ接続すれば問題はないと確信していたが、一時間近くもの言い合いの末、ぼくは祖父に、用心のために電話線にも手を打っておくことに同意したのだ。

祖父はうなずいた。手を伸ばして巻き上げ機のブレーキを解除し、ハンドルをまわす。ぼくはなめらかに降下を始めた。

徐々に降りていくにつれ、暗闇に巻き上げ機のカチカチという音が反響する。まるでサーカスの空中ブランコのようだ。だが、ロープが切れて落下しても網は張っていない。スリル満点だ。

半分ほど降りたところで、片手を上げて合図すると、祖父はハンドルを動かす手を止めた。椅子がゆっくりと回転する。ぼくは頭をめぐらせ、倉庫の出入口の方向を見た。

事務室の上の壁に、人感センサーがずらりと並んでいる。床から十二フィートほどの高さだ。センサーは下向きに取りつけられ、事務室の周囲や正面出入口をカバーしている。そのセンサーの性能は詳しく知っていた。有効範囲は五十フィートだ。

赤外線を遮断すれば、事務室に忍びこめる。警報装置のパネルは事務室内にあった。そのことを知っているのは、祖父が倉庫の警備体制の内部情報を仕入れたからだ。ぼくはその情報提供者と直接会ったことはない。たぶん、ホリスの数多い友人の一人だろう。祖父はその人物を信用しているのだろうし、少なくとも、ホリスが紹介した以上は信用できる人物だと判断したにちがいない。これまでのところ、警報装置に関するその人物の情報はきわめて正確だ。情報提供者は倉庫の従業員だろうか。ひょっとしたら、倉庫の所有者かもしれない。

ぼくは自分をたしなめた。目の前のことに集中しろ。

祖父の商売道具が入った袋のジッパーを開け、ストラップを首からぶら下げる。

「準備よし」ぼくは言った。声が金属で囲まれた倉庫の虚空に反響する。

祖父が手を伸ばし、ぴんと張ったロープを強く引いた。そのことでぼくは小さな弧を描いて揺れだし、ロープに寄りかかると、揺れ幅はますます大きくなった。五フィートぐらいだ。手工具を入れた重い袋が、揺れるたびに脚に強く当たる。揺れ幅は十フィートになった。

もう一度揺れたところで手を伸ばし、波形鉄板の壁を数フィートおきに支える幅広の木の補強材をつかんだ。体重の重みで引き戻されそうになり、一瞬ぼくは、テナガザルのように片腕でぶら下がった。むき出しの木材の角が、手袋の上から掌に食いこんだ。

祖父がロープを少したわませ、ぼくは補強材に足をかけて踏んばった。宙吊りになったまま、顔から先に壁にぶち当たる。赤外線センサーの列は、ぼくの靴の四フィートほど下にあった。

祖父の商売道具のなかから、ぼくは多目的レンチとワイヤーカッターを取り出した。赤外線センサーを見下ろし、にやりとする。

お楽しみの時間だ。

二度深呼吸し、手足を突っ張って、壁で身体を支えながら逆立ちの姿勢になった。スニーカーをはいた両足を補強材と壁の隙間に入れ、痛みをこらえて動かないように押しこむ。椅子が強い力でぼくを引き戻そうとした。腹の筋肉を使って踏みとどまるのは、体育の時間の腹筋に似ていた。しかしそのあいだにも、頭に血が逆流し、足は万力に締めつけられているようだ。事態はさらに悪化した。太腿にくくりつけた革ひもが、股間を圧迫しはじめたのだ。

ぼくは笑いだしそうになった。祖父がこんな状態になったら、さぞいやがるにちがいない。ぼくに先鋒をやらせたのも無理はなかった。

しかしここまで来たら、たとえコウモリのように逆さ吊りになっていようと、赤外線センサーはたやすかった。先細のプライヤーを使い、二本の針金を切断する。これで完了だ。

「よし、できた」ぼくは祖父に呼びかけながら、姿勢を元に戻した。いい気分だ。祖父はブレーキを解除し、ぼくはスパイダーマンさながら――赤外線センサーはだめになったので、スパイダー・センスは必要ない――弧を描いて倉庫の床に着地した。

椅子のロープを解き、床に落とす。

「じっくりやれ」祖父が言った。声が巨大な空間にこだまする。やれ――やれ――やれ。こだまのおかげで、祖父の注意が何度も耳に残った。

床から見ると、この空間はどう見ても不気味だ。棚の列は太古の怒れる神に捧げる石板のように見える。その背後の倉庫は、どこまでも果てしなく伸びているかのようだ。

ぼくはペンライトを取り出し、短い階段を上って事務室の扉の前に立った。鍵がかかっている。祖父のロックピックガンを袋から出し、一分弱で解錠した。

事務室の扉を開けると、警報装置のパネルは向かいの壁にかかっていた。形も大きさも、小型の救急箱ぐらいだ。覆いは卵の黄身のような色に塗装され、警察のような青地に警備会社のロゴをあしらっている。小さな南京錠がかかっていたが、ワイヤーカッターで難なく切断し、コントロールパネルの扉を開けた。

三分後、ぼくはずっしりした二十四ボルトのバッテリーを警報装置の電力系統につなぎ、警報装置につながった電話線を切断した。これで万一バッテリーの接続に失敗した場合でも、警報装置が自動的に外部に電話で異変を知らせるのは防げるだろう。だが、自分がそんな失敗をしないのはわかっていた。

それでも、警報装置の電源を切るときには固唾を呑んだ。

パネルの警告灯は点滅しない。サイレンも鳴りださない。警報装置にはバッテリーで電力が供給されており、異変を感知していない。

いまから、ぼくたちはここでわがもの顔に振る舞うことができる。休憩室のコーヒーメーカーだって、自由に使えるだろう。

腕時計を見た——午前三時三十四分。あと九十分以内に、目当てのものをいただいて撤収しなければならない。ぼくたちがここを立ち去ってから、午前六時に早番の従業員が出勤するまで、一時間は余裕を見ておく必要がある。その一時間後には、シアトルに戻ってホリスと会うことになっている。遅れは許されない。祖父は強い口調でそう言っていた。

ぼくは足早に、広い床を搬入口へ向かった。二台のハイスター製電動フォークリフトが壁際に並んで鎮座し、太いコードでコンセントにつながれている。まるで鎖につながれた猛犬のようだ。シャッターのすぐそばに、ゴムで覆われたボタンがある。その用途は一目瞭然だ。ボタンを押すと、案の定、重厚な金属製のシャッターがきしみながら上がりはじめた。

祖父はシャッターの外の搬入用プラットホームに立っていた。その背後には暗闇に包まれた森が広がり、瞬く星以外に光はなく、半径半マイルにわたって、ぼくたちのほかには誰もいない。

「これからどうする？」祖父が訊いた。

「戦利品をもらおう」ぼくは言った。ぼくたちのトラックの後部が、ハッチを開けてすでにプラットホームにつけられている。大きなトラックで、一千立方フィート以上は積めそうだ。

祖父はぼくが抱えたダッフルバッグのなかの商売道具を軽くたたいた。「獲物は俺が物色する。フォークリフトの準備をしておけ」

つまり、フォークリフトをバックさせたときに、警告灯が点灯したり警笛が鳴ったりするのを止めろということだ。それには一分ほどしかかからず、フォークリフトのコードをコンセントから抜いたときに祖父が戻ってきた。

「ふたつ見つけた」彼は言った。「ついてこい」

ぼくはボタンを押し、フォークリフトを始動させた。電気エンジンが大きな音をたてる。棚の列をゆっくり通りすぎる祖父についてフォークリフトを動かすうちに、操作する感触に慣れてきた。ぼくたちは木製のパレットに載った、大きな積荷の長い列の端で止まった。

祖父が手袋をはめた手で、いちばん手前のパレットをぴしゃりとたたいた。「こいつだ」ポールモールのタバコだった。ぼくの想像とはちがっていた。タバコが入った箱は保護用のばかでかいプラスチックフィルムで覆われ、パレットに固定されている。箱全体は大型冷蔵庫ぐらいの大きさだ。

その箱は工場から倉庫へ直送されたものだった。箱に入った何千もの包みは輸出用なので、ワシントン州の税務署のスタンプを押されていない。

スタンプを押されていないタバコの包みは金《きん》のようなものだ。どんな密輸業者でも、自分が偽造した税務署のスタンプを押して、正規の商品と同じように堂々と売れる。スタンプを押さずに闇ルートで販売することも可能だ。正規品の半値ぐらいにすれば、大半の人々は大喜びで買う。

マスターケースひと箱には五十カートン入っている。大きなパレットひとつに、マスターケースは五十箱載っている。祖父の情報源の話によれば、ここの倉庫にあるタバコは四パレットだ。アメリカ合衆国内の卸値は一カートンにつき三十ドル。つまり、輸出用の商品をもう少し安く見積もっても、ここにあるタバコはほぼ二十五万ドル相当になる。

ぼくの見立てでは、四パレットを売れば祖父の儲けは十万ドルほどだろう。相場を知ったぼくは、タバコ一本あたりどれぐらいの儲けになるのか知りたくなった。重量で換算すれば、本当に金以上の価値があるかもしれない。

「積みこめ」祖父が言った。「あとふたつを見つけてくる」

フォークリフトを操作するのは楽しかった。今回が初めてではなく、もっと大型の機械を操作した経験もあるが、この機械は反応が速い。最初のマスターケースをトラックに積みこむと、ぼくはフォークリフトで棚の列を一周した。

二個目のパレットをトラックに積んだとき、祖父が搬入用のプラットホームに現われた。

「問題が起きた」そう言うが早いか、踵を返してなかに戻った。

ぼくはフォークリフトを停め、急いでついていった。ぼくの身長は祖父より五インチ低いだけなのに、祖父の長い脚はぼくよりずっと速い。

祖父は倉庫の事務室からあまり遠くない列で立ち止まり、高い場所を指さした。「あれだ」彼は言った。

三段目の棚に、ふたつのパレットが見える。高さは床から十八フィートほどだろうか。パレットを保護する厚いプラスチックのフィルムが破られているが、それ以外には取り立てて変わったところはない。

「わかった」ぼくは言った。倉庫のなかで、タバコが高い場所に保管されるのはうなずけた。商品の重量という点から考えれば、タバコは最も軽い部類に属するだろう。材木などより、高い棚に置きやすい。「あっちに巻き上げ機があったよ。それで下ろせる」

祖父は首を振った。「そういう問題じゃない」

「時間は充分ある。二十分もあれば、トラックに積めるよ」

祖父はふたたび首を振った。

こういうふうに黙っているのは、ぼくを試しているときだ。ぼくは心底からいら立ちを覚えた。

もう一度パレットをよく見た。そしてようやく、祖父の言いたいことがわかった。プラスチックのフィルムが破られているだけではない。マスターケースも一度動かされ、パレットにふたたび戻された形跡がある。すでにトラックに積みこんだ手つかずのパレットでは、ポールモールのロゴがきっちり同じ方向を向いて並んでいた。だが、ここのパレットのマスターケースは乱雑に並べられ、逆さまになっているロゴもある。フィルムが破られ、四十個のマスターケースがまちまちに並んでいるということは……。

「マスターケースが開けられたということだね」ぼくは言った。

「それだけじゃない。見ろ」祖父は言った。

そしてぼくを、最初の列の右端へ連れていった。大きな青い機械が、壁際にボルトで固定されている。機械は上から見てL字型で、L字の短いほうにベルトコンベアがあり、長いほうには丸鋸が突き出たテーブルと印刷機があった。

「スタンプ用の機械？」ぼくは訊いた。

「そうとも」祖父は言った。いささか面白がっているような口調だ。「どのマスターケースも開封され、どの包みにもワシントン州税務署のスタンプが押されている。わざわざ棚から下ろすまでもなく、そんなことはわかる。ここにあるタバコは国境を越えることはない。州内で販売されるんだ」

「だったらどうして、ここにあるの？　輸出用じゃないんなら、わざわざここまで送ってくることないだろ？」われながら、いかにも不機嫌な自分の声がいやになる。

「そのほうが便利だからだろう。タバコ会社は、大量の商品を一括して送るだけですむ。半分を州内用、半分を輸出用にすれば」

「祖父さんの情報源はそのことを知らなかったの？　そいつはいったい、何を調べていたんだ？」

「そいつが知っていたのは、タバコがここへ運ばれることだけだ。そういうことだ」

「くそっ、くそっ」ぼくは怒りを覚えながら、二十フィートほど頭上のタバコのケースを睨みつけた。自分が超能力の持ち主で、元の状態に戻せればいいのに。「ぼくたちの取り分は?」

「十二年から二十年だ」

「そういう意味じゃないよ」

「だが、捕まったらそれぐらいぶちこまれるんだぞ。俺たちの顧客が、税務署のスタンプ入りのタバコを買いたがるかどうかはわからん。それに俺たちだって、八十ケースものタバコを車庫に抱えこみたくないだろう?」

「きっと誰かが買ってくれるよ」

祖父は蠅を追い払うように手を振った。「ああ、いつか誰かが、どこかで買ってくれるかもしれんな。だが、こんなものを必ず買ってくれると請け合える客をおまえが知らないのなら、タバコはここに置いていったほうがいい」

ぼくは憤然とした。腕時計を見る——午前三時五十八分。「わかったよ。タバコはやめだ。だったら、代わりに何を持っていく? ここにはまだまだ値打ちものがあるよ。そこにはテレビがある。ほかの家電製品も」

「同じことだ。いたずらにリスクを抱えこむだけだぞ」

「祖父さんの知り合いに、きっと買い手がいるはずだ。せっかく三週間もかけてがんばってきたのに……四万ドルぽっちの儲けでいいの?」祖父なら、一度金持ちの家に入れば、それぐらいは楽に稼げるだろう。

「一年かけても、それほど稼げない人間だっている」

「ぼくたちのトラックは、まだがら空きだよ。このまま引き揚げていいの？ そんなの悔しいよ」

祖父が険しい表情とともに、ぼくに向かって一歩踏み出した。ぼくはたじろいだ。祖父は人を殴ったりはしない。少なくとも、これまでぼくに手を上げたことはなかった。たとえどうしようもないうすのろだと思っても、祖父はぼくの耳をぴしゃりと打つ以上のことはしなかった。それにぼくも、いままで仕事中に祖父の決断に異議を唱えたことは一度もなかった。

このときも、祖父は殴らなかった。長いため息をついただけだ。そしてぼくをじっと見た。ぼくの顔から血の気が引いていくのがわかった。こういうふうにじっと見られるのは、殴られるよりいっそうこたえた。

「いいだろう」祖父は言った。「確かに俺は、今回はおまえが仕切れと言った。決めるのはおまえだ」倉庫のなかを見まわす。「だったら教えてくれ。どれを持っていく？」

ぼくもあたりを見まわした。倉庫のなかがいままでより大きく見える。ここにあるものの九割がたは、まだ見ていない。最も値打ちのあるものは、どこの棚にあるのか？ タバコより儲かるものもあるだろうか？

こんちくしょう。値打ちのあるものを求めて、棚をくまなく探す時間などとうていなかった。「たとえば、あそこのラップトップは？」ぼくは言い、二十個ほどの薄い箱の山を指さした。祖父が肩をすくめる。「まあ、売れるだろうがな。一個百ドルぐらいで」退屈そうな口調だ。

ぼくは取り憑かれたように棚を見まわした。見覚えのあるマークが目に入り、そちらへ駆け寄った。

「あった!」ぼくは言った。「カナディアンクラブだ。何ケースもあるよ」

「学校のロッカーにボトルを隠すのか?」

「隠す必要なんてないよ。酒場の奥に置いておけばいいじゃないか?」

祖父はフォークリフトにもたれかかり、腕組みをした。「おまえはこう言いたいのか。アルビーが一本たかだか数ドルの酒を節約するために、酒場を永久に失うリスクを冒そう、と? もし酒が密売されていると疑われたら、政府はどこまでも追いかけてくるぞ。まあ、それは置いておくとしよう。おまえはいったいどうやって、このケースを運ぶつもりだ?」

「だって、トラックがあるじゃないか」と言いかけたところで、ぼくは口を閉じた。まずホリスのところに、スタンプが押されていないタバコを二パレット運ばなければならない。時間は七時と決まっている。それからトラックに乗り——盗み出したトラックだ——、朝のラッシュアワーのなか、シアトルの中心部を運転して、酒場の裏口につけ、全部のケースを自分たちの手で下ろさなければならない。しかも盗み出すつもりのケースにはすべて、黒々と『転売不可』と書かれている。見つかったらただではすまないだろう。さらにそのあと、盗んだトラックの処分もしなければならない。

「こんなことってあるのか」ぼくは言った。

「つらいのはわかる」祖父は言った。

「信じられないよ。これだけいろんなものがあるのに、労力に見合うだけのものがひとつもないなんて、このくそ――いまいましい倉庫が」

「まあ、損したわけじゃないさ。この仕事は成功だ。俺たちは元を取れる。ただし」祖父は開いた搬入口に顎をしゃくった。「足がつかないようにここから脱け出せれば、の話だ」

ぼくたちはそのために動いた。ぼくは不機嫌なまま外に出、梯子を三往復して屋根の上から道具をすべて運びおろし、悲しくなるほどがら空きのトラックの荷台に積んだ。祖父はタバコのパレットをしっかり固定し、搬入口のシャッターを閉じた。だが賭けてもいいが、そうする前にぼくが警報装置にうまく細工したかどうか、確かめたにちがいない。

梯子を荷台に積み、シャッターを最後に確認したときには、ぼくの気分もだいぶ落ち着いていた。祖父はトラックの運転席に乗り、エンジンをかけている。フロントガラスの曇りを取り除くため、ファンを入れていた。その冷たい空気に触れながら、ぼくは作業用手袋の甲で額の汗を拭った。

「ロープと椅子は回収したな?」祖父は言った。

ぼくはうなずいた。「全部、忘れずに持ってきたよ」祖父に商売道具の入った袋を渡す。

祖父はその袋を、運転席と助手席のあいだの箱の上に置いた。そのとき初めて、その箱がカナディアンクラブのケースであることに気づいた。ぼくは祖父を見た。

祖父は穏やかな笑みを浮かべている。「こいつは売り物じゃない。自分用のささやかなご褒美だ」

ぼくは声をあげて笑った。「ぼくのご褒美は？」

「ソーダでも買ってやろう」

「ソーダじゃなくて携帯電話にしてくれるとうれしいな、祖父さん？」

青みがかったダッシュボードの光を受け、ギアチェンジをする祖父の大きな手は大理石の像のように見えた。血管がくっきりと浮かび上がっている。

「これからは、ドノと呼んでくれ」祖父は言った。

20

ユニオン湖の湖畔を走りながら、ホリスは助手席で居心地悪そうに身動きした。ピックアップトラックの座席のスプリングが古いせいかもしれない。あるいは、スーツが身体に合っていないからか。ホリスを車で拾ったとき、持ち船から降りてきた彼は赤っぽいジャケットを着ていたが、頭でっかちの身体つきとちぐはぐだった。灰色のズボンはともかく、幅広のネクタイはオレンジというセンスのなさだ。まるでサーカスから抜け出してきたオランウータンのようだった。

「オンディーンはほかに何も言っていなかったのか？」俺は訊いた。「ただ、喜んで俺に会おう、と？」

「取り次いだ男はそう言っていた」

俺はうなずいた。もちろん、面会の申しこみにオンディーン・ロングがわざわざ自ら返事をするようなことはない。彼女には大勢の手下がいるのだ。

左手には、夕方の暗がりにガス・ワークス・パークの錆びついた廃工場がそびえている。ウインドウを下げ、新鮮な外気に触れた。ホリスと俺は、吹きこんでくる風の音にかき消されないよう、大声を張り上げなければならなかった。

「最後に彼女に会ったのはいつだ？」

ホリスは少し考えた。「確か、二年ぐらい前だ。貨物船でリトアニア人の乗組員から例のものを仕入れたときだから――」

「二年か。それが今週の日曜日、いきなり彼女から電話が来て、ドノの銃撃事件で何か知っていることはないか、訊かれたわけだ」

「ああ、本人からじきじきに」いささか誇らしげな口調だ。

ドノが撃たれたことをオンディーンが知っていたのは、さほど意外ではなかった。たぶん連邦議会にでも情報源がいるのだろう。いや、シアトル市警のほうが多いだろうが。それに、ドノがいかなるトラブルに巻きこまれたのか知りたいのであれば、ホリスに訊くのは自然な選択にちがいない。俺もまた、最初に訊こうと思った相手はホリスだった。

ただし、そもそもなぜオンディーンがそのことを気にしているのかは、大いに興味をそそられるところだ。

俺がおぼろげながら真実を知ったとき――すなわち、祖父が少年時代の俺にさんざん言い聞かせてきた教訓をことごとく破って、防弾車を襲ったという真実を――次の疑問は、ダイヤモンドをどこに売りさばいたのかだった。シアトルの街で、六百万ドルもの価値がある商品を、提供者が思うような値段で売りさばける故買屋《こばいや》はそう多くない。ドノが事前に必要な情報を明かすほど信頼している人間はさらに少ないだろう。ドノは売り先のあてもなしにダイヤモンドを盗むような真似はしない。誰に買ってもらうかは、事前にはっきり決めていたはずだ。

ひょっとしたら、ロサンゼルスやダラスのような、より大きな市場を相手に取引していたのかもしれないが、俺にはそうは思えなかった。とりわけ、ドノが撃たれたまさにその日に、オンディーン・ロングがホリスに電話したのであれば。

「本当に彼がやったと思っているのか？」ホリスが言った。「あれだけのダイヤをドノが盗んだと？」

「そう思える証拠はいろいろある」

ホリスはしばらく無言で座っていた。身じろぎもしない。「それなら、ドノは自分のチームを組んだと思うか？」

その点はなんとも言えなかった。ドノが他人と組むこと自体、ごく稀なのだが、その場合には個人的に知っていて、信頼している相手といっしょに仕事をしたがるはずだ。果たしてマックガンやオレンのような人間は、信頼に値したのだろうか。

「ドノに選択肢があったとすれば、あんたを選んだだろう」俺は言った。

ホリスはうなずいた。「もちろんそうだろう」

それから湖岸を四分の一マイルほど走ったところで、〈エメラルド・クラウン・ヨットクラブ〉の金色の光が見えてきた。

〈クラウン〉というのは渡し船の名前だ。いや、そうだったと言うべきか。一九四〇年代の話だ。不恰好な船で、全長百二十フィートに対して幅はその四分の一ほどもあり、甲板は三層もある。きわめてお粗末な設計だ。高すぎて安定が悪く、窓が多すぎて夏は暑く、そのくせ冬は寒かった。

だが、〈クラウン〉が早々と引退することになったのは、目端の利く開発業者のニーズにぴったりと合致したからだ。天井が高く、船内にはきちんとした調理室を設けるスペースが充分にあった――巨大なディーゼルエンジンを取り除けば。

彼らは最高の眺望が得られる場所を選んだ。湖を見わたせ、しかもその遠くに都心部の摩天楼を望める場所だ。建設業者が船体を補強し、杭を打ちこんでこの船をここから決して動かないようにした。かくして〈クラウン〉は、まばゆい輝きを放つ古き良き時代の象徴となってここに鎮座し、もう決して乗客がギムレットをこぼす心配はなくなったというわけだ。

俺たちは車を船の入口に横付けした。雨よけに覆われた道板が、主甲板まで続いている。駐車係が車のドアを開けてくれたので、彼に鍵を渡した。古ぼけたピックアップトラックを見た彼の表情は、まるで堆肥の山に座れと言われたようだった。

ホリスと俺は道板を上がった。白いスーツにセーラー帽といういでたちの若くかわいらしい女が近づいてきて、名前と面会の相手を訊いた。オンディーンの名前を出すと、彼女は丁重にお辞儀し、俺たちを船尾のほうへ案内した。そこからは狭い階段が甲板へ続いている。

階段の下に受付のデスクがあった。若い女が受話器を取り上げ、俺たちの名前を告げる。受話器を置いたとき、彼女は申しわけなさそうに眉を上げた。「携帯電話をお預かりしてよろしいでしょうか？」俺は電話を渡した。

「俺は持ってない」ホリスは言った。

彼女はうなずき、黒いプラスチックの細い杖をデスクから取り出した。そして空港の運輸保安局の検査官さながら、俺たちの上半身と大腿部をなぞった。

「ご協力ありがとうございます」若い女は快活に言った。「どうぞ、こちらです」彼女は階段を上がり、俺たちを先導した。

「いったいなんの真似だ？」ホリスがささやいた。

オンディーンが銃を気にしているとは思えなかった。俺たちのどちらかが盗聴器を忍ばせていないか、チェックさせたのだろう。

甲板に出た。穏やかな夕方、船上クラブには椅子とテーブルがしつらえられている。どのテーブルにも火屋《ほや》つきのオイルランプがともり、頭上には白熱灯がぶら下がって、クリスマスの装飾のように煌々と輝いている。夕食時はすでに終わり、甲板はしんとしていた。テーブルを囲んでいる客はひと組だけで、二人の男女が飲み物を手にしながら向かい合っていた。

男は大柄で、髪はブロンド、明るい灰色のスーツを着ている。女はオンディーンだった。生まれつきの美貌に加え、優秀な形成外科医にかかったのだろう、オンディーンの顔は四十代に見えるが、実年齢はそれより二十は上のはずだ。国籍はわからないが、彼女にはどこか東洋の血が混じっているように思える。あるいは、西インド諸島の血かもしれない。

ロングというのは彼女の旧姓ではなかった。若くして、故ハイラム・ロングと結婚したのれていた。シアトルの伝説的存在だ。

ハイラムは最盛期をやや過ぎたころにオンディーンをめとり、一方、彼女は女盛りだった。ドノはかつて、こんなジョークを言っていた。ユダヤ系のハイラムは、中華料理屋でおみくじの入ったクッキーを食べたことがなかったんだ、と。当時の俺はまだ幼かったので、理解できなかったが。

それ以後もハイラムは二十年間、シアトルの裏社会に君臨しつづけた。おそらくそれは、若い美人妻がささやく助言に耳を傾けるだけの賢明さを持ち合わせていたからだろう。ハイラムが就寝中に最期を迎えたときには、信じがたいほど年老い、想像を絶するほどの富をたくわえていた。そしてそれ以降、もはやオンディーンにお飾りの主人は必要なかった。

俺たちがテーブルに近づくと、オンディーンとブロンドの男が立ち上がった。彼女は膝下丈の黒のドレスにアイボリーのコートを着ている。真珠のネックレスはひどく大きいので、本物にちがいない。まっすぐな黒髪は、額で切りそろえられている。

「ホリス」オンディーンは言った。低音が効いているが、朗らかな声だ。「バン」

「オンディーン、久しぶりだ。ご招待ありがとう」ホリスはやや背筋を伸ばして言った。

「こちらはアレックよ」彼女はブロンドの男を示して言った。アレックがうなずいた。しかし、踏み出して握手を求めようとはしなかった。端整な顔立ちだが、いかにも抜け目がなさそうだ。金のネクタイピンに、同じく金の腕時計。きっと一ポンドはあるだろう。男は体重を均等に配分してその場に立ち、両手はだらりと垂らしていた。

「ホリス、しばらくね。悪いけど、バンと二人で話したいの」オンディーンは言った。

ホリスはうなずき、いつものように前かがみになった。「さっきバーを見かけた」彼はそう言うなり、のんびりと船内に向かった。

「本当にいいのか？」アレックはオンディーンに言った。彼女はうなずいた。男はホリスのあとを追ったが、その前にいま一度、俺に目を向けた。

オンディーンと俺は席に着いた。彼女は銀縁のほっそりした眼鏡を革ケースから取り出し、その眼鏡をかけて俺を見つめた。楕円形のレンズ越しに彼女の目が少し拡大され、猛禽類に睨まれているような不安を覚える。

「もう少しお祖父さんに似ているのかと思っていたんだけど」オンディーンは言った。「似ているのは目のあたりだけだわ。あとは手かしらね、しいて言えば」

「あんたとドノは、最近取引をしたのか？」俺は訊いた。

「ご明察よ。行動力のある人ですから」彼女が手を振ると、足早にウェイターが近づいてきた。俺はスコッチを注文した。この場と状況にふさわしい飲み物に思えたのだ。

「わたしなりに、いろいろ調べたわ」オンディーンは言った。「きょうの午後、ホリスがわたしに電話をかけてきてからね。あなた、ずいぶん忙しい休暇を過ごしているそうじゃない。保安官事務所は本当に、あなたがあの女を殺したと疑っているの？」

「そんなことはない。連中は、俺からドノにまつわる情報を訊き出したいのさ」

　オンディーンは深紅の液体をすすった。「それに、ダイヤモンドの情報もね。タロス社が雇った防弾車から盗まれた」

「殺された女のアパートメントに、何者かが盗聴器を仕掛けていた。その女はタロス産業に勤めていた。ドノの家も、同じ野郎に盗聴されていた」

　オンディーンの入念に整えられた眉が、片方吊り上がった。「ということは」彼女は言った。「盗聴していたやつは、ドノとその女に関連があることを知っているか、関連があると思っているのね。その女の名前は知らないけど――」

「クリスチアーナ・リオッティだ」

「その二人がダイヤモンド強盗にかかわっていると、盗聴していたやつは思った」

「そしてそいつらは、盗み聞きするだけでは満足できなくなった」

「そうね」オンディーンは言った。

　ウェイターがスコッチを持ってきた。彼が飲み物を置いていくあいだ、オンディーンも俺も動かなかった。テーブルの中央に置かれたキャンドルの火が、風に揺れて音をたてた。

「何をお望みなの？」彼女が訊いた。

「手始めに？　まずは、あんたがドノからダイヤを買ったのかどうか知りたい」

「あなた、警察にそう言ったの？」オンディーンは言った。

　俺はスコッチをすすった。いぶしたような芳醇な味わいだ。オンディーンの客人である俺に、バーテンダーは選り抜きの一杯を注いでくれたようだ。

「腹の探り合いはやめにしよう、オンディーン」俺は言った。「銃撃されて倒れた祖父のことで何か知っていたら、率直に話してほしいんだ。さもなければ、一杯呑んだら帰らせてもらう」

オンディーンの赤褐色の口紅のまわりから血の気が引いた。「わたしはまちがっていたわ。やっぱりあなたはドノにそっくり」

「見かけにはよらないんだ」俺は笑みを浮かべた。「あんたは俺に会うことを承諾してくれた。それで、同じ質問をしよう――あんたの望みは？」

彼女は長いこと俺を見つめてから、ようやく答えた。「穏やかで、静かな暮らしよ」

「人が殺されたんだ。こいつは穏やかじゃない」俺は言った。

「そうね」

「盗聴していたやつが、ダイヤモンド強盗に関与していた人間をさらに追いかける前に、やめてくれたほうがいいんじゃないのか」

オンディーンの口の端がわずかに吊り上がった。彼女は誰かに向かってうなずいた。その視線の先を見ると、バーの広い窓越しに、ホリスと並んで立っているアレックの姿が映っている。アレックはこっちをじっと見ていた。

「わたし自身の身の安全は、そんなに心配していないの」オンディーンが言った。「アレックの軍歴は、あなたよりもめざましいのよ」

「きっと、お行儀もいいんだろう。しかしあんたが襲われたら、仮に失敗しても、いやでも警察の注意を引く」

湖の向こうから、暗がりのどこかを航行する商船の汽笛が聞こえる。汽笛は街に反響し、数秒経って、低くゆっくりしたこだまが返ってきた。

「あなたに情報を明かす以上は」オンディーンはグラスの縁を爪でたたきながら言った。「約束してほしいことがあるわ」

「どんな約束だ？」

「わたしの名前は絶対に出さないでちょうだい。警察にも、ほかの誰にも。あなたの調査を進めるために、わたしの影響力を使うのも」

「いいだろう。では、こっちの番だ。あんたはドノとどんな取引をしたんだ？」

「彼が計画をわたしに持ちかけてきたの。わたしは彼のバイヤーになることを承諾したわ。でも計画を実行したあと、彼が心変わりしたの」

「ドノがもっと多くほしがったのか？」

「彼はダイヤモンドを換金しないで、手元に置いておきたくなったのよ。計画を実行したあと、彼の仲間たちは殺し合い、ドノは取引条件を変更できるようになった。彼はわたしの取り分を増やし、残りを自分で取った。たぶん、四百万ぐらいかしら」

俺はその言葉を考えた。確かに筋は通る。ダイヤモンドは現金よりはるかに隠すのが容易だ。しかも工業用ダイヤにはレーザーの刻印がまったくなされていないので、追跡される心配もない。ドノは必要になったときに、少しずつ売却することもできる。時間の経過とともにに値上がりすることだってある。

「ドノはどうやってクリスチアーナ・リオッティと知り合ったんだ？」

「彼はただ、輸送スケジュールの情報を入手したとしか言わなかったわ。わたしはきょうまで、彼女の名前を聞いたことさえなかった。わたしの見るところ、彼はその女に直接、情報提供の見返りを払ったんでしょう」

確かにそうかもしれない。だが、その部分だけがどうしても釈然としなかった。クリスチアーナ・リオッティのように実務的な会社員がどうやってプロの泥棒と知り合い、内部情報を漏らすという生涯に一度の賭けに出たのか。

「ともかく、あんたには悪い話ではなかったわけだ」俺は言った。「取り分が増え、手間は減ったんだから」

オンディーンは小首を傾げた。肩をすくめるようなことはしなかった。「もし、あなたがダイヤモンドを見つけたいのなら――」彼女は言った。

「心に留めておこう」

「いまごろには、もうあなたの手の届かないところにあるでしょう。ちょうどいまごろ、警察の捜索隊がお祖父さんの家を捜しまわっているわ」

それは気がつかなかった。だが、彼らは当然そうするだろう。捜索令状を取れるだけの状況証拠はそろっているうえに、ドノ本人は入院中だ。家主が騒ぎを引き起こす心配もない。

俺は立ち上がった。「会えてうれしかった、オンディーン」

っている。

「バン」立ち去ろうとした俺に向かって、彼女が呼びかけた。いままでと口調がどこかちがっている。

「あなたは要点をずばりと訊くわね。でも、ドノの銃撃事件の背後にわたしがいるかどうかは訊かなかったわ」

かつて、俺が九歳だったころ、ドノが俺を連れてハイラム・ロングの邸宅へ出向き、買い取り代金を受け取りに行ったことがあった。車に乗って北へ向かうと、ハイラムとオンディーンが住む豪壮な屋敷に着いた。会合が終わりかけたころ、電話が来てハイラムが部屋を出た。

退屈した俺はぶらぶら歩いてサンルームに出、大きな窓から広大な芝生を眺めていた。アメリカンフットボールの試合ができそうだ。その向こうには、ポゼッション・サウンドの海面が見える。ドノは部屋にいたまま、動かなかった。

数分経って俺が部屋に戻ると、オンディーンがドノの座っている部屋を通り抜けるところだった。腰まで伸びた黒髪が揺れ動いている。彼女は立ち止まらなかったが、通りすぎるときに長い指を一本ドノの肩に置き、革張りの安楽椅子の肘掛けに置いた大きな手に這わせた。

二人とも俺には気づかず、俺はそのまま一分ほど待ってから、わざと大仰な音をたてて部屋に戻った。

ドノは俺の前で決して、オンディーンをハイラムの妻として以上に知っているというそぶりを見せなかった。そして俺も、そのことには決して触れなかった。

いま、オンディーンがテーブル越しに俺を見ている。長年にわたる心配や悩みで、目のまわりには深い皺が刻まれ、どんな形成外科医にも覆い隠すすべはなかった。

「ドノに、あんたがよろしく言っていたと伝えておくよ」俺は言った。

船尾に向かって歩いていると、アレックが大股で俺の前を通りすぎた。オンディーンが席から立ち上がって伸ばした手を、アレックは握りしめた。

ホリスが道板で俺を待っていた。顔は酔いで赤く、緩めたオレンジのネクタイの太い結び目が、胸骨のあたりまで垂れ下がっている。

「どこかで呑みなおそうぜ」ホリスは言った。

俺は首を振った。「あんたが好きなところで降ろそう。会わないといけない人がいる」

「ははあ、女だな」彼はにやりとし、ウィンクした。「ひと晩に二人のレディに会いに行くとはなあ。なかなかやるじゃないか」

ホリスの見立ては正しかった。オランウータンのような顔をしていても、勘は鋭いようだ。

21

〈モーゲン〉に向かう路地には人けがなかった。店内からくぐもった音楽が聞こえてくる。スローテンポのエレキギターと、その背後から乱暴に衝き動かすようなベースの音だ。この酒場には路地に面した窓がなく、扉が一枚あるだけだ。裸電球がその扉を煌々と照らし出し、レンガの壁にはめこまれたエメラルド色のガラスの長方形が飛び出してきそうに見える。

デイビーと会ったときより客は少なく、俺にはすぐにその理由がわかった。ひどい演奏は、狭い店内ではいっそう聴くに堪えないのだ。黒のＴシャツを着た二人の若者が狭いステージで肩を寄せ合い、それぞれが主導権を握ろうと躍起になっている。だが客のほとんどは、自分たちの飲み物やｉＰａｄにしか関心を向けていない。

客だけでなく、店員の姿もまばらだ。デイビーの弟のマイクはどこにも見当たらなかった。ステージの陰にいる男は、アンプの調整に余念がない。たぶん、ジョン・レノンとポール・マッカートニー気取りの演奏者にスピーカーのサブウーファーを壊されたら困るからだろう。

ルース・ボイランがカウンターの奥で、ゆっくりした手つきでギネスを注いでいる。ふと目を上げた彼女は俺の姿を認め、どぎまぎしたような笑みを唇に浮かべた。俺はテーブルのあいだを縫い、細長く青みがかった灰色のカウンターへと向かった。

こうして間近で見ると、彼女は思いがけないほど長身だ。頭頂部の高さが俺の鼻とほぼ同じぐらいだった。そのとき、初めて思い当たった。今週初めに彼女を見たときには、俺はずっと座っていたのだ。ホリスだったら、紳士の風上にも置けないやつだ、とでも言うだろう。

「デイビーは来ていないわ」ルースは音楽に負けじと大声を張り上げた。青いジーンズに肩飾りのついたダークグレーの半袖シャツを着、そのうえに白いバーテンダー用のエプロンをつけている。

「きみに会いに来たんだ」

「あら」彼女は一パイント入りのグラスに三分の二ほどビールを注いだところで、別のグラスに注ぎだした。「それなら、三十分待ってもらえないかしら。友だちにお願いされて断われなかったライブが終わってくれるまで」彼女はステージ上の若者たちにしかめ面をした。彼らはサウンドガーデンの曲をずたずたにしたような演奏を始めている。

「なんならいっしょに歌おうか」俺は言った。

ルースはあちらを向き、棚からワインボトルを取った。「無理することないわ。事務室の場所はわかっているでしょう」彼女はカウンターの奥へ頭を向けた。髪は留められ、見事なブロンドの髪の下にうなじが見える。

俺はそのまま見ていたかったが、彼女から目を引き離し、カウンターの端をまわって短い廊下を奥へ進んだ。

ドノが初めて俺を奥の部屋での会合に参加させてくれたとき、いたく失望したのを思い出す。そこは想像とは似ても似つかなかった。タバコの煙がもうもうと立ちこめる洞穴のような部屋ではなかったのだ。武器が隠されていたわけでもなかった。そこはなんの変哲もない狭い事務室で、タバコのにおいが染みつき、ふたつの備蓄庫に入りきらなかった酒のケースでより一層乱雑に見えた。ひとつだけ興味をそそられたのは、染みでひどく汚れたマツのテーブルだ。たいがいはトランプのゲームに使われていたが、ときおり、そこで周到な計画が練られることもあった。

だが、アルビーが使うようになってから事務室の様子は変わった。乱雑さと清潔さが共存するようになったのだ。山積みになった書類や本で足の踏み場がなく、壁は一面、画鋲で留められた写真やライブのチラシ、バンドのステッカーや広告や図版で埋め尽くされ、さまざまな色が氾濫している。向かいの壁にはソファがあり、破れた黒い革で覆われていた。そのソファには、折りたたんだ毛布や枕がきちょうめんに積み重なっている。

俺はソファに座り、目を閉じた。

気がついたのは、ルースに肩をたたかれたときだった。

「ちょっと」彼女は言った。「本当に寝てたのね」

深呼吸し、肩を伸ばすと骨が鳴った。

「休めるときに休め」俺は言った。「新兵にはいつもそう教えている」

「わたしが枕を置いているのはなぜだと思うの？　ここで寝泊まりしてもいいのよ」

ルースはバーテンダー用のエプロンを脱ぎ、青いスエードのコートを着た。髪留めを取り、ブラシをかける。

「少し散歩しよう」俺は言った。

俺たちは店の前の路地を抜けてレノラ・ストリートに出、パイク・プレイス通りのほうへ向かった。アスファルトの路面が粗いレンガ敷きに変わり、ゆっくり時間をかけて、でこぼこした道を歩く。大きなネオンサインが灰色の通りをピンクやオレンジに照らし、冷たい路面に偽りの暖かな輝きを投げかけた。

ルースはコートの襟を立て、腕組みをした。「あの店をどう思う？」彼女は訊いた。

「〈モーゲン〉のことか？　昔よりうまくやっているようだ」

「わたしがいろいろ工夫したの。このあたりには本来、ワシントン大学の男子学生や女子学生は来ないし、キャピトルヒルの盛り場の客も流れてこないわ。ほかの選択肢が多すぎるのよ。それに、ベルタウンのコンドミニアムに住めるような学生は、〈モーゲン〉みたいな店なんか見向きもしないし」

「シアトル大学の学生だな？」

彼女はうなずいた。「それで、ワシントン大学のキャンパス周辺の広告に力を入れたわ。それにバンドも雇った――今晩のよりもいいバンドよ。それもこれも、二マイル南の店まで学生たちに来てもらうため」

「きっとマイクも、学生時代にはいろいろ宣伝してくれたんだろう」

ルースは眉を上げた。「店でもがんばってくれているわ」

「さもなければ、きみも彼といっしょに働いていないはずだ」

「もちろん、そうよ」彼女は俺に向きなおり、肩をいからせ、挑むように顎を上げた。

「そうか、気づかなかったな」俺は言った。「もしかして、きみとマイクは……？」

「なんですって？　ちがうわ！　そんなんじゃないわよ。わたしはつまり、彼にはそれだけの価値があると言いたいの」

「店員として？」

「いいえ、ただの店員じゃないわ」彼女の青灰色の目が大きく見ひらかれた。「あら、いやだ。ドノから聞いていないのね」

ドノが俺に話す機会を得られなかったことは、あまりに多い。ルースは何か、重大なことを告げようとしているようだ。

「いやだわ」ルースが顔をそむけ、うつむいた。俺は彼女が口をひらくのを待った。彼女の髪が風になびき、もつれる。一度垂れた髪が、ふたたび風に揺れた。

顔を上げた彼女の表情はこわばっていた。「こんなことを言うのは本当にいやよ。あなたはわたしの口から聞くべきではないわ」

「店のことだな」俺は言った。「ドノはマイクに店を譲ろうとしている」

「知っていたの？」

俺は肩をすくめた。「ドノの弁護士から、ドノが遺言状の変更を検討していたと聞いた。

そしてきみが母親グマのようにマイクをかばおうとしているのを見て、察しがついた」

考えるほどに納得できた。十年ぶりに帰ってきてほしいとドノが俺に頼んだのは、そのことを自分の口で伝えたかったからにちがいない。俺は祖父から一セントたりとも、ほしいと思ったことはない。あの酒場は俺より、マイクにふさわしいのだ。

「ドノはきみにいつ伝えたんだ？」俺は訊いた。

「先週土曜日の夜よ。彼がわたしに会いに、お店に来たの」

ドノが撃たれる前夜だ。

ルースがさらに強く腕組みをした。「そのときドノはわたしに、遺言状にサインして、店の半分をマイクに譲るつもりだと言ったわ」

「ドノはその理由を言ったか？　それに、なぜいまなのか？」

「彼はただ、店からほしいものは、もう充分に得たとしか言わなかったわ」彼女はまるで、ゴシップでも言うように困惑していた。「そしてマイクとわたしが、その能力を証明した、と」

「それはよかった」俺は言った。「マイクがいてくれて、うれしいよ」

「ドノの人となりは知っているでしょう。九十八パーセントまで、表面的には穏やかなのよ」

「俺が家を出たのは、その残り二パーセントに耐えられなかったからだ。続けてくれ。ドノはきみにも、能力を証明したと言ったんだな。だったら、きみには何を遺したんだ？」

彼女が深呼吸した。「売却権よ」

三十年前、ドノとルースの叔父のアルビーが〈モーゲン〉を買い取ったとき、アルビーが店を切り盛りし、利益は二人で折半するという取り決めがなされた。だがアルビーは、ドノが酒場の会計に入れて出所をあいまいにした金から、少なからぬ利益も得ていた。

しかしドノは、重要な決定を下すときには必ず主導権を握った。そのなかには優先先買権も含まれており、それはこの店を購入するときに両者が出した金額の比率に由来していた。アルビーが出した金額は、なきに等しかったのだ。

こうしてアルビーは充分な収入を得られ、ドノは店の主導権を握った。しかしいま、それも自ら手放し、ルースに譲ろうとしている。彼女は店を経営し、利益をマイクと折半することになるだろう。

「ドノはきみを心から信頼しているんだな」俺は言った。

ルースは目を潤ませ、ふたたび歩きだした。俺は彼女と並び、市場の露店に沿って伸びるレンガの道を進んだ。いまは露店に誰もいないが、頭上の照明は二十四時間点灯している。出店者は夕方になると、商品のキャンドルや絵画や木のスプーンをまとめて店じまいするのだ。

「わたしは十五歳のころから〈モーゲン〉で働いてきたわ。違法であろうとなかろうと」百ヤードほど進み、市場を抜けて、ふたたび黒く平らな舗装道路に出たところで、ルースは言った。「あの店はわたしが作り上げたの。アルビーが死んだとき、街じゅうのいまいましい開発業者から、店を売らないかという話を持ちかけられたわ。でもあの連中は、ここの権利をドノが握っていることを知らなかったの。あのとき、連中が二十一歳の小娘だったわたしから営業権を買いたたこうと思っていた金額でさえ、かなりの大金だったから、実際の価値は相当な額だったんでしょうね」

「そいつを手に入れるのは、それだけ難しいのさ」

「まったくそのとおりよ。いまは景気が低迷しているけど、借地権はあと二十年有効だわ。このまま、あと八年か十年、値上がりするのを待てば、百万ドルは優に超えるでしょう。わたしにはそんな未来がはっきり見えるわ。でもアルビーには見えなかった」彼女はかぶりを振った。「それに、ドノにも見えなかったと思うわ。でも彼は、わたしに賛成してくれた」

「ドノは感傷的な人間ではない。土地財産を所有することには」

「わたしだってそうよ。六十になっても、この店にしがみついて飲み物を作っていたくはないわ」

「アルビーみたいに？」

「そう、まさしくアルビーみたいに。叔父がどうして死んだか知ってる？」

「マイクは、心臓発作だと言っていた」

「マイクは話の一部しか知らないの。アルビーは郡の留置場で、心臓発作になったのよ。その前の晩、宝石店に押し入ったあと、警官から逃亡しようとして逮捕されたの」

彼女は泣いていた。目の前の通りを見据え、古傷の痛みをこらえるように歯を食いしばっている。

「手っ取り早く、いくらかお金がほしかったのかもしれないし、過去の栄光をもう一度味わいたかったのかもしれない。もういや。わたし、アルビーが何を考えていたのか、全然わからないわ。叔父から話を聞くチャンスがなかったもの」

「それは気の毒だった」

「わたしからも、同じ言葉を言わせてもらうわ。なんてことかしら。あの店は、いまはあなたのものよ。よかったわね。売りたいのなら、どうぞ勝手にして。もううんざりよ」

「ドノはまだ死んでいない、ルース」

「でも彼はきっと、当分書類にサインはできないでしょう。なんでこうなったのよ」怒りも露わに涙を拭う。「お気の毒だわ。本当に、お気の毒ね、バン。こんなのひどすぎる。わたしはここ数日、ジェットコースターに乗っているみたいだったわ。土曜日の夜、ドノから話を聞いたときには、天にも昇るような心地だった。でもいまは……」

「少し黙ってくれ」俺は言った。ルースは驚いて目を上げた。下の睫《まつげ》に涙がついている。俺は手を伸ばし、親指でそれを払った。

「ドノは何年も前から、遺言状を変えていたはずだ」俺は言った。「俺はあの酒場がほしくて帰ってきたわけではない」

「それはわかっているわ、でも……」

「俺は何ひとつ、祖父から相続するつもりはないんだ。ドノがマイクに店の半分を譲り、きみに経営を引き継がせたいのなら、俺にまったく異存はない」

「それなのに、なんの見返りも求めないというの？」彼女は意志の強そうな顎をふたたびもたげ、新たな打撃に身構えている。不遇のなかで生きてきた女の顔だ。

「ひとつだけ、ほしいものがある。率直な答えだ」

「なんの答え？」

「ドノはいままで、〈モーゲン〉をマネーロンダリングに使ってきたか？　単なる両替ということではない。ある日突然、札束をどっさり持ってきたようなことはなかったか、という意味だ」

ルースは俺を、背中に突然翼が生えてきたような驚きの目で見た。「〈モーゲン〉を？　いいえ、ないわ。この二、三年は」

「本当にないのか？」

「それなしでも利益を出せるとわたしが証明してからは、一度もないわ。ドノは、わたしが〈モーゲン〉を隠れ蓑に使われるのがいやだと承知していたの。たとえ、それがドノとアルビーの取り決めだったとしても。わたしがやめてほしいと言ったわけではないのよ。でもある日、ドノがいつものように札束を持ってこなくなってから、何週間も経っていたことに気づいたの。それ以降、彼は二度とそういうことをしなかったわ。わたしは理由を訊かなかった。きっと、建設業の仕事にお金が必要になったんだろうと思って」

「つまり、いまの〈モーゲン〉は公明正大にやっていると？」

「ええ、わたしは最大限、公明正大にやっているわ」

ドノが〈モーゲン〉で資金洗浄をしていないのであれば、ダイヤモンドをまったく売りさばいていないのかもしれない。彼はオンディーンとの取引条件を変更し、ダイヤモンドのまま手元に置くことにした。もしかしたら長期間にわたる計画で、ほとぼりが覚めるまでしまいこむつもりだったのだろうか。

ルースと俺はふたたび歩きだし、バージニア・ストリートに曲がって、急斜面に差しかかった。ゆっくりした歩調で、二人ともそれぞれの考えに耽った。海風が周囲のオフィスビルに吹きつける音が聞こえる。風は川のように通りを吹き抜けた。

ルースが俺の腕を取った。「陸軍での暮らしは気に入っているの？」

「ああ」俺は言った。「自分に合っているよ。それに、必要とされている」

歩きながら、彼女の目が俺の顔の左側をなぞった。大半の人々とちがい、困惑混じりの視線ではない。彼女はまじまじと見ていた。

「一生陸軍にいるつもり？」彼女は訊いた。

「あれ以上の場所はない」アンサー大尉に報告していないのを思い出したが、すぐに脳裏からかき消した。俺のキャリアは風前の灯だろうが、いま考えてもしかたがない。

「戦争は下火になっていると新聞で読んだわ」ルースは言った。「何よ？　なんで笑ってるの？」

「戦争はいつもどこかでやっているのさ」俺は言った。「いつも大きな戦争とはかぎらないし、全部がニュースになるわけでもない。除隊してから民間の軍事会社と契約するやつだっている」

「ということは、あなたにはいつも仕事があるのね」

「まあ、そういうことだ。でも俺は、どこかの石油王のボディガードになるつもりはないな」

ルースが笑みを浮かべた。「あなた、タキシードにサングラスが似合いそうだわ。そして、袖につけたミニマイクに話しかけるの」

「参ったな」

彼女が不意に真剣な表情になった。「あとどれぐらい、この街にいられるの？」

「五日だ」

「だったら、時間を無駄にできないわね」彼女は言い、俺のほうを向いた。

俺は身を乗り出し、彼女にキスした。彼女は長身なので、二人とも無理に背伸びしたり身をかがめたりしなくてよかった。長いこと、唇だけを試すように触れ合わせた。それから彼女が唇を押しつけ、俺が彼女を抱きしめて、彼女も俺にしがみつき、キスを深めていった。彼女からジャスミンの香りがした。

そのとき、電話が鳴った。そして振動した。二人ともぎくりとしたが、俺はいまいましい電話に出るしかなかった。

「どうした」

「名前がわかったぞ」ジミー・コーコランだ。およそ考えられるかぎり、彼ほどムードを台無しにする人間はいない。

「続けてくれ」

「ジュリアン・フォームズだ。盗聴器に関しては本物のプロで、不法侵入の腕も悪くない」

「そんなことは知ってる」

「だから、やつの評判を言っているだけだ。二、三カ月前、こいつはワラワラの刑務所から二度目の刑期を勤め上げて出てきたばかりだから、いまはシアトル市内にいる。おまけに、おまえが言っていた特徴にぴったり一致するんだ。と言うか、やつにぶちのめされたあと、おまえが一瞬だけ見た特徴に」コーコランは笑い声をあげた。「白髪の小男だ。こいつにまちがいない」

「どうやってそいつを見つけたんだ?」

「俺様が筋金入りの天才だからさ。そうに決まってるだろうが。俺の見当では、そいつは日がな一日、家でぬくぬくと椅子に座って、何時間もかけて盗聴記録をチェックしているにちがいなかった。それで、やつの通話のほとんどを受信している基地局を探し出し、その近くのアパートメントをたぐっていったのさ。周辺の住民のリストから、やつの名前が目に留まった。どうだ、すごいだろう」

「そいつの住所は?」

「パイオニア・スクエアだ。〈ペンドルトン・コート・アパートメント〉に住んでいる。よほどのコネでもあるんだろう。俺だって住みたくなるような場所だからな」

「必ず見つけ出してやる」

「とっちめてやれ。俺からの分も、一発蹴りを入れてやれ」

俺は通話を切った。

「誰だったの？」ルースが訊いた。

「いい知らせをよこしてくれるやつさ」

「あなたの表情からは、いい知らせには見えなかったわ。むしろ、〝この電話をたたきつぶしてやる〟って顔だったけど」

「ある人間にとっては、いい知らせじゃないだろうな」

「なるほどね。だったら、甘い時間は過ぎたみたいね。わたし、帰ったほうがいいかしら？」

「ああ。すまない」

「いいのよ」彼女は言った。「取り分はしっかり取って、慌てなさるな」

俺はにやりとした。「ドノのお得意のせりふだ」

「ええ、そうよ」彼女は言った。

十七歳当時

「きみたち、イタチみたいにいちゃついてただろ」デイビーが口いっぱいにフライドポテトを頬張りながら言った。「認めろよ」

ぼくは笑いすぎて、デイビーのカローラの錆びが浮いたボンネットから転げ落ちそうになった。「んなわけないだろ」

ぼくたちは四十五番ストリートの〈ディックス・ドライブイン〉の駐車場で、カローラのフロントガラスにもたれ、チーズバーガー・コンボセットを食べていた。いや、食べていたのはデイビーだ。ぼくはただ、息を整えようとしていた。

デイビーはフライドポテトの紙製の容器にケチャップをたっぷり入れるのが好きなので、ポテトはほとんどケチャップに浸されていた。彼は自分の指をなめてきれいにし、顔じゅうに笑みを浮かべた。「いいや、やってたね。きみはエデン・アドラーをダンスパーティの会場から連れ出し、用具室の丸めた運動用マットの上でいちゃついたんだ」

「たわごとを抜かすな、トーラン」ぼくはデイビーの頭を小突くふりをし、彼はよけた。ぼくたちがふざけ合っている姿は、店の窓際で注文しようと長い列を作っているワシントン大学の学生たちの注意を引いた。二人の女子学生はずっとデイビーを見ていた。彼がエデンのことでぼくをからかう前からだ。

「まったく、彼女がどうしてきみにあれほど気があるのかわからんよ」デイビーはなおも言った。「道に迷ったカトリック信者ってやつか？ きっとそうだ。エデンはきみも祖父さんも、一度もミサに出たことがないエセ信者なのを知っている。それできみを誘惑して信仰を捨てさせ、ユダヤ人の仲間に引き入れようとしてるのさ」

ぼくは彼に自分のフライドポテトを一本投げつけた。ポテトは彼が大事にしているロックバンドのTシャツのまんなかに飛んだ。

「おい！」デイビーは言った。

ぼくはにやりとした。「そもそもぼくは何もしていないんだから、道に迷いようがないさ」

「土曜日には、きみはヘブライ語がペラペラになってるよ」デイビーはしつこかった。

ぼくたちは〈ディックス〉でそそくさと夕食をすませた。日没とともに、大勢の学生たちがキャンパス近くの幹線道路を通ってきた。寮住まいの学生と、友愛会や女子学生クラブに入るような学生の区別は簡単についた。前者は徒歩で、後者は車で訪れるのだ。

「いま何時だ？」ぼくは訊いた。

デイビーが傷だらけのタイメックスの腕時計を見た。父親の時計だったものだ。ジョー・トーランがまだ家族といっしょにいたころの。「六時十五分だ」彼は言った。「試合開始《ティップオフ》は何時だ？」

「七時五分だ。近づいてきた。さあ、行こう」

ボンネットを降りるとき、ぼくはゴミの入った紙袋をデイビーに放った。彼はレストランの片隅にあるプラスチック製のゴミ箱まで歩き、それを入れた。今夜のデイビーは、ロックスターのように昂揚している。お気に入りのシャツと黒のジーンズ、それに年季が入ったドクター・マーテンズの靴で身を固めている。彼はわざと遠まわりをし、客の列に沿って歩き、女子学生たちを品定めした。誰一人、エデン・アドラーに匹敵する女の子はいなかった。

戻ってくる途中、デイビーは歩調を緩め、小柄なブロンドの女子学生に向かってとびきりの笑顔を投げかけた。彼女は無視するふりをしたが、視界の片隅で、カローラにゆっくり戻るデイビーを見ていた。ワシントン大学のバレーボール部のスウェットシャツを着た男子学生が、彼女のかたわらに立っていたが、自分のものだと主張するほど近くではなかった。それでも男子学生は、デイビーを睨んだ。

「きみが運転してくれ」ぼくはデイビーに言い、二人ともカローラに乗りこんだ。

「いまの女を見たか？」駐車場を出て東へ向かうあいだも、彼の目はまだ女子学生に注がれていた。

「彼氏がきみのケツを蹴とばしそうだったぞ」

「マジか」彼は言った。「だったら後ろを見張っていてくれ。で、これからどうする？　体育館の裏にまわろうか？」

ぼくは首を振った。「試合会場の近くは、いまごろには警備が厳しくなっているだろう。駐車係から、どうしてこんなに早く帰るやつがいるのかと怪しまれる。ハスキー・スタジアムの近くの大駐車場に入ろう」

デイビーが顔をしかめた。「たいした獲物はなさそうだぞ」

「きっと何か見つかるさ。この仕事は特注じゃない、フランケンシュタインだからな」

「いったい何を言ってるんだ？」

「俺たちの好きな部品を選ぶってことさ。やりやすいところを狙う」

デイビーが鼻を鳴らした。「ドノがそう呼んでるのか？」

「ドノはどうとも呼んでいない」

「それは、きみがドノに何も言っていないからだ」デイビーはジャケットのポケットで何かを手探りした。ぼくが手を伸ばし、ステアリングを押さえて、二人で運転しながら、惰性でモンレイク大通りや大学の駐車場へ向かう長い陸橋を下った。

「ドノだって、自分がやっていることをすべてぼくに話すわけじゃない」ぼくは言った。

デイビーは声をあげて笑った。「向こうもそう思ってるよ。ということは、本当に理解し合っているのさ」マリファナを巻いたタバコとプラスチック製のライターを、くしゃくしゃになりかけた包みから取り出す。

「やめておけ」ぼくは言った。

「かっこいいだろ。俺はいつだってイカしてるんだぜ」

「笑わせるな。ポテトの脂でギトギトじゃないか。さあ、裏口から入ろう。ここだぞ」

「えらいもんだ。今晩しらふで仕事をしているのはきみだけだよ」デイビーはそう言いながらも、マリファナタバコは包みに戻した。

ぼくたちは駐車場に車を入れ、ゲートの前で停めた。ぼくはデイビーに十ドル札を渡し、彼はオレンジの蛍光色の安全用ベストを着た駐車係にそれを渡した。駐車係はぼくたちに手を振って、八十ヤード向こうに立っている別の係員を示し、その係員は懐中電灯を振って、最寄りの空きスペースを示した。

そこのゲートはハスキー・スタジアムの裏側で、ヘク・エドムンドソン・パビリオンという体育館から四分の一マイルは離れている。今晩、女子バスケットボールの試合が開催されるのは、ヘク・エドのほうだ。ワシントン大学の女子バスケットボールチーム、ハスキーズは今シーズン、快進撃を続けている。男子部よりもはるかに好調で、駐車場も混んでいた。二千台、いや、二千五百台は駐まっているだろう。

寒い晩だ。だからこそ、バスケットボールの試合が絶好の標的になるのだが。こんな夜に外でずっと立っていたい人間などまずいない。観客は座席用のクッションやバックパックを抱え、車から一目散に会場へ向かう。ぼくたちはわざとゆっくり車を流し、もどかしそうに懐中電灯を振る係員のほうへ向かった。

「何か見えるか？」

「ここの照明はお粗末だ」ぼくは言った。

「だからさっき、体育館の裏の駐車場を狙ったほうがいいと言ったのに」

デイビーは懐中電灯を持った若者が示す方向へ曲がり、空きスペースを通りすぎて、まんなかの通路へ入ると、次の列へ向かった。ぼくは駐車場に並んでいる車を見つづけた。

「何を探しているんだ?」デイビーが訊いた。

「ドイツ車だ」

「はい、総統。そこにBMWがあります」

「古すぎる。次の列を当たろう」

さらに二列をまわったところで、メルセデスCL500が目に留まった。今年のモデルにちがいない。「もう一回通ってくれ」ぼくは言いながら、助手席の床の工具箱にかがんだ。そこから取り出したのは、プラスチック製のメルセデス用キーレスエントリーで、五、六本が束になっている。そのどれにも、鍵はついていなかった。

デイビーがカローラをひとまわりさせ、ぼくたちはもう一度その車の前を通った。ぼくはCL500にひとつ目のキーレスエントリーを向け、スイッチを押し、続いてふたつ目も試した。

「くそっ。強硬手段に出るしかないのか?」デイビーが言った。

三つ目のキーレスエントリーを試したら、メルセデスのパーキングライトが一度点滅した。

「いいぞ」デイビーは言った。車をやや加速させ、駐車場を横切って次の列に駐める。ぼくたちはシートを倒し、少し緊張を解いた。カローラのサンルーフが、黒っぽい車内で大きな灰色の四角形に見える。

「そんな最新式のキーをどこで手に入れた？」デイビーが訊いた。

「ルイスからだ。新車の半分ぐらいはこれで開けられると言ってた」

「なかなかじゃないか。きみがずっと持ってるのか？」

「いや」

「そいつはおかしい」彼は言った。

「一時間あたり三百ドルだ。妥当なところさ」

「そうかな。もっと利ざやが稼げるんじゃないか」

ぼくは彼に向かってにやりとしたが、暗がりでデイビーには見えなかった。「利ざや？きみ、経済学の授業でミセス・グラムシーからDをつけられたんじゃなかったか？」

「うるさいな」デイビーは楽しげな口調で言った。

「好きな車をかっさらって、あとで部品をばらして売ったほうが簡単だ。それに安全でもある。いままではルイスに目当ての車を指示され、ぼくはその車を探して街じゅうを走りまわらなければならなかった。もう、一週間もかけてこの一帯のゴルフ場の駐車場を嗅ぎまわるのはごめんだ」

「ドノのことも嗅ぎまわってるんだろう。きみ、まだ祖父さんに怒ってるのか？」

「いや」

デイビーは鼻を鳴らした。「やっぱり怒ってるね」

「そんなことはない」デイビーは、ドノとぼくが喧嘩したのを知っていた。デイビーには、夏休みのあいだ、ドノから建設業の仕事をさせられたからということにしていた。だが、ぼくが怒った本当の理由は、ドノがぼくをポートランドに連れていってくれなかったことだった。

この二週間、ぼくは暇さえあれば、オンラインで過去二週間の新聞記事を検索することに没頭していた。とりわけ、オレゴン州ヒルズボロのIT長者の広大な庭園から、彫刻のコレクションがあらかた盗まれた事件の記事を。引用されていた億万長者の言葉によると、彼はポストモダンのリュクサンブール公園を作り出そうとしていたらしい。それがどういう意味なのかはさっぱりわからなかったが、新聞社はこぞって、その犯行を〝大胆不敵〟と評した。どうやら犯行は白昼に行なわれ、誰かが見ていたはずだという。最低でも六人から八人は必要なはずで、重機も使ったにちがいない。

それにしても、彫像を盗み出したとは。ぼくは重機を操作できるのに。

「駐車係はどこだ?」ぼくはデイビーに訊いた。

彼は頭を上げ、後部ハッチの外を見た。「いなくなった」

「いないはずがない。よく探せ」

「わかった、落ち着けよ。ひょっとしたら、一服やるべきなのは俺よりきみのほうかもしれないな」彼は首を伸ばし、駐車している車列の向こうをうかがった。「あそこだ。蛍光ジャケットを着た仲間と話している。まだ出口の近くだ」

手を伸ばし、頭上の車内灯を消した。「マリファナタバコはどこで手に入れた？」ぼくは言った。「ボビー・セッションズからか？」

「うるさいな。もう、その話を蒸し返すのはやめてくれ、お婆ちゃんじゃあるまいし」

「ブリティッシュコロンビアから密輸したとかいうふれこみの安物か？」

「わかってるだろ。やつに何か恨みでもあるのか？」

「ないさ。しかしあいつは、粗悪品を平気で売るやつだ。きみはいいカモにされたんだ」

「俺は、やつの知らない連中を知っている」デイビーは言った。「いざとなったら、その連中に動いてもらえばリスクはないさ」

「ボビーのほうのリスクはどうなんだ？　やつはしゃにむに売りさばこうとしている。そのうち、警察の協力者に密売しようとするかもしれない。警官にしょっ引かれそうになったら、きみの名前だって平気でしゃべるぞ」

「嘘っぱちだ」

「しゃべるかどうか、という問題じゃない。しゃべるのは時間の問題なんだ。やつは食わせ者だ、デイビー」

「俺はボビー・くそセッションズを黙らせるさ」

ぼくたちはシートに座ったまま、サンルーフを見上げた。夜の帳《とばり》が降りるにつれ、車内と空の区別がぼやけていく。

「さあ、行こう」ぼくは言い、車のドアを開けて外に出た。片手にはメルセデスのキーレスエントリーを握り、もう片方の手に工具箱を持っている。試合に遅れてきた観客がちらほら、駐車場からヘク・エドへ向かっていたが、こっち側には誰も来ない。ぼくは頭を低くしたまま、足早に車列を縫ってメルセデスへ向かった。

アスファルトにひざまずき、入口のゲートを振り返る。二人の駐車係の気配はない。ぼくはさらに待った。一分ほどして彼らの居場所がわかった。駐車場のまんなかあたりで、一本のタバコを分け合っている。

キーレスエントリーのスイッチを押すと、後ろでメルセデスのロックが解除される音が聞こえた。パーキングライトが一瞬光ったが、駐車係の注意は引いていない。ぼくはドアを開け、車内に入った。

趣味のいい内装だ。こげ茶色の革に、木目調のダッシュボード。持ち主は泥棒よけに、カーステレオを丸ごと外して持ち歩いているようだ。あるいは、小物入れにしまいこんでいる可能性もある。いずれにせよ、気にすることはない。ステアリングとシートとエンジンまわりのほうが、ブラウプンクトのカーステレオよりもはるかに価値がある。

工具箱から、コードレスの電気ドリルとマイナスドライバーを取り出した。デイビーとぼくで家を出る前に、ドリルにはタングステンの刃をセットしておいた。ぼくはドリルの刃をエンジンキーの鍵穴に突き立て、わずかに中心からずらして、強く押しつけ、最初のロックピンを取り除いた。車内でドリルの咆哮がロックコンサートのようなすさまじい音をたてる。初めてエンジンキーの鍵穴にドリルを挿入したときには、半径二マイル以内の人間が残らず走ってくるように思えてならなかった。ぼくは二度、三度とドリルを挿し入れ、小刻みに揺らして、ピンをすべて壊した。それからマイナスドライバーを押しこんでひねると、エンジンが控えめな音とともに動きだした。

ぼくがヘッドライトをつけると、デイビーはすぐに駐車スペースからカローラを出し、先導した。ぼくは彼に続いて駐車場を出、ゲートの木製のアームが上がるのをもどかしい思いで待った。

モンレイク大通りを走り、五二〇号線の入口車線の前の赤信号で停まった。すでにルイスに電話を入れ、待ち合わせ場所に向かっていることを知らせておいた。ぼくは目を上げ、カローラの車内のデイビーを見た。彼が振り向き、後部ハッチの窓越しににやりとした。口にくわえたマリファナタバコが赤々と光っている。ぼくが中指を突き立てると、彼は大笑いして前を向き、青信号とともにアクセルを踏みこんで、大通りにグッドイヤーのタイヤの痕を残した。

22

パイオニア・スクエアのごつごつした玉石が足下に当たる。その感触は、子どものころの記憶を呼び起こした。母が俺をここに連れてきたことがあるのだ。買い物の途中だったかもしれないし、近くで働いている友人を訪ねようとしていたのかもしれない。細かいことは覚えていなかった——当時、俺は五歳になっていなかったのだ。

それから数カ月後のある夕方、長い一日を終えて家路に急ぐドライバーが、アクセルとブレーキを踏みちがえ、縁石に乗り上げて、俺の人生から永遠に母を奪い去った。

だが、ここの界隈を訪れた日は楽しい記憶となって残っている。覚えているのは、母が指さした先に凝った鉄製の装飾があったことで、それは広場の西側に広がる優雅なあずまやに飾られていた。きっと週末だったのだろう。あたりは人々で賑わっていたような気がする。

革ひもにつながれた犬が行きかうなか、俺は玉石の上に群れる鳩を無邪気に追いまわした。どこかの時点で、母に抱き上げられたような気がする。きっと俺を落ち着かせようとしたのだろう。母の長い黒髪を透かして見えたのは、あふれんばかりに咲き誇る色とりどりの花で、どれも遊歩道沿いの大きなプランターに植えられて、売りに出されていた。

記憶に残っているのは、人や鳥の群れと、咲き乱れる花だ。そして風になびく母の髪。その日にしても、ほかの日にしても、母の顔はほとんど思い出せないのだが、母が近くにいたという感覚は鮮烈に残っている。

ジュリアン・フォームズは広場の片隅にたたずむ三階建てのレンガ造りの建物に住んでいた。出所したばかりの前科者にしてはいいところに住んでいる。通りに面した一階の大半は画廊で、上階はロフトアパートだ。建物には百年前の様式の痕跡が残っている。前廊はアーチ型の屋根で覆われ、各階のあいだは石像で装飾されていた。だが、いかにも現代調のプレキシガラスと鉄製の玄関が、全体を台無しにしていた。たとえて言えば、ロールスロイスにキャタピラー社のトラクターのグリルをくっつけたような感じだ。

その日は雲が垂れこめ、雨がそぼ降っていた。道行く人々は鉄製のベンチを覆う屋根や、黒々とした巨大なトーテムポールの陰を急ぎ足で歩いている。広場のなかは、ホームレスのたまり場と化していた。そのほとんどは黙然として座り、虚空を見据えているか、しつこい霧雨に濡れながらうなだれて、ぶつぶつ独り言をつぶやいている。より活動的な連中は、さっさと通りすぎようとする人々の群れに、つり銭でも恵んでくれそうな買い物客がいないかどうか見きわめようとしていた。

もしフォームズが、ドノの家で俺を棍棒で殴り倒した人物であれば、ひと目見て俺だと気づくにちがいない。俺は危険を冒して建物を通りすぎ、間近から観察した。出入口の扉にはキーカードが必要らしい。扉の向こうにロビーがあり、古風な真鍮の郵便受けが壁際に並んでいる。時代がかった書体で、内側の扉の鉛枠《えんわく》のガラスに〈ペンドルトン・コート〉と書かれていた。

保守的な青いスーツに縞《しま》のネクタイを締め、バーバリーのレインコートを着た若者が、建物から走り出てきた。彼はにわかに立ち止まり、肩に提げたメッセンジャーバッグの中身を確かめて、建物に戻ろうと踵を返した。コートのポケットから財布を取り出し、キーカードを読み取り機に通して、なかに消える。

俺はブロックの端まで歩きつづけてから、引き返した。バーバリーの男がふたたび現われ、さっきよりもさらに急いで、俺に真正面からぶつかった。

「おっと、失礼」俺は言った。

「気をつけろ」彼は言い、駆け足で去った。

若者が視界から消えたところで、俺は自分のジャケットから彼の財布を取り出し、そこからキーカードを出した。バーバリーの男が使ったときと同様、俺が使ってもキーカードはきちんと作動した。俺は財布を管理人用の郵便受けに入れておいた。その隣にずらりと並んだ住人用の真鍮の郵便受けを一瞥すると、いちばん上のあたりにこう書かれていた──フォームズ、三〇九号室。

建物のロビーには、歴史の香りが色濃く立ちこめていた。大理石の階段と重厚なオークの手すりは、百年前の建築当初のものかもしれない。

階段を上り、三階に向かう。三〇九号室はエレベーターのすぐ近くにあった。ほかの住人よりいい鍵を使っている。がっしりしたシュラーゲ製のボルト錠だ。俺は穏やかにノックしてみた。応答はない。

ドノ愛用の最高級の解錠用具と小型のロックピックガンをもってしても、ボルトをふたつとも外すには、五分もの慎重な作業を要した。俺は腕が落ちていた。レンジャーでは、頑丈な扉をこじ開けるにはもっと手荒な手段を使う。ブリーチング弾を装塡した散弾銃などだ。

室内は広々として風通しがよく、大きな窓から曇り空の日光が入りこんでいる。調度品はまばらだ。居間には一脚しか椅子がなく、それも何十年も経っていそうな、背もたれの低い緑の椅子だ。壁際の大きなテーブルに、埃よけがかけられている。作りつけの棚には物が少なく、キッチンカウンターも同様だ。

俺は背後の扉を閉じ、ふたたび錠をかけた。キッチンに入り、ゴミ箱の中身を確かめる。実際に住んでいる人間がいるかどうか見きわめる、最も簡単な方法だ。プラスチック製のゴミ箱は三分の二ぐらいが埋まっている。その大半は、レストランから買ってきたテイクアウトの料理の容器だ。店名はちがっているので、行きつけの店はないらしい。

寝室の様子もざっと検《あらた》めた。どうやらフォームズの暮らしぶりは、きわめて貧しいがきれい好きな大学生に近いようだ。クローゼットには厚手のコートが一枚きり。ズボンとシャツはいずれも数枚ずつで、きちょうめんに折りたたんで簞笥の抽斗にしまってある。小型のテレビは、入念に整えられたベッドから寝ながら見える角度に置かれていた。

もしかしたらフォームズは、どこか別の場所で仕事をしていたのかもしれない。そう思いはじめたのは、廊下のクローゼットを開けるまでだった。そこにあったのはキャスターつきの大きな赤い金属製の工具用キャビネットで、高さは三フィートほどだ。たいがいは、整備工がひととおりの種類のレンチを手元に置くのに使われる。いちばん上の抽斗を開けてみると、さまざまな太さの針金とはんだごてが見つかった。下の大きな抽斗には、新品で未使用の携帯電話が十数台、箱に納まっている。ドノの家の盗聴器に使われていたメーカーと同じだ。

大当たりだ。ジュリアン・フォームズ、きょうが年貢の納め時だぞ。

居間のテーブルの埃よけを剝がすと、さらに多くのことがわかった。マックの大型のラップトップは蓋を閉じられ、電源は消えている。その隣には分解された送信機があり、かたわらには繊細な作業のための工具が整然と並んでいた。さらに、厚手の黒い革製のキャリングケースが置かれている。

ケースのファスナーを開けてみた。そこにはいくつものUSBメモリがポケットに収納されている。金属製の長方形のメモリをよく見ると、青い油性インクでアルファベットがふた文字書かれていた。

三個のUSBメモリにはDS。二個のUSBメモリにはCL。

ドノ・ショウと、クリスチアーナ・リオッティのイニシャルだ。

俺はコンピュータを立ち上げ、DSと書かれたUSBメモリを接続した。コンピュータは信号音とともにメモリを認識し、ウインドウが表示されて、パスワードの入力を要求してきた。

暗号化されている。くそったれ。希望は湧いたときと同じく、瞬く間に潰《つい》えてしまった。目の前のデータが聴ければ、ドノが銃撃されたときの模様を知り、犯人を突き止め、あわよくばダイヤモンドの隠し場所を特定できるかもしれないのに。

俺に選択肢はいくつあるだろう。最も賢明なのは、すぐにここを出て、住居侵入などしなかったようなそぶりでゲリンにフォームズの情報を教え、警察の手で捜索してもらうことだ。警察にはコンピュータの専門知識に通じた人材が大勢いる。彼らならフォームズの暗号を破れるだろう。そしてゲリンがフォームズを取り調べれば、彼を雇った人間を訊き出せるはずだ。

いや、やっぱりやめておこう。捜索令状を取り、コンピュータの暗号を破るには、どう急いでも一日や二日はかかる。ひとつ手順を進めようとするたびに、フォームズは弁護士を雇って抵抗するかもしれない。証拠を隠滅してしまう可能性もある。そうすれば何週間もかかったあげく、何も究明できないかもしれない。俺の休暇はあと四日しかないのだ。

ジュリアン・フォームズがワラワラの州刑務所に逆戻りしようがしまいが、そんなことはどうでもいい。俺はただ、ドノの頭に銃弾を撃ちこんだやつが誰なのか知りたいだけだ。フォームズのことを調べるほど、この男は単なる手先に思えてきた。ひょっとしたら彼は、拳銃さえ持っていないかもしれない。

ゲリンは最終的にフォームズを追いつめられるかもしれないが、それでも俺には、もっと手っ取り早い方法があるはずだ。

俺は寝室のクローゼットで見つけた空《から》のダッフルバッグに、フォームズのラップトップ、USBメモリを入れ、キャスターつきのキャビネットから高価な工具類も失敬した。埃よけを元どおりテーブルに置く。それからキャビネットにあった黒いマーカーを使い、埃よけの生地に〝取引しよう〟と大書して、その下にドノの使い捨て携帯電話の番号も書いておいた。

部屋を出ようとしたところで、もうひとつのアイディアがひらめいた。フォームズの盗聴器がまだ、ジャケットのポケットに入っていたはずだ。俺はそいつを取り出し、一瞥した。

盗聴器のバッテリーはまだいっぱいだ。充分に使える。

盗聴器のキーパッドに、自分の電話番号を入力した。次の瞬間、俺の電話が呼び出され、応答すると、この部屋で俺が身動きしている音が幽霊のように聞こえてきた。フォームズの工具用キャビネットのなかに、ダクトテープがあった。俺はそれを使い、盗聴器をテーブルの下に貼りつけた。

フォームズがドノの家に仕掛けたような入念さとは比べ物にならない——通話をやめるか、盗聴器のバッテリーが切れたら室内の音声はもう聴けない可能性もある。だとしても、それまではこの部屋で起きていることがすべてわかるのだ。

これでもくらえ、このくそったれ。

部屋の扉を閉め、建物の玄関口から通りに出た。

フォームズのアパートメントの建物を近くから監視するのは、簡単ではなかった。手近な場所にはレストランやバーのような好都合な店がない。通りの一カ所にじっと立っていたら、トーテムポール並みに目立つだろう。

ただし、周囲に溶けこむという方法がある。

俺は小走りで広場の向こうの屋内駐車場に行き、ピックアップトラックに戻って、フォームズのラップトップや商売道具を詰めこんだダッフルバッグを置いた。ジャケットを脱ぎ、後部座席からペンキの染みがついたパーカーをつかむ。

裏通りにゴミ箱があり、蓋には鍵がかかっていなかった。俺は二分かけて、ゴミ箱のべとべとした汚れをスウェットにこすりつけた。腐ったキャベツや腐肉の悪臭が漂う。ゴミ箱にあった、破れかけたシアトル・マリナーズの野球帽もひどいにおいだ。この野球帽をかぶってみすぼらしいパーカーを着れば、パイオニア・スクエアのホームレスに混じってもなんの違和感もない。

フォームズの住んでいる建物の表通りと裏通りの出入口が一度に見えるベンチは、ひとつしかない。そのベンチには先客がいた。半ば眠ったような、口の片端に唾をためた中国系の男だ。俺はベンチから十フィートの距離に立ち、男をじっと見つめた。何をされるのか不安になったのだろう。男はのろのろと立ち上がり、ほかのホームレスがたむろしているほうへ移った。

バン・ショウ。このならず者。われながらいささか気が咎めたが、ドノを撃ったやつをこの手で捕まえられるのなら、いつまでもここで待ってやる。ひょっとしたら、そいつをゲリンに引き渡す前に、少し人相を変えてやれるかもしれない。

俺はそいつを警察に突き出すつもりだった。これまで俺は、ホリスやコーコランやウィラードのような裏社会の男たちから遠ざかって、新たな人生を歩もうと奮励努力してきた。犯人を懲らしめてやりたいのはやまやまだが、この手でそいつを殺すというのは愚かな選択にしか思えなかった。

それでも、仮にそうすることができたらさぞかし気持ちいいだろう。想像ぐらいしたって罰は当たらないはずだ。

俺は電話にイヤホンを装着した。目ざとい通行人が、悪臭漂うホームレスが携帯電話のサービスを使っているのを妙だと思ったとしても、それ以上深追いしてくる者はいるまい。電話越しに聞こえてくるのは、無人のアパートメントのしんとした音だけで、感覚が麻痺しそうになる。意識を集中し、アパートメントの前を通りすぎる全員の顔を見逃さないようにした。

およそ二十分後、ジュリアン・フォームズが来た。まちがいなく、俺を殴った男だ。特徴のある長めの白髪を、ケープのように耳元に垂らしている。小柄で猫背の身体に、赤いプーマのスタジャンを着、ジーンズにハイカットのスニーカーをはいていた。不健康そうな黄色の肌をしており、皺の寄った顔はくしゃくしゃになった羊皮紙のようだ。あまり日光を浴びていないのだろう。

見ているうちに、フォームズは建物に入っていった。ほどなく、電話越しに鍵を開ける音が聞こえてきた。

フォームズは戸口に立ち尽くし、テーブルの埃よけに書かれた俺の言葉を読んでいるにちがいない。盗聴器が足音を拾い、続いて、甲高くはっきりした「くそっ」という声が聞こえてきた。音質はきわめて明瞭だ。彼は何度もその言葉を繰り返し、繰り返すたびに声は大きくなった。

おかえり、ジュリアン。

さらに足音が聞こえてくる。せわしなく歩きまわる音だ。これからどうしたものか考えているのだろう。俺が書き残した番号に電話してくるだろうか？　それとも助けを呼ぶか？　街を逃げ出すだろうか？

少し経つと、室内に沈黙が垂れこめた。水を流す音がする。たぶんキッチンだろう。それから、床がきしむ音に続き、ドスンという音が間近に聞こえた。フォームズはテーブルの前の椅子に座り、俺が書いた字を睨んでいるのかもしれない。

「俺だ」やおらフォームズが言い、俺は飛び上がりそうになった。甲高い声が、すぐ隣で話しているように聞こえる。ひとつ、認めざるを得なかった――この男は盗聴器造りの名手だ。「ああ、それはわかってるよ」フォームズは言った。誰かに電話しているようだ。俺には彼の声しか聞こえない。「まあ、聞いてくれ。問題が起きたんだ、こんちくしょう」彼は言った。

「本来なら、こんなふうに話すべきじゃないのはわかってる。でも緊急なんだ。助けてくれ」長い間があり、ふたたびフォームズが言った。「いいや、直接来てほしい。こいつをその目で見てくれ。そうだ。いや、とんでもない。あんたに真っ先に電話したんだ、誓うよ。俺がそんなばかだと思うか？　お客様は神様さ。俺はあんたの味方だ。ああ。ここで待ってるよ」

それから物音が聞こえ、フォームズが何度か悪態をついた。くぐもった音で別の声がし、さらにちがう声がしたところで、ふと気づいた。フォームズが寝室でテレビをつけたのだ。つまり、ジュリアンが顧客の一人に電話し、そいつがここへ向かっているということになる。願ってもない展開だ。

ゲリンはこの場に居合わせるべきだ。犯行に関与している人間を直接見てもらう、絶好のチャンスではないか。たとえ、まだ逮捕するには証拠が不充分であっても。俺はゲリンにショートメッセージを送った――『パイオニア・スクエアのフォームズ宅前にいる。銃撃犯と思われる人物がこっちに来る。すぐ来てくれ』

俺は通行人の顔に目を戻し、フォームズの顧客を突き止めようとした。折しもランチタイムのまっただなかで、群衆がひっきりなしにぶつかり合いながら歩道を行き来しているので、建物に入る人間全員の顔を、彼らが背を向ける前に識別するのは困難をきわめた。フェデックスの配達人が三分おきに出入りしている。ブルネットの美人が着ている服は、この天気にしては薄着だ。彼女は扉を押さえ、後ろから来たダークスーツの長身の男を建物に通した。さらに、銀行員とおぼしき二人組が来た。決然としたいかめしい顔つきをし、アスリートのように筋肉質だ。住人の誰かが、なかから開錠して彼らを入れた。それから、こうもり傘を手にし、中折れ帽をかぶった恰幅のよい男が、キーカードを取り出して入った。

電話越しに、フォームズの部屋のブザーが鳴るのが聞こえた。外のインターコムには誰もいない。顧客はどうやら、すでに建物に入ったようだ。俺の目の前を通りすぎたはずなのだが。

足音に続いて、扉が開く音がした。

「俺はあんたの仲間に来てほしいと言ったんだ」フォームズの甲高い声。

「あいにく彼は忙しくてね、ジュリアン」耳障りで、楽しげな男の声だ。「いったい何事だ？」

「見りゃわかるだろ。俺の道具があらかたなくなっちまったんだ。コンピュータも、取ってあったバックアップも全部だ。かっさらってった野郎は、きっと俺が出かけるのを待っていたんだろう。出かけていたのは小一時間ぐらいだったのに」

相手の男がうなった。「『取引しよう』だと？」男は、俺が埃よけに書いたメッセージを読み上げた。「こいつはいったいどんな取引をしたいんだと思う？」中西部の訛りだ。シカゴか、あるいはもっと南かもしれない。俺はダイヤモンド強盗事件の記事を思い出した。死んだ強盗のバート・マックガンは、イリノイ州の出身だった。

「俺が知るわけないだろう」ジュリアンが言った。「かいもく見当もつかないよ。俺はもう二度と、あのくそったれに会うつもりはない。あの夜はマジでやばかったんだ」

大当たりだ。一抹の懸念は杞憂に終わった。やはりジュリアンが話している相手は、俺のめざす顧客だったらしい。腕時計を見た。ゲリンにメッセージを送ってから十二分が経っている。ちくしょう、早く来い。

「それで、こっちの損害はいかほどだ、ジュリアン?」

ジュリアン・フォームズが鼻を鳴らした。「あんたたちのか? 何もないよ。俺は万全の手を打っているんだ。いいか? データのロックは完璧だ。音声を録音したアカウントは身元がわからないようにしているし、バックアップはいちばん高度な方法で暗号化している。しかし、だからといって、誰かのポケットにデータをすべて握られるのはうれしくない。俺は当面、街を出るよ」

「おまえは俺たちにすべてを渡したんだな?」

「当たり前だろ、ブーン。あんたたちにはすべて渡してある。俺が自分で届けたじゃないか? 標的が昏睡状態に陥ったのは、俺の責任じゃない」

ブーン。声の主の名前がわかった。

「だが、おまえはあのおもちゃを回収しにやつの家に戻ったじゃないか」ブーンがどすの利いた声でジュリアンに言った。

首筋に悪寒が走ったのは、霧雨のせいではなかった。俺は立ち上がり、足早に広場を抜けた。

「すまん、そのことは謝るよ」ジュリアンが言った。「証拠を何ひとつ残したくなかったんだ。もうやってしまったことじゃないか」

「必要な荷物をまとめろ」ブーンが耳障りな声で言った。「俺たちの車に乗れ」

「わかった」ジュリアンは言った。「俺はただ――」

次の瞬間、けたたましい音とともに、力を入れるうなり声がした。俺は早歩きをやめて駆け出し、通りを行きから車のあいだを縫い、すんでのところで停まった車のボンネットを乗り越えて、浴びせられるクラクションやドライバーの怒号にもかまわずに急いだ。耳元のイヤホンからは、世にも恐ろしい苦しげな咳きこむ声が何度も聞こえてくる。

ジュリアン・フォームズが首を絞められている音だ。

23

俺はアメリカンフットボールのランニングバックさながらに、歩道を疾走した。開け放たれた出入口の前で郵便配達人が躊躇していたので、彼にぶつかってしまい、配達人は倒れて、郵便袋の中身がこぼれ出して風に舞った。彼の悪態を背中で聞きながら、俺は大理石の階段を一度に三段ずつ駆け上がった。

心臓が早鐘を打つ音で、盗聴器の声が聴き取れない。フォームズはまだ生きているのか？

俺は前傾姿勢で階段を上りきり、ブーツの踵が大理石に響かないよう、足音を忍ばせて廊下を通った。三〇九号室の扉は閉まっている。

戸口の横に立ち、ゆっくりドアノブをひねってみた。鍵はかかっていない。

盗聴器から、室内でそっと動きまわる音が聞こえる。喉を絞められている声は止まった。フォームズがまだ死んでいないとしても、虫の息だろう。ゲリンはいったい何をしている？

扉を半インチほど開けてみたが、幸いにも蝶番は音をたてなかった。うまくいけば、ブーンがジュリアンに気を取られている隙に取り押さえられるかもしれない。

もう一インチ開ける。隙間から覗いてみると、居間とキッチンの一部が見えた。床を人影がすばやく動いている。

俺の肩のすぐそばで、戸口がはじけ飛んだ。俺は飛びのき、廊下にあとずさった。二発目が扉の端を粉砕し、拳の大きさにえぐりとった。一瞬前まで俺の頭があった場所だ。

小型の三二口径をポケットから出し、扉に向けた。この野郎、来るなら来やがれ。相手になってやる。

しかし相手は現われず、大きな音とともに、奥のほうでガラスの割れる音がした。ブーンが窓をたたき割ったのだ。屋外の古い避難階段から逃げようとしている。

俺は扉を蹴り開けた。寝室の前の廊下にガラスの破片が飛んでいる。身をかがめて室内に入り、キッチンカウンターの陰に隠れた。

ジュリアン・フォームズがテーブルのかたわらの床に倒れ、断末魔の苦しみにのたうっている。顔はまだらの深紅に染まり、喉元には指の跡が青いあざになっていた。

金属製の階段を駆け下りる音がした。俺は開け放たれた寝室の扉に、三二口径を向けて廊下を進んだ。ブーンは部屋から逃げ、足音荒く眼下の避難階段を下りている。窓から一瞬だけその姿が見えた。黒いスーツを着た長身の男が、すでに二階下まで降りている。さっきベンチで見張っていたとき、建物に入っていった男だ。鉄の階段の隙間を、茶色に刈り上げた髪がよぎる。

窓枠に駆け寄ったとき、鋭い痛みを覚えた。割れたガラスがジーンズを裂き、脚が切れたのだ。避難階段に足をかけると、錆びた鉄が体重で怖いぐらいに震えた。段が多いうえに急勾配で、もどかしいほどゆっくりとしか進めない。

眼下ではブーンが黒いコートの裾をひらめかせて裏通りに飛び降りた。俺も急いだが、まだようやく二階の踊り場まで来たところだ。ブーンは俺に十ヤード差をつけ、すでに二番アベニューに向かって走りだし、広場から離れて人混みにまぎれようとしている。

俺は三二口径をポケットに入れ、手すりをよじ登って、十五フィートの高さをアスファルトに飛び降りた。転がって衝撃を吸収したかったが、そんな余裕はなく、着地した両脚と脇腹が折れるかと思った。治療したばかりの前腕が、かき鳴らされたギターの弦のように痙攣《けいれん》する。俺は自分に鞭打って立ち上がり、ブーンを追いかけた。

遅すぎる。もうかなり引き離されていた。俺は狂ったように通りを見まわした。それぞれの日常を過ごす群衆が、ランチタイムの店やレストランに出入りしている。誰一人、走りすぎるブーンに注目したり、指さしたりする者はいない。車やトラックの群れがのろのろと通りすぎる。

ブーンはどこへ行った？　向かいの通りを横断し、路地に逃げこもうとしている。俺はよろよろと車道を渡った。スバルが急ブレーキをかけ、けたたましくクラクションを鳴らした。

最初の路地には誰もいなかった。二番目の路地も無人だ。だが、路地に面した扉がいくつか開いている。表通りにはシーフードレストランがあり、路地にはその裏口がある。可能性はいくらでも考えられた。

まんまとブーンを逃がしてしまった。こんちくしょう。くそったれ。

これで手がかりになる人物が、二人ともいなくなってしまった。ブーンは逃げ、フォームズは死んだ。そして俺は、あの人殺しの顔さえ見ていない。

いまごろになってサイレンが聞こえてきた。ジェイムズ・ストリートのほうから、たったいまブーンと俺が出てきた建物へと近づいている。

それを合図にしたように、電話が鳴った。ゲリン刑事からのショートメッセージだ――

『いまどこにいる？』

よくぞ聞いてくれた。俺は痛む足を引きずって、のこのこフォームズのアパートメントに引き返し、自ら警察に捕まって取調室に入るつもりは毛頭ない。そんなことをすれば、ゲリン刑事が俺をジュリアン・フォームズ殺しの容疑者とみなし、アンサー大尉が憲兵を警察署に送って俺をフォートルイス基地に連れ帰り、営倉に閉じこめて査問委員会にかけるに決まっている。

二ブロック先の路地で、野球帽を排水溝に捨てた。三二口径はフランネルのワイシャツの下に隠し、ドノの解錠用の道具はジーンズのポケットに押しこむ。ジーンズの膝とすねが裂け、穴が開いていた。脚から靴下に血が伝い落ちている。

携帯電話を確かめてみた。まだ使える。なかなかの耐久性だ。だが、いまの追いかけっこでイヤホンはなくなっていた。俺は電話を直接耳に当てた。

「――この階の隣人に目撃者はいませんでした。下の階だけです」男性の声だ。フォームズのアパートメントの盗聴器はまだ作動している。

「もう一回、この階全部のドアを強くノックして、本当に誰もいないか調べろ」ゲリンの声だ。盗聴器越しでも、不機嫌でいら立っているのがわかる。「連絡がついたパトロールカーは何台だ？」

「三台です」

「あと二台呼び出せ。半径十ブロック以内はくまなく巡回させたいんだ。外側から始めろ。それから目撃者を捜して、犯人の服装を割り出すんだ」

「現場を封鎖して、科学捜査班に調べさせましょう」カネリスの声が、遠くから小さく聞こえる。「エディ？」

「ここに血がついています。窓枠のところです」三番目の声だ。「犯人の一人のものかもしれません」

「いいぞ。指紋も採取できるかもしれん」ゲリンが言った。

「あなたを呼び出したショウは、どこにいるんです？」カネリスが言った。

「電話を呼び出しても出ないんだ」

「しびれを切らしたんでしょうか？」

ゲリンは答えなかった。もうこのへんで充分だ。俺は盗聴器につながっている通話を切り、直接ゲリンを呼び出した。

「いまどこにいる？」開口一番、彼は言った。

「俺のことは忘れてくれ。あんたたちが捜している犯人はブーンだ。身長は六フィート二インチから三インチ。痩せ型だ。髪は茶色で、スキンヘッドとまちがえそうなぐらい、短く刈りこんでいる。ただし、前髪はどうなっているかわからん。見る暇がなくてね。黒いスーツを着ていた。十分ほど前には」

「こっちに来てくれれば、緊密に協力し合える」ゲリンは言った。

「知っていることは、もう全部話したと思うが」

間があった。「ブーン・マックガンは、バート・マックガンの兄だ」

それでブーンの中西部訛りの理由がわかった。ダイヤモンド強盗の場面を思い浮かべる。まさかそう来るとは。俺ならとても選択できない無謀な作戦だ。強盗は、四人ではなく三人だったのだ。

「強盗があった日、ブーンはどこにいた？」俺は言った。

「刑務所にいた。カリフォルニアの。仮釈放期間に規定違反をした」

「しかし、いまは出所していると」

「そういうことだ」

「弟が死んだことで、きっと怒っているだろうな」

「こっちに来て、話をしよう」

「いや、もっといい方法がある。フォームズのコンピュータとUSBメモリを持っているんだ。俺はこのなかに、フォームズがドノの家に仕掛けた盗聴器の録音データが入っていると思う」

ふたたび間があった。「銃撃されたときの録音も？」

「そう考えているし、願ってもいる。暗号化されているんだ」

「ずっと街中《まちなか》をうろついているわけにはいかんぞ、バン」ファーストネームで呼ばれた。いい徴候ではない。もしカネリスがすでに電話会社に要請していれば、数分以内に俺の携帯電話の信号は追跡対象になるだろう。

「フォームズの商売道具は、あんたが見つけられるところに置いといてやる」

「ショウ」

「それから、窓についた血は調べるまでもない。あれは俺のだ」通話を切り、電話からバッテリーを外した。

ゲリンは俺を捕まえようと緊急配備を敷くだろうか？　そうすることを前提に動くしかなかった。ドノの家は押さえられている。西分署の人員の半数はこの一帯の捜索に駆り出されているだろうから、ピックアップトラックを駐めた場所に戻るリスクすら冒すことはできなかった。

そして、きょうの午後に出入りがあったおかげで、アンサー大尉に二十四時間の行動を報告する期限も過ぎてしまった。

警察に追われる無許可離隊者（AWOL）というわけか。いやはや、なんということだ。

十八歳当時

灰色のコンクリートの壁のような、息苦しくうつろな眠りから目が覚めた。ぼくはうつ伏せでベッドに寝ていた。部屋は真っ暗だ。口のなかでいやな味がする。何かに起こされたようだ。音が聞こえたような気がする。少し身動きしただけで、首の筋肉が悲鳴をあげた。ベッドに倒れこんだまま、同じ姿勢で寝ていたようだ……寝たのはいつだったか？　パーティのあとだ。昨夜のパーティの。

目覚まし時計のデジタル表示が、真っ暗な部屋のなかでぼんやりと赤く光っている。もうすぐ午前四時らしい。寝ちがえて首が痛かったが、それでも慎重に頭を動かして反対側に向けた。そのとき、ふたたび音がした。新しい携帯電話が鳴っているのだ。祖父からぼくへの卒業祝だ。着信音にまだ耳が慣れていない。

電話は床に乱雑に積み重なった服の山のどこかにあるようだ。腕を使い、ベッドから上半身を起こして——立ち上がるのはおっくうだった——服の山を手探りし、小さな四角い電話を探す。着信音は一度止まり、やっと電話を見つけたころ、また鳴りだした。

知らない番号だ。緑の通話ボタンを押し、電話に出る。

「バン？　ちくしょう、出てくれ。おい、きみか？」デイビーだ。声をひそめているが、いつも以上に昂ぶっているようだ。

「ああ」ぼくは言った。舌がだるい。卒業式の日からずっと、ぼくは酒浸りだった。デイビーとぼくと数人のエメット・ワトソン高校の卒業生で、来る日も来る日も、別のグループや学校の連中と、互いのパーティに参加しつづけていたのだ。女子生徒も何人かおり、少なくとも一度は喧嘩騒ぎがあった。ぼくが覚えているかぎり、デイビーは寝て酔いを醒まそうと家に帰ったはずだ。

「バン。ああ、よかった。こっちに来てくれ、バン。頼むよ」

「デイビー、いったい何事だ？」

「ああ、ああ。大丈夫さ。俺はいま……ブロードウェイの近くだ。店のなかにいる。ああ、くそっ」

「落ち着け。万引きでもして捕まったのか？　それで電話してきたのか？」

「ちがう、ちがうんだ。そうだったらどれほどいいか。ボビーが、バン。ボビー・セッションズが。死んだんだ」

ボビー・セッションズ。デイビー御用達のマリファナの売人だ――もしかしたら、ほかの麻薬も売っていたかもしれない。そいつが死んだ？

「バン？」デイビーの声が嗄《しゃが》れている。「頼むよ、バン。あいつらが追ってくる」

「あいつら？」ぼくは片手で服を着た。酔いは醒めている。われながら奇跡的だ。

デイビーはゆっくりと、震える息をついた。「誰なのかはわからないんだ。俺たちで、ボビーが知っているという連中に会いに行った。貯水池のそばだ。ボビーには何か売り物があって、それを車に積んだまま、俺といっしょに会いに行った。積み下ろしを手伝ってくれたら、俺の分は安くしてくれるって約束だったんだ。でもたぶん、本当は一人で行きたくなかっただけなんだろう」デイビーは笑い声をあげ、せわしなく咳きこんだ。

貯水池はここからほんの二マイルほどのところだ。ぼくは裸足のままブーツをはいた。

「それから?」

「くそっ、バン。あいつら、俺たちとは口も利かなかった。年上の連中だ。怖いやつらさ。そいつらの一人が、相棒を見て『よし、やれ』と言っただけで、その相棒がいきなりボビーを撃った。そいつらは次に俺を撃ってきたんだけど、けっ、俺はおとなしく待ってたわけじゃない。あんなに必死で走ったことはなかったよ。まだ震えが止まらない。ああ、くそっ、バン」

だから言ったのに。本当に救いようのない大馬鹿野郎だ。あれだけ言ったじゃないか。

ぼくは廊下の床でドノのシボレー・キャバリエの鍵を見つけた。昨夜、ぼくが落としたのだ。「いまそっちに行く。どこの店だ?」

「クリスマス用品店だ。見せかけのプラスチックのツリーとか人形なんかを売ってる店さ。やつら、ずっとブロードウェイを追いかけてきたから、俺は中庭を突っ切って、裏通りに入って――」

「落ち着け。その店なら知ってる。勝手に入りこんだのか？」そうしたら、警報装置が鳴って警官が来るかもしれない。ディビーにとってはうれしくないだろうが、死ぬよりはましだろう。キャバリエのエンジンが咆哮し、ぼくはアクセルを緩めた。

「ああ。店の前に出るつもりだったんだが、やつらがすでに先回りしているかもしれない。通りを見張っているかもしれないんだ。どうしよう、バン？」

「そこでじっとしていろ」

いっそ、ぼくから911に通報すべきかもしれない。いや、臆病風に吹かれるな。警官は、絶対に呼ぶな、何があってもだめだ——脳裏にドノの声がこだまする。あいつらを呼んでも、いいことなど何ひとつない。

このとき、ドノは街を出ていた。祖父はシアトル・セントラル・コミュニティ・カレッジ体育館でひらかれたワトソン高校の卒業式に、父母の群れに混じって我慢して出席していた。ようやくぼくたちが制帽を宙に投げ上げたあと、ドノはぼくの肩をたたき、月曜まで留守にするから、そのあいだ家で火事を起こすんじゃないぞと言った。

曲がって十四番アベニューに入ったとき、車はほとんど片輪走行になり、片手で急ハンドルを切ったせいで、路上に駐めてあったステーションワゴンに危うく衝突するところだった。宙を飛ぶぐらい飛ばしても、あと二分はかかる。

電話越しに、ディビーが過呼吸を起こしているのが聞こえる。電波が悪いのを考えても、その息遣いは明らかにおかしかった。「頼むよ、バン。俺はボビーみたいに死にたくないんだ。そんなのいやだよ」どうやら泣いているようだ。

「いまそっちに行く」両手でステアリングを握った拍子に、電話が落ちた。車はトマス・ストリートの赤信号を突っ切った。電話は床に落ち、手が届かなかった。

貯水池の黒い水面が見えてきた。半エーカーほどの広さに水がたたえられ、高いフェンスの内側にはほとんど照明がなく、外側の照明もまばらだ。人を殺すには絶好の場所だ。貯水池の周囲の草地に寝泊まりしているホームレスは、暗闇で銃声が聞こえても、彼ら自身に危険が迫らないかぎり、気にも留めない。

デイビーは、連中がいきなりボビーを殺したと言っていた。いったい、ボビーは何を売っていたのか？　コカインかハシシにちがいない。トランクいっぱいの粗悪なマリファナよりは価値のあるものだろう。ボビー・セッションズのとんま野郎が。言葉が見つからないほどの愚かさだ。彼自身、自分がどれほどばかだったのかわかっていなかっただろう。

ボビーを殺した連中が唯一、計算していなかったのは、デイビー・トーランが瞬く間に走って逃げたことだ。しっぽに電池酸をかけられた猫並みのスピードで逃げ出したにちがいない。

クリスマス用品店はハーバード・アベニューの近くだ。ブロードウェイからそう遠くない、キャピトルヒルの目抜き通りだ。ブロードウェイで見かけた車は二台だけだった。西に二ブロック進むと、まったくの無人になった。ビジネス街だったところが、安手のアパートに侵食されつつある界隈だ。

　太陽はまだ、東の空に顔を覗かせていない。雨が降りだしている。ぼくはワイパーを動かし、はやる心を抑えて徐行した。考えるためだ。助手席にドノがいればと思う。祖父の姿を思い浮かべようとした。ドノならなんと言うだろう。

　デイビーは、男二人だと言っていた。二人とも徒歩でデイビーを追いかけているのか？いや、一人は車に乗り、デイビーの先回りをして、逃げ道をふさごうとしているはずだ。きっと、携帯電話で連絡を取り合っているだろう。デイビーを見つけ出すまで、街角のあらゆる戸口やゴミ箱をしらみつぶしに捜すのではないか。

　そいつらがあきらめることはないだろう。デイビーは、ボビーが撃たれたところを見ているのだ。たとえ大きなリスクを冒しても、目撃者を逃すまいとするにちがいない。

　だったらどうする？　やつらは、デイビーがまだこの地区にいることは知っているだろうが、それ以上は知らないはずだ。仮にそいつらが徒歩で近くまで迫ってきて、デイビーがクリスマス用品店のなかにいることを知っていたら、デイビーにはぼくに電話をかけるだけの余裕もなかったにちがいない。

　ぼくは次のブロックに近づいたところでさらに徐行し、ハーバード・アベニューの右端に入った。空きスペースを探しているように、キャバリエを歩くほどのスピードに落とす。キャピトルヒルには路上駐車区域がないのだが、誰もが駐めようとするのだ。

　車と並んで、黒い野球帽をかぶった痩せぎすの若い男が歩いている。男はこちらを向き、近寄って、ウインドウ越しに覗きこんでぼくを見ようとした。山羊鬚を生やし、骨ばった顔立ちをしている。雨に濡れ、怒気を発散していた。窮屈そうな革のコートを着ている。ぼくは男の前を行きすぎながら、駐車スペースを探しているふりを続けた。

クリスマス用品店は三軒先で、〈ホリデイ・ハウス〉という名前だ。しかし、いまはまだ初夏なので、訪れる客はいない。店自体、閉まっていた。夏枯れといったところか。

ぼくは角のあたりに車を進めた。長いブロックには業務用の路地があり、軒を連ねる商店とぬっとそびえるアパートメントの建物の列を隔てている。路地の幅は、ゴミ回収車が通り抜けられるほどだ。

キャバリエを路地の方向に向けたところで、車を停め、ヘッドライトを消した。路地の照明は明るかった。七十五ヤードほど先の突き当たりまで見通せる。人っ子一人いない。雨はやや強くなっている。そのまま一分が経った。

誰かがアパートメントの戸口から上半身を突き出した。路地の舗装から三歩ほど引っこんだ場所だ。黒っぽい上半身と頭が、射撃練習場の標的のシルエットのように見える。その人影は数秒ほどそのままの姿勢で、アイドリングしているぼくのキャバリエを見つめた。それから戸口の奥に消えた。

早番のシフト交替を待つ、どこかの従業員かもしれない。あるいは、部屋でタバコを吸わないでと恋人に言われ、一服やりに出てきた男かもしれない。

それでもぼくはこの男に、いま遭遇したばかりの痩せぎすの男と同じ空気を感じた。一般市民にしては剣呑《けんのん》なのだ。デイビーは電話で、〝怖いやつら〟だと言っていた。たかだか二、三キロの麻薬のために、平気で人を殺すやつらだ。なんてことだ。卒業を迎えた週がこんなことになるなんて、思ってもいなかった。

警官を呼ぶなら、いまからでも遅くない。警察署はほんの十ブロックのところにある。だが警官がデイビー、そしてぼくに事情聴取をしたら、まちがいなくドノに会いたがるだろう。祖父がなぜ街を出ているのか、不審に思うかもしれない。いま、きみのお祖父さんに連絡したら問題があるのかい？　いったいお祖父さんは、なんの仕事をしてるんだ？　などと訊かれるだろう。

ここは自力で解決しよう。そうしなければならない。

よし、腹はくくった。ドノ流の目で見てみよう。

どんなときでも最初に必要なのは、脱出ルートの確保だ。少なくともひとつは、明確なルートを考えておこう。〈ホリデイ・ハウス〉は路地に入ってわずか三分の一のところだ。たとえデイビーを抱えて連れ出すことになったとしても、車まで走るにはそう遠くない。

不確定要因が多すぎる、とドノなら言うかもしれない。相手の一人の位置はわかっていて、もう一人は移動している。そしてもしかすると、仲間も呼んでいるかもしれない。そいつらに捕まったら、ぼくは袋叩きにされるだろう。

そのとき、脳裏でドノが言った――それなら、危険に遭遇する確率を下げることだ。おまえ自身をめぐる状況を単純にできないのなら、相手の状況を複雑にすればいい。

ぼくはキャバリエを消火栓のそばに駐め、ドアにロックをかけないまま降りた。

路地に面したアパートメントの建物に、シンダーブロックの小さな破片が置かれていた。ぼくはかがみこみ、分厚いペーパーバックぐらいの大きさの破片を拾った。ちょうどいい重さだ。

それから、路地でわざと鍵束をジャラジャラ鳴らし、シンダーブロックの破片を、あたかも電話のように耳に当てた。

「もしもし」ぼくは破片に向かって言った。「ぼくだ。いま着いたところだ」

人影はまだ、アパートメントの建物の戸口に立っていた。ぼくはものうげに階段を上り、鍵束を手探りした。

「まさか」ぼくはくすくす笑いながら言った。「酔ってないって。そんなに呑んでないよ」

近づくにつれ、人影は男になった。二重顎の白人で、年は三十前後、青いパーカーを着て、髪はひどく短く、地肌が透けるほどだ。男がもたれている壁は、ライブや家具セールのチラシに埋め尽くされていた。ぼくは近づきながら、彼に向かってうなずいた。

「切らないでくれ」ぼくは破片に話しかけた。男を見上げる。「おい、ぼくを締め出すのか?」

男は一度かぶりを振り、何かぶつぶつとつぶやいて、路地に注意を戻した。

ぼくはしかたがないというようにうなずき、鍵を鳴らして男の前を通りすぎた。そして彼の死角に来たところで、身をひるがえし、シンダーブロックの破片の平らな部分を地肌の透けた頭にたたきつけた。男は前のめりになり、膝をついた。同じ場所を狙ってもう一度ブロックで殴ると、男はうつ伏せに倒れた。パーカーにおびただしい血が飛び散っている。しまった。ぼくはパニックに駆られた。強く殴りすぎたかもしれない。パーカーのフードが、屍衣《しい》のように顔の片側を覆っている。フードを剝がし、彼を見た。

まだ息をしている――たぶん。首筋に手を触れる。大丈夫だ。まちがいなく脈はある。それとも、ぼく自身の動悸だろうか。そのとき冷たい夜気に、男が白い息を吐いた。

ぼくの指からほんの一インチ上の男の首に、インクで太い線が描かれている。ぼくはさらにパーカーを引いた。襟から下に入った刺青は、矢と鉤十字が乱雑に入り組んだデザインで、上半分にゴシック体で〝NF〟とあしらわれている。

このデザインは見たことがあった。〝民族の拳（Nations Fist）〟という団体だ。白人至上主義者の集まりで、地方を拠点とする小規模な組織だ。トレーラーの運転手がなけなしの給料を注ぎこみ、ドラッグや銃の密売買に手を染めている人種至上主義組織なら、北西部だけでももっと大規模なものはいくらでもある。この程度のヒトラー支持者の集まりなど、メキシコの麻薬カルテルやロシア・マフィアに比べたら吹けば飛ぶようなものだ。

それでも彼らは、デイビーやぼくよりはまちがいなく強い。

最初に出くわした痩せぎすの男が表通りを捜し終わるのはもうまもなくだろう。そいつは通りで待っているだろうか？　それとも、仲間を捜しにここへ来るだろうか？

ぼくは倒れている男のポケットをすばやく探った。それは容易ではなかった。二百ポンド近くの体重の男がうつ伏せになり、厚手のパーカーを着ているのだ。携帯電話というより無線機のような端末以外は、キャンディや使いかけのつまようじぐらいしか出てこなかった。

ウエストバンドには競技用ピストルが納まっていた。ルガー・スタンダードだ。冷気から硝煙のにおいが漂ってくる。ボビー・セッションズをこれで撃ったのだろう。ボビーに好感を持ったためしは一度もなかったが、拳銃を見ると、このスキンヘッドもどきの男をブロックで殴ったことへの良心の呵責がいささかやわらいだ。

無線機を自分のポケットに入れた。銃を手に取るかどうかはかなり迷った。殺人に使われた武器を持ち歩きたくなかったのだ。けれども、このろくでなしが目を覚まし、拳銃を持ってデイビーとぼくを追いかけてくるのはもっといやだった。壁からチラシを一枚破り取り、指紋がつかないように銃把をくるんで手に持った。

周囲を見まわす。路地に動くものはまったくない。深呼吸し、階段から離れて、〈ホリデイ・ハウス〉の出入口とおぼしき扉へ祈る思いで走った。扉には覗き窓もなければノブもなく、ばね錠があるだけだ。扉に近づいてみると、こじ開けられていた。隙間に指先を入れ、わずかに引き開ける。

「デイビー？」ぼくは暗闇に向かって呼びかけた。

不意に何かが動く音がした。「バン？」ささやくような声で、ほとんど聞こえない。

「行くぞ、おい。来るんだ」

「無理だよ」哀れっぽいささやき声だ。

ぼくは内心で悪態をつきながら、扉から暗闇に滑りこんだ。正面の窓ガラスが割れ、店内は地下の洞窟のような闇に包まれている。何かにぶつかって音をたてないよう、ぼくはあえて動かずに言った。

「いったい何をしている？」

「待ってくれ」さらに動く音が聞こえ、ディビーがこちらへ近づいていることがわかった。ぼくは膝をつき、彼を待った。チラシで銃把をくるんだルガーが大きな音をたてて床のタイルに落ち、ぼくは慌ててそれを捜した。なんとやっかいな代物だ。

「いますぐ行かないとやられるぞ、ディビー。さあ、やつがまだ表通りにいるうちに」

「待ってくれ、お願いだ」床を這うディビーの手が音をたてるが、漆黒の闇で何も見えない。何かのにおいが鼻を衝く。小便だ。ディビーが失禁したのだ。

「逃げないとやられるぞ、ディビー。いますぐ」

「怖いよ――」暗闇のなかで伸ばした手が、ディビーに当たった。片手で彼の長髪をわしづかみにする。ぼくはもう片方の手で口をふさぎ、犬や猫のようにディビーを揺すった。

「来いと言ってるんだ、この腑《ふ》抜《ぬ》けが。じゃなきゃ置いていくぞ。わかったか？　助けてほしいんなら、言われたとおりにしろ」

ディビーは泣き言を言うのをやめ、何度もうなずいた。ぼくは彼を放した。

背後の扉に手を伸ばすと、ノブに触れた。「出たら右に行くぞ。ドノの車を通りに停めている。いいか、きょろきょろしないで一目散に走るんだ」痩せぎすの男が近くにいたら、走るぼくたちを狙って撃ってくるだろう。

扉を勢いよく開け、ぼくたちは路地に飛び出した。店内は真っ暗だったので、路地の明かりに目がくらんだ。ぼくは目を細めながら走り、路地の突き当たりをめざして死に物狂いで走った。背後でデイビーの駆け足の音が響く。階段の前を通りすぎた。さっきスキンヘッドもどきを殴った場所だ。光がまぶしく、ぼくたちも足を止めなかったので男の身体は見えなかった。ぼくたちはひたすら走った。角まで来ると、濡れた路上に何かがうごめいている。消火栓から十ヤード離れたキャバリエが、朝日のように輝いていた。

次の瞬間、猛スピードで飛んできたものに、ぼくは横ざまにたたきつけられた。駐まっている車に身体を強打し、よろめいた。肋骨に何かがぶつかり、この街から空気がすべてなくなったような気がした。ぼくは路面に膝をついた。デイビーの声が聞こえる。痛みによる悲鳴だ。誰かの両手につかまれ、大きな拳が視界をよぎり、それはぼくの頭に振り下ろされた。強く。よけようとしたが、拳は頭頂部に当たり、どんな光も及ばないほど強烈な閃光が走って、もう一度悲鳴が聞こえた。ぼくは車に倒れこみ、そのまま動けなかった。

デイビーに目をやった。地面に倒れ、虫のようにのたうっている。スキンヘッドもどきが彼に突進し、その手をつかんだ。ぼくは車を支えにし、身を起こそうとした。どうにか立てそうだ。

スキンヘッドもどきがその動きに気づき、ゆっくりとぼくに向きなおった。側頭部が血まみれだ。当然だ。ぼくがやつを殴ったのだから。しかしいま、ぼくの手にブロックはない。男がぼくに向かってくる。ぼくは少しでも反撃しようと、拳をかまえた。

そのとき、何かがぼくの頭をかすめた。スキンヘッドもどきもぼくも、それが飛んできたほうに顔を向けた。痩せぎすの男が、濡れた斜面をこちらへ駆け上がってくる。距離は二十ヤードぐらいだ。彼の伸ばした腕の銃から閃光が走り、もう一発銃弾が放たれた。

ぼくはスキンヘッドもどきに身体を投げ出した。そいつとぼくは疲れ切ったラインバッカーさながらに激突し、痩せぎすの男がもう一発撃ったときには歩道に倒れこんでいた。そいつはすぐ近くまで迫っている。ぼくは身構えた。次の一発で腹を裂かれるかもしれない。

銃声が一発、続いてもう一発響いた。ぼくは目を上げ、デイビーを見た。地面に倒れたまま、ぼくがスキンヘッドもどきから奪ったルガーを握りしめている。デイビーは痩せぎすの男に次々と銃弾を撃ちこんでいた。男はすでに路面に倒れている。誰かが連射できるように、ルガーを改造したんだ——脳裏にドノの声が響いた。引き金を握っているあいだは、ずっと発射しつづけるように。デイビーは引き金から手を放していなかった。

スキンヘッドもどきは動いていない。ぼくたちが地面に倒れたときから、ぴくりとも動かなかった。ふたたび気を失ったのか？　デイビーの銃が放つ閃光で、スキンヘッドもどきの顔に小さな穴が開いているのが見えた。右目の真下に。左目は開いたまま、何も見ていない。歯のあいだから舌先が覗いている。

動かなければ。さあ。

デイビーはまだルガーを痩せぎすの男の死体に向けたまま、引き金から両手を放していなかった。すでに全弾を撃ちつくし、ボルトが後退したままだ。ぼくはデイビーの手から拳銃をたたき落とした。彼は運転用の手袋をはめていたので、指紋は拳銃についていなかった。ぼくは一度、きざだと言ってからかったことがあるが、いまはその手袋がかけがえのない貴重なものに思えた。

ぼくはデイビーを立たせ、よろめきながらキャバリエに向かった。ぼくたちは互いの身体にもたれていた。

やっとの思いで運転席のドアを開け、デイビーを助手席に押しこむ。彼は無言だ。建ちならぶアパートメントのほうから、女の叫び声がした。いったい何事なの、と訊いている。ぼくは倒れこむように車に乗り、エンジンをかけて、アクセルを力いっぱい踏んだ。タイヤは二秒ほど空転し、雨水をまき散らしてからようやく路面をつかむと、斜面を急発進して現場を離れた。

ヘッドライトを消したまま、ぼくはウインドウを開けて聞き耳を立てた。サイレンは聞こえない。よかった。あと二、三分は稼げるかもしれない。考えろ。ぼくたちは二人の死体を現場に放置してきた。それに、目撃者がいる。キャバリエも見られている。ナンバープレートの番号を誰かが覚えているかもしれない。

「バン」デイビーが言った。

「黙れ」キャバリエはドノの名義では登録されていない。ナンバープレートを照合されたとしても、同色のシボレーを所有する別人か、ドノの偽名に行き着くだろう。どちらにしても、その先は行き止まりだ。ぼくたちが逃げおおせれば、の話だが。

まだ逃げられる見こみはある。

デイビーは片手でダッシュボードをつかみ、腕に額を載せている。「ふう、危ないところだった。でも、どうにか逃げ出せた。それにまだ生きてるぜ」

ぼくはウインドウを上げ、アクセルを緩めた。車はパイク・ストリートを進んでいる。一ブロック左にパトロールカーが停まり、赤と青の警告灯が貯水池に反射していた。ボビーの遺体を発見したにちがいない。

「あの野郎を撃ってやったぞ」デイビーは言った。「やつが撃ってきたと思ったんだ、それで――ああ、なんてこった。信じられない。見てたか？」

デイビーには黙ってほしかったが、考えようによっては、しゃべらせておいたほうがいいのかもしれない。気が済むまで言わせておこうか。というのも、今晩が終わったら、きょうのことは二度と口にしないよう、デイビーに厳命するつもりだからだ。

いま最優先にやるべきなのは、この一帯から抜け出すことだ。ドノが戻ってくるまで、キャバリエは車庫に隠しておく。そこが最も安全だ。デイビーを落ち着かせたら、家まで送ろう。この恐ろしい夜のことは、いずれまた話す機会があるかもしれない。

「面白いことを聞きたいか？」デイビーは言った。泣き笑いのような音をたてる。「あの店でのことだ。きみが俺をつかんだときだよ」

「なんだ？」

「俺はドノが来たと思った。あのときまでずっと、きみがドノを差し向けたものとばかり思っていた。本当に、ドノだとしか思えなかった。きみはそれだけ怖かったよ。自分が怖がっていることも忘れるぐらいにね。俺の言ってることがわかるか？」

「ああ、わかるさ」もちろん知っている。祖父が怒ったらどれほど怖いかは、身をもって知っている。

24

夕方近くのシアトル中央図書館には、大勢の利用者がひっきりなしに訪れていた。俺は手すりのそばに立ち、五番アベニューに面した扉から出入りする群衆を眺めた。

頭上には巨大なガラスがのしかかり、津波を連想させた。ガラスの壁はロビーのある階から四階上までを覆い、その傾斜を見ていると眩暈がしそうになる。透明なガラス張りであっても、圧迫感があった。すべてコンクリートで造られていたら、誰もが閉所恐怖症に陥り、恐れをなして通りに逃げ出すのではないか。

腕時計を見た——十六時四十五分。俺はもう二時間、群衆を見下ろしながら待ちつづけ、巡回の警官がロビーから入ってくるたびに物陰に隠れていた。

二十分後、デイビーが出入口の危険物探知機を通り抜けてきた。青いナイロンのダッフルバッグを抱えている。彼は観光客さながら、のしかかるガラスの壁面に目をみはった。重ね着したTシャツに、前に会ったときと同じ灰色のすりきれたジーンズをはいて、コートは着ていない。

デイビーはロビーを見まわし、俺が指示したエスカレーターに気づいた。レモンイエローのネオンに彩られたエスカレーターだ。それから、頭上の手すりに立っている俺の姿を認めた。さすがに手を振るような真似はしなかった。

俺はふたたび周囲の群衆を一瞥した。大半はラップトップを抱えた高校生や大学生で、ちらほら混じっている年輩の利用者は雑誌を読んでいる。年代を問わず、ほぼ全員がイヤホンやヘッドホンをつけていた。人に聞かれたくない会話をするには好都合な場所だ。

「ひどい恰好だな」バルコニーで会うなり、デイビーは言った。

「家には入れたか？」

彼はうなずいた。熱に浮かされたように昂揚している。「あのスペアキーがまだあそこにあったとは信じられないよ。ひどく錆びていたから、鍵穴に差しこんで折れないかどうか心配だった。どうしてドノは、裏庭にゆるいブロックがあることに気づかないんだ？」

「いいから、デイビー。警官は見張っていたか？」

「もちろんいたよ。だから、これだけ時間がかかったんだ。裏口から忍びこんでね」眉を上げる。「ひとつ悪い知らせがある。きみが重要な証拠品だと言っていたラップトップが、ピックアップトラックがなかったんだ」

「消えていた？」

「きみに言われた屋内駐車場に行ってみたが、そこは空っぽだった。念のために、別の階まで調べたんだがね。影も形もなかった」

大勢の警官がパイオニア・スクエア一帯をしらみつぶしに調べたはずだ。ゲリンは俺と同じく、ドノのピックアップトラックも探させたにちがいない。警察がトラックを押収したのなら、フォームズのラップトップとUSBメモリも手に入れたはずだ。俺は移動手段と、ついでにブローニングも失ったが、シアトル市警がすでにフォームズの暗号を破ってくれていたら、まだ希望が持てる。もしかしたら、ゲリンはあと数時間以内に、ドノが撃たれたときの録音データを聴けるかもしれない。

デイビーが俺に青いダッフルバッグを渡した。俺は彼をバルコニーから連れ出し、大勢の利用者に聞かれないように、二階と三階とをつなぐトンネル状の連絡通路に移った。トンネルとその先にある階段は明るく輝く深紅に塗られ、壁や床や天井も同じ色だ。まるで動脈のなかにいるようだった。

俺はダッフルバッグを開け、中身を見た。隠しスペースに保管されていたドノの携帯電話が、祖父の衣類の上に置かれている。大きな鍵束も入っていた。三二口径の弾薬箱が端に押しこまれ、俺のパスポートや書類もあった。

「祖父さんの隠し場所は昔から大好きだった。まるでリスの穴みたいだ」デイビーは言った。

「わくわくするぜ」

「礼を言うよ、デイビー。危険を冒してくれて」

デイビーはドノのシャツを指さした。「きみに合うといいんだが。なるべく大きなのを持ってきたんだ。それで、教えてくれないか？」

「何を？」

「知っておくべき情報さ。いいか、緊急用キットをまとめて持ってきてくれと頼んできたのはきみのほうだ。俺はきみの言うとおり、ここまで届けてやった。少なくとも、どんな出来事にきみが首を突っこんでいるのか、話してくれてもいいじゃないか。きみが死体をひとつ発見したのは――」

「ふたつだ」

デイビーの笑みが消えた。「ほかにもか？　女性の死体のあとも？」

俺は盗聴器とジュリアン・フォームズのことを話した。それに、なぜ警察を関与させたくないのかを。そうすれば、彼らは俺をリレーのバトンのように、アンサー大尉に引き渡すからだ。

ひとしきり話し終わると、デイビーは髪に火がついた人間を見るような目で俺を見た。

「マジか。そいつはマジでやばいな、バン」

「だからきみを巻きこみたくないんだ。危険が大きすぎる」

「ふざけるな」

「いったい何をそんなに怒っているんだ？」血のように赤い連絡通路で、行きかう人々は俺たちに好奇の目を向けはじめていた。そのうち二人は図書館員だった。

「俺が怒っているのは、手遅れにならないうちにきみを支援したいからだ。まだ打つ手があって、きみがもう一度この街を逃げ出すことになる前に」

「この街を逃げ出すつもりはない」

「俺はきみに借りがある。ちくしょう、きみにとっても、俺に埋め合わせをさせる絶好のチャンスじゃないか」

「きみは家族のためにも、刑務所に入るような危険を冒すべきじゃない」

「あれから十年だ、バン。きみは街を出て、あのことをひと言も言わなかった。ひとつだけ、率直に言ってくれ。きみは俺に怒っているんだろう。俺はそれだけのことをしたんだ」

デイビーと待ち合わせて五分ほどで、俺たちは十代に逆戻りしたように声高に議論していた。俺はダッフルバッグを抱え上げた。「これだけ助けてくれれば、充分だ」

「ジュリエットの車も使ってくれ。緑のホンダだ。地下駐車場の二階にある。これを持っていけ」デイビーは俺に鍵を渡した。「もう、ドノの容態を見に病院には行けないんだろう?」

「ああ。だが、その点は手を打ってある」

「きみが雇った警備員か?」

「それに、ドノに付き添ってくれる近所の人がいるんだ。不審者が入ってきたら、きっと編み物の針で対抗してくれるよ。何かあったときの連絡方法を、彼女に教えておこう。きみにも知らせるよ」

「ああ、頼むよ」彼は言った。デイビーの指が脚のジーンズにハードロックのリズムを刻んだ。彼の目に、十代のころの表情が戻ってきた。何かに取り憑かれたようなまなざし。猛スピードで車を駆ったり、盗みに入ったりしたときと同じ目だ。刹那《せつな》的な楽しみを求めて。

一クラス分の中学生の一団が、波止場の杭に打ち寄せる波のように、俺たちの周囲を騒々しく通り抜けた。俺は、彼らが階段を下りていくのを待った。

「きみにはなんの悪意も抱いていないよ、デイビー。ただし、万が一にもジュリエットにこんなことを言いたくないんだ――彼女の夫にしてフランセスの父親が、三体目の遺体になったなんて」

デイビーの顔がこわばった。「自分の身の安全は、自分で守れるさ」

「にっちもさっちもいかなくなったら、そのときはきみの助けを借りるよ」俺は深紅に輝くトンネルを歩き、デイビーから立ち去った。

彼は俺の言葉を信じていなかった。俺自身、なぜわざわざそんなことを言ったのかわからなかった。

25

ルースは俺のために、〈モーゲン〉の搬入口の鍵を開けておいてくれた。俺はなかに入り、不揃いな高さに積み上げられた酒を横目に、酒場の奥の小部屋を通り抜けた。それから階段を上り、二階の廊下を進んだ。俺はまだ、裂けて血が染みついたジーンズと汚れたシャツを着たままだ。悪臭を放つパーカーは図書館で脱ぎ捨ててきた。最初のノックで、彼女は部屋の扉を開けた。

「ずいぶんおめかししてきたのね」彼女は言った。

ルースは銀色のボタンダウンのワイシャツに黒のジーンズという服装で、黒いバレエスリッパをはいていた。アクセサリーはつけていない。薄化粧をし、淡い色の髪をきれいに梳かしていた。

「いったいどれぐらい、酒場の二階で暮らしているんだ？」俺は言った。

「この部屋も、叔父のアルビーの置き土産よ。ところでそのにおい、どうしたの？」

「花束を持ってくるんだった」

「あなたから電話が来たすぐあと、警察が来たの」彼女は言った。「階下のマイクに、きょうあなたがここへ来なかったか訊いたそうよ。あたりさわりのない調子だった、とマイクは言っていたわ。たいしたことじゃないけど、何か教えてくれたらありがたい、みたいな」

「マイクはなんと答えた？」

「答えようがある？　だって彼は、あなたとわたしが話したことさえ知らないのよ。でも、マイクだってばかじゃないわ。今晩は一人で店をやってほしいとお願いしたときに、きっと勘づいたでしょう」

「ホリスと連絡がついたら、これ以上きみの厄介にはならない」俺は言った。「きみが警官に煩わされることはないよ」

「何言ってるのよ。警察は店を嗅ぎまわるでしょうけど、ここまであなたを捜しには来ないわ。お願いだから、突っ立ってないでここに座って。いまコーヒーを淹れるから」

俺はゆったりした緑のベルベットのソファに座った。肩の力が少し抜ける。ゲリンが真っ先に捕まえたいのはブーンであり、俺の優先順位はずっと下だろう。捜査網は狭められ、人殺しの悪党と手助けした人間は捕らえられるにちがいない。そのあとなら、いくらでもアンサー大尉の譴責《けんせき》を受けるつもりだ。満面の笑みで。

ルースの住居は寝室を兼ねたひと部屋だけで、アトリエよりわずかに広い程度だ。調度品が所狭しと詰めこまれていた。モスグリーンのカーテンがひらき、木枠の大きな窓から夕方の明かりが差しこんでくる。壁一面に、小さな銀のフレーム入りの写真が二、三十枚ほど飾られ、ちりばめられたガラスは鏡のようだった。

室内の棚はどれも、本の重みできしんでいた。山積みになった本を眺める。ノンフィクションが多く、文学もまた多い。元司書のアディ・プロクターが見たら賞賛するだろう。

ルースが台所から、ブラックコーヒーの入ったカップをふたつ持ってきた。「あなたから電話が来たあと、気が気じゃなかったのよ」彼女は言った。「サイレンが聞こえるたびに飛び上がったわ。それも何回も。一日じゅう聞こえたから、しまいには慣れたのかしら？　まさかあなた、街じゅうの警官を怒らせるような真似をしたの？」

俺は彼女に、クリスチアーナ・リオッティの死体に続いて、ジュリアン・フォームズの死体を発見したことを話し、それに続く紆余曲折も聞かせた。ルースは話を聞くにつれ、いら立ちを露わにした。

「それならなぜ、警察はあなたを追いかけているの？」彼女は言った。「だって、あなたは誰一人殺していないじゃない」

「警官もそう考えていると思う。だが、まちがいなく殺していないとは確信できないんだろう。俺はフォームズ殺害現場から逃げた。現場では銃も発砲された。警察としては、俺を拘留して正式な調書を取りたいんだ」

「でも、あなたはそうするわけにいかない」

「ああ、いまはまだできないんだ。そのあいだにブーンが逃げてしまうだろう。携帯電話を借りてもいいだろうか？」

俺はアディ・プロクターを呼び出した。留守番電話に切り替わるかと思ったとき、彼女がようやく電話に出た。

「アディ、バンです。いま話してもいいですか？」

「ああ、バンだったのね。よかった。ええ、いいわよ。ちょっとびっくりしただけ。お祖父さんのことで、病院から電話が来たものとばかり思ったの。いまから家を出て、お見舞いに行こうとしていたところ」

「出かける前に、いまから言うことをメモしてください」俺は新しい使い捨て電話の番号を教えた。「これからは、この番号にかけると連絡がつきます」

「電話番号が変わったのは、うちの前の通りに張りこんでいる覆面パトカーと関係があるの？　きょうの午後から、茶色の車に二人の刑事が座って、あなたの家のブロックを見張っているわ」

「ええ、あると思います」

「それから、きっと病院にも、シアトルで最優秀の刑事が二人いるんでしょうね？」

「きっとそうでしょう。それで――」

「お祖父さんのことで何かわかったら、すぐにお知らせするわ」

「ありがとうございます、アディ。そちらはどうですか？」

「見張られているような気がしなければ、もっと気楽なんですけどね。いやなものだわ」

「911に、通りに不審者の車が駐まっていると通報するといいですよ。きっと十分以内に立ち去るでしょう」

「いいわね。やってみるわ」

俺は彼女との通話を終えた。

ルースが両手にコーヒーを持ったまま、マグカップに口をつけないで待っている。

「本当に腹が立つわ」彼女は言った。「そもそも、あなたがのうのうと座って何も行動していなかったら、警察だって、その人たちを殺した犯人の手がかりを何ひとつ得られていなかったんでしょう」

「被害者の二人が清廉潔白だったというわけじゃない」俺は言った。「それでも、彼らが殺されるほどひどいことをしたとは思えない」

「あなたはこれまで積み上げてきたキャリアを危険にさらしているわ。警察や検事事務所のような法執行機関が、陸軍からあなたを守ることはできないの？」

想像するのは楽しかった。どこかの地区検事補がアンサー大尉に指図しようとしたら、大尉はどんな反応をするだろう。

「俺が懲罰の対象になるかどうかは、陸軍の法務部がひらく聴聞会の結果次第なんだ。でもいまは、陸軍のことはこれっぽっちも考えていない。まずは真相解明が最優先だ」

「いまのあなたが最優先すべきなのは、シャワーを浴びることだわ」彼女は言った。「早く入って。扉を開けたところに、新しいタオルがあるから」

熱いシャワーは桃源郷だった。脚の切り傷やすりむいた皮膚にかかると痛かったが、心地よさが優った。一週間でも浴びていたかったぐらいだ。それでもシャワーを出、もうもうと上がる蒸気のなか、タオルで身体を拭いた。

ルースがノックし、扉を開けた。彼女は俺の身体をまじまじと見た。

「必要なものは全部そろっていたかと思って」彼女は言った。

俺は笑みを浮かべた。「あとひとつだけ」

俺と彼女は戸口で一度キスし、次に廊下でもう一度キスした。寝室に誘ったのがどっちだったのかはよくわからない。ささやきとともに彼女のジーンズが床に落ち、唇を重ねたまま、俺の指が彼女のシャツのボタンを外した。彼女が身を起こし、鉄柱のベッドから枕を落とす。ルースの身体は青白く、すらりとして、ほんのりシナモンの香りがするつららのようだった。彼女が俺の顔を見つめる。瞳は渦の中心のように暗い。そして下着を誇らしげに取り去った。それがもたらす効果を知っているのだ。俺も裸になり、ベッドで身体を重ねた。手を伸ばすと、彼女の肉体はつららどころか、白く燃えさかるアセチレンの炎のようだった。


群青の寝室が、窓の外の夜空と溶け合うようだ。ルースが俺の胸にもたれている。彼女の唇と歯が、頸動脈のあたりにそっと押しつけられた。

「刺青はしていないのね」彼女は言った。まだ息遣いが少し速く、肌に温かい。

「きみもしていないのに気づいたよ」

「わたしはずっと、軍隊の人たちはみんなでしこたま呑んで、タトゥーパーラーに繰り出すのかと思っていたわ。チームスピリットって言うのかしら」

俺はルースを見つめ、片眉を上げた。彼女が赤面した。

「言いたいことはわかるでしょう」彼女は言った。

「確かに、刺青をしている同僚は多い」

「針が怖いの？」彼女は俺の肩に歯を立てながら言った。

俺は声をあげて笑った。「成人したとき、肌に絵を描くのはばかげたことだと思ったんだ。すぐに身元が割れてしまうからね」

「アルビーはしていたわ」ルースは言った。「鷲の刺青だった」

「ドノはいつも、アルビーはばかなやつだと言っていたよ」

彼女は俺の肋骨を小突いた。「あら、そんなことなかったわ。ドノが刑務所にいたとき、毎週面会に行っていたのはアルビーだけだったの、知ってた？一度叔父からそのときのことを聞いたわ。わたしといっしょに暮らすようになる、何年も前だったけど」

「どうだった？」俺は訊いた。「アルビーといっしょに暮らすのは？」

「わたしの高校のバスケットボールの試合を見に来たとき、酒瓶を持ってきたわ」彼女は言った。「それでも、見に来てくれた」

「ドノと俺は、よくいっしょにドライブした。海に出かけたこともある」薄明かりで見る俺の前腕は茶色く、ルースのなめらかで白い背中と好対照だ。ただ、俺の肘の少し下には細く白い線が一本あり、そこだけは決して日焼けしない。

「何がおかしいの？」

「いちばんよく覚えているのは、十二歳だったときだ」俺は言った。「サンフアン諸島に行ったんだ。ドノと俺は、ホリスから借りた小型のモーターボートに乗った。ホリスはサシア島の沖に停泊して、何人かの女友達とパーティをしていた。ドノが俺を釣りに連れ出したのは、たぶん彼らのプライバシーに配慮したからだろう」

ルースが低い声でくっくと笑った。「そういう話ならぜひ聞きたいわ」

俺はにやりとした。「俺たちは外側の島へ向かった。どんなところなのか見たくてね。小さな島のひとつに近づいたところで、釣り糸を垂らした。すぐに何かが引っかかった」

「人魚だったとか」

「そうかもしれないと思って、俺はわくわくした。だが釣竿の先を舳先《へさき》に近づけすぎて、策止《クリート》めに釣り糸を引っかけてしまった」

「あらまあ」

「それ自体は大事《おおごと》ではなかった。ところが、俺が何も考えずに、釣り糸を外そうと手を伸ばしたとき、ちょうどその瞬間を見計らったかのように、魚のやつが跳ね上がったんだ。釣り糸は俺の腕に鞭のように食いこみ、肉を切った。ほら、ここだ」

ルースは大仰に顔をしかめ、俺の腕を取って、指さしたところにキスした。

「ドノはすでに魚をさばこうと手にしていたナイフで、釣り糸を切った」俺は言った。「しかしそのときには、ボートじゅうに自分の血が飛び散っていた。釣り道具入れ、昼食、靴がどれも血まみれで、大変なことになったと思った」

「お祖父さんも慌てた？」

「いや。ドノはまったく取り乱さなかった」

話しているうちに、当時の記憶が甦ってきた。

あのときドノは、着ていたTシャツを脱ぎ、引き裂いた布を俺の腕に巻いて、しっかり握っていろと言った。ひとしきり呪詛の言葉を吐いてから、ドノはボートを島の海岸へ向けた。彼は携帯式のVHF無線機を使ってホリスに呼びかけたが、応答はなかった。

「ここは揺れが大きすぎる」彼は言った。「それでは、やるべきことができんのだ」俺は答えなかった。ショック状態だったにちがいない。負傷したという事実より、それがあまりにも突然起こったことに、呆然自失してしまったのだ。甲板の中央には赤くなった海水が流れ、その周囲には真っ赤な血の花が咲いていた。ドノのTシャツもみるみる血に染まっていく。

ドノは船底を傷つけるのも顧みず、小型のモーターボートを海岸の岩場に乗り上げ、釣り道具入れを持ち、俺を引っ張って手近な場所に座らせた。かつてはマドローニャの大木だったにちがいない、割れた木の幹だ。幹の上は歳月による風化でなめらかになっており、小島の波打ち際で、まるで木の玉座のように見えた。

ドノは細い釣針を塩水で洗い、五十ポンドのテストラインをその釣針に通した。

「痛いぞ」ドノが言ったとおり、痛かった。祖父は決して経験豊富な臨床医ではない。ドノが釣針を俺の皮膚に突き通すたびに、小さな焼きごてを押されるような気がした。祖父が俺に嚙ませた棒は、砕けてしまった。それでも俺はじっと動かず、乾燥した木の幹に鮮血がしたたり落ちて染みこんでいくのを眺めた。

　ドノの縫合術はぞんざいだったが、傷口はふさがれ、まもなく出血もほとんど止まった。ホリスをもう一度呼び出すと、今度は応答があり、ドノが低い声で罵るのが聞こえた。

　クルーザーが迎えに来るのを待ちながら、ドノは血が点々とついた木の玉座に俺と並んで座った。祖父は俺にコーヒーが入った魔法瓶を渡した。彼は大きなマグカップのように、魔法瓶から直接飲んでいた。

「いい日だ」ドノは言った。俺はそのとき初めて、こわごわコーヒーに口をつけ、少しむせてからうなずいた。祖父が大声で笑った。俺もつられて笑った。

「一時間後にホリスは現われた」俺はルースに言った。「いま思えば、顔を赤くして口数が少なかったのは、まったくホリスらしくなかった。だが、そのときの俺は気づかなかった。思いがけない出来事で、気が張っていたんだろう」

「怖かったでしょう」ルースは言った。

「ああ。でもそれから、ドノと俺の距離は近くなった」

「あなたが勇敢に耐えたから？」

「それもあるかもしれない。あるいはもしかしたら、ドノが俺の信頼を取り戻したことを知ったからかもしれない。あのときドノは、数カ月前に出所したばかりだったんだ。振り返ってみると、ドノと俺が環境に順応するのには時間がかかった。ドノがずっといっしょにいてくれるかどうか、当時の俺には確信が持てなかったんだ」

「お祖父さんがあなたのもとを離れてしまったからね」

「ドノ自身はそんなことを望んでいなかった。だがへまをやらかし、捕まってしまった。そして俺は一年半、里親のもとに預けられた」

「我慢強い子だったのね」ルースは言った。

俺は彼女の額にキスした。「でも、いまだに針は怖いんだ」

「腕に刺青を入れる必要なんかないわよ。きっと、やろうと思えばどこにでも入れられるわ」

「たとえばどこに？」俺は言った。「ここかい？」

「あなたが入れるのよ、わたしじゃなくて。いやね。気にしないで。もっと続けて」

俺は彼女にキスした。彼女が強くキスを返す。

携帯電話の音で目が覚めた。雨が強く降りだし、濡れた路面にきしるタイヤの音と着信音が混ざり合う。新しい使い捨て電話だ。俺はベッドから飛び出し、ようやく電話を見つけた。

「ああ、バン」アディ・プロクターだ。「容態が悪化しているの、ドノの容態が。いますぐ来て。急いで」ただならぬ声だ。「お願い、急いで」

26

ホンダを降りたとたん、雨がスズメバチのように襲いかかってきた。風が横殴りに吹きつける。俺は通りのまんなかを走り、ハーバービュー病院の東側に向かった。遅すぎただろうか？　またしても？

救急患者搬入口が最寄りの出入口だ。救急隊員と運転手の一団が駆け足で、急病人を載せたストレッチャーを押して自動ドアから入ろうとしている。俺はその一団についていった。横たわった患者が悲鳴をあげ、のたうちまわっている。誰も俺にかまう者はいなかった。建物に入るや、俺は救急隊員の一団から離れ、入院病棟の廊下へ向かった。

ひょっとしたら、これは罠かもしれない。俺はアディからのメッセージが本物であることを疑っていなかったが、ゲリン刑事が俺の来訪を予期していてもおかしくない。刑事が重傷患者病棟の周囲に警官を配置している可能性はあった。

それでも、俺は危険を冒さなければならない。そうするしかなかった。たとえゲリンが病室のベッドの隣で俺に手錠をかけるとしても、行かなければならない。

ドノのために、行かなければならなかった。これが祖父の最期だったら。

エレベーターの扉が四階でひらいた。病棟に警官の姿はない。だが、ドノの病室の扉に配置したはずのスタンダード・セキュリティ社の警備員もいなかった。首筋に悪寒が走る。

俺は廊下を駆け出した。雨粒が床に落ちる。廊下を半ばほどまで来たとき、アディ・プロクターがドノの病室から出てきて、シン医師とスタンダード社の制服の警備員もあとに続いた。

アディが最初に俺に気づいた。「バン。ああ、よかった」彼女は言った。「まだ息があるわよ」

「早く、病室に入ってください」シン医師が言った。

俺はそうした。彼らは病室の外で待った。背後で扉が閉まった。

祖父はすっかり痩せ衰えていた。おととい来たときには、まだ眠っているだけのように見えたのだが、いまは枕があまりへこんでおらず、鉄灰色の髪は乱れている。つながれている管の本数はさらに増え、ベッドのかたわらには新たなモニターが置かれていた。

俺は一歩踏み出し、彼の手を取った。ひんやりしている。

「ドノ」俺は言った。「バンだよ」

看護師の手によってシーツの縁は押しこまれ、水色の毛布が丁寧にかけられていた。ドノの胸を覆うシーツの上端が、白い線を描いている。人工呼吸器で空気が肺に押しこまれ、戻されるたびに、胸のシーツはかすかに波打った。

雨が窓をたたき、風が呼び声をあげている。心電図のとっぴな信号音がかき消されるほどだ。ドノの心拍数は二秒に一回だったのが、三秒に一回になり、それからまた二秒に一回に戻った。

「きっと捕まえてやる」俺は言った。「あのくそ野郎を見たんだ。ブーン・マックガンを。必ずひっ捕らえてやる」祖父に身を乗り出す。「どうあっても、その目で見てくれ。最後の審判の日に備えて、あの男の顔を見るんだ。自分の目で見ろ、ドノ」

祖父の手が俺の手を握った。蜘蛛が触れるようにか弱い力だ。

俺は祈る思いで、手を握り返した。

「ドノ」俺は呼びかけた。

突如、ドノの背中が弓なりになった。ドノが咳きこみ、人工呼吸器のチューブにむせ返る。俺が扉を向き、助けを呼ぶのと同時に、ドノの腕が弱々しく痙攣した。

看護師が勢いよく扉を開け、俺をベッドの前から押しやった。片手でドノの額を押さえながら、もう片方の手で人工呼吸器を外しはじめる。心電図のモニターは悲鳴をあげていた。看護師がシン医師を呼んだ。戸口にたたずむアディは青ざめ、硬い表情だ。

ドノの目が半びらきになっている。細長く青白い顔のなかで、そこだけが黒い銃身のようだ。十年ぶりに見る祖父の目だった。身体がこわばり、人工呼吸器を取り外された頭が、かすかに前後に動いた。

一歩踏み出すと、ドノの目が俺を認めた。目は俺を見ている。口がぴくりと動いた。

俺はにじり寄り、祖父の顔に耳を近づけた。シンが俺に何か言っている。ドノの吐く息が頬にかかった。

「ここにいるよ、祖父さん」俺は言った。

もう一度息を吐く。ドノの顎の無精鬚が触れるぐらい、俺は顔を近づけた。

誰かが腕を引いている。警備員だ。俺は顔も向けずに、そいつを突き飛ばした。警備員は何かにぶつかり、床に倒れた。

「バン」ドノの声が聞こえる。〝バ〟はほとんど息を吐くような音だ。

「何か言ってくれ」

不意にドノの大きな手が振り上げられ、毛布の上に置いていた俺の手をつかんだ。指にはまだジュリエットの車の鍵のリングを引っかけていた。ドノに突発的な力でつかまれ、俺の指にリングの金属が食いこんだ。

「い、ここだ」

「ここにいるよ」俺は、耳をドノの口元に近づけたまま言った。「なんだ、何が言いたい?」

ドノの身体が弛緩した。俺の手を握っていた拳から力が抜けていく。目を上げると、ドノの目から光が消えていくのがわかった。

誰かがふたたび俺をつかみ、引き戻した。今度は俺も抗《あらが》わなかった。シン医師が近づき、ドノの瞳孔を確認しはじめた。看護師が注射を打っている。別の看護師は除細動器のカートのそばに立ち、いつでも取りかかれるように待機していた。

アディが病室の外から何か言っている。俺は彼女のほうを見た。

「こっちに来て、バン」彼女は言った。背後の医療スタッフが、よく言ってくれたという表情をしている。

俺は病室を出た。目はまだドノから離さなかった。

アディと俺は戸口で待ちながら、外で吹き荒れている嵐のような医療スタッフの動きを見守った。もうこれ以上、何をしても無意味なのはわかっていた。三分が経ち、五分が経ったところで、シン医師が死亡を宣告した。病室は静寂に包まれ、スタッフは全員病室を出て、俺の周囲をうろうろした。

「続きはまた今度にしよう」誰かの声がした。

ホリスだ。アディの隣に立っている。「もう行かないとならんぞ、坊主」彼は言った。看護師もほかのスタッフもシン医師もアディも、いっせいに驚愕のまなざしを注いだ。「警察がすぐそこまで来ている。おまえの祖父さんに別れを告げる機会はまたあるさ。だがおまえと俺は、いまは一刻も早くここを出なければならん」

ドノのそばにいたかったが、ホリスの幅の広い顔は事態が切迫していることを告げていた。彼は全身ずぶ濡れで、黒っぽいシャツが樽のような胸と腹に張りついている。俺はうなずいた。

ホリスは踵を返し、足早に廊下を歩きだした。俺もあとに続いた。ホリスは俺を先導して病棟を出ると、エレベーターのそばにある施錠されていない非常階段に向かった。

彼はどら声で言った。「ドアがロックされていないことを祈ろうぜ」階段を下り、関係者用の廊下に入ったところで、彼は言った。その突き当たりには防護扉があった。「勤務医用の出入口を見つけたんだ」ホリスが押すと、扉はいとも簡単にひらいた。

「あそこだ」ホリスが指さし、俺は雨のなかを歩いて、彼のキャデラック・ドゥビルの助手席側のドアに立った。彼が急いで運転席に乗りこみ、ロックを解除する。俺はドアを開け、ホリスの隣に乗りこんだ。

高層ビルの陰で、風はさほど強くなかった。夜空に星は見えず、ウインドウを雨滴が流れる。まるで大洋に浮かんでいるようだ。

ホリスはエンジンをかけ、手をこすり合わせて温めようとした。「まったく、なんて夜だ」こっちを見る。「酷なことを言いたくないが、間に合ったのか？　祖父さんの死に目には？」

「い、いや。ドノは言っていた。こ、ここだ。

俺はうなずいた。

ホリスがため息をついた。「そうか、それはよかった」彼は手を伸ばし、ステアリングを握って押した。筋肉を伸ばすにつれ、ステアリングがきしんだ。

「どうしてわかったんだ？」俺は訊いた。

「ドノのことか？　あの品のいい婆さんが教えてくれたんだ。ミズ・プロクターだ。俺に電話して、知らせてくれた。すでにおまえにショートメッセージを出したんだが、返事がなかったそうだ。そのうえ、警官もここにいると言っていた」ホリスはシートでもぞもぞと身体を動かし、俺のほうを向こうとした。俺は車に乗ってから、まったく動かなかった。だが、ホリスは身じろぎせずにいられないようだ。

「知らせを聞いたら、おまえが一目散にここに駆けつけるのはわかっていた」彼は続けた。「それで、ちょいと手助けしてやろうと思ったんだ。俺は殺人課に電話した。おまえを捕まえたがっているゲリンはいなかったが、そいつの相棒はいた」

「カネリスだな」

「ああ、そんな名前だった。俺はそいつに、おまえの祖父さんの古い友だちだと自己紹介して、おまえが助けを求めて俺の家に現われたと嘘を教えたんだ。そして、おまえが武装してやけになっているようだから、急いで来てくれと言った」

嵐のなかで通りに立ち尽くすゲリンの姿が目に浮かぶ。「それで、どこに来るように言ったんだ？」

「俺はカネリスに、ジミー・コーコランと名乗ったような気がする。あとは、やつがどうにかしてくれるだろう。それにジミーの住所は病院に近いから、病院にいる警官がそっちに向かってくれることを祈った。そして運よく、そのとおりになったというわけだ」

ホリスは息をつき、シートに背中を預けた。「ひとつ言わせてくれ、坊主。祖父さんのことは、気の毒だった。だが祖父さんは、精一杯持ちこたえたんだ。ドノはおまえがここへ来たことを知っていたにちがいない」

俺は瞑目した。屋根を打つ雨音の不規則なリズムに耳を傾ける。いまから十二時間前、俺はジュリアン・フォームズが死んでいく音を聞いた。それからブーンを追った。あのとき彼を捕まえ、ドノの耳元にそれを知らせることができたとしても、どんなちがいがあっただろう？

「もうひとつ、おまえさんのためにできることがある」ホリスは言った。「できれば、ぜひ俺にやらせてほしい。前に会ったとき、おまえの祖父さんは陰鬱だった。自分に何かあったときの段取りをしていたんだ。葬儀や通夜の段取りを。おまえがそんなことを考えたくもないのはわかっているが――」

「手配に取りかかってくれ。ドノはきっと、すぐにでもやってほしいだろう」

「ちがいない」ホリスは俺を見た。「おまえ、いつまでもこんなふうに逃げまわるわけにはいかんぞ。そう長くは続けられん」

「もう、逃げまわる必要はないだろう。ありがとう、ホリス」俺はドアを開け、ドゥヴィルを降りた。いまは風がなくなり、雨は雲から路面へまっすぐ、ほとんど音をたてずに降っている。

27

俺はシュアード・パークの水際、水面と陸地が出会うところに立っていた。公園の敷地は閉鎖されている。閉められたのはきのうの夕方のことだが、それは一生涯、いや、もっと前のような気がする。きのうの夕方というのはルースと逢う前で、ドノが息を引き取る前だった。雨雲の塊が月の光を阻み、下界の街明かりを反射するのも拒んでいる。見えるのは、平らで鉛のような灰色の水平線だけだ。

そうだったのか、ドノ。

ようやくわかった。なぜ俺に帰ってきてほしかったのか。

祖父さんは、自分が金持ちになるつもりはなかった──それが問題の発端だったのだ。

確かに、タロス社に輸送されるダイヤモンドを逃す手はなかっただろう。六百万ドルの追跡不能な工業用ダイヤを得られるチャンスは、そうめったにあるものではない。きっと祖父さんはその話に飛びつき、短期間で実行役をかき集める必要に迫られたのではないか。それで、マックガン兄弟のような当てにならない連中を使わざるを得なかったのだ。

ブーン・マックガンが仮釈放違反で捕まったとき、祖父さんはもっけの幸いと思っただろうか？　裏切りかねない仲間が一人減ったと？　ブーンとバートの兄弟がいっしょだったとしたら、空港の廃格納庫で出血多量で死んだのは、ドノとサル・オレンだった可能性が高い。ところがブーンが参加できなくなった結果、実際にはバートとサルが殺し合うという結果になった。

祖父さんは幸運だったんだ、ドノ。しかしその幸運が、新たな厄介事ももたらしたのだろう。

ダイヤモンドはすべて祖父さんのものになった。おそらくその四分の一ぐらいをオンディーンに渡し、彼女はそれで満足した。クリスチアーナ・リオッティには数十万ドルほどの現金を、情報提供の見返りに渡したのだろう。そして、残りは自分で取っておいた。

それからどうした？　いまさら屋敷を買おうとは思わなかったはずだ。どこかの海岸リゾートのパラソルの下でカクテルを呑み、寝転がってぶくぶく肥るような余生を過ごしたいとも思っていなかっただろう。

帰郷する前、俺は祖父さんの考えそうなことはわかると思っていた。だが、この数日の波乱を経てからは、祖父さんのことをよりよく理解できたような気がする。にわかに莫大なダイヤモンドを手にしたことで、祖父さんは遺産を遺すことを考えはじめたのだ。そして、さまざまなものを人に譲った。酒場の手綱をルースに託し、もう半分をマイクに譲った。それから、俺に手紙を書いた。

それは、あるものを俺に遺そうとしたからだ。ダイヤモンドを。

もちろん、俺はそれを受け入れなかったにちがいない。祖父さんもそれは知っていたはずだ。しかしたぶん、それは問題ではなかったのだろう。ただ単に、俺に金を譲渡しようというようなことではなかった。祖父さんは俺を信頼して、自らの行ないをすべて話そうとしていたのだ。死刑に相当する重罪を犯したこと、すなわち、重罪を犯している最中に二人の共犯を死に至らしめたことを。

まさしく十年前、俺の高校生時代に死んだ二人のならず者のように。あのとき俺が、あの男たちを死に至らしめず、ドノの家を出ていなかったらどうなっていただろう？　きっと祖父さんも、サルとバートを死なせることはなかったかもしれない。

足下の低いセメントの岸壁に、穏やかに波が打ち寄せる。俺は水面に背を向け、公園の森の遊歩道を歩いて、車を駐めた場所へ戻った。鬱蒼とした古木の大樹が空を覆い、俺は視覚だけでなく、五感を頼りに進んだ。

ドノが生きていたあいだは、警察から逃げまわることが俺の目的にかなっていた。俺は祖父に、自分の手でドノを撃った犯人を捕まえたと報告したかったからだ。祖父の面前で。俺自身の、和解の印として。

しかしいま、ドノはこの世にいない。それにゲリン刑事は、このままではブーン・マックガンを逃してしまうだろう。

自由の身でいたところで、災いを引き寄せてしまうだけかもしれない。ドノの幸運のように。

俺はホンダを駐めた遊歩道の始点に戻ってきた。ダッフルバッグに自分の携帯電話がある。バッテリーをふたたび装着した。そうすれば、ゲリンにも現在位置がわかるだろう。そして電源を入れた。どこかのモーテルに入り、数時間だけ休もう。それから出頭するつもりだ。

電話の画面には、前にインターネットで検索した結果がそのまま残っていた。タロス社のダイヤモンド強盗事件だ。新たな見出しが加わっていた――〈殺人事件の被害者、防弾車強奪に関与か〉。クリスチアーナ・リオッティだ。どうやら新聞社も、警察が把握している情報を嗅ぎつけたらしい。

ドノの名前がダイヤモンド強盗関係の記事で取りざたされるのも、そう遠くないだろう。ひょっとしたら、すでに記事になっているかもしれない。俺はいちばん上のリンクをクリックした。

その記事には、クリスチアーナにまつわる情報がすべて網羅されていた。略歴と顔写真もある。略歴にはニュージャージー州の高校時代の詳しい記録までついていた。ボランティア活動など、短い生涯のめぼしい出来事が羅列されている。どこかの格式ばったパーティとおぼしき写真では、クリスチアーナがにっこり笑い、シャンパンが入ったフルートグラスを手にしている。紺のドレスが、カールした茶色の髪とよく合っていた。隣に立っていた人々はトリミングされている。

彼女の背後には、壁にかかった大きな旗印の一部が見えた。モスグリーンと金のデザインだ。写真の解像度はあまり高くなかった。緑の背景に太い金の線が二本入っているようだ。

線の一本の上端はV字型になっている。
その形は釣り針の先端に似ており、二本の線はどうやら三叉の一部らしかった。
このデザインは、〈エメラルド・クラウン・ヨットクラブ〉のエンブレムだった。
オンディーンのクラブだ。

28

オンディーン・ロングのアパートメントの高層ビルは、ベルタウン界隈で最も高い建物だった。屋上から四分の一マイル先までは何もさえぎるものがなく、その先は黒い海面だ。

午前三時、屋上は漆黒の闇に包まれていた。風が高く、あるいは低く音をたて、眼下の鉄とガラスの渓谷を吹き抜けていく。小雨が降っており、雨粒が絶え間なく背中を打った。

屋上の縁から下を見た。十五フィート下に、オンディーンのバルコニーの敷石が見える。彼女のアパートメントは最上階にあり、下の部屋より少し引っこんだところにあって、その分テラスが広くなっていた。バレーボールのコートと同じぐらいの広さがある。テラスの鍊鉄の手すりから石を落としたら、二十階下のバッテリー・ストリートのアスファルトを割るだろう。

俺は屋上から両脚をぶらぶらさせた。それから、髪をなびかせる横殴りの風のなかを両手でぶら下がった。そして両手を放し、テラスまでの七フィートを飛び降りた。

明かりは消えたままだ。アパートメントの内部は、窓ガラスの反射でまったく見えない。

俺は暗がりのなかで待った。

そのまま一分が経過した。スライド式のガラス戸に手を伸ばす。ピッキング用具は片手に持っていた。ところが、鍵がかかっていなかったので拍子抜けした。

だが、さほど驚くには値しない。

このところ、オンディーンは立てつづけにひどい失敗を重ねている。

俺は室内に忍びこみ、背後のガラス戸を閉めた。扉を閉めると、風の音は弱まった。

オンディーンのアパートメントには仕切りがほとんどなかった。目が暗闇に慣れるにつれ、広々とした居間が見えてきた。眺望を楽しむため、家具は背の低いものにしているようだ。右手に食堂がある。壁に絵画が飾られ、そのあいだに抽象的な彫像が置かれている。あらゆるものが暗闇と一体化しているようだ。

いちばん奥に、小ぶりな玄関ホールと扉が見えた。居間の左側は廊下だ。きっと寝室に通じているのだろう。

俺はそっちに行きたかった。ここまで来たら、とことんやってやろうか。しかしそれは思いとどまり、居間を突っ切って脱出ルートを確認した。玄関の安全錠はシュラーゲ製の最高級品で、プレートは鉄で強化されていた。こちらのほうは裏口とちがい、きちんと鍵がかかっていた。

「アレック？　帰ってきたの？」オンディーンの声が、左側の廊下から聞こえてきた。ほどなく、部屋の隅に彼女が現われた。アイボリーのローブに身を包んだ姿は、幽霊のようだ。

俺は読書灯をつけた。そのシルクの傘にはトンボの刺繍が入っており、青白い羽根の柄が影絵のように、オンディーンの不自然なほどなめらかな顔に投げかけられた。

「そこに座れ」俺は言った。

彼女の目が、俺の手のなかの三二口径に引きつけられる。

「もうすぐアレックが帰ってくるわよ」彼女は言った。

「それはよかった」

オンディーンがこわばった笑みを浮かべる。口紅が鮮やかだ。きっと、本当にアレックが帰ってきたと思ったのだろう。

「ビジネスライクに行きましょう。この前のように」彼女は言いながら部屋を横切り、長椅子に座った。俺は突き当たりの壁に戻り、正面玄関と廊下を視野に収めた。アパートメントにほかの出入口があった場合に備えたのだ。

オンディーンは銃に向かって顎をしゃくった。「そんなもの、いらないでしょう」

「クリスチアーナ・リオッティのことを話せ」俺は言った。

オンディーンはサイドテーブルの赤い漆塗りの箱からタバコを取り出した。マッチで火をつけ、落ち着いた動作で浅く吸った。

「もう情報交換はすんだはずよ」彼女は言った。

「あんたは事件の半分しか言わなかった。あんたが、俺に知らせてもいいと思った部分だけを。俺は残りの半分も知りたいんだ」

彼女は長い黒髪を手で梳《す》いた。「きっかけはご存じのとおり、クリスチアーナ・リオッティがタロス社で働いていたときに、ダイヤモンドの輸送スケジュールを知ったことよ」

「それで彼女は、利益をもたらしてくれそうな人間に情報を提供したわけだ」

「ええ、ドノにね」

「いや、ドノにではなかった。彼女はあんたに情報を教えたんだ。クリスチアーナは〈エメラルド・クラウン〉のメンバーだった」

オンディーンが片方の眉を上げた。

「俺は、クリスチアーナがあんたに関する噂を聞きつけたと推測している」俺は続けた。

「それに彼女には、失うものがなかった。クリスチアーナは遠まわしにダイヤモンドの情報をほのめかしたのか？　それともいきなり情報を明かして、ひと儲けできないかどうか訊いてきたのか？」

オンディーンは煙を吐き出した。「あの秘書の女は、新年の祝賀パーティでわたしに近づいてきたわ。とてもおどおどしていた」

「そしてあんたはドノを信頼してクリスチアーナを紹介し、ドノは必要な情報を直接彼女から訊き出した。彼なら、あんたやクリスチアーナの存在を他人に知らせることはないと安心できたからだ」

「時間がなかったの」

「犯行グループにマックガン兄弟を引き入れたのは誰だ？」

「マックガン兄弟」オンディーンは〝兄弟〟の部分を強調して、おうむ返しに言った。「今晩のあなたには新情報をたくさん教えてあげるわ。人手を手配したのはわたしよ」

「〝わたし〟というのは、つまりアレックのことだな」

「以前にサル・オレンを使ったことがあるの。でもまあ、確かにマックガン兄弟を引き入れたのはアレックだわ」

「最初から当てにならないやつらだとわかっていたはずだ」俺は言った。

「だからこそ、あの連中をしっかり監督するようにアレックに指示したのよ。アレックはブーン・マックガンに睨みが利いたから」

「しかし、実際には抑えが利かなかった」

オンディーンはタバコの灰を、牡蠣《かき》の貝殻の灰皿に落とした。「ドノが銃撃されて以降、ブーンは行方をくらましたわ。でもいずれは、表に出てくるでしょう」

「ああ、必ずそうなる。アレックがブーンを追うというのは、誰のアイディアだ？　あんたがやらせてるのか？　それともやつから言いだしたのか？」

オンディーンは口をひらこうとしたが、また閉じた。彼女と俺は互いをじっと見た。

「アレックは、あんたにとってなんだ？」俺は訊いた。

「不穏当な質問だわ」

「わかった。それじゃあ、あんたは彼にとってなんだ？　夢の女か？　それとも、単なる金づるか？」

オンディーンが顔を朱に染めた。「出ていって」

「ドノが犯した過ちはたったひとつだが、それは途方もなく大きかった。ダイヤモンド強盗の仕事を受け、あんたにまだそれを仕切れるだけの力があると信じたことだ」

俺はテラスに通じる鍵のかかっていないガラス戸を、三二口径の銃身で軽くたたいた。

「あんたはもう年寄りだ、オンディーン。それにまちがいも多い。まず、クリスチアーナと取引したことだ。彼女はタロス社に近すぎた。次に、マックガンのような精神病質者を雇ったことだ。それに言うまでもなく、あんたの情夫にかつがれた」

「よくもそんなことを」

「ドノが死んだ」

オンディーンの背筋がぴんと硬直した。まるで背もたれのクッションに針でも入っていたかのように。彼女は呆然として俺を見据えた。

「死んだ？」彼女は言った。

「今晩のことだ。一分ほど、昏睡状態から覚めた。だがそれっきりだった」

オンディーンが背を向ける。その背中が弓なりに曲がった。外では風が吹いてはやみ、まるでこの街そのものの息遣いのように聞こえる。俺はその音を聞きながら、自分自身の呼吸を落ち着かせようとした。

オンディーンが立ち上がり、衣擦れの音をたててシルクのローブをひらめかせながら、鎮座する黒檀の食器棚に向かった。デカンターがきちょうめんに並んでいる。彼女は琥珀色の液体が入った瓶を手に取り、クリスタルのタンブラーに注いで、グラスを持って呑んだ。

口をひらいたとき、彼女の声は平静に戻りつつあった。「あなた、アレックを殺しに来たのね」

「やつはどこだ？」

「なぜ彼がブーンと共謀していると確信できるの？」彼女は言った。

「ドノがバート・マックガンによけいな情報を一語たりとも漏らすはずがないからだ。クリスチアーナが直接ドノに情報を持ちかけたとしたら、兄のブーンが彼女の居場所を突き止められたはずがない。誰かほかの人間が、クリスチアーナのことを知っていたんだ。それに、ドノの家に盗聴器を仕掛けられるようなスペシャリストを知っているのは、あんたの人脈の誰かしかいない」

俺は部屋を横切り、オンディーンの前に立った。彼女はわずかにあとずさり、重厚な食器棚に背中が当たった。

「誰かがブーン・マックガンにクリスチアーナのことを漏らしたんだ」俺は言った。「それはあんたしかいない。あるいは、あんたにきわめて近い人間だ」

俺たちはその場に立ち尽くし、睨み合った。

「ドノの目にそっくりだわ」オンディーンが言った。グラスを掲げたが口はつけず、香りだけを吸いこむ。その香りはこっちにも漂ってきた。濃厚で甘ったるい、西洋梨のブランデーだ。

「アレックはずっと、マックガン兄弟とぐるだったんでしょう？」彼女は言った。「もしブーンが強盗に加わっていたら——」

「そのときにはマックガン兄弟がドノを、サル・オレンもろとも、空港の廃格納庫で殺していたにちがいない。俺の考えでは、弟のバートは最初の計画に固執して、彼一人の手で二人とも殺そうとした。ところが、サルは思っていたより敏捷だった。それでバートと相討ちになったんだ」俺はかぶりを振った。「あんたは運がよかったんだ、オンディーン。最初の計画どおりに運んでいれば、アレックはまんまと街を逃れ、あんたを生かしておいて事後処理をさせただろう。そしてダイヤモンドを手に入れたら、あんたを殺していた」

「わたしにやらせて」オンディーンは言った。片手で、食器棚の湾曲した縁をつかんでいる。

「わたしにあの男を殺させて」

殺す、と彼女は言った。〝どうにかする〟とか〝対処する〟といった婉曲な言葉遣いではなく。

「それでいいのか？」俺は言った。

「わたしがいままで愛した男は二人いるわ」彼女は言った。「その二人目を、今晩失った」

「だったら、それを証明してくれ」俺は言った。「アレックとブーンはダイヤモンドをほしがっている。そのために、俺を捕まえようとしている。もう盗聴や尾行のような手段は使わないだろう。直接俺を誘拐して拷問しようとするはずだ。クリスチアーナにそうしたように」

俺は壁にかかったコードレス電話を指さした。「日曜日の午前中に、ドノを偲ぶ会をひらくつもりだ。〈モーゲン〉で」

オンディーンはグラスの縁を指先でなぞった。それからグラスを置き、電話を取った。そして短縮ダイヤルを押した。

「もしもし、あなた？」彼女は受話器に向かって言った。早口で、朗らかな口調だ。幸せそうなぐらいだった。「たったいま聞いたの。ドノ・ショウが死んだわ」

しばし、受話器に耳を傾ける。「ええ、そうね。いまから病院に行ってもしかたがないでしょう——きっとブーンは行かないわ。それに、警察はまだドノの孫を追っているのよ。わたしの見るところ、ブーンがどうしてもバンを捕まえたいのなら、ドノの家を見張ることはしないでしょう。危険が大きすぎて近づけないはずよ」

俺は受話器に顔を近づけ、アレックの声を聴き取ろうとした。「——ストックトンまで行って捜そうか？」アレックが言った。

「いいえ」オンディーンは言った。「あなたの直感が正しいと思うわ。ブーンはまだシアトルにいるでしょう。それにバン・ショウはきっと、ドノを偲ぶ会に現われるわ。あさって、ドノが経営していたレノラ・ストリートの酒場でひらくんですって」

アレックは考えこんだ。「警察がショウを捜しているのなら、酒場には近づかないんじゃないか？」

「あの手の人たちのことはわかるわ」オンディーンは言った。「感傷的になるのよ。たとえそのせいで愚かな決断を下すとしても。とくにこういうときには、そうするでしょうね」

ちょうど俺が見上げたとき、彼女は下の睫《まつげ》についていた涙を、手品師のような手際で拭った。

「マックガンは俺が見つけ出す」アレックが言った。

「今晩じゃなくてもいいわ。いますぐうちに来て。あなたがいなくて寂しいの」オンディーンは言った。

「ああ、俺もだ」彼はそう言うと、通話を切った。

オンディーンは受話器をフックに戻した。俺は三二口径をコートのポケットに戻し、オンディーンが使っていたのと同じデカンターを手にした。そしてタンブラーに少量を注いだ。彼女が長椅子に戻り、座った。疲れているように見える。そしてもう、四十代には見えない。「ドノが強盗の話を受けるとは思っていなかったわ」オンディーンは言った。「本当に驚いた」

「だったらなぜ、そんな話を持ちかけた？」

「六百万ドルのダイヤモンドが手に入る機会なんて、そうめったにあるものじゃないからよ」彼女は言った。「それにドノもわたしに、いい話があったら知らせてほしいと言っていたの。いくらか余裕のあるお金を準備しておきたかったんですって」

「まさかのときに備えて」

「埋蔵すると言っていたわ」オンディーンは言った。「ダイヤモンドを売らずに取っておくと決めたとき、ドノはそう言っていた」

「埋蔵？　財宝みたいにか？」その言葉は、遠い記憶のどこかに触れた。以前に聞いたことがあるような気がした。

オンディーンが穏やかに笑みを浮かべた。「次の世代のやつらはきっと驚くだろう、と言っていたわ。お祖父さんはきっと、大げさに言っていたんでしょうね。わたしにはあの人のユーモアのセンスが半分もわからなかった」

無理もない。それは冗談ではなかったのだから。ダイヤモンドは将来の人間のために埋蔵されたのだ。つまり、俺のために。

俺は一気にブランデーを呑み干した。喉が焼けるようで、言葉が出てこない。

「あんたが言ったとおりだ」俺はようやくオンディーンに言った。「愛情は愚かな決断につながる」

「そうね。わたしにとっては、アレックが弱点だったわ」彼女はシルクのローブで身体を包んだ。広い部屋で寒けを感じたかのように。「でも、わたしが彼の味方をすることはもうないわ。ドノの敵にまわるようなことはしない」

俺はガラス戸の外に目をやった。テラスの向こうでは、海峡の上空を嵐雲が遠ざかりつつある。

「もしあんたがドノの敵にまわったと思っていたら、いまごろにはとっくに片をつけていた」俺は言った。「あんたを手すりにぶら下げて、アレックの隠れている場所を訊き出しただろう。そしてどのみち、あんたを突き落としていた。ドノが死んだ見返りに」

オンディーンは氷の彫刻のようだった。俺は空《から》になったグラスを食器棚に戻した。
「そう思ったことは、知らせておく」俺は言った。

十八歳当時、同じ日の夜

車でデイビーの家のブロックに着いたころには、彼はふたたび取り憑かれたようにしゃべりだし、ヒステリックに笑いながら、本当に生きて逃げてこられたのが信じられないとか、思っていたより銃声が大きくて驚いたとか、誰にも見られていなかったはずだなどと言っていた。ぼくはまだ、三人の死人が出たことを思い、誰からもぼくたちの関与を疑われないためにはどうすればいいか考えていた。

ぼくはトーラン家の何軒か手前でブレーキを踏み、デイビーをじっと見た。ぼくの視線に、彼はうなだれた。

「家ではきみのお母さんが待っているだろう」彼がようやく目を合わせたところで、ぼくは言った。「どこへ行っていたのか、訊かれるはずだ」

「そうだな。大丈夫だよ。うーん、きみといっしょにいたって言えばいいだろう？　いっしょに遊んでいたって」

ぼくは首を振った。「きみはぼくといっしょにいなかった。昨夜のパーティが終わってからずっと、ぼくを見ていない。きみ一人で歩いていたことにしろ。パーティが終わったあとも気持ちが昂ぶっていたので、散歩に出たくなって、何時間もそのまま歩いていたことにするんだ」

「なんだって？　ただ歩いていただって？　おいおい、そんなの誰も信じないよ」

あたりは薄暗く、街灯がまだついていた。街灯のポールが車に深い影を投げかけている。それでもぼくには、ヘヴィメタルのバンドの色褪せたTシャツの前で、デイビーの両手が熱に浮かされたように震えているのがはっきり見えた。

「ずっと一人で歩いていたと言えば、きみがいつ、どこにいたか証言する人間は必要なくなる。それに、下手な作り話をしなくていいんなら、きみとぼくが口裏を合わせる必要もない。きみは一人きりで歩いていた。それだけだ。簡単だろう。言いたいことがわかるか？」

「待ってくれよ、バン。母さんはきっと――」

前腕が痙攣し、ぼくはステアリングを握りしめた。「デイビー。今晩、死人が出たんだぞ。わかってるのか？　きみのお母さんのことを心配している暇はない。お母さんはきっと、まだほんの序の口だぞ。いいか？」

「どういうことだ？　警官に訊かれるってことか？」デイビーはキャバリエのリアガラスの外を見た。

「きみがボビー・セッションズの知り合いだったことはいずればれる。そうすれば、訊かれるだろうさ」

「どうしてばれるんだ？」

「可能性はいくらでもあるだろう、デイビー。たとえばボビー・セッションズが恋人に、きみに会いに行くというメモでも書き残していたかもしれない。警察が遺留品の携帯電話に登録された番号を、すべて当たってみるかもしれない」

デイビーは目をしばたたいた。わかっていないようだ。まだアドレナリンで脳が過熱しているのかもしれない。

ぼくは肩の関節が音をたてるまで、身体を伸ばした。デイビーが同じようにリラックスしてくれることを期待したのだ。「どうやってばれるかは二の次だ。問題は、警官に事情聴取される可能性があるってことだ。そのときみは、何かをでっちあげて、それを通さないといけない。だから、できるだけ簡単にするんだ。散歩に出ていた、と。時間は覚えていないと言えばいい。しつこく訊かれたら、ひどく酔っぱらっていて、お母さんと喧嘩したくなかったとでも言うんだ。だがそれは、最後まで取っておけ」

デイビーは肩をすくめた。「どのみち母さんは、ぼくが酔っぱらっていたと思うよ」

「かえって好都合じゃないか」

ぼく自身も、ドノにどう話したものか考えなければならなかった。デイビーを乗せて街を走りまわっていたなどとはとても言えない。まさに同じ時間帯に、ぼくたちを見た目撃者が警官に話すかもしれないのだから。できれば、三人の連続殺人のまっただなかにぼくがいたと思われないような言いわけをしたかった。

「その線でいいな？」ぼくはデイビーに念を押した。

「ああ。大丈夫さ。それにしても、ひでえ夜だったな？　信じられ――」

「デイビー」

「ああ、わかったよ。その線でいい。わかった」

ぼくは歩道を大股で跳ねるように走っていくデイビーを見送った。興奮覚めやらぬといった様子だ。これから数日は目を離せないだろう。へまをした場合に備えて。デイビーが罪悪感に耐えかね、本当のことを口走ってしまう恐れは充分にあった。あとでまた電話して口止めしておこう。

そうだ、忘れていた。ぼくの携帯電話だ。デイビーが〈ホリデイ・ハウス〉からぼくにかけてきたのだ。ぼくの名前は登録されていなかったが、警察はなんらかの手段を使って電話の位置を割り出し、追跡できるのだろうか？　ぼくにはわからなかった。

家に着く前に、ぼくは電話を粉々にし、その破片をふたつの排水溝に分けて捨てた。卒業祝はわずか五日間でばらばらになってしまった。

ほかに忘れていることはないだろうか？　車、電話のほかに。〈ホリデイ・ハウス〉では指紋を残さないよう、細心の注意を払った。しかし、デイビーの指紋がどこかに残っているかもしれない。彼がずっと運転用の手袋をしていたとは断言できなかった。あるいはどこかの街角に設置された監視カメラに、ぼくたちの姿が映っているかもしれない。

こうしたことは、いまさら自力ではどうすることもできなかった。できるのは、目ざとい住民に見とがめられる前に、キャバリエを車庫に隠すことだけだ。あとは幸運を祈るしかない。

家に着くころには、夜明けとともに薄い霧があたりを覆っていた。ぼくは私道に車を入れ、一度降りて車庫の扉の鍵を開けると、一気に強く引き開けた。

そこには、見慣れた灰色のシルバラードのピックアップトラックが駐まっていた。

ドノが戻っていたのだ。

なんてこった。

確かに月曜日と言っていたが、こんなに早く戻ってくるとは。どんな仕事かはともかく、日曜日の午後はワイオミング州のジレットという町にいたはずだ。きっとどこへも寄らずに、まっすぐ帰ってきたのだろう。その町は、本当にワイオミング州だったのだろうか。

そんなことはどうでもいい。いまはまず、車を車庫に入れなければ。ぼくはピックアップトラックに飛びこみ、バックさせて車庫から出した。車の鍵は持っていなかったが、ドアはロックされていなかった。二分ほどで点火装置をショートさせてエンジンをつけ、キャバリエと入れ替えた。

車庫の扉を閉めると、安堵の息をついた。そのとき、ピックアップトラックのエンジンが冷たかったことに気づいた。つまり、ドノは少なくとも一時間前には戻っていたのだろう。もしかしたら、ぼくが出かけた直後に戻ってきたのかもしれない。ジレットからまっすぐ戻ってきたのなら、一晩中運転していただろう。だとしたら、いまごろはぐっすり寝ているかもしれない。ぶっとおしで十五時間は運転してきて、疲れ切っているはずだ。

　ぼくは正面の扉の鍵を開け、玄関に入った。警報装置は赤く瞬いている。暗証番号を入力すると、ライトは緑になった。

「卒業生のお帰りか」ドノの声が居間から聞こえてきた。

こんなときにかぎって。ぼくは深くため息をつきながら、居間の隅に足を踏み入れた。ドノは革張りの安楽椅子に座り、ビール瓶を片手に、長い脚を伸ばしている。テレビは観ていなかった。サイドテーブルに本も置いていない。ただそこに座り、ビールを呑みながら(drinking)考え事に耽っている(thinking)。ドノはD&Tと言っていた。

「卒業証書はもらったのか？」祖父は訊いた。

「あとで送ってくるそうだ」ぼくは言った。「卒業式でくれるのは、ただの丸めた紙さ」

「おとり商法というわけか」ドノは窓の外を示した。「あれはいったいどういうことか、説明してもらえないか？」ぼくがキャバリエとピックアップトラックを入れ替えるところを見ていたのだ。

　こうなったら、しかたがない。「あの車を通りに出しておきたくなかったんだ」

「そうか？」

「スピード違反で捕まったのさ。警官はナンバープレートを控えていた。あの車の経歴がきれいなのかどうか、ぼくにはわからない――たとえば、交通違反で取り締まりを受けるぐらいなら大丈夫かもしれないけど、もし別人の名義で登録していたりしたら、捜索願でも出ていて、捕まることもあるかもしれないと思ってね。そこらへんを確かめるまで、人目につかないところに置いておきたかったのさ」われながら早口すぎた。「その警官は、スピードノの黒い目は無表情で、眉毛にも変化はうかがわれなかった。「その警官は、スピード違反の警告だけでは放免してくれなかったんだな」それは質問ではなかった。

「それで、見逃してくれるように持ちかけたんだ」ぼくは言った。

「いくらで？」

「百ドル。先週、祖父さんがくれたお金の残りだ」

「その警官は受け取ったのか？」

「ああ。車を調べるふりをして、考えこんでいたけど、結局受け取ってくれたよ」ドノはビールをぐいと呑んだ。ぼくをじっと見つづけている。「そいつは、ナンバープレートを控えていたと言ったな？」

「うん。少なくとも、ぼくはそう思う。五分ぐらいパトロールカーに座って何かしてから、車を降りてぼくのほうへ来たんだ」

「バイクじゃなかったのか」

しまった。交通の取り締まりをする市警の警官は、ほとんどがバイクに乗っているのだ。パトロールカーに乗るのは、もっぱら幹線道路だけだ。

「うん」ぼくは言った。

「シアトル市警か？」

「州警察のハイウェイパトロールだ」

「そうだったのか。てっきり市警の警官だと思っていた。場所は？」

「ストラウド・アベニューの出口だ。高架下にいた」

ドノはゆっくりと、ささやくような音で息をついた。ビール瓶を置き、椅子から立ち上がる。首と顎には五日間剃っていなかった無精鬚が伸び、青いシャンブレー織りのシャツとジーンズは、徹夜の運転で皺くちゃになり、よれているが、それでも祖父はしゃんとして見えた。筋肉はたるみ、体格はひょろ長い。ドノは正面の窓辺に近づき、キャバリエが入った車庫の屋根を見た。

「俺がシアトル市警の友だちに電話をしたとする」ドノは言った。「そして、誰かがうちのキャバリエのような車を捜しているかどうか、調べてもらったとしよう。友だちは俺になんと言うだろう？」

「たぶん、何も言わないと思う」ぼくは言った。

ドノは窓を見たまま、じっと待った。ぼくに罪を告白するチャンスを与えているのだ。デイビーのことを口にしてはならない。彼は関係なかったことにするのだ。

ドノが真相を知ったら、デイビーを殺すだろう。文字どおり、殺すにちがいない。デイビーはぼくを重犯罪に、少なくとも殺人に巻きこむところだったのだ。たとえ引き金を引いたのがデイビーだったとしても。

祖父がどう考えるか、ぼくにはわかっていた。デイビーとぼくはこれから一生、互いにこの罪を背負っていかなければならないだろう。デイビーが自ら口を割らないかぎり。

ぼくは深呼吸した。「警官が目撃者を捜しているんだ」

「なんの？」とドノ。

「発砲騒ぎがあった。それ以上かもしれない」

ドノがぼくのほうを向いた。ぼくは目をそらすまいと自分に言い聞かせた。

「自分でひと仕事やってみたくなったんだ」ぼくは言った。「キャピトルヒルの向こう側で」

ドノの顔つきがみるみる険しくなる。

「仕事をやろうとしていた、と」彼は言った。

「ああ」

「そこへ突然、発砲騒ぎがあったんだな。どこの店だ？」

〈ホリデイ・ハウス〉と正直に言うわけにはいかなかった。ドノが知り合いの警官にキャバリエのことを調べてもらうとき、情報交換を求められたらどうする？ たとえばこんなふうに――その車の特徴を話してくれ。調べるには、地元の商店主の協力も仰がないとね。ついては、どこかのならず者が警報装置を切って、あとでまた来ようとした店を教えてほしいんだ。地域の犯罪撲滅に協力してくれないだろうか、と。そんな具合に店を割り出したら、警察はそこを捜索するだろう。そうすればディビーの指紋が発見されるかもしれないし、ぼくたちが現場に落としていった拳銃と関連づけられるかもしれない。

ぼくは天井を見ながら考えた。罰を受けるのを恐れて返事をためらっていると、ドノが受け取ってくれればいいのだが。「サミット・アベニューから少し離れた、〈グイネヴィア〉という委託販売店だ」そこは発砲事件の現場から、二ブロック先だ。「女物の宝石なんかがたくさんある。遊び半分だったんだ。監視カメラの配置を確かめて、店の裏口の警報装置を出し抜く方法を探ろうとしていた。そのあとで、ちゃんとした道具を持って出なおすつもりだった」

「それで？」

「そのとき、二人の酔っ払いが路地から表通りに出てきた。何か怒鳴り合っていた。それから、一人が拳銃を抜いて振りまわし、もう一人がこっちに向かって通りを走ってきた。最初の男が撃った――そいつが本当にもう一人を殺したかったのか、それともただ威嚇しようとしていたのかはわからない。とにかくぼくは、一目散にその場を逃げ出した。誰かに見られていたかもしれない。もしかしたら、あの車も」

「現場を逃げ出したんだな」ドノは言った。

「ぼくは頭を吹き飛ばされないように、必死で逃げた。でも、逃げながら車のことが気になりだし、誰かがナンバープレートの番号を覚えているんじゃないかと思って、それで――」

ぼくは車庫のほうを示した。

「もっともな考えだ」ドノはゆっくりうなずいて言った。「それじゃあ、スピード違反で捕まったという話はでたらめだったのか？」

「へまをやらかしたのはわかってるよ」ぼくは言った。「点数を稼ごうとしたのがまちがいだった。一人で仕事をやろうとした自分に、腹が立ってしかたないよ」肩をすくめる。「ぼくがばかだった」

「ああ、そのとおりだ」ドノは三歩踏み出し、ぼくの目の前に立った。目と目を合わせる。祖父の目のほうが、ぼくより二インチだけ高い。

「ジャケットを着ていかなかったんだな」彼は言った。

「昨夜はそんなに寒くなかったからね」

「口の減らないやつだ」ドノは大きな指をぼくの額に押しつけた。そこには、スキンヘッドもどきに殴られてできたあざがあった。ぼくは痛みにたじろいだ。ドノはさらに手を伸ばし、格子縞のフランネルのシャツを引き裂いて、その下のTシャツを露わにした。

「血がついているじゃないか」彼は言った。

ぼくは答えなかった。もう言い逃れの余地はなかった。

「警察の連中に話すときには」ドノは静かに言い、Tシャツに点々とついた錆色の乾いた血を見つめた。「もう少しもっともらしい話をこしらえたほうがいい。さあ、俺に話してくれ」まるで自分自身に話しているような口調だった。ふたたびぼくを見るまでは。その目は、いままで見たことがない表情をたたえていた。

虚無感を。

「いったい何が本当なんだ？」彼は言った。「おまえが引き金を引いたのか？」

もうだめだ。白状するしかないのか。

ちくしょう、デイビー。きみは絶対に口を割るんじゃないぞ。ぼくがいま見ているものを、きみは見たくないだろう。

「おまえは人を撃ったのか？」ドノがふたたび言った。

「ああ」ぼくは言った。

「おまえが人を殺したのか？」

「ああ」

ドノの拳がぼくの頬骨に食いこみ、頭が玄関の壁にぶつかった。乾草の荷馬車を描いた大きな額入りの絵が落ち、足下でガラスが砕け散る。鋭い音に続き、ドノにふたたび殴られて頭のなかで鈍い音が響いた。

ぼくは頭を下げ、物陰に隠れようとした。鳩尾《みぞおち》のあたりにパンチを食らい、痛みとともに肺から空気が押し出される。ぼくが膝をつき、転がって逃れたとき、ドノの足蹴りが壁板をぶち破った。

「このたわけが。自分が何をしたかわかっているのか。ちくしょうめ」ドノは叫び、罵声がさらに彼の怒りをかきたてた。祖父が傘立てに手を伸ばしたとき、ぼくにはドノの意図がわかった。床を這って台所へ向かい、大きな食事用テーブルの下にもぐりこんだとき、椅子がたたき壊された。息ができなかった。

ドノの鉛入りの杖が振り下ろされ、もう一脚の椅子が、つまようじでできているように砕け散った。

「出てこい！」ドノが怒号をあげた。「出てこい、この腐ったろくでなしが！」祖父は杖をテーブルに振り下ろし、板が割れる音がした。「報いを受けろ！」

このままでは殺される。ドノはぼくの頭蓋骨をたたき割り、キャバリエのトランクに詰めて、車ごと海峡の底に飛びこむつもりだ。祖父は憤然としてブーツの踵を重厚なテーブルの端にたたきつけ、木っ端が一ヤードほど飛んで、リノリウムの床に落ちた。

ぼくは両足を踏んばり、下から力いっぱいテーブルを持ち上げようとした。重すぎて完全には上がらなかったが、どうにか動かすことには成功し、テーブルは波のようにドノのほうへ傾いた。厚板がドノにのしかかり、祖父を壁に釘づけにした。

「逃げてみろ」彼は言った。「逃げられるものなら」

そのとおり、ぼくは逃げた。ぎこちなくテーブルの脚をよけ、椅子の破片をよけて、裏口へと向かった。

ドノは鉛入りの杖をぼくに向かって投げつけ、自力でテーブルを持ち上げた。裏口にはかんぬきがかかっていた。ぼくは身をひるがえし、最初に目についた重そうなものをつかんだ。カウンターの古新聞の重しにしていた灰皿だ。そしてドノに投げつけた。彼はよけたが、灰皿は肩に当たり、背後のカウンターの皿にぶつかって粉々にした。

ドノがぼくの上にのしかかってきた。ぼくは一心不乱に拳を振りまわした。一発目はドノの首に当たり、二発目は外れた。ドノはぼくの鼻面めがけて強打を繰り出し、それで片をつけるつもりだったが、その前にぼくは横に飛びのいて、祖父の股間めがけて蹴りを入れた。

キックは膝に当たり、ドノが痛みに咆哮した。ドノのパンチは大きく外れ、ぼくはそこにチャンスを見出した。練達のショートが、ダブルプレーを取る一瞬のタイミングを見出すようなものかもしれない。ぼくはドノの額に左フックをお見舞いし、拳はまともに当たったので、左手と前腕の感覚が麻痺した。

ドノが倒れ、ひっくり返ったテーブルにぶつかった。まだ意識はある。ドノの手がものうげに、腰のくびれに向かって動いた。

ぼくは流しへ向かって走り、棚の上に手を伸ばした。ドノがベレッタを隠している場所だ。銃把が手に触れる。拳銃をつかみ、言われるまでもなく親指で安全装置を解除して、祖父に向ける。身体の中心を狙った。ドノに教わったとおり。

ドノはそこに横たわったまま、背後の床に片手をついて起き上がろうとした。ぼくに目を据える。

「性根の腐ったやつめ」彼は言った。

眉毛から側頭部に、血がしたたっていた。祖父はひたとぼくを見据えた。「撃て。おまえには撃てたんだろう？　この人殺しが」起き上がるのをあきらめたように、床から手を離す。

逃げなければならない。いますぐ。ぼくは銃をドノに向けたまま、台所の食品庫へ向かった。食品庫の棚から缶詰を床に落とす。ドノから目を離さずに隠し場所を開けるのは、簡単ではなかった。しかし、ぼくはやり遂げた。そこには五十ドルとおぼしき札束が隠されていた。二千ドルはあるだろう。ぼくは札束を尻ポケットにねじこんだ。

「もう、殺しには飽きたのか？　楽しくなくなったのか？」

二階の自室にあるものを考える。必要不可欠な私物はなかった。少なくとも、思い出せるかぎりでは。

ドノの唇がねじまがった。「だったら、失せろ。どこへでも行け」

台所の扉に、厚手のウールのコートがかかっていた。ドノがタバコを吸いに外に出るときや、早朝のカラスの群れを見るときに着ていたものだ。ぼくはそれをつかみ取った。扉のかんぬきを外す。扉から踏み出すと、あたり一面の霧だった。

「もう二度と帰ってくるな」

ぼくはすでに外に出ていた。

29

ホリスには行くことをあらかじめ電話していなかったが、船着場を歩いていると、彼は〈フランチェスカ〉の船室から出てきて、操舵室に立って待っていた。暗がりと静寂に包まれた大聖堂のようなマリーナで、彼の船だけがひとつきりのキャンドルさながらに明かりをともしている。

だが近づくにつれ、ホリスがこちらを見ていないのがわかった。彼が見ていたドノの高速モーターボートは、まだ〈フランチェスカ〉の船尾につながれたままだった。ホリスはドノのモーターボートを曳航してきたのだが、両者は接近しすぎ、モーターボートの船首は母親に鼻先をすりつける子犬のように、大きな彼の船にくっついている。

「祖父さんの逃亡用のボートだ」ホリスは言った。「新たな人生に踏み出すための」

「ああ」俺は言った。モーターボートは灰色の船体にさざなみを受け、穏やかに揺れている。長時間の高速航行に耐えられるよう造られ、艤装された船だ。場合によっては、片道だけ航海して乗り捨てることも想定していただろう。

ホリスがぶつぶつ言った。「もしかしたら、そのほうが安らかな最期を迎えられたかもしれん。いつでも使えるように準備していたんだからな」

その言葉には共感できた。俺自身、十年前に家を出て、新たな人生に踏み出したからだ。オンディーンのアパートメントからマリーナまで車を運転する途中、俺はずっと、陸軍でのキャリアのことを考えていた。果たしてその道はまだ残されているのだろうか。

「そこに突っ立ってないで」ホリスは言った。「船に上がってこい」

彼は踵を返し、〈フランチェスカ〉の大きな船室へふらつきながら引き返した。俺は支柱をつかみ、操舵室に入りこんだ。

船室は空気がよどんでいた。照明にホリスの姿が浮かび上がる。ただでさえ赤ら顔なのが、いっそうほてっているようだ。黄色のポロシャツはよれよれで皺が寄り、太鼓腹のあたりだけがぴんと張っている。太い指にはウイスキーのグラスが握られていた。ホリスが俺の横を通りすぎ、船室の奥の狭い木の扉を閉めたとき、むっとするような酒のにおいが漂ってきた。

俺はドノの衣類や私物が入った青いダッフルバッグを長椅子に放り、ダッフルバッグはホリスの洗濯物の山の隣に着地した。「病院からまっすぐこっちに来たのか？」

ホリスは片手で難儀そうに、扉の上下にあるかんぬきをかけているところだった。「こいつにはいつも手こずるんだ」彼は言った。「いいや、まずウィラードの家に立ち寄った」

ホリスが午前二時に巨漢を起こし、ドノの死を伝えるさまが目に浮かぶようだ。俺は、ウィラードがすんなり起きられたことを祈った。

「やつも知りたいだろうと思ってね」ホリスは言った。「そればかりじゃなく、祖父さんの葬式に力持ちが必要だと思ったんだ。好きなものを呑んでくれ」彼は緩慢にテーブルを示した。無造作に置かれたボトルは蓋が開いたままだ。その隣のタッパーウェアに入った氷は、ほとんど溶けかかっていた。

「偲ぶ会をひらきたい」俺は言った。

「ああ、もっともなことだ。ひらきたいだろう」

「〈モーゲン〉で、日曜日の午前中に」

ホリスは俺をじっと見た。「そいつはたまげた。えらく古式ゆかしいな。でもいいじゃないか。祖父さんもきっと、最後に酒場で呑みたいだろう。さあ、おまえも呑め」ボトルを掲げ、グラスにツーフィンガーを勢いよく注いで突きつける。「冥福を祈るんだ」

「ドノに」俺はグラスを受け取り、ウイスキーを流しこんだ。

「それから、悪魔が敵を連れ去ってくれることを祈って」

「それはもうすんだ」

ホリスは危うくグラスを落としそうになった。「すんだ？　おまえ、ドノを撃った野郎を突き止めたのか？」

「だいぶ近づいている。死んだダイヤモンド強盗の兄だ」俺はホリスに、これまでにわかったことを伝えた。少なくとも、ブーン・マックガンに関することは。アレックのことは省略した。オンディーンが身の回りの始末ぐらいはしてくれるはずだ。

「警察がそいつをとっちめてくれるといいな」ホリスは言った。

その点はなんとも言えなかった。俺は心のどこかで、アレックとブーンが別々の人間たちの手で報いを受けるのを残念に思っていた。すなわち、アレックはオンディーンに、ブーンはゲリン刑事によって。とはいえ、彼らの手にゆだねるのが最も賢明な対応であることはわかっていた——自らの手で仇を討つよりも。

それでも、最後にやつらの顔を見ておく価値はあるだろう。

「ゲリンはマックガンの捜査網を狭めていくだろう」俺は言った。「たとえSWATを使ってでも」

ホリスはゆがんだ笑みを浮かべた。「俺が警察の応援をしたくなるとは思ってもいなかった」

「警察にも利用価値はあるさ。あんた、呑んでないじゃないか」俺は言った。

ホリスはにやりとし、両方のグラスに酒を注いだ。「おまえももう一杯つき合え」彼は言った。「それから、ひと眠りするんだ。文句は言わせないぞ。スチームローラーで押しつぶされたような顔をしているからな」

「まさしく同じことを、あんたに言おうと思っていた」

彼は両手を広げた。「ここは俺の家みたいなもんだ。家ではいくら汚くしていてもいいし、これがいちばん落ち着くんだ」グラスを掲げる。「モイラに」

俺の母だ。

「あんたと母が知り合いだったのを忘れていた」

「ああ、そうだな。知り合いとは言っても、友だちの子どもだから顔見知りだったたってことだ。俺が手を振って挨拶したら、あの子も手を振って応えてくれた。その程度の知り合いだ」

「母はなぜ家を出ていったんだ？」俺は言った。「俺が生まれる前に、ドノの家を出ていったということだけは知っているが」

「そうだな」ホリスは長椅子に座って大きなため息をつき、ダッフルバッグの隣に座った。それから、にっと笑った。「モイラは頑固だった。祖父さんといい勝負だった。あるいはおまえとも」酒を呑む。「彼女は、あいつの名前を決して明かさなかった」

「父の名前だな」その言葉を口にするのは、おかしな感じがした。

「おまえの母さんはドノにはっきりそう言ったんだ。あの野郎──すまんな、坊主──いや、おまえの親父が、おまえたちといっしょに暮らさないことを選んで、姿をくらましてから。その男の名前をドノに教えたところで、どうにもならなかった」

そうだったのか。「ドノの反応が目に浮かぶようだ」

「ドノはあの男を殺したがっていた。俺たちみんな、そう思っていた。当たり前だろ？」ホリスは腕を振り動かした。「だが、おまえの母さんはそいつのことをひと言も言わなかった。だが俺が思うに、それはモイラがあの女好きの浮気者を愛していたからではない」

母もまた、ドノから父をかばったのだ。

俺がデイビーをかばったように。

「もし名前を知ったら、ドノは父を殺したと思うか？」俺は訊いた。

ホリスの眉間に皺が寄り、さらに類人猿に近づいたように見えた。「ああ、殺したにちがいないな。はっきり言えば、そういう選択肢がなかったのはよかったと思う」彼はため息をついた。「とにかく、モイラは家を出てほとぼりを覚まそうとした。しかしやがて、一人で暮らしたほうが気楽なことに気づいたんだろう。俺が見たかぎり」

そして、それが続くかぎり。ほぼ六年ぐらいだった。

外でつながれたモーターボートが波を受け、角度が悪かったせいで〈フランチェスカ〉の船尾にぶつかった。

「ボートを動かしてこよう」俺は言った。

「ほら、ここだ」ホリスがダッフルバッグに手を入れ、ドノの大きな鍵束を取り出した。彼は金属音がするボールのような鍵束を、やや強く投げすぎた。俺は鍵束が頭にぶつかる寸前に宙で受け止め、リングにつながれた小さな木片を指でつかんだ。

その木片が掌にぶつかった瞬間、俺は悟った。考える前に、直感的に悟ったのだ。

ここだ、とドノも言っていた。いまわの際の彼の手は、俺の手を握りつぶさんばかりの力だった。そのときも、俺の手は鍵束を握っていた。

俺は手のなかの木片を見た。キャンディバーぐらいの大きさで、おそらく鍵を誤って海に落としたときに、水に浮くようにつけているのだろう。木片には亜麻仁油《あまにゆ》が塗られ、長い歳月のあいだに指で触れられてなめらかになり、灰色がかった赤に変色していた。木目の溝の深いところだけは指が届かないため、深紅色を保っている。血のような色だ。

俺はこの木片がどこにあったのかを悟った。いつ、ドノがその木片を入手したのかも。

それこそが、ドノが言いたかったことなのだ。

ホリスが俺に顔を近づけた。「泣いているのか？」

「いや、笑ってるのさ」まったく、イカれた海賊だ。

「何を考えてる？　その鍵が何かを開けられるのか？」

俺は舷窓の外を見た。

「そうか、ダイヤモンドだな？」ホリスが言った。「この若造め、ダイヤモンドのありかを突き止めたんだな」

夜明けの訪れとともに、石板色の雲が嵐を思わせる風に吹き払われた。

「ドノのボートに乗る」俺は言った。

30

その島に見るべきものは何もなかった。サンファン諸島の外縁の北側にある、名前のない島。半マイル四方ほどの面積に、木々と茂みと岩と砂があるだけだ。大半の船が行きかう水路は二マイル東にあり、ここには人々を惹きつけるような静かな入り江も、きれいな砂浜もない。

だが、玉座だけは変わらずに残っていた。記憶どおりの場所に。

マドローニャの木々が凹凸《おうとつ》だらけの岸辺に生い茂っている。かぎられた空間をめぐって争うように、赤茶けた幹から伸びる枝がくんずほぐれつしていた。海面へほぼ水平に伸びた枝もあり、常緑樹の高枝の陰から抜けだすように葉を茂らせている。

岸には大きな裂け目があった。島の岩盤が久遠《くおん》の昔に割れたまま、岸から五十フィートほど内陸まで、大きな割れ目が伸びている。波が割れ目にぶつかり、しぶきが高く上がっていた。

一本の古木が、土と砂岩から日光を求めて割れ目の上に伸び、巨木に成長したものの、自らの重さに耐えきれずに遠い昔の嵐で折れてしまった。その太い切り株だけがいまなお、割れ目の上、海面から数フィート頭上に突き出している。切り株の表面は風雨にさらされ、なめらかになっていた。まるでどこかの森の神が斧で切り倒し、この島の突端に腰を下ろして大海原を眺めようとしたかのようだ。

俺はモーターボートのエンジンをニュートラルにし、小型艇を波の上で揺らした。広い海峡を渡ってこの島に達するまで、三時間ほどかかった。朝日が高く上がり、目にまぶしい。

手足を伸ばし、ドノがコクピットのロッカーに備えていたエネルギーバーを一本かじる。チョコレートをまぶしたクッションのような味だ。

モーターボートが漂っている場所は、少年時代の俺がドノに連れられてメバルを釣りに来たところの近くだ。ルースに釣り糸で腕が深く切れた話をしたときには、もう少し大きな島だと記憶していた。あのとき俺はマドローニャの古木の切り株に座り、ドノに傷を縫合してもらったのだが、記憶のなかの切り株は巨大だった。しかしこうして見ると、実際には直径一ヤード足らずだ。

祖父がここにダイヤモンドを隠したという推測が正しいとしたら、ドノはいい場所を選んだことになる。この島なら誰からも気づかれないうえ、ほんの少し北に行けばカナダへ越境できるのだ。

逃亡するときにダイヤを持っていくつもりなら、できればボートが視界に収まる範囲内で、すばやく回収したかったはずだ。ということは、隠し場所は海岸線のどこかにある。ドノは夜中の回収を想定していたにちがいないから、暗闇あるいは小型のハロゲンライトだけでも判別できる場所を選んでいたはずだ。

あの玉座のようなマドローニャの切り株は、こうした条件をすべて満たす。ドノの鍵束に取りつけられた赤い木のかけらに触れ、指のあいだで転がして、木目を撫でた。ドノが削り取ったマドローニャの木片は、釣り針を皮膚に抜き刺しされる痛みに、俺が歯を食いしばって耐えた切り株のものだったにちがいない。削り取ったあと、きれいに磨いて鍵束につけていたのだ。それは何事かを意味していた。

俺の推測では、ドノが受け取ったダイヤモンドの分け前は六十キロ前後だったはずだ。相当な重量だが、スーツケースぐらいの大きさの容器に収納できただろう。俺は二、三分のあいだ切り株をじっと見たが、そんなに大きな容器を隠せそうな場所はどこにも見当たらなかった。

そのとき、俺はふと気づいた。まさしく答えはそこにある。見当たらないはずなのだ。海岸線をくまなく探したところで、誰にも見つからないだろう。

ダイヤモンドは水中に隠されているからだ。

だからこそ、あの老獪な盗人は小型艇にスキューバ用具一式を置いていたのだ。それは船の修理のためではなかった。そうではなく、時間や潮の流れにかかわらず、埋蔵していた財宝を回収するためのものだったのだ。

錨の先端を海底にしっかり固定するまで、俺は三度やり直し、ようやく風や潮流が急に強くなっても、ボートが漂流しないという確信を得た。こんなに遠くまで来たあげく、誰にも顧みられない孤島の果てで置き去りにされて死んでは、悪趣味なジョークにもならない。俺は船室を開け、ドノのスキューバ用具を取り出した。

空気タンクは満杯で、浮力調整用ベストのサイズはぴったりだ。ところが、ウェットスーツはそうはいかなかった。祖父は俺より痩せていたので、どんなにがんばっても合成ゴムのスーツはとうてい着られなかった。それで、水着、グローブ、ブーツ、足びれだけを装着することにした。四月の冷たい海でスキンダイビングとは。

用具を装着する前に、ドノの修理用の工具箱からいくつか道具を拝借し、フックのついたゴムひもも使わせてもらうことにした。それらを、マスクとシュノーケルが入っていたメッシュバッグに入れる。不恰好だが、潜水しているあいだ、これで道具を運べるだろう。

コクピットの端に座り、マスクと空気調整器をつけて、水に飛びこんだ。

冷たい水にもぐると、すぐに肺も心臓も悲鳴をあげた。反射的に空気調整器をくわえ、タンクから冷たく乾いた空気を吸いこんだ。ベストを膨らませて水深を一定に保ち、周囲を見まわす。

視界はひどく悪かった。海底は海藻に覆われ、二十ヤード向こうに傾斜した岸の凹凸が見えるが、ほかには何もない。

岸のなかほどで、黒い水が奈落の底へ大きく口を開けているように見える。そこは裂け目の入口だった。そちらへ向かって泳いだ。水深十フィートあたりだ。

俺は道具類を入れたメッシュバッグを強く握り、まだ手のなかにあるかどうか確かめなければならなかった。このままではほどなく、指の感覚が麻痺して、グローブをはめているかどうかさえわからなくなるだろう。二十分も潜水を続けていたら、低体温症で痙攣しはじめるかもしれない。

裂け目の入口でいったん止まり、フラッシュライトを向けた。入口の幅は約十フィートで、奥に行くほど狭まっていく。ライトの光を浴びた岩壁の蟹が、海藻の陰へ逃げていった。俺は波に押しやられるように、暗がりへ向かった。

道具を入れたバッグを残圧計のチューブに吊るし、両手を使って裂け目の壁を探れるようにした。フラッシュライトで見えるのは、目の前の壁だけだ。底はまったく見えない。海面を見上げなければ、距離感がつかめなかった。

裂け目の幅が徐々に狭くなっていく。五フィート、四フィート。渦巻く波が、絶えず俺の頭を岩壁にたたきつけようとする。ふたたび海面を見上げた。視界がぼやけている。俺の動きで、沈泥が巻き上げられるのだ。あの切り株はいまごろ、頭上のあたりだろうか？

それでも俺は裂け目を見上げながら、取っかかりを求めて手を動かした。手は壁をつかみそこね、波にさらわれないよう強く蹴らなければならなかった。

裂け目の壁に穴があった。単なるくぼみではなく、深い穴だ。幅は二フィート、高さは四フィートほどだろう。

穴の外の岩にしがみつきながら、光を向けた。小さな魚の群れが驚き、浅瀬へと逃げる。魚たちの激しい動きが、泥にかき消された。軟泥の塊がマスクのあたりを舞う。

穴の深さは腕の長さぐらいだ。その奥には、泥や藻や拳ほどの大きさの石が積み重なっている。

グローブをはめた手で、奥を探ってみた。一瞬、世界は禍々しい泥の渦に覆い尽くされたように見えた。それから、潮の流れが浮遊物を一掃した。すると石の向こうには、泥ではなく、灰色に光る平べったいものが見えた。

石を引っ張り、足びれの下の深みへ落とす。平べったい灰色のものは、箱の蓋のようだ。いや、ただの箱ではない。フラッシュライトを向けると、それが見えた。クーラーボックスだ。氷を詰め、ビールを入れてバーベキューに持っていくのに使うような、アルミ製のクーラーボックス。掛け金は上に、蝶番は下に見えるので、蓋は俺のほうに向かってひらくことになる。

力をこめ、思いきりクーラーボックスを引っ張ってみた。一インチたりとも動かない。岩にボルトで固定されているのかもしれない。そのまま、掛け金を手探りしてみた。指先はかじかんでおり、下にある金属の感触がほとんどわからない。手を掛け金の爪に入れ、強く引くと、蓋が一気にひらいた。

俺は心のどこかで、無数のダイヤモンドの粒があふれ出てくる光景を想像していた。古い映画に出てくる、スペインのダブロン金貨さながらに。

しかしクーラーボックスのなかにあったのは、いくつもの黒いゴム製の筒形の容器だった。どれも大型の魔法瓶ぐらいの大きさだ。数えてみたら、全部で七個あった。積み重ねられるよう、容器は六角形になっており、幅四分の一インチの鋼索のネットで固定されている。猛烈な嵐でクーラーの蓋が開いてしまったときのことも、ドノは考慮していたのだ。

メッシュバッグに手を入れ、道具を取り出そうとした。だが、指がいうことを聞かない。レンチとドライバーが落ちてしまい、それらが沈んで岩壁に当たる音が聞こえた。それでもどうにか、ボルトカッターをつかむことはできた。

両手の掌を使い、ボルトカッターの刃を鋼索に挟んで強く押した。刃は鋼索に食いこみ、それを切断した。

いちばん上の容器をネットから外す。重い。二十ポンドはあるだろう。鉄棒を持ち上げるようなものだ。

黒いゴム製の容器を動かし、メッシュバッグからフックのついたゴムひもを取り出して、それで束ねた。手間がかかる作業だった。ようやく終わったころには、死んだような感覚が手足に広がっていた。合計百ポンド以上の負荷と釣り合いをとるため、ベストの浮力を保とうとして多くの空気を消費してしまった。

全部束ねると、七個の六角形の筒は特大の帽子箱ぐらいの大きさになった。それらを抱きかかえ、岩壁を蹴った。

ダイヤモンドが入った容器の重さで、俺は瞬く間に、裂け目の海底まであと十フィートのところまで沈んだ。生い茂る藻に足びれが絡まりそうになりながら、必死に水をかいた。ひらけた海域に出たところで、モーターボートから斜めに伸びている錨の鎖が見えてきた。

鎖に向かって水平に移動しようとしたとき、異変を感じた。規則的で、不吉な連続音だ。大きなスクリューと強力なエンジンが、水をかきまわしている。

どこだろう？　水中で音が反響する。あそこだ。四時の方向から高速で近づいてくる。俺は錨の鎖をつかんで登り、水面に浮き上がった。もう片方の手にぶら下げたダイヤモンドの容器に、引きずり下ろされそうになる。

一瞬後、音の正体が見えた。ずんぐりした黒っぽい三角形が海面に見え、高く上がった太陽の光でシルエットになっている。その三角形は、モーターボートの小さな三角形に迫っていた。大型の高速艇のようだ。全長約五十フィート、スクリューが二基。その船は島の縁をまわってきていた。

高速艇がモーターボートに並んだところで、スクリューのリズムが遅くなった。俺の息で、水面に泡が立ちのぼる。穏やかな海面で、さざなみに立つ泡は見えるだろうか？

ずっとここにいるわけにはいかない。冷たい水温で体力が奪われるばかりか、空気タンクの残圧計がゼロになってしまっている。幸運に恵まれたとしても、海中にいられるのはせいぜいあと二分だろう。俺は黒い容器の束をしっかり抱え、海底の斜面を伝って裂け目の陰に戻った。背後でうつろなゴツンという音が響く。二艘の船がぶつかったのだ。誰かがモーターボートのコクピットに飛び乗ったのかもしれない。

俺の息遣いが荒くなった。単なる疲労によるものではない。肺は何もないところから空気を吸おうとしていた。まだ海面までは二十フィートあり、島の岸まではその三倍ある。このまま裂け目に隠れつづけることはできない。さりとて、ダイヤモンドの容器を抱えたままでは身動きが取れない。

　呼吸が止まった。もうタンクは空《から》だ。

　俺は重い容器の束を海底に落とし、ぎこちない手つきで浮力調整用ベストを外して、スキューバ用具と空気タンクも捨てた。それらはダイヤモンドの容器のあとを追うように、ゆっくりと沈んでいった。容器はすでに海底の暗闇に呑みこまれている。俺はマスクとシュノーケルも脱ぎ捨てながら、もがくように水面をめざし、アザラシさながらに頭を突き出した。

　百フィートほど向こうに、大型クルーザーが見える。見知らぬ船ではない。

〈フランチェスカ〉だ。

　その瞬間、俺は凍えるような寒さを忘れた。いったいホリスは何をやっている？　まさか尾行してきたのか？　それとも、俺がここをめざすと読んでいたのか？　どちらもとうてい考えられない。

　しかし、〈フランチェスカ〉にホリスの姿は見えなかった。モーターボートは大型クルーザーの陰に隠れ、俺からは見えない。誰かの話し声が聞こえてくる。二人の人影が、モーターボートから〈フランチェスカ〉の操舵室へと移ってきた。人影の正体がわかった瞬間、俺はふたたび空《から》のタンクから空気を求めてあえぐような気分になった。

　アレックだ。そしてブーン・マックガンもいる。

31

〈フランチェスカ〉は穏やかな波に揺られ、エンジンをアイドリングさせて、投錨《とうびょう》したモーターボートに接近している。俺が浮いている場所からは六十ヤードほどの距離で、船から島の浅瀬まではその半分ぐらいだ。俺からは左舷がはっきり見えた。

昨夜の嵐で大型クルーザーはきれいに洗われ、真昼の太陽が金属の支柱とチーク材の船体をまばゆく照らしている。広告の写真にできそうだ。

アレックが操舵室の梯子を昇り、クルーザーの船橋に立った。空色のパーカーとカーキ色のズボンという服装で、ブロンドの髪が陽光を浴びている。アレックは舵輪をまわし、〈フランチェスカ〉をゆっくり後退させた。

ブーンの姿も見えた。船室の端に長身の一部が見える。俺の目が海水の塩で痛くても、彼が携えているものははっきりわかった。M4カービン銃だ。望遠照尺もついている。

二人に見られる前に、俺は水にもぐった。ダイビング用のマスクを捨てたいまは、ほとんど目をつぶって岸まで泳ぐか、裂け目の陰に隠れるしかない。ふたたび水面に顔を出したときには、裂け目の奥深くまで来ていた。ここならボートから見られる心配はない。

アレックは生きていた。どういうわけか、オンディーンの手を逃れてきたようだ。あるいは、彼女が俺に嘘をついていたか。

そして、彼とブーンで〈フランチェスカ〉をハイジャックした。ということは、ホリスは死んだにちがいない。殺されたのだ。ひょっとしたら、俺が彼のもとを去ってからほんの数分後だったかもしれない。俺は裂け目の岩壁をつかんだ。フジツボがグローブを裂き、掌に食いこんだ。

胸が寒さで震えている。全身が血行を求めていた。あと十分も水中にいたら、手足は使い物にならなくなるだろう。俺は文字どおり真っ青だった。

考えろ。俺はモーターボートに乗り、平均時速約二十ノットで、海峡を横断してこの島に来た。〈フランチェスカ〉は二基のスクリューを備えているものの、海峡の高い波を越えるのなら、平均時速はよくて半分強だろう。アレックとブーンがあの大型クルーザーでこんなに早く追いつくには、俺のすぐあとにマリーナを出るしかない。

だが、それでも彼らが俺のモーターボートを視界に捉えるのは不可能だったはずだ。だったらどうやって、この島を見つけたのだろう？

モーターボートだ。ちくしょう。モーターボートに仕掛けを施されていたにちがいない。

アレックは祖父のピックアップトラックにGPS発信器を取りつけ、ドノの行動を何週間も追跡していた。ということは、そのあいだにドノが一度でも船着場のボートを訪れていれば、ボートの存在はアレックの知るところになっただろう。もちろん、アレックはボートにも発信器を取りつけたはずだ。

　というわけで、俺は彼らの罠にまんまとはまり、ダイヤモンドの隠し場所まで連れてきてしまったのだ。鳥猟犬のように。

〈フランチェスカ〉のエンジン音が一度高まり、それからふたたび低くなって、元の単調な音に戻った。どちらへ向かっているのか？　俺は裂け目の入口ににじり寄り、岩場を見まわした。

〈フランチェスカ〉は大きな弧を描き、一度島を離れてから、円を描いて戻りはじめた。スクリューがゆっくり海面をたたき、白い航跡を描く。ブーンが梯子を昇り、船橋のアレックに合流した。黒いワイシャツに黒いズボン、防水軍靴《ジャングルブーツ》といういでたちだ。肩から無造作にカービン銃を提げている。人狩りの準備万端だ。

　俺は絶体絶命の窮地に追いこまれた。上陸することはできない。靴もなしに岩だらけの海岸を歩かねばならないばかりか、半径三十ヤード以内に身を隠す場所はないのだ。このままでは、アレックとブーンに発見されるのは時間の問題だ。これ以上、ここに隠れていてもどうにもならない。

　モーターボートに戻れば、俺の三二口径とドノの拳銃がある。いや、あったと言うべきだろう。ブーンとアレックがとっくに持ち去ったにちがいない。のみならず、イグニションに挿したエンジンキーも奪ったか、船外機を破壊した可能性すらある。俺が仮にモーターボートまで泳いで戻り、見とがめられずに乗れたとしても、そのあとは打つ手なしだ。

微風に乗って話し声が聞こえる。言葉は聞き取れないが、口調はわかる。昂ぶった口調だ。怒っているのかもしれない。アレックが島のほうを指さしている。

二人の考えていることは想像に難くなかった。俺がモーターボートの錨を下ろしたあと、泳いで上陸したと思っているにちがいない。そしてドノの隠した財宝を持って、島のどこかにいるはずだ、と。だとすれば彼らは、ボートの近づいてくる音が俺に聞こえていたと考えるだろう。であれば、この小島のいたるところにあり、三、四エーカーの面積を占める、モミやマドローニャの森か茂みにひそんでいると思うはずだ。

ひれをつけた足の感触も、ほとんど失われている。俺は腕や脚を強くつかみ、まだ痛みがあることに安堵した。手足がまだ機能しているということだからだ。

アレックが舵輪をまわし、〈フランチェスカ〉はまっすぐ岸に向かってきた。ブーンはダッシュボードに片足を乗せ、背の低い風防を乗り越えて、船室の上の甲板に飛び降りた。上陸したくてうずうずしているようだ。ブーンは舳先《へさき》に向かい、船が島に接近するのを待ちかまえた。

船が岸に五十フィートまで近づいたところで、ブーンは手すりを乗り越え、海に飛びこんだ。カービン銃を頭上に抱え、横泳ぎで島に向かってくる。俺が陸軍で習ったのと同じやりかただ。

アレックは船を後退させはじめた。見ていると、彼ももう一挺のカービン銃を取り出し、目の前のダッシュボードに立てかけた。

俺は二挺のM4カービンに、丸腰で立ち向かわねばならない。使えるのは足びれだけだ。望遠照尺つきのカービン銃をもってすれば、射程距離は四分の一マイル。この島の端から端までは、せいぜいその二倍ほどしかない。

もちろん、ブーンとアレックは俺が丸腰であることを知らない。彼らは俺が浅瀬を歩いて上陸したと考えている。それなら、少なくとも拳銃を携帯しているものと思っているにちがいない。その点は、親指一本賭けてもいい。

だったら、二人の狩人はじっくり時間をかけ、俺が反撃してブーンの頭を吹き飛ばすチャンスを潰しにかかるだろう。おそらくブーンは、船を視界の片隅に捉えながらゆっくり島を捜索し、アレックは船から彼を見守りつつ、茂みの動きを監視するはずだ。日が沈むまでは、まだたっぷり時間がある。彼らが無線を持っていれば、もっとやりやすくなるだろう。キジを狩るように、俺を追いたてるにちがいない。

成功確実な作戦に思われた。と同時に、俺にも一縷《いちる》の望みがあった。この作戦どおりに動くとすれば、彼らは海を捜そうとはしないからだ。

俺は凍える身体に鞭打って深呼吸し、冷たい水にもぐる準備をした。〈フランチェスカ〉はこっちへ近づいており、船首を岸と平行に向けて、海岸から百フィートほどの距離で、ゆっくり俺のほうへ後退してきた。どうやら二人は、島のこちら側から捜索を開始するつもりらしい。

いまだ。距離は俺から三十五ヤードまで接近している。あと三十ヤード。

アレックが〈フランチェスカ〉を前進させたら、たとえブーンに合わせて歩くほどのスピードであっても、かすかな望みは完全に絶たれてしまう。

俺は海に飛びこんだ。いや、自分では飛びこんだつもりだった。一瞬、手足が引きつったが、どうにか両足をリズミカルに蹴り、前に進んだ。

五フィートの深さでさえ、のみで額を穿たれるような水圧に感じられた。クルーザーの大型エンジンの轟音が振動となり、周囲に反響している。俺は潮の流れに押し戻されているような気がした。キックが弱くなっている。

島棚からは抜け出しつつあった。眼下の左側は浅瀬の鈍い灰色だが、右側は急激に沈降しており、深淵が黒く見える。

そして突如として、〈フランチェスカ〉が目の前に現われた。それは巨大な黒っぽい塊で、影が黒い柱のように伸びている。回転するスクリューが泡の渦を作り出していた。

距離は？　十五フィートか？　それとも十フィート？　俺は船に向かって手を伸ばした。

〈フランチェスカ〉は真ん前にあった。

片手が船尾の遊泳デッキにぶつかった。俺は感覚を失った指で、デッキの排水用の隙間をつかんだ。

と同時に、〈フランチェスカ〉が前進しはじめた。スクリューが俺の頭から六フィートのところで、猛然と回転している。航跡が俺を海面に押し上げてくれた。エンジンとかき乱される水の音を聞きながら、思いきり息を吸いこむ。

俺は船尾から突き出した遊泳デッキに肘で上がろうとした。〈フランチェスカ〉の航跡で、船尾から海上へ押し戻されそうになる。腕を上げ、今度こそ遊泳デッキをつかんで、海面から這い上がった。

　疲労困憊してチーク材のデッキに倒れこみ、白い船尾板に一フィート大の金文字で描かれた船名を眺めた。ここは船橋のアレックから死角になっている。しかし、ブーンはどこだ？

俺は首を伸ばし、海岸のほうを見た。ブーンの黒い長身が木々に沿って歩き、森のなかを見ている。彼がこちらを振り向いたら、一巻の終わりだ。俺を見逃すはずはない。すぐに動かねばならなかった。

　片手で船尾板をつかんで立ち上がり、よろめきながら、操舵室によじ登った。相手から見えないように、手すりの下にかがみこむ。

　高さ八フィートの梯子が、操舵室から船橋へ伸びている。アレックが舵輪を操っている場所には、五フィートほどの空間があるだろう。彼の前のダッシュボードには、カービン銃が立てかけられている。俺がアレックにつかみかかるのと、アレックがカービン銃を手に取るのはどちらが早いか？

　一度、深呼吸する。もう一度。血行が手足に戻ってくる。両手はまるでむき出しの針金を握っているような痛さだが、それでもどうにか耐えられた。

　梯子の横に、魚を陸揚げするときに使う鉤竿が吊るされていた。やや短めの木製のショベルの柄の先端に、見るからに恐ろしげな鉄製の鉤針がついている。前回ホリスを訪ねたとき、俺はその存在に気づいていた。指はかじかんでいたが、いったん鉤竿を手に取ると、指はしなやかなひものように柄に絡みついてくれた。

もう一度深呼吸した。それから全速力で足を動かして梯子を昇り、最後の二段を飛び越えた。

アレックの反応は上出来だった。不意に響いた物音にも振り返らず、舵輪のそばのホルスターからコルトの大型リボルバーをさっとつかむ。俺は片手で鉤竿を大きく振りまわした。木製の柄が斧のように、アレックの伸ばした腕を払う。銃弾が空中に放たれた。銃声が島にこだまする。

俺は鉤竿を落とし、アレックの銃を持った腕を両手でつかんだ。彼は俺に殴りかかり、拳が頭をかすめた。俺が彼の手首を風防にたたきつけると、リボルバーは床に落ち、船室の上の甲板から前甲板に滑っていった。

アレックが俺の肩をつかみ、顔をめがけて頭突きしてきた。何かが砕けるのがわかった。衝撃に呆然としながらも、俺はアレックを突き返した。二人とも船橋の横にたたきつけられた。

フードがはじけ飛び、グラスファイバーとチーク材の破片が顔に飛んできた。アレックと俺が反射的に身を引き、組み合った身体を離したとき、甲高く鋭い音とともに、銃弾が飛んできた。ブーンだ。海岸から俺たちを狙って撃っている。俺の視野が晴れるとともに、二発目はダッシュボードを吹き飛ばした。

銃弾から身をかわすアレックの表情には、怒りというより驚きが浮かんでいた。彼はダッシュボードのM4カービンへ向かって突進した。俺は壁から身を放し、アレックの端整な頬骨を渾身の力で殴った。カービン銃が彼の手から離れ、手すりを越えて海に落ちる。もう一度殴ると、アレックは制御盤の上に倒れた。

そのとき、〈フランチェスカ〉が鞭で打たれたようにがくんと前に跳ねた。

突然のエンジンの不規則な回転で、俺は後方へ投げ出された。そして船橋の後ろを覆っている帆布にぶつかり、布が破れ、俺は大音響とともに操舵室に落ちて、背骨を強打した。

あらゆるものの動きが、漂う霧のように遅く見える。起き上がりたいが、手すりが見つからない。自分が手を伸ばしているかどうかさえ、よくわからなかった。

目の前の舷窓が、一瞬にして煙のように消えた。それなのに、窓が砕け散る音も、ブーンのカービン銃の銃声も聞こえない。俺の耳には、バンシー（アイルランドで死人を予告するといわれている妖精）が泣き叫ぶようなキーンという音以外、何も聞こえなかった。

ふとわれに返った。アレックはリボルバーを捜すにちがいない。前甲板だ。船首に行かなければ。こうしてはいられない。

強い衝撃が船を揺さぶり、俺はふたたび操舵室に転がった。〈フランチェスカ〉は高い波にあおられ、波がぶつかるたびに大きく跳ねている。舵を取る者は誰もいない。船は右舷に傾き、強力なエンジンは全速で回転しているので、大きな円を描いて航海している。もう一発の銃弾が舷窓を割った。

立ち上がれ。ドノの声がした。悪党どもを殺せ。いい考えだ。俺は立ち上がった。

考えを集中しようとする。〈フランチェスカ〉は円を描くうちにふたたび岸と平行になり、いま海岸は右舷から百ヤードほどのところだ。ブーンの姿が見える。小さな黒い棒のような人影が、浅瀬に入ってきた。船まで泳いでくるつもりか？　ちがう。岩場まで来て船を撃とうとしているのだ。

背後から音がする。左舷だ。俺が左を向いたちょうどそのとき、アレックが甲板から現われ、頭を狙って鉤竿を振りまわした。鋭い鉤針に肩の筋肉をえぐられた。船が波にぶつかり、二人とも衝撃に放り出される。アレックがふたたび鉤竿を振り上げたが、距離が近すぎた。俺は片手をアレックの顎に押しつけた。彼が鉤竿を落とし、俺の喉元をつかむ。それでも俺は押しつづけた。絞め殺されまいとしながらも、しだいに視野がぼやけてくる。もう負けそうだ。力を使い果たしてしまった。

そのとき、新たな波で船が傾いた。アレックと俺は酔っぱらったダンサーのようによろめきながら、傾いた操舵室から押し出された。アレックの腰が船尾板にぶつかった。俺たちの下でスクリューが、深い波間を削るように回転している。

俺は両手でアレックの顎を押し、そこに全体重をかけた。彼の頭は船尾の上にあり、身体は崖から飛びこむ命知らずの泳者のように、弓なりになっている。アレックは狂ったように両手を振りまわした。俺がさらに体重を押しつける。嗄れた咆哮とともに、アレックが爪を俺の頭皮に突き立てた。そのとき、赤いしぶきが二人のあいだに上がり、扇形に飛び散った。

アレックは二百ポンドの濡れたセメントさながら、操舵室のチーク材の甲板に、俺を引きずるようにがっくりと倒れた。

俺は血の池にひざまずいた。自分の血か？　ちがう。船尾板の内側がべっとりと深紅に塗りつぶされていた。ブーンの銃弾が相棒を撃ち抜いたのだ。

まだブーンがいる。リボルバーを拾わなければ。いや、この際なんでもいい。岸はどっちだ？　海面しか見えない。聞こえるのは、過熱したエンジンの轟きだけだ。

左舷に突如、岩と木々と砕ける波がよぎった。船は船体をきしませながら、三日月形の入り江の先端を通過し、マドローニャの巨木の切り株を通り抜けた。そして岩場に突っこんだ。

舵を取れ。急ぐんだ。

手足を錆びついたピストンさながらに動かし、俺は梯子を昇った。そして舵輪に取りつき、手遅れなのを知りつつも急転回させた。正面にブーンが見える。膝まで浅瀬の水に浸かり、歯をむき出して、黒のワイシャツを翼のようになびかせている。彼はカービン銃をこっちに向けてかまえたが、口をあんぐり開けたところで、船がブーンにぶつかった。

そのとき、俺は巨大な手に吹き飛ばされたように宙高く飛び、目の前に火花がいくつも飛び散って、視界が真っ暗になった。

32

小さな蟹が見えた。五セント玉ぐらいの大きさで、手のまわりをゆっくり歩いている。その手は自分のものではないようだ。俺は蟹と手を長い時間見ていたような気がした。蟹が俺の鼻先に近づいてきた。息を吐くと、蟹は急いで逃げていった。

背後に穏やかな波が打ち寄せ、何かに跳ねている。そちらのほうを向きたかったが、どうすれば向けるのかよくわからない。しかし、そうすることが大事なように思えた。

いろいろ考えた末、身体を動かして立ち上がるべきだという結論にたどり着いた。両手も両足も、まだ身体についている。まったく簡単なことのはずだ。だが俺の身体は、ひょろ長いストローさながらに不安定だった。

世界はとてもまぶしく、俺がよろめいて出てきた数ヤードの日陰だけが暗かった。その日陰は、座礁した〈フランチェスカ〉が作っていた。

船は完全に陸地に乗り上げ、岩や砂の上に痛々しく傾いていた。まるで教会のように、俺の頭上の高さ三十フィートまでそびえている。船の背後の岩や砂には、海から乗り上げた軌跡が溝となってはっきり刻まれていた。

俺の頭はやっとのことで働き、なぜこうなったのかを分析した。座礁したとき、船は岸とほぼ平行に進んでいた。右舷にあと数度曲がっていれば、島に衝突するのは免れたはずだ。ところが、船は全速力で海岸に乗り上げてしまった。全長五十フィート、排水量三十トンの船がほぼ二十ノットの速度で、潮だまりのもろい岩をディーゼル機関車さながらに打ち砕いた。〈フランチェスカ〉のグラスファイバーの船底には、巨大な槌で打ち壊されたかのような大きな穴が開いていた。

ほかの場所からも、波が跳ねる音が聞こえた。俺はよろめきながら右に進み、損傷したクルーザーの船尾にまわった。浅瀬で大きなアザラシが、黒いひれを動かして波に打たれている。

俺はすねまで水に浸かり、近寄った。足下の砂が滑ってバランスが取りづらい。

アザラシと思っていたものはブーンだった。うつ伏せに倒れ、深さ十八インチの水に浸かっている。彼が倒れている場所は、船が島に乗り上げた軌跡に半ば入り、半ば出ていた。俺は漠然とした危険を感じたが、それはカービン銃の場所がわかるまでのことだった。銃はブーンの倒れた場所から三十フィート離れていた。波がカービン銃を取り巻き、さらに遠くへ押しやっている。

やつは船にぶつかったんだ、というドノの声が脳裏にこだました。それで飛ばされて、いまの場所に倒れているのさ。その声はうれしそうにすら聞こえた。

ブーンが大儀そうに右腕を上げたが、腕はそのまま海面に落ちた。左腕を身体の下にして頭を支え、頭はかろうじて水面に出ている。両脚はなだれる砂にほとんど埋まっていた。波で上半身が向きを変えても、脚は動かなかった。

彼の腕がふたたび上下した。波に打たれてひどく咳きこみ、塩水より黒っぽいものを口から吐き出している。

俺は彼に気づかれていないと思っていたが、ブーンは目を上げてこっちを見た。口を大きく開け、血しぶきがついた顔に笑みを浮かべる。

「ここだ」彼の声は小さく、波にかき消されそうだ。「ここだ。バート。俺はここにいる」ブーンは言いつづけた。「ここだ」

俺は近づいて彼のかたわらにひざまずき、耳元に口を寄せた。

「もういいんだ、兄さん」俺は低い声で言った。「ずっといっしょにいるから」

ブーンは何やら、安堵したような口調でささやいた。左腕が震える。意識が薄れていく。右腕がもう一度上がったが、もう押し寄せる海水を防ごうとはしなかった。彼の身体は少しずつ沈みこみ、力を失った足が波をかぶる。頭が垂れ、一度上がったが、また垂れて、長身の身体が断末魔の痙攣にのたうったかと思うと、横倒しになったまま、こと切れた。

ブーンの身体が静かになり、穏やかに打ち寄せる波の音しか聞こえなくなった。俺の疲労は限界に達していた。砂の上に横になり、そのまま何日も寝ていたかった。ルースのかたわらに寝られたらと思い、その記憶が意識を呼び覚ました。俺は踵を返し、〈フランチェスカ〉が刻んだ溝に沿って歩いた。

座礁して傾いた船の船尾に突き出した遊泳デッキは、俺の胸とほぼ同じ高さで、幼児用の滑り台のように傾いていた。両手と膝を使ってよじ登った。左手はほとんど使えない。指の二本はかじかんで麻痺し、強く握ることはできなかった。手当てしたばかりの前腕をひねり、傷をふたたび痛めてしまった。〈フランチェスカ〉の船尾板は、あれだけの衝突にもかかわらず無傷で、金文字の船名が陽光に輝いている。俺は慎重に船尾板を乗り越え、操舵室に足を踏み入れた。

アレックのことをすっかり忘れていた。

彼の青白い身体は操舵室に倒れており、顔は恥じらうかのように壁を向いている。床のチーク材には赤黒いワインのような色がこびりつき、縁の白いグラスファイバーはピンクになっている。スナバエがすでに餌にたかっていた。アレックの死体をまたぐと、いきり立った虫の大群が飛びまわった。

船室に入ったところで、俺はガラスの引き戸を閉じた。静かなのに越したことはない。考えることが山ほどあるので、虫の羽音に邪魔されたくなかったのだ。

〈フランチェスカ〉の内部は、爆発事故のような惨状だ。左舷に三十度傾いた船室は、悪夢のような光景を呈していた。およそ固定されていないものはすべて、何度も投げ飛ばされていた。壊れやすいものはことごとく壊れていた。戸棚の分厚い扉に直径一フィートほどの穴が開いているのは、ブーンの銃弾が貫通したためだろう。

俺は集中する必要があった。ホリスが衛星電話を保管している場所を見つけたかったのだ。

ゲリンに連絡を取るためだ。これは刑事が処理すべき問題にちがいない。

不意に笑いがこみ上げてきた。俺はダイヤモンドという財宝を見つけながら、それを海底に捨て去り、奮闘の末得られたものは、二人の死体と破壊された船体という結果に終わった。〈フランチェスカ〉の無惨な姿は、いまの自分の状況そのものだ。

手始めに、操舵室にいちばん近い抽斗から探すことにした。そのとき、何かが聞こえた。紙をこすり合わせるような、ガサゴソというかすかな音だ。もう一度耳を澄ました。船首のほうから聞こえてくるようだ。船首の個室から、短い階段を伝ってくる。

抽斗に、赤い合成ゴムの柄がついた古いダイビング用ナイフがあった。俺はナイフをさやから抜き、手に持った。

傾いた階段をゆっくり慎重に歩く。ふたたび音がしたが、さっきとは少しちがった。うめき声だ。声は閉じた扉の奥から聞こえてくる。船内にひとつしかないトイレだ。俺は手を伸ばし、ノブをひねった。鍵はかかっていない。扉を開けた。

ホリスが丸くなり、狭苦しいトイレの床に横倒しになって、銀色のダクトテープできつく縛られていた。テープは足首、ふくらはぎ、太腿、前腕に何重にも巻かれている。前腕は便器に固定され、両手と手首は陶製の便器の後ろ側でミイラのような色になっていた。

「ホリス？」俺は呼びかけた。

ホリスの顔の下半分には、やはりダクトテープがきつく巻かれていた。それでもどうにか首をまわし、戸口のほうを向こうとした。顔に巻かれたテープから露出した肌は、怒りで朱に染まり、茶色に変色した血が飛び散っている。

トイレに足を踏み入れると、ホリスは爛々と光るブルーベリー色の目を大きくみはった。俺は彼の手首を固定しているテープを、ナイフで鋸のように引いた。ホリスの片目はあざができて腫れ、ほとんど閉じているようだ。ダイビング用ナイフの刃の裏側は鋸のようにぎざぎざしているものの、ぐるぐる巻きに固定された手首を便器から解放するには数分かかった。

ホリスは上半身を起こしてその場に座り、ミトンをはめたような手で怒ったように彼の顔を指した。顔のテープから先に取ってくれということだ。そして、俺が頭のテープをほどくあいだ、じっと静かに座っていた。最後のテープを口から剝がしたとき、皮膚もいっしょに剝がれてしまい、唇から血が噴き出した。

「やふわわおおわ？」汗でぐっしょり濡れたTシャツにしたたり落ちる血にもかまわず、ホリスは言った。「やつらはどこだ？」と訊いたのだ。黄色のシャツは、ドノを悼んで俺と呑んだときと同じものだ。

「報いを受けたよ」俺は言った。それから、壁際のトイレットペーパーを丸めてホリスの口にあてがった。俺が脚のテープを切っているあいだ、彼はテープを巻かれた手でそれを押さえた。ようやく、両手以外はすべて自由になった。ホリスはピンクに染まったトイレットペーパーを口から取って言った。「身体ががだがだだ。ごごを出だい」

ホリスは自力で立てなかった。脚の筋肉は風に吹かれる木の葉のように震えているが、俺にも彼を抱え上げる力は残っていない。手を貸してどうにか立ち上がらせ、トイレの洗面台のカウンターに寄りかからせる。俺は彼の両手のテープをほどきにかかった。

「うう、ちくしょう、バン」彼は言った。

ホリスは泣きだした。俺は泣くにまかせた。もう一度丸めたトイレットペーパーを渡す。彼はそれを目と唇に当て、震えが収まり、呼吸が落ち着くのを待った。

「何があったか話してくれ」

「アレックとブーンは死んだ。あんたの船もだめにしてしまった。すまない」ホリスは言った。

「ああ、それはわかっていたよ。訊きたいのはおまえのことだ。どんな目に遭った？」

「そっちから先に聞かせてくれ」

「おまえがモーターボートに乗って出かけたあとだ。ものの二分ほどで、ブーンの野郎がいきなり飛びこんできて、ピストルで俺を殴りやがった。やつとアレックは船着場の近くのボートに隠れて、見張っていたにちがいない。やつらは俺に何も訊かなかった。ブーンはただ俺をぶん殴って楽しみ、お仲間は何やらおもちゃみたいなコンピュータをいじくっていた」

「モーターボートを追跡していたんだ。気づかなかった俺がばかだった。申しわけなかった、ホリス。やつらは俺を追跡するのに、あんたのボートが必要だったんだ」

ホリスは顔をしかめ、唇がふたたび赤くなった。「やつらがそうしなかったら、どうなっていたと思う？　問答無用で俺を殺していたにちがいない。実際、そう言っていた。俺がまだこうして息をしている理由はただひとつ、やつらが緊急用プランに俺を利用したかったからさ。おまえがドノのダイヤモンドの隠し場所に連れていってくれなかった場合に備えてな。

そのときには、やつらはおまえに電話して、俺をダイヤモンドとの交換条件に利用するつもりだったんだ。だがおまえは、そんな脅しに屈するようなヤワじゃなかっただろう」

「そのときは、取引を受けただろう」

「ばかを言うな」

「俺はすでにドノを亡くした。アレックとブーンが〈フランチェスカ〉に乗っているのを見たときには、あんたも死んだものと思った。もう、あんな思いはたくさんだ」

「まあいいさ」ホリスは破顔一笑した。「もう、その心配はないんだからな。それはそうと、やつらは報いを受けたと言ったが？」

俺はホリスを歩かせてみた。彼は慎重な足取りで俺の前を通りすぎ、下に傾いた床に両手をつきながら、お化け屋敷のように傾斜した階段を通って船室へと向かった。

ホリスは長い時間をかけ、損傷の様子を確かめた。そして肩をすくめた。「思ったほどひどくはなかった」

ゆっくりと船室を通り抜ける。引き戸のガラス越しに操舵室を見たところで、ホリスは立ち止まった。

ややあって、彼は俺のほうへ向きなおった。「アレックか？」

「ああ」俺はうなずき、散乱したゴミや紙をそのままにしてベンチに座った。

ホリスは引き戸を開け、アレックの死体と、めちゃめちゃになったうえに死体安置所と化した操舵室を眺めた。スナバエの数が増えたようで、羽音がさっきより大きくなっている。

「ブーンはどこにいる？」ホリスは言った。

「船尾から十ヤードのところだ」

ホリスは立ち止まり、ゆっくりした足取りで操舵室の端をまわると、散乱した物品の上に転ばないように手すりにしがみついた。船尾板から海岸のほうを見ている。もう引き潮になるころだ。ブーンの身体はどれぐらい砂に埋もれただろうか。

ようやく、ホリスが向きを変えて船室に戻ってきた。扉を閉め、計器パネルの前の船長席に身体を落ち着ける。

「これだけいろいろあったのに、きょうはまだ半分も終わっていないのか」彼は言った。

「ひょっとしたら、今度は島が沈むかもな」ひどく喉が渇いた。俺は立ち上がり、おぼつかない足取りで調理室に向かった。鍵がかかっていなかったため、〈フランチェスカ〉が島に衝突したときに開いてしまった戸棚もあった。流しにもカウンターにも狭い床にも、コーヒーの粉やシリアル類が散乱している。

冷蔵庫に六個パックのミネラルウォーターのボトルがあったので、それを船室に運んだ。

ホリスは椅子にもたれ、口を拭っている。

「歯が折れちまった」彼は言った。

俺は彼にボトルを一本手渡した。「少しぬるくなってから飲んだほうがいい。さもないと、ひどく染みるからな」

「こんなときには、もっと強いものを呑みたいんだがな」ホリスは立ち上がり、酒類を保管している戸棚へ向かった。「おまえさん、肩に何か当てたほうがいいぞ。肉屋のブロック肉みたいになっているからな」

彼の言うとおりだ。アレックに魚用の鉤竿で肩の三角筋をえぐられたので、二十五セント硬貨ぐらいの傷口ができていたのだ。すっかり忘れていた。全身が悲鳴をあげているので、傷口から血が流れていても気にならなかった。しかし船室の床の絨毯には、血が点々としたたっていた。

散乱した室内から、二枚のTシャツを見つけた。一枚は紺で、もう一枚は鮮やかなオレンジだ。どちらにも色褪せた人魚があしらわれ、俺の年齢より古そうだった。オレンジのTシャツを分厚い四角形に折りたたみ、それにボトルの水を半分ほどかけて濡らした。それを傷口のある肩にあてがう。少しずつ流れる水は、身体の横に付着した汚れや砂の層を洗い流して小さな谷を作った。さらに青いTシャツを巻き、応急用の包帯にした。

ボトルの残りの水を飲み、さらにもう一本も飲み干した。戸棚からは割れたボトルの酒の甘いにおいが立ち、ホリスが慎重な手つきでつつきまわしている。「無事だった酒はあるか？」俺は訊いた。

「ソーダ水しか残ってない。ちくしょう、こんなに買うんじゃなかったぜ」

「ホリス、スキューバ用の空気タンクはあるか？　いっぱいに充填しているやつだ」

「なんだって？　ああ、そりゃもちろんあるよ。錨索《いかりづな》が何かに絡まったときなんかに備えて、常備している。前に点検してから、もうだいぶ経つがな」彼はそこで言葉を止め、俺を見据えた。「ダイヤモンドのありかがわかったのか？」

俺はうなずいた。ホリスはいそいそと船尾の機関室に向かった。

黒い六角形の筒が、渦を描いて海底に呑みこまれていく様子を思い出すと、居ても立ってもいられなかった。俺はダイヤモンドの容器を、水深三十フィートの海底に落としてきた。その近くの深くくぼんだところの水深は、優に十倍はある。嵐や高潮でもあれば、永久に見つからないかもしれない。

俺はなんとしても、ダイヤモンドを自分の目でひと目見たかった。ドノがあれほどの危険を冒して守ろうとしたものを。

祖父が俺を故郷に呼び戻した目的を。

「少なくとも、ドノは安らかに眠れるだろう」俺が声に出して言ったとき、ホリスがよろめく足取りで階段に戻ってきた。傾いた船室で、足下がおぼつかないのだ。黒いゴムのダイビングマスクと空気調整器の一式を、首からぶら下げている。彼はさらに、ステンレス製の空気タンクとおぼしきものを引きずり、俺に向かって階段を上がってきた。

「ずいぶん年代物だな。ネモ艦長（ジュール・ヴェルヌ『海底二万哩』の登場人物）から買ったのか？」俺は言った。

「なんだって？　笑わせるな。そりゃ見かけは古いが、まだまだ使える。ところでおまえ、何をぶつぶつ言ってたんだ？」

「ドノが見たら、きっと喜ぶだろうと言ったんだ」

「喜ばないはずがないだろうが。あの祖父さんは、いまもうれしくてたまらないだろう。いや、そうに決まってる」髪の汗がようやく乾き、白髪交じりの赤毛が感電したように突き立っている。

俺は空気調整器の一式を、まだ使える右手でタンクに取りつけた。タンクは四分の三ほど充填されている。浅瀬にとどまっていられれば、二十分程度はもつだろう。

ホリスは大儀そうに、船長席に腰を下ろした。「俺もダイヤを引き揚げたいのはやまやまだが、もう少しましなやりかたはないのか？　おまえだって、とても本調子には見えんぞ」

「大丈夫だ。運がよければ、ダイヤモンドはさっき俺が落とした場所に、そのまま残っているかもしれない」

ホリスの表情は、俺がきょうの分の幸運をあらかた使い果たしてしまったのではないかと言っていた。それでも彼は無言でミネラルウォーターのボトルを開け、ウイスキーのようにぐびぐび飲んだ。

「で、どんな計画なんだ？」彼は言った。

「俺がモーターボートまで泳ぎ、まだ動かせる状態だったら、岸の近くに向かう。それともあんたが、スキューバタンクを背負ってそこまで行くか？」

「ああ、お安い御用だ」

「そのときは、救命胴衣をつけたほうがいい」俺は言った。

「何を抜かすか。おまえこそ、ドノの船を座礁させるなよ。船をおしゃかにするのは一日に一回だけで充分だ」

それから二十分以内に、ホリスはモーターボートの錨を、俺がダイヤモンドを落とした場所に下ろした。俺は船首に座り、空気タンクを背負ってストラップを調節した。肩の痛みはうずく程度まで収まっていた。

「ダイヤモンドは手に入るかもしれんが」ホリスは俺を指さして言った。「溺れ死ぬかもしれんぞ。こんな地の果てなら、たとえ陸軍だっておまえを見つけられんだろう」

俺はマスクをつけた。「ダイヤを見つけて、俺も無事帰ってくる可能性だってある。二兎を追うってやつさ」

ホリスがにやりとした。「そいつは祖父さんの得意なせりふじゃないか」

「ああ、そうさ」俺は空気調整器のチューブをくわえ、水にもぐった。

33

浮力調整用ベストがないため、俺はスチール製の空気タンクの重みでどんどん降下していった。速度を落とそうと、すぐに足びれを動かしはじめた。冷たい水温でふたたび感覚が麻痺する。

俺は錨索まで泳ぎ、鎖に片手を添えて、沈むにまかせた。水圧が増していくので、数フィートおきに鎖を強く握って止まり、耳が慣れるのを待った。

三十フィートまでもぐると、波の動きで鎖がゆっくり揺れていた。

斜めに伸びた鎖が平らになったり、曲がったりして、その下はゆらゆら動く海藻に覆われている。生い茂る海藻が潮の流れで穏やかに波打ち、それらがなびく方向はすべて、海峡のひらけた水路を指していた。

長い曲線を描く鎖を振り返り、上を見た。水面まで五十フィート。それほど深いとはいえないが、すでにモーターボートの姿は見えなかった。空に当たる場所が、青く広がって見えるだけだ。

ホリスと俺はモーターボートに乗り、俺が浮上したと記憶している場所に投錨《とうびょう》した。最初に〈フランチェスカ〉の姿を見、六角形の筒型の容器の束を海底に落とした場所だ。俺が落とした場所の真下に容器の束が沈んだとしたら、この近辺に落ちているはずだ。

八フィートぐらい先まではくっきり見える。弱った左手にフラッシュライトを握っているからだ。十五フィートから向こうは、まるで壁にさえぎられているようだ。俺は錨の周囲に円を描くように泳ぎ、徐々に円を広げていった。足びれの動きに沈泥が巻き上げられるなか、海藻の茂みのあいだに黒い筒型の容器が隠れていないかどうか目を凝らす。

円を描きはじめてから、五分が過ぎ、十分が過ぎた。

フラッシュライトの光を波がつかみ、震わせはじめた。だがそれは波のせいではなく、俺自身が震えているからだった。俺の腕全体が。時間がなくなりつつある。

筒型の容器はここにはない。俺が落とした場所にはなかったのだ。

だったら、どこにある？

潮の流れがあれだけ重い束を転がすほど強いのなら、容器の束は島から離れた場所に押し出され、深い海に落ちてしまったかもしれない。

深淵の底に。

最初に島に近づいたとき、俺はドノのモーターボートの音響測深機で、深い海域がいくつもあるのを見た。一分ぐらいのあいだに、水深千フィート近くの場所や、五百フィート、あるいは百フィートの場所が次々に現われた。そこを抜けると、水面下の勾配はより緩やかになり、いま〈フランチェスカ〉が座礁している島の岸へと続くのだ。

残圧計が示す残り時間は、あと九分。ざっと見まわるには充分な時間だ。俺はフラッシュライトがかすかに照らす暗闇のほうへ泳いだ。

あるいは、暗闇だと思われるほうへ。

深淵の手前まで来たとき初めて、本物の暗闇とはどういうものかがわかった。

海底はスキーのジャンプ台よりも急勾配を描いて落ちこんでいる。深淵はかすかな明かりを呑みこみ、何も見えない。

虚空をぼんやり見据えながら、自分がいかに無益な探索をしているかに気づかされた。容器の束があそこまで落ちてしまったら、それは月にあるのと同じようなものだ。そこまで行くには、大気圧潜水服と、俺よりはるかに長いダイビングの経験を要するだろう。いまひざまずいている崖っぷちにいても、身体が押しつぶされそうなほどの水圧を感じる。

そのとき、かすかに光る黄色いものが見えた。海藻の茂みのあいだを、魚がめぐっているのかもしれない。いや、そうではない。十フィート先だ。俺は泳ぎとも歩きともつかない恰好で、勾配を降りてみた。

ゴムひもだ。なんということか。容器を束ねていた黄色いゴムひもが落ちている。取り憑かれたように、周囲を見まわした。束ねられていた容器はどこにある？　一本のゴムひもだけを残して、ほかが見つからないということがあるだろうか？　黒いゴム製の筒が近くにまき散らされているはずでは？

おそらくゴムひもは、容器の束が海底に着地したはずみで切れたのだろう。海藻が絡まっている場所をはるかに越えていくはずがない。だとしたら、着地した地点はこの近くにちがいなかった。容器の束が無傷だったら、俺の足下の周囲にあるだろう。

ふたたび残圧計を確かめる。あと三分。いや、もっと深いところに行けば、三分もない。しかも、浮上するまでの時間はそこに含まれていない。

捜さなければ。

急勾配をまっしぐらに降下し、左右にフラッシュライトを向けた。水圧は容赦なく増えていく。それでもどうにか耳を慣らしながら、降下を続けた。

圧倒的な闇の深さだ。水深九十フィート。百二十。いとも簡単なことだ。海底の山を滑り落ちていくだけなら。

頭が万力で締めつけられるようだ。レンジャー教練以来、これほどひどい頭痛を覚えたことはなかった。一週間ほとんど寝ないで訓練や演習に明け暮れたときだ。あの苛酷な日々を、俺たちはドローニングと呼んでいた。極限まで疲労しながらも立ち、目をしっかり開けて、働き蜂《ドローン》のようにひたすら動きつづけるのだ。視界がかすんでくる。

集中しろ。もう少し深くまで行けるはずだ。

さらに、もう少し。

何かに捕まえられ、揺すぶられた。現実ではなく、心のなかで。

ばかな真似はよせ、坊主。

そのとおりだ。まったくそのとおりだ。空気を消費しつくしてしまったら、もうここから浮上することはできないだろう。あまり早く浮上しすぎると、潜函病《せんかんびょう》にかかる危険がある。もう行かなければ。

俺は向きを変え、手を伸ばして斜面に触れ、降下を止めようとした。浮上の準備をしなければ。手は感覚を失い、指のあいだに付着した泥の感触すらない。

しかしそのとき、何か硬いものに触れた。足びれの動きでかすむ水中で、拳にぶつかるものを確かに感じた。

それを拾い上げ、ぼんやりと見つめた。フラッシュライトの光を受け、積もった泥のなかに分厚い六角形の筒が見える。夢を見ているのにちがいない。窒素酔いだ。

いや、ちがう。まちがいなくそれはあった。

財宝が、俺の手のなかにあるのだ。

そしてもうひとつ、筒が見つかった。勾配を二ヤードほど上がった左だ。泥のなかで、ほとんど垂直に立っている。

俺はそこまで泳いだ。指は固まってしまい、フラッシュライトを離そうとしない。しかし、筒を拾い上げるにはライトを落とさなければならなかった。ふたつの筒を腕に収め、アメリカンフットボールのように抱えて運ぶには。

さあ、もう行け。

さあ、もう行け。強く蹴ったつもりだが、脚の反応は鈍かった。海底に落としたフラッシュライトの光が遠のいていき、点になって、足下に消えていく。いま、目の前の世界には何もなく、漆黒の闇が広がるばかりだ。俺はひたすら蹴りつづけ、絶えず肺から空気を押し出した。泡と同じスピードで上がろうとするが、それ以上速くは進めない。

どれぐらい上がってきただろう？　両手をふさがれたままでは、残圧計をつかむことができない。急激な気圧の変化で関節が障害を起こさないよう、止まらなければならなかった。腕のなかに容器があるはずだが、感触はない。落としてしまったのかもしれない。下を見て確かめようとしたが、何も見えないことに気づいた。

そのとき、空気タンクのチューブが一度ぐいと引かれたような感覚がしたあと、肺が何も吸いこまなくなった。ホリスの空気タンクが尽きたのだ。

潜函病は怖いが、溺れ死ぬよりはましだ。俺はもう一度蹴った。肺のなかに二酸化炭素が充満し、出口を求めている。スチールのタンクに引きずられるが、身を振りほどく余裕さえなかった。

もうすぐだ。頭上の雲はまちがいなく明るくなっている。だが、頭のなかではじける花火ほどではない。もう少しだ。

平坦な場所が見える。空の下だ。

それから、何も見えなくなった。

「おい、目が覚めたか。この野郎、心配させやがって」

俺は水のなかにいた。身体の大半は水に浸かっている。頭だけは水面に出ており、意識が戻って最初に深呼吸したときには、痛いほどむせた。見上げると、ホリスがモーターボートの船尾から身を乗り出している。彼が空気タンクの肩掛け用ストラップをつかみ、俺を沈まないように支えてくれていた。

ホリスの声は奇妙なほど甲高く、早口だった。「おまえが顔を上にして、ボートのすぐ隣に浮かび上がってきたんだ。それから漂って、また沈みはじめた。すぐ近くだったのが幸いしたよ。ボートフックでおまえを引っかけられたからな」そう言って俺を揺すぶる。「おまえ、大丈夫か？　何か言ってくれ、こんちくしょう」

ダイヤモンドの容器はどこだ？　俺はあてどもなく腕を伸ばした。ぼんやりと下を見る。もう一度もぐれば、あまり遠くに落ちないうちに追いつけるかも……。

「筒なら二個、ちゃんと預かっているぞ。心配するな。おまえ、わが子みたいに大事に抱えていたからな」

「まずはこいつを外してくれ」俺は言った。ようやくストラップが外れ、ホリスは空気タンクをボートに引き揚げた。俺もボートに引き揚げてもらったが、それはお互いに骨の折れる作業だった。コクピットの横に身体を投げ出したときには、足びれを外す力も残っていなかった。ホリスがくれたタオルで手足をこすると、少しずつ血色が戻ってきた。空気タンクや空気調整器はホリスが外してくれた。ふたたび意識を失う危険は、どうやら脱したようだ。

ホリスが筒型の容器を手に戻ってきた。そっと振り動かすと、くぐもったジャラジャラという音がした。「このなかに、望みのものが入っているのか？」

「回収できたのは、これで全部だ」

彼が容器を俺に手渡す。黒いゴム製の容器は汚れ、塩水がかすかに染みついていた。容器の端をひねると、蓋が開いた。開封された容器から、中身を手に取ってみる。

カットや研磨はされていなかったものの、まちがいない。ダイヤモンドだ。銀白色で、大きなものは親指の爪ぐらいあった。決して溶けることのない氷にも見える。

ここだ。ドノは俺の手を握りしめ、そう言った。

マドローニャの小さなかけらがどこから切り出されたのか、告げようとしていただけではない。ここだ、という言葉には、おまえと俺だけが知っている場所という意味がこめられていたのだ。

ここだ、ここにあるのはおまえのものだ。

オンディーンの手数料を差し引いても、俺の見積もりでは、ドノは市場価値にして四百万ドル相当の宝石を持ち去ったはずだ。クーラーボックスのなかには七個の容器が入っていた。どの容器にも同じ量のダイヤモンドを入れていたとしたら、俺がいま手にしているダイヤの価値は五十万ドル以上ということになる。

別の言いかたをすれば、いまの俺の給与等級にして十三年分に相当する。もう一個の容器も含めれば二十五年分だ。

「いままで見たなかで最高の石ころだ」ホリスは言った。

「そう言ってくれてうれしいよ」

彼は足で俺の肋骨を軽く突いた。「もう二度と、こんな無茶な真似はするなよ」

「この次はあんたがもぐってくれ」俺は足びれを蹴って脱ぎ、操船席に寄りかかった。

ホリスはうなるように言った。「残りのダイヤはなくなったのか?」

「なくなったわけじゃない。手の届かないところへ行っただけだ」

彼はその言葉を反芻し、肩をすくめた。「それでも、一日がかりでやれば回収できるだろう。またここへ来て、専用の装備と強力なライトを使えば……」

もしかしたら回収できるかもしれない。あるいは、ダイヤモンドのありかだけ知っておいて、あえてそのままにしたほうが、いざというときに役に立つかもしれない。

ともあれ、疲労は限界をはるかに超えていた。モーターボートの窮屈な船室で丸くなり、一カ月でも寝ていたかった。

「〈フランチェスカ〉に戻って、使えそうなものを回収しよう」俺は言った。「それから帰るんだ」

俺たちはモーターボートで海岸に向かい、浅瀬を歩いてホリスの船に戻った。横の扉から入ったのは、アレックの死体をまたぎたくなかったからだ。ホリスは私物をまとめ、俺はすぐに、〈フランチェスカ〉の冷蔵庫へ向かった。座礁による停電で、庫内の食品はほどなく腐ってしまうだろう。それらをむさぼり、空腹を満たした。ホリスが船室に戻ってきたとき、俺は包装を破ってハムやチーズを平らげていた。

ホリスは俺から船室に目を移した。「こいつは俺のじゃないな」彼は言った。

彼が指しているのは大きな茶色の革製の鞄で、〈フランチェスカ〉が海岸に衝突したときに放り出され、衣類やがらくたの山に埋もれていたようだ。

俺は鞄を受け取り、開けてみた。入っていたのは着替え、グロックの拳銃、大きく四角いものを入れた布製の袋だった。内ポケットには革財布のほか、レシート、シアトル市内地図、バスの乗車券が押しこまれていた。

「ブーンの鞄だ」俺は言いながら、険しく荒涼とした表情の顔写真がついた、イリノイ州発行の運転免許証を眺めた。

「下衆野郎《げす》が」ホリスは言い捨て、私物の整理に戻った。

もしかしたらこのグロックは、ジュリアン・フォームズのアパートメントでブーンが俺に発砲したものかもしれない。いかなる証拠でもなんらかの手がかりにはなる。俺は布製の袋を取り上げ、中身を見た。

札束が出てきた。青い透明なビニールに包まれたままだ。ブーンがクリスチアーナ・リオッティを殺したあと、彼女のアパートメントから持ち去ったものだ。俺はそれを袋に戻し、袋を鞄に入れた。死んだ女の金を包む死んだ男の袋。まるで経帷子《きょうかたびら》だ。

「何はともあれ、これでおまえも元の生活に戻れるな」ホリスが船首の個室から呼びかけた。「警官からピックアップトラックを返してもらって、街を出る前にもう一度、ドノの家を見ていくんだな」

俺はよく考えずにうなずき、何か持っていったほうがいいものはないか見まわした。札束のことが気になっていたのだ。いや、気になることはほかにもあった。たぶん、この金ではなく、別の札束のことだ。そこにホリスが何か話しかけてきた。ピックアップトラックのことを……。

そこまで考えたところで、俺の胃の腑を冷たいものが走った。

足早に革製の鞄に戻り、ふたたび開けて、ブーンが持っていた紙片を検める。バスの乗車券を見たかったのだ。カリフォルニア州ストックトンを出発したのが午後十一時二十分。先週土曜日の夜だ。シアトルに到着したのが午後七時四十分。日曜日の夜だ。

ドノが銃撃されてから、少なくとも十四時間が経っている。

目の前が真っ暗になった。胸が締めつけられるような気分だ。

俺には何も見えていなかったのだ。目の前の冷酷な殺人犯であるブーンとアレックにばかり気を取られていた。ほかに犯人がいる可能性は、考えもしなかったのだ。

いや、犯人はほかにいる。俺のなかの野獣が歯をむき出した。おまえが気づかなかっただけだ。

というより、考えたくなかっただけかもしれない。

34

俺は〈モーゲン〉の備蓄庫で、ドノの棺を見下ろした。

食品やウイスキーの箱はすべて運び出されていたが、それでも狭いことに変わりはない。棺と白い薔薇の花冠をかけたスタンドが、部屋の大半を占領していた。残った場所に、葬儀業者の係員と俺が立てばもういっぱいだ。巨漢のウィラードには、廊下に立ってもらうしかなかった。

棺の蓋は閉じていた。係員が俺を見た。俺がうなずくと、彼は六角レンチを取り出して、棺の上部を開けた。彼とウィラードは静かに会場となる酒場へ向かい、俺と祖父を二人きりにしてくれた。

ドノの肌はかすかな光沢を放っていた。まるで棺のワックスのように。灰色の髪は後ろに撫でつけられている。安らかな死に顔には見えなかった。かといって、怒っているようにも見えない。そこにはいかなる表情も浮かんでいなかった。

ドノには葬儀業者の手で、紺のスーツと同じ色のネクタイ、白いワイシャツが着せられていた。この服がドノの持ち物だったのか、葬儀のためにウィラードが買ってくれたのかはわからない。ドノは左耳の後ろを撃たれていたが、顔を左側に倒すことで傷は隠されていた。

誰かが廊下から部屋に入り、俺の後ろに立った。係員の助手が、花冠用の飾り帯を持って戻ってきたのだ。

「出てくれ」俺は言った。

棺に向きなおったとき、ドノが結婚指輪をはめているのに気づいた。葬儀の際にはそうするよう、ガンツ弁護士に指示していたにちがいない。俺でさえ、家で祖父の結婚指輪を探そうとは思わなかったし、ましてや遺体にはめようとは考えもしなかった。おまえのお祖母さんのためだ。あいつにまた会うのなら、はめておいたほうがいいじゃないか。

「もっと早く呼んでくれればよかったのに」俺は言った。狭い部屋で、俺の声は壁にうつろに響いた。「何もダイヤモンドなんかいらなかったんだ」

返事はない。俺は部屋を出た。

会場にはまだほとんど誰もいなかった。白いワイシャツに黒のボウタイをつけた女性が二人、向こう側でビュッフェの食事の用意をしている。酒場のテーブルと椅子は、誰でも座れるようにそのままにされていた。小さなステージの中央にマイクのスタンドが立っている。

正面の扉が開き、ウィラードとケータリング業者の制服を着た若い女が、路地から入ってきた。二人ともワインのケースを抱えている。ウィラードが着ている茶色のツイードのスーツには、小型車ならすっぽりかぶるほどの生地が使われているだろう。彼は扉を閉め、二人はケースを酒場に運び入れた。若い女がそれらを開け、ウィラードは室内をまわって会場を確認した。

「用意はできたぞ」彼はこっちに向かってのし歩いてきた。「開けていいか？」

「ああ、頼む」

彼は戸口へ戻り、扉を大きく開けた。俺は部屋から少し出たところで、じっとしていた。外では小さな人だかりができていた。最初にジミー・コーコランが、ほかの参列者を押しのけるように扉をくぐってきた。続いて入ってきた二人の男たちも俺の顔見知りだが、前に会ったときよりもめっきり老けていた。昔からのドノの仲間たちだ。彼らは会場に入り、ウィラードと握手した。ウィラードはまるで、カジノで上客を迎える元ヘビー級チャンピオンのようだ。

その次にルースが入ってきた。彼女に先導されてきたのは、アディ・プロクターだ。アディは黒のセーターに灰色のズボンをはき、肩に黒い手編みのショールをかけている。突き立った白髪は散髪したばかりだ。ルースは黒の膝丈のワンピースに二インチのヒールをはいているので、アディがよけいに小さく見えた。

ルースは室内を見まわし、横の通路で目立たないようにしている俺を認めて悲しげな笑みを浮かべた。俺も笑みを返した。そうすると顔が痛かった。

いや、痛いのはほぼ全身だ。ホリスと俺が島を出たのは前日の午後だった。全速力でモーターボートを駆り、夕闇迫る海峡を渡った。ようやくシアトルに着き、疲れ切っているホリスをモーテルで下ろした。

だが俺には、休む前にもうひとつやることが残っていた。

それを終えてようやく、ルースのアパートメントで横になった。途中、ゲリン刑事のところへ立ち寄り、取引を申し出た。俺はドノの殺人犯を引き渡す――うまくいけば、ほかのものも。その見返りに、刑事はどうしても必要な場合を除いて俺を逮捕しないという条件だ。

ほかの参列者も、路地から会場に入ってきた。家族連れとおぼしき人々は、たぶん隣近所の住人か、ドノの建設請負業の顧客だろう。エフライム・ガンツ弁護士の姿もあった。黒っぽい紫のダブルのスーツを着ている。不慣れな場所に、多少戸惑っているようだ。彼は俺を見るなり、一直線に近づいてきた。

「やあ」彼は俺と握手して言った。「調子はどうだ？」

「来てくれてありがとう、エフライム」

「ここへ来たのは二十年ぶりぐらいだ。ほとんど覚えていない。これ以外は」中世風のタペストリーを指さす。

扉のそばに、ホリスの姿も見えた。ウィラードと話している。ホリスはどこからか、紺のコーデュロイのスーツを借りてきていた。それはふだん彼が着ている服よりも、ずっとよく似合っていた。赤みがかった顔はまだ腫れていたが、傷はかさぶたになっていた。彼がステージに向かって顎をしゃくると、ウィラードはホリスの腕を強くたたいてそちらへ向かった。ステージに上がった彼は、マイクには見向きもせず、嗄れ声を張り上げて参列者に呼びかけた。

「みんな」ウィラードは言った。「きょうは来てくれてありがとう。ドノ・ショウは俺のすごい友だちだった。もちろん、いい意味だ。みんなにとってもそうだっただろう。ドノはルース――ミス・ボイラン――に、開会の言葉を頼んでいた」

彼は座った。ルースがステージに向かう。彼女は美しかった。額から後ろに撫でつけたブロンドの髪がリボンのようにつやを放ち、何か不思議なもので固められている。さらに、重厚なネックレスと小さな銀のイヤリングが華を添えていた。誰かが低く口笛を吹いた。たぶんコーコランだろう。

ルースは一枚の紙を広げた。「弔いの席でこんなことはめったにしないと思いますが」彼女は言った。「ご存じのように、ドノは杓子定規を好む人間ではありませんでした。ドノから聞いたところ、亡くなった奥様ともども、この歌をこよなく愛していたそうです」

彼女は歌いだした。歌手のように完璧ではないが、高く澄んだ、凛とした声だ。

イカれたトムに会いにベドラム（イギリス最古の精神病院の通称）へ
わたしは一万マイルを旅してきた
イカれたモードリンは汚れたつま先で歩く
小石で靴が傷つかないように
それでもわたしはかわいいあの子を歌う、かわいいイカれた子どもたちの歌を

ベドラムの男の子たちはかわいい
だってあの子たちはみんな裸で、天国で暮らしているから
あの子たちはお酒もお金もほしがらないから（十八世紀のイギリス民謡）

参列者からは驚きの声が漏れ、後ろにいるドノの仲間たちはいっせいに笑い声をあげた。俺もこの歌を知っていた。ドノが古いＬＰレコードを持っていたのだ。三人の女性が歌い、演奏は、ボズランというヤギ皮のドラムを一定のリズムでたたくだけだ。詩は数百年前に書かれたもので、狂気と反骨精神を歌っている。確かに、葬送歌としてはめったに使われないだろう。

ルースは一同が静かになるのを待って再開した。

ロマ人だろうと売春婦だろうと
かわいいイカれたトムをわたしから奪うことはできない
わたしは夜通し泣き、星と争うだろう
わたしにはいさかいがお似合いだから
ベドラムのトムのために酒を呑もう
樽いっぱいの酒を海のように持っておいで
全部呑み干してあげる、苦しみで醸した酒を

酔っぱらったモードリンと、わたしは口げんかをしよう
それでもわたしはかわいいあの子を歌う、かわいいイカれた子どもたちの歌を
ベドラムの男の子たちはかわいい
だってあの子たちはみんな裸で、天国で暮らしているから
あの子たちはお酒もお金もほしがらないから

ルースの最後の一節が終わった。俺を含む誰もが彼女の歌声に心を奪われ、終わったときには満場の喝采に包まれた。

拍手の音に混じり、部屋の後ろのほうで音がした。そちらを見ると、マイク・トーランが扉を押さえ、母親のエブリンを先頭に、トーラン一家が拍手にまぎれてそっと会場に入ってきた。デイビーが扉から手を離して閉めた。ルースが出迎えのために近づき、ウィラードがふたたび立ち上がる。

「誰でも、何か話したくなったらマイクを使ってくれ」彼は言った。「気が向いたら、いつでもいい。もし酒の力を借りたくなったら、バーカウンターもあるぞ」

参列者がどっと笑った。アディ・プロクターがステージに上がってマイクを取り、こっけいな話を披露しはじめた。彼女がいまの家に引っ越したとき、ドノをうまくだまして、ポーチの明かりの修理を手伝わせた話だ。俺は扉のそばのホリスに近づいた。

「おまえ、ひどい面だな。俺の心境そのものだ」彼は言った。

「もうすぐ終わるよ」

「とんでもない。まだ始まったばかりだ。ダイヤモ――ええと、島で起きたことが知れたら、俺たちは地獄行きの超特急に乗ったようなもんだ。シアトルじゅうの警官という警官が、大わらわで捜査を始めるだろう」

ステージには、ドノの表向きの仕事の顧客が上がっている。彼の家を造ったときのドノの仕事ぶりをほめそやし、ドノこそは真の職人だったというような内容だ。誰もさしたる関心は払っていなかった。部屋の後ろのほうにいるコーコランやウィラードのように、ドノにまつわる本当に興味深い話を知っている人々は、決して語ることはない。少なくとも、その話が証拠として採用されうる場所では。

ルースは奥の壁に面したテーブルを囲んで、デイビーの隣に座っていた。マイクは人混みをかき分け、レッドブレストのウイスキーのボトルとショットグラスをカウンターから運んでいる。彼は俺に気づき、手を振った。

俺は室内を横切ろうとしたが、さまざまな人々に止められた。彼らはみな善良な市民で、たとえば〈モーゲン〉に出入りしている酒の配送業者や、ドノのトラックを修理した整備士のような人たちだ。誰もが俺の手を握り、悔やみを言った。俺はうなずいて礼を述べ、詫びを言って離れた。自分としては、精一杯応対したつもりだ。

テーブルで、マイクが三杯のショットグラスに酒を注いでいた。デイビーはすでにタンブラーを手にしている。マイクが大きな手で俺の肩をたたき、グラスを手渡した。俺が腰を下ろす。ルースからキスをされた。短いが真心のこもったキスだ。デイビーはウイスキーを呑み干し、マイクにお代わりを催促した。彼の目はステージに注がれている。視線の先では、参列者がかわるがわるマイクを手にスピーチをしていた。

「兄さんも上がって、何か話したらどうだい？」マイクが言った。

デイビーは鼻であしらった。「おまえはいつだって、ドノにへいこらしてたからな。おまえが行けばいいだろ。最後の別れをしてこいよ」

「デイビー」ルースがたしなめ、俺を一瞥した。

「なんでもないよ」デイビーは言った。「バンだって、なんでもないとわかってるさ。そうだろ、バン？」

俺はウイスキーをすすった。島で溺れかけたので、まだ喉が焼けるようだ。いい酒だが、まるで硫酸でも飲んでいるような気がした。俺はグラスを置いた。

「きみとドノが、互いに好感を持ったためしはなかった」俺は言った。

「なんだって？」

「いや、言いなおそう。きみはドノを憎んでいた」

デイビーはにやりとした。彼と俺以外、口をひらく者はいない。「ドノが最初に俺を嫌ったのさ」

「しかし、いちばん嫌っていたわけでもない。ドノは本気で憎むほどきみに関心はなかったんだ、デイビー」

マイクが驚いてデイビーと俺を交互に見ている。デイビーと俺は、傷だらけの木のテーブルを挟んで睨み合った。俺はショットグラスをきつく握りしめた。

「あの野郎はきみをこの街から追い出した」デイビーは言った。

「ちがう。シアトルを出たのは俺自身の考えだ」

「俺やマイクといっしょにいればよかったじゃないか。母さんだって承知してくれたはずだ」

「大人になるべきときだったんだ。自分のことは、自分で責任を持ちたかった」

「嘘っぱちだね」デイビーは言った。「きみはドノをかばって言いわけをしているんだ。だいたい、なぜドノがきみを呼び寄せたと思う？ やつはきみの心をナイフでえぐりたかったのさ」デイビーは甲高い声で言った。近くのテーブルを囲む人たちがこちらを見ている。

「ドノはマイクにこの店を譲ろうとしていたんだぜ。ああ、そうとも。あの野郎はきみの目の前で、きみと縁を切ると告げるつもりだったんだ」

「いったい何を言ってるんだ？」マイクは言った。

デイビーは弟のグラスに自分のをぶつけた。「おめでとう、弟よ。これで一生、ただ酒にありつけるな」

ルースが戸惑いを露わにしてマイクを見た。「誰もそのことは知らなかったはずだけど」デイビーの顔を見るにつれ、彼女の表情が変化した。「そういえばあのとき、あなたもお店にいたわね。ドノがわたしに、彼が半分所有している店の経営権をマイクに譲るつもりだと言ったとき」

「おいおい、まるで俺が立ち聞きしていたみたいじゃないか」デイビーは言った。「あのとき俺は、一服吸いに裏口に向かっていたんだ。事務室の前を通りすぎようとしたら、ドノがきみにバンのことを話しているのが聞こえたのさ。もちろん、立ち止まったよ」デイビーは俺を見た。「悪かったな」

「さぞかし驚いただろう」俺は言った。「きみの弟が〈モーゲン〉を手に入れると知ったら」

デイビーは顔をしかめた。「店は身内に引き継がれるべきなんだ。つまりきみに」

その言葉が脳裏に引っかかったが、さしあたりわきに置くことにした。なぜデイビーがそんなことを気にするのだろう。しかしいまはまだ、それより重要なことがある。

俺はジミー・コーコランと目を合わせ、こっちに手招きした。彼が顔をしかめる。ウィラードとホリスが彼に続いた。マイクとルースはいぶかしげな目で俺を見た。

テーブルを囲んだ三人の男たちは、誰も座ろうとしなかった。

「やあ、ルース」ホリスはルースに言った。「会を取り仕切ってくれてありがとう」

コーコランが俺を向いて言った。「祖父さんを亡くしたのは気の毒だった」

「専門家としての意見を聞きたくてね、ジミー」俺は言った。「シアトルの専門職の警官はどれぐらい優秀なんだ？　コンピュータを解析する連中は？」

コーコランは俺が正気かどうか疑っているようだ。「まじめに訊いてるのか？」

る?」

「基本的なことだけでいい。警察が誰かのコンピュータを押収したら、どんなことがわか
「いいだろう」彼は言った。「まず、押収された人間がよほどの天才でないかぎり、警察にはあらゆることがわかってしまうだろう。コンピュータのなかのデータはもとより、どんなウェブサイトを閲覧したのかまで、内蔵のハードディスクを解析し、そのマシンのIPアドレスをネットで追跡すればわかる」

「なんとかわかるよ。それじゃあ、速すぎてついてこられなかったら言ってくれ」

「警察は見つけるだろうな」コーコランは言った。「時間はしばらくかかるだろうが、賭けてもいい。連中は優秀だ」

ウィラードはうなずいた。「警察は、何かあれば協力してくれるオタク連中も雇っている。そいつらは喜んで腕を競うんだ。小便をどこまで飛ばせるか競争するみたいにな」

ルースが俺を見た。「ラップトップのことを言っているのね」

「なんのラップトップですか?」マイクが訊いた。

「コンピュータを見つけたのさ」俺は言った。「ドノの家に盗聴器を仕掛けた男のコンピュータを。そいつは家での会話をすべて録音していたんだ、何週間も」

「ということは、ドノが撃たれた夜のも入ってるんですね」マイクは言った。「なんてことだ」

「俺はそのコンピュータを持ち出した」俺は言った。「だがトラックに積んでおくしかなく

なり、そのトラックが丸ごと行方不明になった」

ホリスは熱心にうなずいた。「確か、おまえが逃げまわっていたあいだに、警察に押収されたと言っていたな。コンピュータは連中が持っているんじゃないのか?」

俺は首を振った。「警察にそんなチャンスはなかった。トラックを持ち去ったのは連中ではない。コンピュータを持っているのも」

「じゃあ、行方知れずなんだな?」コーコランが言った。「それだけのデータが消えてしまったと?」

ルースが俺に手を重ねる。

「持ち去った犯人はわからないのか?」デイビーが言った。

「犯人はすでにわかっている、デイビー」俺は言った。「ドノを殺したのはきみだ」

35

俺たちの周囲からは、まだ話し声が聞こえていた。しかしそれらの声は静まり、テーブルにいるのはデイビーと俺だけのように思えた。ルースでさえもずっと遠くに感じられた。

「もしジョークのつもりなら」デイビーは言った。「どこが面白いのかよくわからないな」

「現金がなくなっていたときに、怪しいと思うべきだった」俺は言った。「ドノはいつも、緊急時に備えて、まとまった現金を自宅に保管していた。ところが、ドノが撃たれた日にいつもの隠し場所を探してみたら、まったくなかったんだ。警官が札束を見つけてポケットに入れたという可能性はありえない。どんな警官だって、あそこに隠されていた拳銃その他の違法な物品を見つけたら、証拠物件として扱うからな」

デイビーが眉をひそめた。「だったらきっと、ドノが破産したんだろう」

「きみも昔から、わが家の隠し場所は知っていた、デイビー」俺は言った。「どうやってそこに入るのかも」

「きみの着替えや身の回り品を取りに行ったときには、俺はびた一文盗んでいない、バン。誓う」

「すでにそれ以前に盗み、あらかた使ってしまったのさ。先週この店で会ったとき、きみは五十ドル札をばら撒いていた。その翌日は、ジュリエットに高級なネックレスを買っていた。あのときにもっとよく調べてみるべきだったんだ。十代だったころから、きみが金を手にしたら一日ともたなかった」

「バン、きみは考えちがいをしている」デイビーは言った。「ひどく疲れているんだ」

「だがこれだけではまだ、きみをドノ殺しの犯人だとはみなさなかっただろう。きのうまでは」

「自分の顔をよく見てみろ。疲れ切って、座っているのもやっとじゃないか」

「ピックアップトラックを見つけたのさ、デイビー」

周囲の参列者が聞き耳を立てている。デイビーの表情は読めなかった。明るく青い目で、じっと俺を見据えている。

「きみはドノの家からダッフルバッグを持ってきてくれたとき、俺が置いた屋内駐車場に行ってトラックを捜したと言っていた。そこに着いたとき、トラックは影も形もなかった、と。それは嘘だ」

「俺はあのトラックを見ていないんだ」デイビーは大声を出し、ルースとマイクはたじろいだ。「だからきみにジュリエットの車を貸してやったんじゃないか。まったく、とんだ言いがかりだな」

「きみはピックアップトラックに行ったんだ。そこにラップトップがあるのも、それを調べ

れば ドノを撃った真犯人が突き止められるのも知っていた。きみがそれを知っていたのは、俺がうかつにもきみに、ラップトップが重要な証拠品だとぺらぺらしゃべったからさ。だからこそきみは、警官が街じゅうにうようよしているなか、危険を冒してピックアップトラックまで行った。そこにラップトップがあり、きみはそれを処分する必要があったからだ」

「バン、きみは俺の言うことをまったく聞いていない。俺はそんなコンピュータのことなんかどうだっていいんだ。俺はドノを撃っていないんだから」

「きみはラップトップを処分する必要に迫られていた。ただし、それをトラックから持ち出すわけにはいかなかった。誰がやったのかすぐにわかってしまうからな。だからきみは、トラックを丸ごと盗んだのさ。エンジンをジャンプスタートさせ、駐車スペースから移動させた。まったく大胆不敵だ」

デイビーは何度も何度も、首を横に振りつづけた。しかしそこに、俺は傲慢さを垣間見た。

「きみは急いでいた」俺は続けた。「図書館で俺と待ち合わせしていたからな。しかし、まずはトラックを隠すのが先決だった。市内で隠せる場所はそう多くない。警官があらゆる駐車場を捜索することを考えれば」

デイビーはウイスキーのボトルをつかみ、もう一杯注いだ。マイクが兄に向けるまなざしは、板切れで自分の後頭部を殴った相手を見るようだった。

「ステインブルエック・パークに砂利道の駐車場がある」俺はマイクに言った。「高架下だ。クルーズ船の旅行客が車を預けるときに使う有料駐車場でね。何週間も預かってくれるんだ。

前金で二十ドル払って、鍵をボックスに預けておき、帰ってきたら残りの料金を払う。車を隠しておくにはもってこいの場所だ」

ウイスキーをもう一度すすってみた。手のなかでぬるくなっていたため、さっきよりすんなり呑めた。

「デイビーと俺が、高校生のころに車を盗み出してドライブしたところだ。盗んだ車を売ったこともあった」

デイビーが俺をじっと見ている。口を引き結んでいた。今度はそこに傲岸さはなかった。それでも、まだふてぶてしい。

「きみはトラックを運転して、屋内駐車場を出た」俺は言った。「そして、きみが知っている最高の場所に隠した。ただしあいにく、俺もその場所を知っていた」

「とんだ食わせ者だな」コーコランが立ったままつぶやいた。デイビーの身体が恐怖でこわばる。

俺がデイビーに話しかけているあいだ、まわりに人だかりができていた。十五、六人はいるだろうか。ルースはどこかに姿を消していた。マイク以外に善良な市民がまだ酒場に残っているかどうか、俺にはわからなかった。

「それで昨夜」俺は語を継いだ。「俺も行ってみた。そうしたら、スティンブルエックの駐車場にトラックがあったよ。いまは警察が押収している。ジュリアン・フォームズのラップトップもいっしょにな。きみはトラックにラップトップを置いておくしかなかった。俺と会うときに持ち歩くわけにはいかなかったからだ」

「バン」デイビーが言った。テーブル越しに手を伸ばし、俺の腕に置く。「バン。確かにトラックは、きみが言った場所にあったかもしれない。だが、そこに置いたのは俺じゃない」

「いいや、きみだ」俺は言った。「やろうと思えば簡単に証明できるだろう。たとえば、トラックに指紋が残っているかもしれない。それに図書館に来るとき、きっときみはタクシーを捕まえただろう。たぶんマリオットかエッジウォーターのようなホテルの前で。それなら、運転手が覚えているはずだ」

「状況証拠だ」デイビーは言った。顔を見ていなかったら、何を言っているかわからなかっただろう。

ウィラードがデイビーの背後にのしかかり、その影がデイビーの肩に落ちている。

ホリスが俺の肩を軽く突いた。「この場でそんな話を全部する必要はない」彼はささやくような声で言った。「あとからでも、時間はたっぷりある」

テーブルの周囲にホリス、コーコラン、ウィラードをはじめ、ほかの仲間たちも集まっている。みんなこわもての男たちだ。誰もが怒りを露わにしている。

「デイビーに触れるとしたら」俺は言った。「それは俺だ」

ホリスがしばし、俺を凝視した。やがて彼はうなずき、引き下がった。

俺はデイビーに向きなおった。「確かに、どれも状況証拠だろう」俺は言った。「だとしても、ラップトップがある。警察が録音データを聴くのは時間の問題だ。きみがドノの頭を撃つ直前の、きみとドノとの会話も含めて。それは自白に等しい証拠になるだろう」

レッドブレストのボトルはほとんど空《から》になった。俺は最後の残りをデイビーのタンブラーに注いだ。「きみが俺の目の前で言いたくないのであれば、だが」

デイビーは長いあいだじっとしてから、グラスを手に持った。指が震えている。彼は両手でグラスを持った。

「俺は話したんだ」デイビーは口をひらいた。「俺はドノに、あの夜のことを話した。ボビー・セッションズと、あの二人のごろつきどものことを。俺はドノに、きみが危ないところを救ってくれたことと、俺がお返しにきみを救ったことを話した。さもなければ、きみはあいつらに撃ち殺されていただろう、と。ドノに情というものがあれば、きみのことを誇りに思ってしかるべきだ」デイビーはグラスを持ったまま、自らの掌を見つめた。「それなのに、きみはドノから逃げるように街を出た。そしていま、ドノは別の人間に酒場を引き継ごうとしている。だが、それは筋ちがいというものだ」

「それで銃を持ち出したのか」

「あのとき、俺は相当酔っていた。ドノが本当のことを知れば、きみが遺産を受け継ぐに値すると考えてくれるだろう。そう思っていたのに」デイビーはふたたびかぶりを振った。「俺が真相を打ち明けたとき、ドノの目は死んだようになった。いや、このままでは俺が死ぬと思った。ドノは俺を殺そうとしていたんだ。やつはサイドテーブルに向かって歩きだし、俺はドノがそこにピストルをしまっているのを思い出した。一度、きみが見せてくれたからな」

確かに、ドノの隠し場所を見せたときに、銃の保管場所も教えたかもしれない。当時はまだ子どもだったから、粋《いき》がって見せたかったのだろう。

ようやくデイビーは目を上げ、俺の視線を受け止めた。「ドノを撃ったのは俺だ。でも、殺すつもりじゃなかったんだ」ウィラードの背後に立っている誰かが罵声をあげた。デイビーがぎくりとした。「誓う」

「本当のことを話してほしかった」俺は言った。「たとえ自首できなかったとしても、俺には話してほしかった」

「きみのためだったんだ。確かに俺はひどいことをやらかしてしまったが、きみの役に立ちたかったんだ。わかってくれるだろう？」

俺は無言だった。どう答えていいかわからなかった。

「バン」ウィラードが言った。「席を外してくれ」

ジミー・コーコランがうなずく。「あとは俺たちが引き受けた」背後で誰かの笑い声がした。一度きりの暗い笑いだった。

俺はテーブルに詰め寄る男たちを見まわした。

「デイビーは自首する」俺は言った。

「ドノは俺たちの仲間でもあったんだ」コーコランが言った。「止めたら、もっとひどいことになるぞ」

「おい、待て」ホリスがたしなめる。

俺は立ち上がった。「まだあんたたちには負けないぞ、ジミー」

ウィラードが半歩踏み出した。コーコランが笑みを浮かべる。

「警察がこっちに向かっているわ」ルースの声だ。彼女は男たちを押しのけ、人垣に入ってきた。「わたしが通報したの」

俺たちはいっせいに彼女を見た。はったりか？

「ゲリン刑事が、すでにこっちのブロックにパトロールカーを向かわせていると言ったわ」ルースは言った。

ホリスが大きく息をついた。「娘さん、やるじゃないか」

「運がよかったな」ウィラードは言った。ディビーに言っているのか、俺になのかはわからなかった。

ルースが男たちをねめつけた。「ディビー・トーランのことでこれ以上喧嘩しないで。彼にそんな価値はないわ」

俺はディビーの腕を取り、立たせた。彼は恐怖ですくみあがり、されるがままだ。外で、ゲリンが来るのを待つことになるだろう。

立ちふさがっていた男たちが、ようやく通れるだけの道を開けた。

十一歳当時

ぼくが里子としてロルフソン家に住みはじめてから、百四十二日が過ぎた。日数をはっきり覚えているのは、寝室の壁に貼ったアメイジング・スパイダーマンのカレンダーの日付の片隅に、毎日書きこんでいるからだ。ロルフソン家の前は、ガーバー家でも同じことをしていた。そのときは全米自動車レース協会（NASCAR）のカレンダーだった。それから、ガーバー家の前に里子として預けられていた家でも。

合計すると、二百十二日足す百七十七日足すロルフソン家の百四十二日で、五百三十一日になる。でも、本当は五百三十二日だ。祖父ちゃんが〈ファレリーズ〉で捕まった日を入れれば。

刑期は五年なので、あと千二百九十四日残っている。でも、そのことはなるべく考えないようにした。

居間では、エイダンと妹のロベルタが、ビーズクッションに座る順番をめぐってわめき合っている。エイダンは七歳、ロベルタは六歳で背はずっと小さいが、たいがいは妹がわがままを通していた。

いつもと同じような夜だ。カールとロリーンの夫婦はクイズ番組が始まるまで、幼い子どもたちが喧嘩しても知らん顔だが、やっとカールが静かにしなさいと言った。カールの口調はいつも一本調子だ。何か話すときも、ぼくたちに顔を向けることはなかった。

カールとロリーンは悪い人たちではない。でも、ぼくが見るところでは怠け者だろう。二人とも、ソファに座ったまま動こうとしない。二人はずっとソファを占領していた。夫婦が子どもたちをたたくことはなく、手がつけられなくなったときにロリーンが叫ぶだけだ。それに、しょっちゅうピザの宅配を頼んでいた。

ぼくが来たばかりのときには、カールとロリーンの家には四人目の子どももいた。十四歳のハンターというやつだ。ハンターはカールと同じく肥満していたが、力はとても強く、ぼくのような〝くそ野郎〟と部屋を共有しなければならないことに腹を立てていた。腹を強くパンチするのが得意技で、それは傷が大人たちから見えないからだ。一度ぼくがやり返そうとしたとき、腹を本気で三発殴られ、芝生に吐いたことがある。しかもロリーンにばれないよう、ホースで掃除しなければならなかった。

カールとロリーンは週に二、三回マリファナを吸っていた。ぼくたちの前ではやらなかったが。ぼくがそれを知っているのは、学校から帰ってくると、裏庭に古い靴下のにおいや、濡れ落ち葉を燃やすようなにおいがしたからだ。祖父ちゃんが家にいたころ、近所の庭から同じにおいがしてきたときに、マリファナのにおいだと言って罵っていた。

ある晩、ぼくはロリーンのハンドバッグを開けてマリファナを見つけた。どんなものかは、刑事ドラマで見て知っていたのだ。そして、ビニール袋から二、三個の塊を失敬した。塊はべとべとし、裏庭よりはるかにひどいにおいがした。ペーパータオルに包んでにおいを抑える。それからアルミホイルを切って、マリファナとハンターのおもちゃの銃をいっしょに包んだ。

全体をアルミに覆われた、なんとも妙な形のおもちゃになった。ハンターはいつも、入学したてのリングドール高校のことを「超イカしてるんだぞ、くそ野郎」とか「ガキが来るところじゃねえ」と自慢していたが、ぼくにはその高校にある金属探知機が果たしてアルミホイルにも反応するのか、反応したとして、中身までわかるのかは確信が持てなかった。

その朝、ぼくはおもちゃの銃をハンターの通学用のバックパックに突っこんでおいた。十分後、やつはリングドールに行くバスに間に合うよう、太った身体で駆け出していった。

ぼくが学校から帰ってくると、ミスター・ベンビーが来ていた。ミスター・ベンビーは社会福祉の仕事をしている人で、ぼくみたいな子どもの預け先を斡旋《あっせん》しているのだ。彼は居間で、震えるような動きで痩せた身体を乗り出し、エイダンやロベルタと話していた。そして、ぼくにも座るように言った。ぼくはすかさずビーズクッションに座った。すると、ミスター・ベンビーは質問を再開した。きみたちは、ロルフソン夫妻がタバコみたいなものを吸っているところを見たことはあるかな？　幼い子どもたちはひと言も言わず、首を振ってばかりいた。ロベルタは泣くのをこらえている。カールとロリーンは台所で、何やら早口でひそひそ話していた。

ミスター・ベンビーは子どもたちを解放すると、今度はぼくに訊いた。ぼくは、はい、マリファナがどんなものかは知っています。いいえ、ここでは一度も見たことがありません。ロルフソン夫妻は吸っていなかったと思います。二人とも、それはとても悪いものだと言ってましたから、と答えた。

ミスター・ベンビーは別の訊きかたで、同じ質問をした。だが、ぼくはその手に引っかからなかった。

ほどなくミスター・ベンビーはうなずき、台所に向かった。ぼくが居間でロベルタやエイダンと遊んでいると、ミスター・ベンビーはハンターを追い立てるようにして家を出た。ハンターはスーツケースを抱えている。丸々とした顔には血の気がなく、汗びっしょりだ。ハンターがこっちを見たとき、ぼくはマリファナを吸うしぐさをした。ハンターは目を大きくし、何か言いかけたが、ミスター・ベンビーに外へ突き出された。

その日から、ロルフソン家にいる子どもはロベルタとエイダンとぼくだけになった。カールとロリーンはぼくを部屋で放っておいてくれ、ときどき子どもたちの相手をしてほしいときに呼ばれるぐらいだった。ぼくはいつも宿題があると言い、最初の二週間が過ぎると、二人ともぼくが何をしているか見に来なくなった。

今夜は国語だ。でも教科書はひらいたまま、ベッドに放り出している。宿題というのは、授業で読んだ物語と同じテーマで何か書くというものだ。だが実際にぼくがやっていたのは、片手だけで靴ひもを縛ったりほどいたりする訓練だった。こま結びは二回、縦結びは一回できたが、ほどくほうが難しかった。テレビの音を聞きながら練習した。解答者への観客の拍手が、波の音のように聞こえる。

ガーバー家に預けられていたときには、ときどきデイビーと会うことができた。それだけが楽しみだったのだが、ロルフソン家はデイビーの家から遠く、カールがぼくを車に乗せてくれることはまずなかった。一年後に小学校を卒業したら、バスに乗って行かせてくれるかもしれない。

呼び鈴が鳴った。

「誰だ?」カールが大声で言った。物売りが来たぐらいでは、カールがソファを立つことはない。

相手の声は、耳をつんざくようなコマーシャルの音にかき消されそうだった。ロン・ベンビーだ。

ぼくは立ち上がり、部屋を飛び出した。また里子が来るのか? そうしたら、寝室の半分を明け渡さなければならない。カールがソファから起き上がり、重い足取りで食堂を抜けて、扉を開けに行った。ビーズクッションに座っているロベルタの隣に、エイダンが入りこんでいる。二人とも、ぼくと同じく、何が起こるのか興味津々だ。

ややあって、カールがわきにどいてミスター・ベンビーが入ってきた。

続いて入ってきたのは、祖父ちゃんだった。

祖父ちゃんはミスター・ベンビーの肩越しにぼくを見た。ぼくは勢いよくそっちを見た。

祖父ちゃんは顎鬚が伸びていた。ふさふさしている。まるで暖炉の灰のようだ。髪も、いままで見たことがないぐらい長く伸びている。肩のあたりまで垂れ下がっていた。大きく、痩せていて、カールやベンビーと並ぶと、祖父ちゃんはまるで狼のように見えた。大きく、痩せていて、悪賢い狼のように。

「どうかしたの、カール？」ローリーンがテレビを観ながら言った。

「なんでもありません、ミセス・ロルフソン」ミスター・ベンビーが言った。「ちょっと様子を見に来ただけです」カールはミスター・ベンビーと祖父ちゃんを手で促し、台所に向かわせた。ロベルタが、ぼくの後ろを通る男たちを覗いている。ぼくは祖父ちゃんのほうに行こうとしたが、祖父ちゃんは片手を上げてぼくを止めた。

「持ち物を荷造りしろ」祖父ちゃんの声は、ずっと記憶にあったとおりだ。

「どうしてミスター・ベンビーがここにいるの、バン？」エイダンが訊いた。

「いいんだ」ぼくは言い、廊下を走って寝室に向かった。小さな帆布のスーツケースは、社会福祉施設から里子として最初の家に預けられたときにもらったものだ。ぼくはスーツケースを開け、古い着替えを放り出して、本当に必要なものを詰めこんだ。ゲームボーイ。ずっしりした革のコートは祖父ちゃんが着ていたものだが、家から社会福祉施設に移されたときに、カウンセラーにぼくのものだと言って持ってきた。携帯用の仕事道具。それに、簞笥のいちばん下のテープで留めた抽斗からピッキング用の針金一式。さらに、通学用のバックパックに国語の教科書も突っこみ、肩に提げて、スーツケースも持って廊下に出た。

男たちはまだ台所にいた。ぼくが台所の片隅に駆けこむと、ミスター・ベンビーがぎょっとした。カールは背中を向け、手にしていたものを冷凍庫のなかに入れた。冷凍庫が閉まる一瞬前に見えたのは、分厚い封筒だった。ミスター・ベンビーは何かを栗色の上着のポケットの奥深くに入れていた。ポケットは膨らみ、皺が寄っていた。

「では、お邪魔した」祖父ちゃんがミスター・ベンビーとカールに言った。二人とも口早に、わかったと答えた。

祖父ちゃんがぼくを見た。「用意はできたか？」ぼくはうなずいた。「じゃあ、行こう」玄関の扉を開ける。ぼくはついていった。

「バン？」ロベルタが居間から呼んだ。「どこに行くの？」

「じゃあね、ロベルタ。元気でね、エイダン」ぼくは言った。その背後からロリーンの声が聞こえる。カールに向かって、いったいどうしたのと訊いていた。

祖父ちゃんとぼくは外に出た。祖父ちゃんの黒い大きなピックアップトラックが縁石に駐まっている。洗ったばかりで、街灯の光を浴びて油のように光っていた。

「まだ、めしを食ってないんだ」祖父ちゃんは言った。「ハンバーガーでいいか？」

ぼくはうなずいた。

祖父ちゃんはトラックの鍵を開ける前に立ち止まった。「元気だったか？」

ぼくはもう一度うなずき、なんだろうと思って立ち止まった。祖父ちゃんは一歩踏み出し、息が苦しくなるぐらい、ぼくを抱きしめた。

「会えてよかった」祖父ちゃんは言った。

それから鍵を開け、車に乗った。ぼくは目と顔から涙を拭き、急いで助手席にまわって飛び乗ると、帆布のスーツケースとバックパックを後部座席に放った。

祖父ちゃんはオーロラ・アベニューの南まで行き、〈ベスの店〉というダイナーの前で車を駐めた。二、三回来たことがある店だ。二十四時間営業で、この前来たときは、夜明け前に朝ごはんを食べた。祖父ちゃんがひと晩がかりで、ある店の下調べをしたあとだ。

ダイナーは混んでいた。祖父ちゃんが着ていた茶色の革のコートは、ぼくがスーツケースに入れていたものと似ているが新しく、ジーンズやTシャツもそうだった。胸や腕は前よりがっしりしたように見える。刑務所の人たちがウェイトリフティングをよくやっているのは、ぼくも知っていた。祖父ちゃんと目が合ったので、ぼくは常連客が壁に貼った絵を見ているふりをした。

「顎鬚が珍しいのか？」

「うん、変な感じ」

「そうか。まあ、たまには変なのも面白いだろう。あした、剃り落とすつもりだ」

奥のボックス席が空いたので、ぼくたちはそこに座った。ウェイトレスが来てメニューを渡す。祖父ちゃんはコーヒーを一人分頼んだ。「おまえ、まだミルクセーキは好きか？」祖父ちゃんが訊いた。ぼくは好きだと答えた。「チョコレート・ミルクセーキをひとつ」祖父ちゃんが言うと、ウェイトレスは立ち去った。

「やっと出られたぞ」祖父ちゃんは言った。「晴れて自由の身だ。仮釈放とはちがう。ちがいがわかるか？」

「うん、まあね」

「俺の刑期はもともと短かった。それぐらい短いと、仮釈放の手続きにはあまりこだわらないんだ。ほかにも囚人は大勢いるからな。もう充分長く勤めたと看守の連中が思えば、出してくれるのさ」祖父ちゃんは、指でストローを転がしながら言った。「おまえはちゃんとした扱いを受けたか？　ベンビーという男や、社会福祉の連中からは？」

「うん。いや、はい」

祖父ちゃんはうなずき、じっとぼくを見ていた。ぼくはうつむき、テーブルを見た。透明なビニールの表面の下に、小さな金の粒が見える。

ウェイトレスがコーヒーとミルクセーキを持ってきた。二人とも、ベーコン・チーズバーガーを注文した。ぼくはミルクセーキを飲み、祖父ちゃんは湯気の立つコーヒーを吹いてさました。

「学校はどうだ？」祖父ちゃんは訊いた。「全教科、進級したか？」

「はい」

「スポーツはどうだ？　フットボールをやりたいと言っていたが」

「やめておいた。ずっと訓練してるんだ」ぼくは言った。「シュラーゲ製の鍵を開けられるようになったよ」

祖父ちゃんは眉を上げた。「ほう？　ピンは何本外せるようになった？」

「まだ五本だけど。でも速くなったよ」

祖父ちゃんはうーんとうなった。マグカップのコーヒーを、おそるおそる口にする。「その新しい才能をどこで発揮した？　はっきり答えるんだ」

ぼくは口からストローを放し、ミルクセーキのなかに落とした。「カールとロリーンの家だけだよ」

祖父ちゃんは疑わしそうに首を傾げた。

「本当だってば」ぼくは言った。「ほかではやってないよ」

祖父ちゃんは砂糖を少しコーヒーに入れ、混ぜた。「家から俺の商売道具を持ち出してはいないだろうな」

ぼくは首を振った。祖父ちゃんは食品庫にピッキング用具を隠していた。ぼくは祖父ちゃんのいないところでは、手を触れることさえ許されていなかった。「自分で作ったんだ」

「どうやってそんなことができた？」

「弓のこの歯を使ったんだ。ホームセンターで売っていたよ。それとやすりで」

祖父ちゃんは長いこと、ぼくをまじまじと見た。ぼくはまずいことをしでかしたかと思った。

「そうか」祖父ちゃんは言った。「そいつはたいしたもんだ」

グループの客が声高に話しながら、裏口から入ってきてぼくたちの前を通りすぎた。一人の女性客が通りしな、祖父ちゃんに笑みを向けた。祖父ちゃんは一瞬そちらに目を向け、後ろ姿を見送った。

祖父ちゃんは向きなおった。「やっぱり娑婆《しゃば》はいいもんだな」小声で言った。

「喧嘩はあったの？」ぼくは訊いた。「刑務所でさ。テレビに出てくる囚人は、いつもナイフで突き刺し合っているけど」

祖父ちゃんは手を揺り動かした。そんなことはない、という意味だ。「確かに、刑務所は決していいところじゃない。だが、そんなにひどくもなかった」

「祖父ちゃんには平気だったんだね」

「ただし、今回ばかりはちがった」祖父ちゃんは言った。「塀のなかにいたあいだ、おまえのことが心配だった」

祖父ちゃんの目は黒っぽく、本当にこっちを見ているのかよくわからないことがあった。でも人からは、ぼくも同じ目をしていると言われる。

祖父ちゃんは片手をテーブルに押しつけた。「俺はこれから変わるつもりだ。稼ぎのやりかたを変える。もう、面が割れるような仕事はしない」

そのときのぼくには、どういうことかよくわからなかった。それでもうなずいたのは、ぼくが真剣に聞いていることを伝えたかったからだ。

祖父ちゃんは肩をすくめた。「面が割れるというのは、俺の素性がばれるということだ。たとえマスクをしていてもな」

祖父ちゃんはテーブル越しに手を伸ばし、ぼくの前のビニールの表面を軽くたたいた。「俺はこれから、身元がばれない方法を使う」祖父ちゃんは言った。「決して表沙汰にならないように仕事をするんだ。銃は二度と使わない。最大限、一人でやる。どうしてもしかたがないときには、信用できるやつらとしか組まない」

「ホリスみたいな？」

祖父ちゃんはうなずいた。「大儲けはできんだろうが、手堅い商売に徹するんだ」祖父ちゃんは椅子にもたれ、大きく息をついた。「もう二度と、おまえと離れ離れにはならん」ウェイトレスがチーズバーガーを持ってきた。祖父ちゃんはそれをふたつに切った。ぼくは自分のチーズバーガーを見ていたが、実際にはほかのことを考えていた。

「ぼくもいっしょに仕事をしていい？」ぼくは思い切って言った。「やりたいんだ」

祖父ちゃんはぼくを見た。顎鬚の奥で、笑みを浮かべているにちがいなかった。

「まずは学校の勉強をしっかりしなさい」祖父ちゃんは言った。「それを見て、考えよう」

ぼくはにやりとし、チーズバーガーを落とさないように、がんばって手に持った。祖父ちゃんはフライドポテトを食べはじめた。

「祖父ちゃん」ぼくはチーズバーガーに口をつけてから言った。「またあの家に住めるの？」

ぼくの祖父ちゃんはポテトを下に置き、口を拭った。まちがいなく笑っている。「ああ、もうどこにも行かないさ」祖父ちゃんは言った。

36

ジェファーソン・ストリート側からキング郡裁判所を出たら、緑石のコンクリートのベンチにエブリン・トーランが座っていた。きちんとカールした黒髪が、風になびいている。彼女は俺の姿を見て立ち上がり、ハンドバッグを抱えて、足早に十ヤードの距離を詰めてきた。

外は寒く、突き刺すような冷たい海風が市内へ吹きこんでくる。エブリンはデイビーの予備審問のために、控えめな青のワンピースとベージュのカーディガンを着ていた。予備審問が終わってから二時間が経っている。彼女の表情は寒さで引きつっており、どうやら俺が出てくるまで、じっと裁判所の出入口を見張っていたようだ。

「話がしたいの」彼女は言った。

この三日間というもの、俺はほとんど話ばかりしてきた。それ以外の時間は、当局の関係者がさらに詳しい話を聞きに来るのを待っていた。話しているあいだはずっと、いま出てきたばかりの建物にいた。一日目はドノを偲ぶ会が終わったあとで、ゲリンとカネリスの手で拘引された。フォームズ殺害現場から逃亡した廉《かど》によるものだ。しかし、彼らは俺の名前を記録に残さず、今回は弁護士に電話する必要もなかった。エフライム・ガンツも偲ぶ会に参列していたからだ。俺は郡の監房でゲリンが拘留令状の取り消しを手配するのを待ち、そのあとは五番アベニューの連絡橋を渡って、監房から裁判所の面会室へまっすぐ移送された。それからは毎日八時間から十時間、裁判所で拘束され、シアトル市警や州警察の刑事、数人の地方検事補、フォートルイス基地の陸軍法務部から派遣された大尉、司法省から来たスーツ姿の男と、入れ替わり立ち替わり面談した。最後の男は、連邦法の違反行為がないかどうかを判断したがっていた。誰もが知りたがったのは、フォームズと彼の仕掛けた盗聴器、ダイヤモンドの行方、州警察がサンファン諸島の名もない島から回収したブーン・マックガンとアレックの死体についてだった。

俺は彼らに、同じ話を何度も繰り返した。話の内容はこうだ。マックガンとアレックはダイヤモンド強盗に加わっていたにちがいない。彼らは自分たちのダイヤモンドの分け前を、サンファン諸島の小島に隠していたのだ。二人の強盗は、フォームズ殺しの容疑で警察から追跡されているのを知り、ドノの旧友であるホリス・ブラントを襲い、彼のボートを強奪して、島への緊急の移動手段とした。俺がホリスのマリーナに着いたとき、ちょうどマックガンが船着場から船を出すところだったが、使えるモーターボートを探し出して彼らを追跡するころには、完全に視界から消えていた。島では、二人の男たちがダイヤモンドをめぐって殺し合っていた。ホリスがどうにか拘束を解き、VHF無線を使って俺を呼び出してくれなかったら、彼の身に起きたことを知るすべはなかっただろう。俺はそう言った。

ゲリンの部下たちはついに、ジュリアン・フォームズがUSBメモリに施していた暗号を破ることに成功した。そして、デイビーがドノを銃撃したときの録音データを発見した。

俺はゲリンに、彼らの最後の会話がデイビーの供述どおりだったかどうか訊いた。ゲリンはそのとおりだったと答えた。デイビーがドノにボビー・セッションズと二人のならず者の話をすると、ドノが激怒し、暴力をちらつかせていた、と。さらにゲリンは、録音データに証拠能力が認められたとしても、それはデイビーの犯行を裏づけると同時に、情状酌量の余地を与えるものになるだろうと言った。なお検事の見解によれば、ならず者との一件は不問に付されるだろう、ということだった。相当な年月が経過しているうえ、なんらかの罪に問うには複雑すぎる、と。デイビーに対しても俺に対しても。

ゲリンはまた、録音データを聴きたいかどうか尋ねた。俺はすでに、それを聴くには及ばないと決めていた。

法執行諸機関は、みな同じ結論に達した。デイビーの行動が、本人も知らないうちに連鎖反応を引き起こしていた、という結論だ。すなわちドノが昏睡状態に陥ったことで、アレックは、祖父を追跡してダイヤモンドのありかを捜すという当初の計画を放棄せざるを得なくなった。アレックはフォームズに盗聴をやめるよう指示し、フォームズは盗聴器を回収しようとして俺と鉢合わせした結果、二日間の頭痛をプレゼントしてくれた。凶暴なブーン・マックガンがシアトルの街に着くと、彼とアレックは直接的な方法を実行した——クリスチアーナ・リオッティを殺して彼女の分け前を分捕り、口封じにフォームズを殺したのだ。

刑事たちも俺も、ひとつの点では同じ見解だった——ドノがすでに銃撃されていなければ、ブーンとアレックが彼を殺していただろう、という点だ。ドノからダイヤモンドのありかを訊き出したあとで。

きっとそれゆえに、俺はデイビーを心底から憎むことができないのだろう。祖父はとっくに凶悪犯どもの標的にされていたのだが、それを知らないデイビーが泥酔したあげく、愚かにも祖父と直談判に及んだのだ。ドノの最期は安らかとはいえなかっただろうが、それでもアレックやブーンの餌食になることを考えれば、ずっとましだっただろう。

ガンツはすべての面談に立ち会い、俺が全面的に協力しているという印象を関係者に与えるよう努めた。刑事たちは俺の供述を額面どおり受け取っていたわけではなかった。それでも、俺の供述は証拠と一致しており、州警察のダイバーたちが水深二百フィートの海中で、ダイヤモンドが詰まった黒いゴムの筒型の容器をいくつも発見したことで、関係者の心証は多少よくなったにちがいない。

そしていま、ジェファーソン・ストリートを歩きつづける俺に、エブリン・トーランが追いすがっている。長時間じっと座っていたので、俺の身体はこわばっていた。エブリンは速足で並び、二人とも夕方の人混みをよけながら歩いた。

「デイビーのことだったら、お引き取りください」俺は言った。

「確かにあの子は過ちを犯したわ。それもひどい過ちを。でもあの子は、あなたを助けようとしたのよ」硬い声だ。

俺たちは新聞売りのスタンドを通りすぎた。きのうの紙面とちがって、新スタジアム建設をめぐる市議会での論戦が、残りのダイヤモンド捜索に関する記事を下に押しやっている。あと一週間もすれば、人々の関心は別の事件に移り、記者がドノの家の扉をノックすることもなくなるだろう。俺はふたたび彼女から離れ、海に向かって坂を下りた。

それでもエブリンは追いかけてきた。フラットシューズの木の踵がコンクリートの路面をたたく。「ディビーは刑務所でやっていけるほど強くないわ」

「それでも、やっていくしかないでしょう」とはいえ、刑期はそんなに長くないはずだ。おそらくディビーの官選弁護人は、罪状を第二級殺人から故殺（事前の殺意なしに人を殺すこと）に引き下げるよう司法取引をするだろう。州刑務所には囚人があふれているから、ディビーは三年以内に釈放されるはずだ。

「あなたは少なくとも、あしたの罪状認否手続きで、彼の保釈金を支払える範囲にしてもらうよう、裁判官に頼めるはずよ。お願い」

「俺がディビーだったら」俺は言った。「刑務所にとどまるでしょうね」

「それは……ドノの友だちから身を守るため？」

「そうです」

「でもあなたから、その人たちに話せるでしょう。ディビーを傷つけないよう、友だちを説得して。あなたの言葉なら、きっと聞いてくれるはずよ」

「なかには、俺より長くドノを知っている人もいるんです。その人たちは、自分たちのやりたいようにするでしょう」

「あなた、やろうともしないじゃない」エブリンは俺の腕を取り、立ち止まらせた。きつく握りしめる手が、震えかけている。「ひどすぎるわ」

「お引き取りください、エブリン」

「どうしてそんな仕打ちができるの？　デイビーはあなたの命の恩人なのよ」

俺は彼女を見た。長男と同じ、大きな青い目だ。俺はかすかながら、怒りに似た感情を覚えた。「彼はあなたになんと言ったんですか？」

「何もかも話してくれたわ。高校を卒業したあと、あなたが麻薬の売人たちとつるんでいたこと。あの子があなたを捜しに行って、麻薬を買うのをやめさせたこと。そしてあなたがパニックを起こして、その人たちの一人を撃ったのを見たこと」彼女は周囲をきょろきょろし、耳障りなささやき声で言った。「いいこと、バン、あなただって一人は殺したんでしょう。いったいなぜ、デイビーの過ちにそんなにつらく当たるの？」

俺は笑いだした。エブリンは、まるで俺が子猫を蹴ったかのような目で見た。

「思っていたより、俺は疲れているらしい」俺は言った。「当然こうなることは予期しておくべきでした」俺はエブリンを、通りを渡ったところにある公園へ連れていった。車の流れを縫って横断する。俺は通りと小高い芝生を区切っている石垣の上に座った。ややあって、彼女も並んで腰を下ろした。

「エブリン」俺は言った。「デイビーは嘘をついています」

「事件のあらましはわたしも知っているわ」彼女は言った。「十年前の新聞記事を調べたの」

「なるほど」俺は言った。「でも麻薬を買っていたのは、俺ではありません。それに、拳銃をかまえたのも俺ではないんです。卒業式から二日後の夜、ディビーに呼び出されました」

俺はその夜の出来事を簡潔に話した。エブリンが昔の記憶を呼び起こせるよう、ボビー・セッションズやほかの詳細な事柄にも触れた。

彼女の表情は張りつめた怒りから、恐怖に近いものへ変わった。「でも、あなたは街を出たわ」彼女は言った。「あの事件のすぐあとで」

「俺が帰宅したところを、ドノに見られたんです」俺は言った。「そのとき俺は、ディビーがしたことを祖父に言いませんでした。いまとなっては、あのときに言っておくべきだったと思います」

「わたしは信じないわ」

「どうぞお好きなように。いつかディビーに訊いてみてほしいですね。生まれて初めて、引き金を引いたときの感触を」

彼女は俺を睨みつけた。「あなた、あの子が故意にお祖父さんを撃ったと思っているんでしょう」

「息子さんは見境がつかなくなっていたんです、エブリン」

「ドノのほうからディビーに危害を加えようとしたのよ。あの子の過失じゃないわ」

「決してそんなことはありませんよ。俺たちがまだ子どもだったころ、彼はあのスキンヘッドもどきを殺したんです。それでも目が覚めなかった。そしてドノも殺してしまった。犯した行為に対する償いは、してもらわなければなりません」

「あの子はあなたの友だちでしょう」

俺は立ち上がった。沈む夕陽が、低いビルの陰に隠れている。夜の帳が瞬く間に市街を包もうとしていた。

「罪状認否手続きでお会いしましょう」俺は言った。

「あなたがマイケルに酒場の経営権を譲ろうとしている理由がわかったわ」彼女は言った。

俺は振り向いた。

エブリンはしたり顔でうなずいた。「あなたの弁護士に呼ばれたの。彼はマイケルに、あなたが遺言状にサインしたと言っていたわ」

「ドノの意向ですから」

彼女は顎を引きしめ、首を振った。「あなただって、デイビーに対する仕打ちがまちがっていることはわかっているんでしょう。だから、そのやましさを少しでも和らげようとしているんだわ」

「マイクが店を引き継ごうとしているのは」俺は言った。「ドノがいつも家族に配慮してきたからです」

エブリンがあとずさりした。口をひらきかけ、また閉じる。

「俺の母がドノの家を飛び出したとき、祖父は自分の気持ちを抑え、彼女の意思を尊重しました」俺は言った。「俺がシアトルを出ていったときにも、同じようにしました。祖父と俺が互いを傷つけあっていても、そんなことは関係なかったのです。俺が彼の肉親だということに、変わりはないのですから」

「それはそうでしょうけど――」エブリンは言った。「マイケルは彼の従業員にすぎなかったのよ」

「ルースの口から、ドノが店をマイクに引き継ぐつもりだと聞いたときには、俺自身も思いました――祖父が自分との縁を完全に断ち切ろうとしていると。悪いことに、デイビーがドノとルースの話を立ち聞きしてしまったとき、彼もまた同じ結論に飛びついたのです。

しかしデイビーはまちがっていました。ドノは俺に、盗んだダイヤモンドのことを話そうとしていたのです。もし俺が遺産を要求していたら、祖父はそれを遺したでしょう。そうすることでドノは、店をマイケルに譲り渡す自由を得たのです」エブリンは膝に目を落としていた。俺は彼女が目を合わせるのを待った。「彼は血を分けた子どもたちに、それぞれ何かを遺したかったのです」

「気づいていたのね」彼女は言った。

俺は、ドノの回復の見こみを訊いたときのエブリンの反応を思い出した。彼女は強い女性であり、困難や喪失には慣れていたはずだ。だが俺の答えに、彼女は打ちのめされる寸前だった。そのとき彼女は、マイケルの名前を口にした。最初にエブリンの胸をよぎったのは、長男ではなく次男だった。それは、次男が父を失おうとしていたからだ。

「察しはついていました」俺は言った。「二十三年前、あなたとドノのあいだにあったことは。そのいきさつを話してくれませんか？」

彼女は身じろぎもしなかった。しばらくのあいだ、俺は彼女が無言を貫くのかと思った。蛇の前で身がすくんで動けなくなり、蛇が去ってくれることを願う鳥のように。

「それはジョーとわたしが別れたあとの出来事だったわ」彼女は口をひらいた。「あの男が永久に街から出ていく前の」

「俺がドノと暮らしはじめた直後ですね」

「あなたとディビーは、まだ小さかった」エブリンのほっそりした指が、ハンドバッグの持ち手をせわしなくいじった。「もともとわたしには、あなたのお祖父さんと関係を持つつもりはなかったの。あの人はトラブルの原因だったから。でも彼は強い人でもあり、わたしはそうではなかった。あのころはまだ」彼女はいったん話をやめ、声の震えが収まるのを待った。「でもドノとわたしは、妊娠がわかる以前に関係を絶っていた。結婚なんか考えられなかったわ」

「マイクには言っていないんですね？」

「言ってないわ」

「でも、ドノは知っていた」

「わたしは彼に、放っておいてと言った」彼女は立ち上がった。「あなたがドノと暮らしはじめて一年も経たないうちに、彼の影響を受けているのがわかったわ、バン。でもマイケルには、同じように影響を受けてほしくなかったのよ」

　俺が笑みを浮かべたのは、そうしなければ歯をむき出すしかなかったからだ。「それは見当ちがいというものです。マイクは立派に成長したじゃありませんか。それに俺だって」俺は通りから、窓のない監房のほうへ顎をしゃくった。「でもデイビーは、同じ木から生えても、腐った枝だった」

「あなたのお祖父さんは犯罪者だったわ」

「確かに。それに俺の見るところ、祖父は二、三週間おきにあなたのポケットにお金を入れていたはずです。マイクのために。あなたはそれを拒んだことがあるんですか？」

　エブリンの顔がゆがんだ。「あの子には絶対に言わないでね。マイケルはこのままのほうが幸せなんだから」

　ドノはマイクに真実を知ってほしかっただろう。残される自分の家族に財産を遺し、和解したかったはずだ。

　だがいまとなっては、真実を知ったところで害をもたらすばかりだ。マイクの兄が彼の父親を殺してしまったのだから。そんなことを知って何になる？　マイクにもデイビーにも、とうてい言えるはずがない。ジュリエットや子どもにも。

　俺はエブリンを見た。「あなたの言うとおりです。このままにしておいたほうがいい」

「あの子は永遠に知ってはならないわ」彼女は言った。

「永遠というのは長い時間です。いまのところは、あなたと俺が重荷を背負えばいい」俺は三番アベニューを見た。速足で行けば、ほどなくルースのアパートメントに着いて、彼女が〈モーゲン〉の夜勤に入る前に簡単な夕食をとれるだろう。

「デイビーに、いまの場所にとどまるよう伝えてください」俺は言った。

俺は歩き去った。エブリンは冷たい風のなか、身をこわばらせて立ち尽くしていた。


その三日後、シアトル市、キング郡、ワシントン州はともに、俺を放免してよいという判断を下した。地方検事の手続きにより、俺の身柄は陸軍に送り返され、基地内での任務に就くことになった。翌朝、俺はドノの家――いまは自分の家ということになる――を、新たにつけかえた防犯鍵で施錠し、鍵をアディ・プロクターに渡した。彼女は俺の肩を抱いて言った。

「ホームレスが居座ろうとしたら、わたしが追い払ってあげるから」彼女は言った。「安心して、軍に戻りなさい」

ルースが縁石に彼女の古いアウディを停め、エンジンをアイドリングさせて待っていた。まだ朝早く、暖かくなりそうな兆しはほとんどないというのに、彼女は屋根を開けていた。

「荷物はないの?」俺が助手席に乗りこむと、彼女は言った。

「ああ」持ち物はパスポートと旅行書類、あとは着の身着のままだ。「着いたときと同じだ」

ルースがにやりとした。「少しは得たものがあるんじゃなくて?」

俺は彼女を見、身を乗り出してキスした。「さあ、出してくれ」

彼女はマディソン・ストリートの坂を上がり、インターステート五号線の南方面に入った。

「十一月十二日か」二、三マイル運転したところで、彼女は言った。「あと半年ね」

「ああ、そうだな」俺は言った。俺はその日をもって除隊することになった。正式に。

「またアフガニスタンへ向かうの？　それともここにとどまるの？」

「なんとも言えない。しばらくは、フォートルイス基地で後方支援任務に就くだろう。ディビーの事件の捜査が終了するまで。いずれ警察から軍に通知があるはずだ。俺を好きに使っていいと」

「あなたは本当に、軍から処罰を受けると思うの？　無許可離隊の罪で？」

「ああ、処罰は受けるだろう。少なくとも捜査が終了して、上の人間が俺をもっと役に立ちそうなところに転属させるまで」きっと今晩には、教練係軍曹の代理で新兵のお守りをさせられるだろう。一時間半おきに彼らを起こし、腕立て伏せをさせて、号令をかけるのだ。それでも、レブンワース刑務所に放りこまれるよりはましだった。

ルースはしばらく無言だった。レントンのあたりでS字カーブに差しかかるころ、彼女は口をひらいた。「再入隊《リアップ》はしないの？」

彼女はスラングを使った。俺はルースを見た。その目はまっすぐ前を見据え、両手は十時十分の位置でステアリングを握っている。ブロンドの髪がペナントのように風になびいていた。

「しない」俺は言った。「書類にいったんスタンプを押されたら、それっきりだ」せめてあと一回だけ、前線での任務に就きたかった。きたかった。最後にもう一度、部下や同僚たちの顔を見ておきたかった。

「そうなの」ルースの声から、笑っているのがわかった。「年金ぐらいはもらえるんでしょう。まあ、年金みたいなものが」

タロス社はダイヤモンドを取り戻そうと躍起になっていた。二月に強奪されて以降、懸賞金は吊り上げられ、いまは二十万ドルになっている。俺は回収した二個の筒型容器を警察に提出し、残りの容器も、州警察のダイバーによって海底から引き揚げられた。したがってタロス社には、すでに大半が戻ったことになる。

エフライム・ガンツ弁護士はタロス社の保険会社にかけあって、懸賞金をありったけ払わせると息巻いていた。彼にはそれだけの動機があった。俺が彼の弁護士費用を支払うには、懸賞金を充てるしかないからだ。ドノの医療費にかかった天文学的な金額も同様だ。

ほかにも行方不明の金があった。クリスチアーナ・リオッティのアパートメントから消えた現金だ。警察は、ブーンがどこかに隠匿しているものと見ている。俺はそのありかを知っていた。現金のほとんどはまだ透明なビニールに包まれたまま、シルスホール・マリーナの一時的な空き区画の近くのロッカーに、ホリスによって保管されているはずだ。俺は無人島でブーンの鞄を見つけたとき、その札束をホリスに放り投げ、〈フランチェスカ二世〉は先代の船より大きくすべきだと言った。

俺には、ドノのダイヤモンドを手元に隠しておくことはできなかった。もう、世間知らずの青二才ではない。いくら自由に処分できる財産だとしても、それを得るのに費やされた労苦や代償を思えば、何食わぬ顔をして受け取るわけにはいかなかった。

ただし、あいまいな領域に関してはそのかぎりではない。

俺は目を閉じてシートに身を預け、吹きつける風を感じた。

懸賞金からもろもろの費用を支払っても、まだかなりの額が残るはずだ。ひょっとしたら、自分の船も買えるかもしれない。ルースを連れ出し、南へ向かって、あとは風まかせに旅するのもいい。

そして海賊のような日々を過ごすのだ。

謝辞

本書『眠る狼』の執筆を支え、助けてくれた以下の方々に感謝の意を表したい。

ウィリアム・モロウの担当編集者リサ・ケウシュと、ファーバー・アンド・ファーバーの担当編集者アンガス・カーギルは、鋭敏な洞察力をもって、この本に生気と深みをもたらしてくれた。編集作業のあらゆる段階で、あなたがたが発揮してくれた労力と情熱に深く敬服する。両出版社のスタッフも、新米作家のわたしにこれ以上望めないほど温かく接してくれた。ロンドンのアブナー・スタイン・エージェンシーのカスピアン・デニスは、外国での出版活動を大胆に展開してくれた。さらに、原稿整理編集者のモーリーン・サグデンとサラ・ダニエルズにもお礼を言いたい。あなたがたは、鋭い目で庭にはびこる雑草を取り払ってくれた。

本書はフィクションであり、登場する組織の構成、法執行機関の管轄区域、街の地理その他については、ストーリーの進行上、実在のものを部分的に改変している場合がある。とはいえ、やむを得ない場合以外は可能なかぎり正確を期すよう努めた。その点で、大変な努力によって得られた職業的知識を提供してくれた以下の方々に深く恩義を感じている。アメリカ合衆国陸軍の退役軍人で、元特殊部隊通信担当軍曹（18E）のクリス・クーペライダー、元第七五レンジャー連隊第一大隊B中隊のクリスチャン・ホックマン、元第八二空挺師団第一旅団戦闘団のマット・ホームズ。法執行関係者では、シアトル市警東分署のジョン・スコンメサ巡査、重犯罪対策タスクフォースのエド・ストリーディンガー巡査部長にお世話になった。軍、警察が登場するいずれの場面でも、よく書けているなら彼らのおかげであり、まちがいがあればわたしの責任だ。

　両親のピーターとカレンには、わたしを育ててくれたことに感謝したい。目と耳と心をひらいていれば、どんなことでも望みはかなえられると信じられたのは、両親のおかげだ。そしてわたしの妻と娘に。倦《う》むことなくわたしを支え、熱烈に守ってくれた。きみたちを愛している。

　ミステリ作家にして比類のない講師のジェリリン・ファーマーと、〝サタデー・モーニング・ギャング〟受講生のみなさんへ、あなたがたの意見と友情はかけがえのないものであり、みなさんとともに研鑽する機会を得られたことを光栄に思う。

　また、国際スリラー作家協会のみなさんにも感謝したい。わたしが初めて自分のエージェントに出会ったのは、同協会恒例のスリラーフェスト会場の席上だった。のみならず、新人からまぎれもない第一人者に至るまで、輝かしい顔ぶれの作家に出会うことができた。彼らはみな親しみやすく、最も必要なときに有益な助言を授けてくれた。

わたしのエージェント、アーロン・プリースト・リテラリー・エージェンシーのリサ・アーバック・バンスに。彼女は出版業界で最初にこの本、ひいてはわたしを信じてくれた人間であり、彼女の時間、莫大なエネルギー、無比の手腕を惜しみなく注いで、わたしたち双方を支えてくれた。出版経験のない作家であるわたしにとって、業界人の彼女からお墨付きを得られたことがどれほどありがたかったか、言葉に尽くせない。ありがとう、リサ。

そして最後に、読者のみなさんに心からお礼申し上げる。結局のところ、この本が存在するのはあなたがたのおかげなのだ。

訳者あとがき

本書『眠る狼』は、シアトル出身の作家グレン・エリック・ハミルトンのデビュー作*Past Crimes*の全訳である。彼はこの小説で鮮烈なデビューを飾ったと言っていいだろう。「初球ホームランだ――この作家にはまぎれもない才能がある」（リー・チャイルド）、「天賦の才に恵まれた作家が確かな筆致で送り出したデビュー作。リー・チャイルドのジャック・リーチャー・シリーズを思わせる面白さだ」（J・A・ランス）、「正統的な探偵小説の系譜を受け継ぐ書き手」（カーカス・レビュー）などの賛辞を裏づけるように、本書は二〇一六年のアメリカ探偵作家クラブ（MWA）賞最優秀新人賞にノミネートされたほか、ストランド・マガジン批評家賞、アンソニー賞、マカヴィティ賞でそれぞれ新人賞に選ばれている。

本書のあらすじはこうだ。

陸軍のレンジャー隊員のバン・ショウは戦闘による負傷の治療中、十年間音信不通だった祖父のドノバン（ドノ）から手紙を受け取る。手紙にはアイリッシュ・ゲール語でたった一行、こう書かれていた。『家に帰ってきてほしい、できることなら——ドノ』

六歳のころに片親の母を失ったバンは、祖父の手で育てられた。祖父はバンを自らの後継者として、独特の教育を施した。本書の冒頭にあるように、「ドノ・ショウは泥棒」だったのだ。祖父は孫に、「車の盗みかた、偽造のしかた、警報ベルを出し抜く方法」を教え、二人はさまざまな犯罪に手を染めてきた。だが十八歳のとき、バンは突如として、それまでの生活と人間関係を断ち切り、故郷を捨てて陸軍に入隊、精鋭であるレンジャー部隊の一員として、アフガニスタンやイラクで任務に就いてきた。

祖父がなぜ会いたがっているのかわからないまま、バンはシアトルに帰郷するが、家の扉を開けた瞬間から、緊迫したストーリーが幕を開ける。バンの目の前に、銃で頭を撃たれ、瀕死の重傷を負ったドノが横たわっていたのだ。

謎の銃撃犯を突き止めるべく、バンは一度縁を切ったシアトルの裏社会にふたたび接触し、警察や軍の上官の目をかいくぐりながら、手がかりを得ようとする。時間は限られていた。軍に与えられた休暇が明ける前に、バンは犯人を突き止めなければならない。一刻も早く犯人に迫るべく、バンはこれまでに培ってきた犯罪の技術やレンジャー訓練の成果を総動員する。

銃撃犯捜しと並行して、本書では随所に主人公の回想シーンが挿入され、祖父が孫に施してきた〝教育課程〟が生き生きと、具体的に描かれている。これらは一見、本筋とは無関係なエピソードだが、そこから二人の独特な絆が鮮やかに浮かび上がり、本書の重要な軸を形作っているのだ。九歳、十歳、十四歳、と成長するにしたがって、バンの考えかたや祖父への見かたが変遷していく一方、寡黙で無骨な祖父がときおり示す、孫への愛情表現がなんとも切ない。いずれの回想シーンにも、それぞれショートストーリーのような味わいがあるが、祖父と孫との関係はしだいに張りつめた緊張感を帯びていく。

回想シーンと呼応するかのように、メインプロットである銃撃犯捜しもまた、紆余曲折を経て緊迫の度を増していく。アクション、カーチェイス、ハイテク技術を駆使した頭脳戦、黒幕との対峙に加え、魅力的な女性との逢瀬も経て、ストーリーは予想だにしない結末へと突き進むのだ。

訳者も本書を訳出したあと、推敲、校正をしながら、この作家の伏線の張りかたのうまさ、プロット作りの緻密さに舌を巻いた。一見なにげない会話が、二度、三度と読むにつれ、まったくちがった色彩を帯びて見えるのだ。どうか読者ご自身で、この新人作家の技量を堪能していただきたい。

ストーリー自体の面白さもさることながら、本書の舞台であるシアトルにも触れておきたい。この西海岸有数の港湾都市も、重要な脇役として存在感を発揮しているからだ。シアトルと言えばスターバックス、マイクロソフト、アマゾン、ボーイングなど、名だたる世界的企業の本拠地あるいは創業の地であり、野球ではイチローが所属していたマリナーズが日本人になじみ深い。伝説のギタリスト、ジミ・ヘンドリックスやカンフー映画の不世出のスター、ブルース・リーの墓もこの街にある。そしてこの港町は、海と緑に囲まれ、雨が多く、島々や山脈、湖に近いという特徴がある。それゆえ、本書には雨の降る場面が多く、その陰翳が雰囲気作りに一役買っている。シアトルからカリフォルニアに移住した著者は、ミステリ愛好家のブログへの寄稿文で、最近の再開発によるシアトルの街の急激な変貌ぶりに「魅力的であると同時に、一抹の怖さも感じる」と述べている。

著者のグレン・エリック・ハミルトンはシアトルに生まれ育ち、幼いころからヨットに親しんで、さまざまなトラブルにも遭遇しつつ、アメリカ太平洋岸北西地区の船着場、商業港、島々をめぐって青春期を過ごした。現在は家族とともにカリフォルニアに在住し、ひんぱんに故郷に帰っては雨に濡れているという。

本書の続篇 *Hard Cold Winter* は、二〇一六年三月に出版されている。『眠る狼』のハイライトがシアトルの近海を舞台にしていたのに対し、今度はシアトルからピュージェット湾を隔てたオリンピック山脈で冒険が展開されるらしい。三冊目となる *Everyday Above Ground* は、今年七月に出版予定だ。一匹狼でタフで機略に富んだ主人公バン・ショウのさらなる活躍を心待ちにしたい。

二〇一七年三月

襲撃待機

Stand By, Stand By

クリス・ライアン

伏見威蕃訳

湾岸戦争での苛酷な体験により、帰還後悪夢に悩まされているＳＡＳ軍曹ジョーディ・シャープ。ＩＲＡの爆弾テロに巻き込まれて妻が死亡した時、彼は首謀者を自ら処刑する決意をした。北アイルランドの荒野から南米を舞台に展開する復讐戦。元ＳＡＳ隊員の著者が豊富な経験と知識を駆使して描く冒険小説の話題作

ハヤカワ文庫

不屈の弾道

Kill Zone

ジャック・コグリン&ドナルド・A・デイヴィス
公手成幸訳

アメリカ海兵隊の准将が謎の傭兵たちに誘拐され、即座に海兵隊チームが救出に赴いた。第一級のスナイパー、カイル・スワンソン海兵隊一等軍曹は「救出失敗の際、准将を射殺せよ」との密命を帯びて同行する。だが彼はその時から巨大な陰謀の渦中に。元アメリカ海兵隊スナイパーが放つ、臨場感溢れる冒険アクション

ピルグリム

〔1〕名前のない男たち
〔2〕ダーク・ウィンター
〔3〕遠くの敵

I am Pilgrim

テリー・ヘイズ
山中朝晶訳

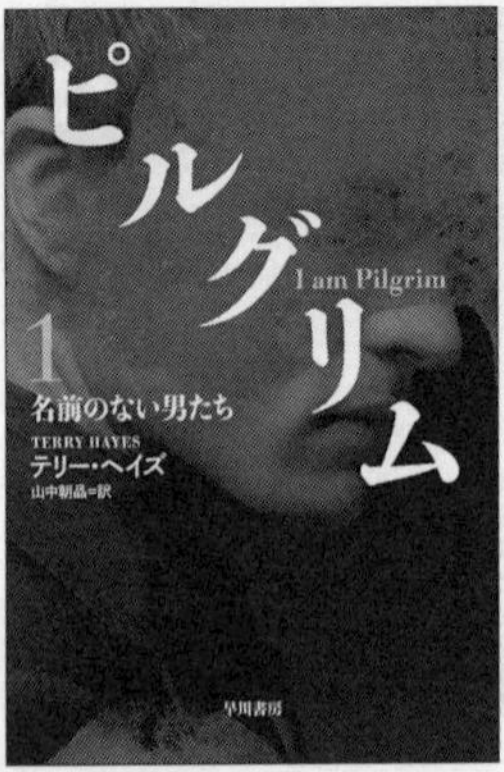

アメリカの諜報組織に属するすべての諜報員を監視する任務に就いていた男は、あの九月十一日を機に引退していた。だが〈サラセン〉と呼ばれるテロリストが伝説のスパイを闇の世界へと引き戻す。彼が立案したテロ計画が動きはじめた時アメリカは名前のない男に命運を託した。巨大なスケールで放つ超大作の開幕

ハヤカワ文庫

窓際のスパイ

Slow Horses

ミック・ヘロン

田村義進訳

ミスをした情報部員が送り込まれるその部署は〈泥沼の家〉と呼ばれている。若き部員カートライトもここで、ゴミ漁りのような仕事をしていた。もう俺に明日はないのか？　だが英国を揺るがす大事件で状況は一変。一か八か、返り咲きを賭けて〈泥沼の家〉が動き出す！　英国スパイ小説の伝統を継ぐ新シリーズ開幕

ハヤカワ文庫

誰よりも狙われた男

A Most Wanted Man

ジョン・ル・カレ

加賀山卓朗訳

弁護士のアナベルは、ハンブルクに密入国した痩せぎすの若者イッサを救おうと奔走する。だがイッサは過激派として国際指名手配されていた。練達のスパイ、バッハマンの率いるチームが、イッサに迫る。命懸けでイッサを救おうとするアナベルは、非情な世界へと巻きこまれてゆく……映画化され注目を浴びた話題作

ハヤカワ文庫

ティンカー、テイラー、ソルジャー、スパイ〔新訳版〕

Tinker,Tailor,Soldier,Spy

ジョン・ル・カレ

村上博基訳

英国情報部の中枢に潜むソ連のスパイを探せ。引退生活から呼び戻された元情報部員スマイリーは、かつての仇敵、ソ連情報部のカーラが操る裏切者を暴くべく調査を始める。二人の宿命の対決を描き、スパイ小説の頂点を極めた三部作の第一弾。著者の序文を新たに付す。映画化名『裏切りのサーカス』解説／池上冬樹

ハヤカワ文庫

訳者略歴　1970年北海道生，東京外国語大学外国語学部卒，英米文学翻訳家　訳書『黒い波』ブーン，『ナイスヴィル』ストラウド，『ピルグリム』ヘイズ，『尋問請負人』スミス（以上早川書房刊）他多数

HM=Hayakawa Mystery
SF=Science Fiction
JA=Japanese Author
NV=Novel
NF=Nonfiction
FT=Fantasy

眠《ねむ》る狼《おおかみ》

〈NV1410〉

二〇一七年四月　十　日　印刷
二〇一七年四月十五日　発行

（定価はカバーに表示してあります）

著　者　グレン・エリック・ハミルトン
訳　者　山《やま》中《なか》朝《とも》晶《あき》
発行者　早　川　　浩
発行所　株式会社　早　川　書　房

郵便番号　一〇一‐〇〇四六
東京都千代田区神田多町二ノ二
電話　〇三‐三二五二‐三一一一（大代表）
振替　〇〇一六〇‐三‐四七七九九
http://www.hayakawa-online.co.jp

乱丁・落丁本は小社制作部宛お送り下さい。
送料小社負担にてお取りかえいたします。

印刷・中央精版印刷株式会社　製本・株式会社明光社
Printed and bound in Japan
ISBN978-4-15-041410-8 C0197

本書は活字が大きく読みやすい〈トールサイズ〉です。